科举与传播

中国俗文学研究

陈平原 主编

图书在版编目(CIP)数据

科举与传播：中国俗文学研究 / 陈平原主编. — 北京：北京大学出版社，2015.5

ISBN 978-7-301-25273-4

Ⅰ.①科… Ⅱ.①陈… Ⅲ.①中国文学 – 通俗文学 – 文学研究 – 文集 Ⅳ.① I206-53

中国版本图书馆 CIP 数据核字 (2014) 第 300992 号

书　　名	科举与传播：中国俗文学研究
著作责任者	陈平原　主编
责任编辑	周　彬
标准书号	ISBN 978-7-301-25273-4
出版发行	北京大学出版社
地　　址	北京市海淀区成府路 205 号　100871
网　　址	http://www.pup.cn　新浪微博：@北京大学出版社 @培文图书
电子信箱	pkupw@qq.com
电　　话	邮购部 62752015　发行部 62750672　编辑部 62750883
印刷者	三河市国新印装有限公司
经销者	新华书店
	660 毫米 × 960 毫米　16 开本　23.5 印张　300 千字
	2015 年 5 月第 1 版　2015 年 5 月第 1 次印刷
定　　价	52.00 元

未经许可，不得以任何方式复制或抄袭本书之部分或全部内容。
版权所有，侵权必究
举报电话：010-62752024　电子信箱：fd@pup.pku.edu.cn
图书如有印装质量问题，请与出版部联系，电话：010-62756370

目 录

1　《游仙窟》的科举主题与道教之关联／张思齐

19　"三言"科举书写中的女性／刘淑娟

41　《聊斋志异》之救赎主题及其叙述建构／周建渝

53　蒲松龄为何不肯放弃科举之探究／[韩国] 金惠经

67　《醒世姻缘传》与明末清初的生员制度／高娇娇

84　《儒林外史》侠客形象的文化解读／陈文新

98　清代进士与《红楼梦》／李根亮

118　实用理性与道德报应：《儿女英雄传》的科举观／谢冰青

130　英语世界的中国科举文化
　　　——略论明清小说英译本所折射的士林生态／洪涛

149　明清通俗小说中的科举舞弊／叶楚炎

164　中韩梦幻小说的立身扬名过程研究／[韩国] 崔溶澈

188　南戏中科举活动表演模式初探／欧阳江琳

203　不遇、补偿与辟邪
　　　——论《庆丰年五鬼闹钟馗》／刘燕萍

221 蒙元杂剧与科举制度关系考述 / 张同胜

247 科举之于婚姻家庭关系的考察
　　——以元杂剧《墙头马上》《潇湘雨》
　　　和《渔樵记》为中心 / [澳大利亚] 赵晓寰

266 科举生态与明清戏曲创作
　　——以李渔及其传奇《怜香伴》为例 / 江俊伟

286 传统科举思想在俗文学中的神化体现
　　——以常熟宝卷为例 / 邹养鹤

298 论对联技巧在其他文体中的孕育成熟过程 / 罗积勇

318 中国当代鬼灵传说的真实性特质研究 / 陈冠豪

331 电视传媒与相声的当代命运 / 鲍国华

341 从"说话"到"说书"
　　——从说唱伎艺名称的改变看明代通俗小说
　　　出版的影响 / 黄卉

353 "俗文学与当代传播"学术研讨会综述 / 白岚玲　张宁

编者按

2013年11月8日到10日,"俗文学中的科举与民间社会国际学术研讨会"在武汉大学召开,会议聚焦于俗文学中的科举与民间社会,进行文化学、社会学、科举学与文学的交叉研究,希望通过俗文学的研究推动对于中国文学的认识,在多元文化价值观的基础上建立未来的新型文学理论。此次研讨会由武汉大学中国传统文化研究中心、中国俗文学学会与武汉大学文学院共同主办,共有来自澳大利亚、韩国、中国大陆以及港台地区的45位学者参加,提交论文45篇。本辑选择其中部分论文刊发,以飨读者。

《游仙窟》的科举主题与道教之关联

张思齐

内容摘要：唐代小说《游仙窟》从日本回归中国是文化反向传播中的重大事件。该小说描写一位科举正途出身的士人之婚外恋。《旧唐书》和《新唐书》对主人公张鷟的记载基本相同，而前者较多地保存了民俗学的材料。张鷟一生中共参加过十三次科举考试。张鷟参加的科举考试，分为三种类型，即进士科、试判，以及制举。张鷟儿童时梦见五色鸟一事乃其得名之根源。这样的说法具有民间传说的色彩，属于民俗学的大范畴，并可溯源至道教的凤凰象征、黄帝学说和天老经典。张鷟在科举考试中胜出，获得了"青钱学士"的封号，此封号颇具民间传说的色彩，也属于民俗学的大范畴，并可溯源至道教的方术青蚨还钱术。史料中有关张鷟的科举经历其实是经过民俗文化改造的产物。

关键词：唐代小说　科举主题　道教因素　比较研究

在比较的视域中研究《游仙窟》的科举主题与道教的关联乃是一件饶有趣味的事情，它牵涉文化的反向传播。文化的反向传播是比较文学研究的重要内容。所谓文化的反向传播，指的是甲国的文化事物传播到乙国之后在甲国本身失传，后来由于种种原因而从乙国回归甲国。这样的文化事物，其荦荦大者，包括宗教、制度、礼仪等，其具体而微者，包括书籍、器物、动植物等。佛教产生于古代大印度范围中的尼泊尔。后来佛教在印度衰落而大行于东亚诸国，今日印度的佛教系文化反向传播之结果。基督教的一些礼仪，本来盛行于欧洲大陆和英国，后来才辗转传播到爱尔兰，并且在那里生根发芽开花结果，得到极大的发展，然而它们却在英国和欧洲大陆失传了。后来，这些基督教的礼仪，从爱尔兰传回英国，又从英国传回欧洲大陆，再次流行起来。这也是文化的反向传播。再看一例。法国传教士阿尔芒·戴维（Armand David）于1865年在清朝的皇家园林见到麋鹿。他非常喜欢这种儒雅的动物，并做了仔细的观察记录。1869—1890年，可爱的麋鹿陆续被带到欧洲的一些地方，以供人们观赏。留在中国的麋鹿，绝大部分在1895年的大洪水中死亡，而少量未死的麋鹿死于义和团之手。麋鹿在英国的沃本修道院（Woburn Abbey）受到贝德福公爵（Duke of Bedford）的悉心照料，很快就繁殖起来了。在世界卫生组织的协调下，英国政府于1985、1986和1987年三次无偿地向中国提供了种群，使麋鹿回归故土。正因为如此，麋鹿的英文名称才叫做David deer，直译出来就是"戴维鹿"。目前，麋鹿在我国江苏大丰县等地大量繁殖。这也是文化反向传播的一段佳话。

《游仙窟》的失而复得正是文化反向传播中的一桩大事件。《游仙窟》是一部产生于中国唐代的文学作品，其文类大体上属于小说而同时兼具其他文类的特征。《游仙窟》产生之后，曾经在其母国即中国风靡一时，并且很快就传入朝鲜半岛和日本。不过到了后来，由于所谓儒家正统思想的支配，《游仙窟》一书在中国本土长期失传。直到清朝末年，杨守敬（1839—1915）东渡日本，才觅得此书。杨守敬，清末民初湖北宜都人，他学识通博，精于舆地，酷爱古籍，留心古器，雅好骈文。杨守敬的深厚文化素养使得他对于文化的传播具有异乎常人的敏感性，因而他十分留意中国典籍在域外的留存情况。清光绪六年至十年（1880—1884），黎庶昌任清朝驻日公使，杨守敬为其随员。旅日期间，杨守敬致力于搜集国内散佚的古籍，多得唐宋善本。有一天，杨守敬在日本书肆见到《游仙窟》一书，十分宝爱，遂将之著录于所著《日本访书志》一书之中。《日本访书志》于光绪十年（1884）刊出。1922年鲁迅从沈尹默处得见日本元禄三年（1690）刊本《游仙窟钞》。日本元禄三年，相当于中国清朝康熙二十九年。鲁迅在其《中国小说史略》中介绍并简略地评述了《游仙窟》一书。鲁迅《中国小说史略》的雏形，为1920年油印本讲义《中国小说史大略》。后者由十七篇文章组成，较为简单粗略。后来，鲁迅对讲义的内容做了大量的增补和修订，最终由北京大学新潮出版社于1923年和1924年分为上下两卷正式出版，书名改为《中国小说史略》。该书由二十八篇文章组成，叙述简明而内容精当，许多评论至今仍然指导着人们对于中国小说史的研究。浙江海宁陈氏慎初堂于1928年刊出《古佚小说丛刊》（有的著述将该丛刊称为《古逸小说丛书》，当以前者为是）。该丛刊收书三种，一为《游仙窟》，二为《三国志平话》，三为《照世杯》。陈氏慎初堂，指目录学家、文献出版家、编辑学家陈乃乾（1896—1971）。陈乃乾本名乾，字乃乾，以字行。陈乃乾为浙江省海宁市盐官镇人，系清代著名藏书家向山阁主人陈仲鱼的后裔。陈乃乾有两个藏书楼，一名共读楼、一名慎初堂。至此，《游仙窟》的反向传播终于完成，中国学术界从此有了进行《游仙窟》研究的基础文本了。

《游仙窟》描写一位科举正途出身的士人之婚外恋。张文成奉使河源，途径积石山，于山下进入神仙窟，在寡妇崔十娘家投宿。文成与十娘，一见钟情，采用诗歌书信，频频互通款曲。十娘设宴款待文成，席间交杯共饮,再以诗歌酬答,情被煽至浓处。酒后欢会,一夜缠绵,天明话别,依依相送。《游仙窟》是一部民俗色彩浓郁的奇妙作品,其民俗性体现在作品的科举主题与道教的宗教因素相互关联之上。《游仙窟》的作者张鷟实有其人。《旧唐书》卷一四九和《新唐书》卷一六一有张鷟的传记,均附见于其孙张荐的传记之中。《旧唐书》卷一四九《张鷟传》:

> 张荐字孝举,深州陆泽人。祖鷟字文成,聪警绝伦,书无不览。为儿童时,梦紫色大鸟,五彩成文,降于家庭。其祖谓之曰:"五色赤文,凤也;紫文,鷟鷟也,为凤之佐,吾儿当以文章瑞于明廷",因以为名字。初登进士第,对策尤工,考工员外郎骞味道赏之曰:"如此生,天下无双矣!"调授岐王府参军。又应下笔成章及才高位下、词标文苑等科。鷟凡应八举,皆登甲科。再授长安尉,迁鸿胪丞。凡四参选判,策为铨府之最。员外郎员半千谓人曰:"张子之文如青钱,万简万中,未闻退时。"时流重之,目为"青钱学士"。然性褊躁,不持士行,尤为端士所恶,姚崇甚薄之。开元初,澄正风俗,鷟为御史李全交所纠,言鷟语多讥刺时,坐贬岭南。刑部尚书李日知奏论,乃追敕移于近处。开元中,入为司门员外郎卒。鷟下笔敏速,著述尤多,言颇诙谐。是时天下知名,无贤不肖,皆记诵其文。天后朝,中使马仙童陷默啜。默啜谓仙童曰:"文成在否?"曰:"近自御史贬官。"默啜曰:"国有此人而不用,汉无能为也。"新罗、日本东夷诸蕃,尤重其文。每遣使入朝,必重出金贝以购其文。其才名远播如此。①

---

① 中华书局编辑部二十四史简体字本《旧唐书》第三册,中华书局,2000年,第2733页。

这里采用《旧唐书》的记载为张鷟传记的基本材料，不仅因为该文献的形成时间较早，还有如下之原因。笔者以为，《旧唐书》与《新唐书》各有胜长。由于欧阳修提倡平易的风格，从而促使《新唐书》成为中国史学上的一个转折点。《唐书》属于旧的纪史系统，它采撷文献时兼收并蓄，故而行文色彩绚烂，而且在行文中无意识地保留了较多的民俗风情的记载。《新唐书》属于新的纪史系统，它采撷文献时追求准确，从而不可避免地剔除了民俗风情记载中的传闻成分。然而，这些传闻成分，虽然缺少历史事实的真实，却具有文化学的价值。具体到传主张鷟而言，《新唐书·张鷟传》，其内容与《唐书·张鷟传》大致相同，不过文字略为简洁。在张鷟传中，值得注意的是他的科举应试活动。《新唐书》卷一六一《张鷟传》："调露初，登进士第，考功员外郎骞味道见所对，称天下无双。授岐王府参军，八以制举，皆甲科。再调长安尉，迁鸿胪丞。四参选判，策为铨府最。"① 在这里，张鷟登进士第的时间得到了落实，为调露（679）初。调露是唐高宗的年号，仅一年。现有的研究表明，张鷟登进士第的时间并非调露初，而是稍早的上元二年（675）。"西元六七五年，高宗仪凤二年，中进士，十八岁。"② 尽管在各种资料中有关张鷟中进士的时间记载互有差异，但是张鷟参加过进士科的考试，这却是毫无疑义的。《游仙窟》主人公张文成，亦即张鷟，其身份确系科举正途出身的一位士人。

引人注目的是《旧唐书》和《新唐书》书均记载，张鷟一生中曾经极为频繁地参加科举考试。张鷟参加的科举考试，分为三种类型。

第一，张鷟参加过进士科的考试。科举考试分为常科和制科。依照固定年份举行的科举考试称为常科。在唐代常科的科目有秀才、明经、俊士、进士，明法、明字、明算、一史、三史、开元礼、道举、童子等。

---

① 中华书局编辑部二十四史简体字本《新唐书》第四册，中华书局，2000年，第3877页。
② 〔唐〕张文成撰，李时人、詹绪左校注：《游仙窟校注》，中华书局，2010年，第449页。

在以上科目中，其实只有明经和进士两科录取的人较多，因为这两科选录的是通才，而其他学科选录的则是专才。在当时的历史条件下，需要量较大的是通才。明经和进士两科又有分别，明经重帖经墨义，进士重诗歌辞赋。换句话说，明经考的是记诵功夫，进士考的是文学才华。每一场科举考试下来，明经科得第者较多，有时多达一二百人，而进士科得第者较少，有时仅有几人而已。五代·王定保《唐摭言》卷一散序进士条："进士科始于隋大业中，盛于贞观、永徽之际。搢绅虽位极人臣，不由进士者，终不为美，以至岁贡常不减八九百人。其推重谓之'白衣公卿'，又曰'一品白衫'。其艰难谓之'三十老明经，五十少进士'。"①努力记诵，凡有决心者皆可为之。文学才华，则因人而异，并非刻苦便可获得。从实际情况看，进士科出身的优秀人才也远远高于明经科。"据统计，唐代共有369名宰相，百分之八十是进士出身。至于中央政府机关和各级政府官员中，进士出身的人数就更多了。"②坚实的基础之上才能建构华美的大厦。一般说来，文学才华横溢的人，他们在基本典籍方面的功夫也大都相当坚实。小说《游仙窟》以第一人称展开叙事，整部作品想象极为丰富，具有浪漫的情思和绚烂的文采。显然，这与作者的进士身份是密不可分的。

第二，张鷟参加过名为"试判"的考试。考取进士或明经，只是取得了做官的资格，并不马上授予官职。新科进士们还得经过吏部的考核。吏部对新科进士的考核叫做选试。选试的内容分为四项。第一，身，即目测，要求体貌丰伟，仪表堂堂。第二，言，要求口齿清楚，表达得体。第三，书，要求字迹清楚，书法美观。第四，判，要求对疑难的案件进行断割，并写出自己的判语。选试合格者，即行授予官职，机会好的甚至可以到中央机关担任较高的职务。选试不合格者，只能到地方节度使

---

① 上海古籍出版社编：《唐五代笔记小说大观》，上海古籍出版社，2000年，第1578页。
② 林白、朱梅苏：《中国科举史话》，江西人民出版社，2004年，第26页。

的幕府中去担当幕僚,实习锻炼,等待机会,再次参加吏部组织的选试。幕僚虽然有收入,但不算正式的官职。试判是唐朝吏部考试官吏的方法。试判制度起始于唐高宗年间。方法是抽取州县案牍疑义,令应试者进行断割,考察应试者的断决能力。应试者须写出自己的判语。判语的文体须采用四六骈文,试卷糊名。后来,由于应试者多,不足为难,于是改进考试方法,改为采用经籍古义,假设甲乙,令其判断。后来,由于应试者仍然多,仍然不足以难住应试者,因而再次改进考试方法,改为征引僻书曲学,用隐晦之义,来问应试者。由此可知,试判是接近为官实际工作的一种考试,难度极大,而且由于应试者增多而难度越来越大。然而,张鷟竟能多次考中试判,足见其治理能力强大高明。

第三,张鷟参加过名为"制举"的考试。制举,又称制科。由皇帝亲自下诏而临时举行的科举考试科目称为制科。制举这一制度始于西汉时期,目的在于选拔各类特殊的人才。按照规定,未试者和已试者均可应诏参加制举的考试。未试者考中之后即授予官职。已试者考中则予以升迁。考中制举者,其待遇比一般的进士科优厚。唐代国势强盛,所需要的特殊人才很多,因而唐代的制举科目极多。据宋·洪迈《容斋续笔》卷十二"唐制举科目"条的记载,就有道侔伊吕、经邦治国、材可经国、才堪刺史、贤良方正、藻思清华、兴化变俗,以及材堪经邦等科。清·顾炎武《日知录》卷十六"制科"条:"自汉以来,天子常称制诏,道其所欲问而亲策之。唐兴,世崇儒学。虽其时君贤愚好恶不同,而乐善求贤之意未始少怠,故自京师外至州县有司,常选之士以时而举,而天子又自诏四方德行才能文学之士,或高蹈幽隐与其不能自达者,下至军谋将略,翘关拔山,绝艺奇伎,莫不兼取。其为名目,随其人主临时所欲。"① 顾炎武指出,在唐代制举列为定科的还有贤良方正、直言极谏、博通坟典、达于教化、军谋宏远、堪任将率、详明政术、可以理人

---

① 〔清〕顾炎武著,〔清〕黄汝成集释,秦克诚点校:《日知录集释》,岳麓书社,1994年,第580页。

诸科。杨氏（宁）对此作了补充，他说又有临难不顾、徇节宁邦、长才广度、沉迷下僚、文词雅丽、道侔伊吕、词标文苑、洞晓玄经、哲人奇士隐沦屠钓诸科。王氏（鸣盛）对此又作了补充，他说还有文学优赡、孝悌廉让、超群拔类等诸科。已有文献表明，唐代的制举科目多达上百个，以上只是一些例子罢了。不过，在众多的制举科目中，比较重要者只有贤良方正直言极谏科、才识兼茂明于体用科等。以此之故，张鷟在已经登进士第之后，再参加制举的考试是完全正常的。史称，张鷟八应制举，皆登甲科。关于此事，"目前所能落实者只有三科：武则天仪凤二年（六七七）举'下笔成章'科，中宗神龙二年（七零六）举'才膺管乐'科，景云二年（七一一）举'贤良方正'科。"① 不过，这已经很了不起了。这表明张鷟的确具有特殊的才华，可以随时响应朝廷的号召，站出来让国家挑选。而且，他被挑选上了。

总体来说，张鷟一生中，共参加过十三次科举考试。除了进士科的考试之外，张鷟还参加过制举和试判的考试。你看，张鷟曾八次参加制举的考试，而且每次都登列甲科。你看，张鷟曾四次参加试判，其成绩为所有参试人员中的第一名。这就带来一个问题，尽管有唐一代科举发达，但是，哪有一生中能够如此频繁地参加科举考试的人呢？对此，古人就已经有了疑惑。宋·洪迈《容斋续笔》卷十二《龙筋凤髓判》条：

> 唐史称张鷟早惠绝伦，以文章瑞朝廷，属文下笔辄成，八应制举，皆甲科。今其书于世者，《朝野佥载》、《龙筋凤髓判》也。……张鷟，字文成，史云："调露中登进士第，考功员外郎骞味道见所对，称天下无双。"按《登科记》，乃上元二年，去调露尚六岁。是年，进士四十五人，鷟名在二十九，既以为无双，而不列高第？神龙元年，中材膺管乐科，于九人中

---

① 〔唐〕张文成撰，李时人、詹绪左校注：《游仙窟校注》，中华书局，2010年，第439页。

为第五。景云二年，中贤良方正科，于二十人中为第三。所谓制举八中甲科者，亦不然也。①

  显然，洪迈的说法，更切合实际的情况。那么，我们不禁要问，为什么作为官修正史的《旧唐书》和《新唐书》，在《张鷟传》中，都夸大地记载传主的科举经历呢？其实，这个问题，《旧唐书》和《新唐书》本传已经做了回答。那么，答案在何处呢？笔者以为，此答案不在别处，就在张鷟的名字传说及其民间封号之上。

  张鷟儿时梦见五色鸟一事是他得名为"鷟"的来源。这样的说法颇具民间传说的色彩，属于民俗学的大范畴，并可溯源至道教。"鸑鷟"，或曰"鷟"，意思相同，只不过前者为双音词，后者为单音词罢了。

  一说鸑鷟系凤凰中的一类。唐·欧阳询撰《艺文类聚》卷九十录《决录注》："《决录注》曰。辛缮，字公文，治春秋谶纬，隐居华阴，光武征不至。有大鸟高五尺，鸡头燕颔，蛇颈鱼尾，五色备举，而多青，栖缮槐树，旬时不去。弘农太守以闻，诏问百寮，咸以为凤。太史令蔡衡对曰：'凡象凤者有五，多赤色者凤，多青色者鸾，多黄色者鹓雏，多紫色者鸑鷟，多白色者鹄。今此鸟多青，乃鸾非凤也。'上善其言。王公闻之，咸逊位。辟缮不起。"② 由此可知，凤凰的分类，主要依据毛色的不同。紫色者为鸑鷟，这与《旧唐书》和《新唐书》张鷟传的记载相同。在中国的色尚文化中，紫色象征祥瑞。紫宸，帝王和帝位的代称。紫气，祥瑞的光气。紫书，既指皇帝的诏书，也指道经道书。相传老子驾青牛西出函谷关的时候，函谷关的关令，一位名叫尹喜的人，便看见，有一道紫气东来。正是在尹喜的请求之下，老子才写下了《道德经》五千言。紫色的鸟，向来不多见。鸑鷟的羽毛为紫色，十分祥瑞，

---

① 〔宋〕洪迈著，夏祖亮、周洪武点校：《容斋随笔》，岳麓书社，1994年，第240页。
② 〔唐〕欧阳询：《艺文类聚》，上海古籍出版社，1999年，第1560页。

故而鸑鷟为凤凰中的珍品。儿童时代梦见鸑鷟的张鷟,长大之后果然文采飞扬,赢得了青钱学士的美称。然而,科举考试,严格异常。科场即战场,胜出者毕竟为少数,败阵者为绝大多数。那么,与"青钱学士"相对应的称号是什么呢?这就是"白蜡明经"了。宋·朱胜非《绀珠集》卷三"白蜡明经"条:"张鷟,号青钱学士,谓之万选万中。时有明经董方举,九上不第,号白蜡明经,与鷟为对。"① 本来,明经科比进士科,容易得多,可惜董生,九次应试,亦未能成功。至于比进士科更难的制举科,那就更不用说了。

一说以鸑鷟为凤凰的别名。凤凰是瑞鸟。古代象占家认为,凤凰出现是天下太平的征兆。晋·郭璞《山海经》卷一:"又东五百里,曰丹穴之山,其上多金玉。丹水出焉,而南流注于渤海。有鸟焉,其状如鸡,五采而文,名曰凤凰。首文曰德,翼文曰义,背文曰礼,膺文曰仁,腹文曰信。是鸟也,饮食自然,自歌自舞,见则天下安宁。"② 值得注意的是凤凰身上的花纹,被分别赋予了明确的含义。凤凰头部的花纹像一个"德"字,翅膀上的花纹像一个"义"字,背部的花纹像一个"礼"字,胸部的花纹像一个"仁"字,腹部的花纹像一个"信"字。凤凰出现,天下安宁。在道教早期的经典中,有一部叫做《太平经》,它产生于东汉顺帝时期(126—144)。山东琅琊人宫崇,风尘仆仆,来到京师洛阳,向朝廷献上一部神书,名曰《太平青领书》,多达一百七十卷。宫崇说,此书系其老师于吉在曲阳泉水之上所获得,可以帮助皇帝澄清天下大乱,达致天下太平。这部神书就是《太平经》,而信奉《太平经》的教派叫做太平道,系中国早期的道教派别之一。东汉末年,巨鹿人张角利用《太平经》组织民众反抗汉朝的统治。他自称大贤良师,用符水替人治病,建立了三十六方(地方教团),二十四治(教区),信徒多达

---

① 〔宋〕朱胜非:《绀珠集》卷三,文渊阁四库全书本。
② 袁珂校注:《山海经校注》,上海古籍出版社,1980年,第16页。

数十万人。

然而,《太平经》所讲的"太平",原本是一个宗教学上的概念。在社会动荡的年代,"太平"这一概念极易向政治学的维度延伸。宫崇巧妙地利用了太平这一概念,以期说服汉顺帝接受《太平经》。张角则从两个维度将太平这一概念付诸社会实践。一个是宗教学的维度,用它来建立太平道;另一个是政治学的维度,用它来发动农民起义。那么,我们不禁要问:太平这一概念的两个维度之间是否有什么连接点呢?如果有,那么这个连接点是什么呢?答案是肯定的。在太平这一概念的宗教学维度与政治学维度之间的确有一个连接点,它就是凤凰。汉·韩婴《韩诗外传》卷八:

> 黄帝即位,施惠承天,一道修德,惟仁是行,宇内和平,未见凤凰,惟思其象。凤寐晨兴,乃召天老而问之曰:"凤之象何如?"天老对曰:"夫凤之象,鸿前而麟后,蛇颈而鱼尾,龙文而龟身,燕颔而鸡喙,戴德负仁,抱中挟义,小音金,大音鼓。延颈奋翼,五彩备明。举动八风,气应时雨。食有质,饮有仪。往即文始,来即嘉成。惟凤为能通天祉,应地灵,律五音,览九德。天下有道,得凤象之一,则凤过之。得凤象之二,则凤翔之。得凤象之三,则凤集之。得凤象之四,则凤春秋下之。得凤象之五,则凤没身居之。"黄帝曰:"于戏,允哉!朕何敢与焉!"于是黄帝乃服黄衣,带黄绅,戴黄冕,致斋于中宫。凤乃蔽日而至。黄帝降于东阶,西面,再拜稽首曰:"皇天降祉,不敢不承命!"凤乃止帝东园,集帝梧桐,食帝竹实,没身不去。《诗》曰:"凤凰于飞,翙翙其羽,亦集爰止。"[①]

---

① 〔汉〕韩婴撰,许维遹校释:《韩诗外传集释》,中华书局,1980年,第277页。

请注意这段引文的末尾："凤凰于飞,翙翙其羽,亦集爰止。"这三句话出于《大雅》的《卷阿》篇第七章。西汉初年有四家传授《诗经》,分别称为齐诗、鲁诗、韩诗和毛诗。四家之中,齐诗、鲁诗和毛诗,均引用古事古语以证《诗经》。唯有韩诗特别,韩诗引用《诗经》以证古事古语,诚如《四库全书总目》卷一六《韩诗外传》提要所指出:"其书杂引古事古语,证以诗词,与经义不相比附,故曰外传。所采多与周秦诸子相出入。……王世贞称,《外传》引诗以证事,非引事以明诗,其说至确。"[①]韩诗将解说《诗经》的方式颠倒了过来,经典反而成了附庸。据笔者的研读体会,《韩诗外传》具有纬书性质。《韩诗外传》中引用的古事古语与周秦诸子所载有出入。《韩诗外传》的记载作为史实,它们不一定可靠,但是,作为中华民族精神发展史的资料来看,它们却具有较高的价值。简言之,《韩诗外传》中的材料具有神哲学的意蕴。上揭引文记载了黄帝与天老之间的一场对话,其中心的论题是凤凰及其象征。

黄帝是道教供奉的神明之一,黄帝被道教尊为始祖,并被道教托为理论的创始者。道教关于黄帝的学说有中央黄帝、日中黄帝、中岳黄帝、历史人物黄帝等。陶弘景《真灵位业图》称黄帝为"园圃真人轩辕黄帝",并将黄帝列于第三神阶之左位。道教中的黄帝是一位人格神,系由历史人物经过变质为神的漫长过程而最终形成,具有圣父、圣母、圣灵和圣子这四重位格。

天老是传说中黄帝的辅臣,他精通天文和养生之道。天老的著作为《天老杂子阴道》,系道教经典之一,属于汉代以前的房中术文献。杂子,指各家之义。阴道,接阴之道,即男女交合之道。梁·孝元帝《金楼子》卷一:"又有景星麟凤之瑞,乃以风后配上台,天老配中台,五圣配下

---

① 〔清〕永瑢等撰:《四库全书总目》,中华书局,1965年,第136页。

台,谓之三公。"① 在有的文献中,"三公"也称为"三台"。公,最高的官阶,也用作对于人的尊称。台,官署名,也用作对于人的尊称。《文选》卷五三嵇康(字叔夜)《养生论》注引《天老养生经》:"老子曰:人生大期,以百二十年为限,节度护之,可至千岁。"② 有的学者认为,《天老养生经》可能就是从《天老杂子阴道》的一部分。

在上揭引文中,谈到了五彩、八风以及五种凤象。这样的表述,具有明显的搬弄数字的倾向。善于搬弄数字,不仅是印度早期文化的特征之一,而且也是中国道家文化的特征之一。宗教的历史是人类领悟无限能力的完善过程。印度早期文化以婆罗门教为中心,讲究祭祀万能。印度早期文化与中国道家文化均产生于轴心时期,相互间存在着影响。印度文化属于"声教"系统,历史事件,口耳相传,不留文字。中国文化属于"文教"系统,有事必录,善于纪史。中国道家文化对于印度早期文化的影响,仅仅由于印度人不善于采用文字来记载历史,因而未留下可征引的文献罢了。未留存文献,并不等于历史事件本身的不存在。《老子化胡经》虽然是道教伪造的经书,但也不是空穴来风。老子前往印度教化胡人之后,曾经在升天之前返回他的故土中国。从印度归来的老子,在成都的集市上化作一只青羊。以此之故,成都建有道教的大型庙宇青羊宫。道教讲求三一为宗,宋·张君房《云笈七签》卷六:"第二,太平者,三一为宗。……又云,澄清大乱,功高德正,故号太平。若此法流行,即是太平之时。"③ 三一是道教的基础概念之一,源出《道德经》第四十二章:"道生一,一生二,二生三,三生万物。"④ 显然,从"一"到"三"是数量上的重要转变,因而道教经典经常将这两个数字结合起来使用,并由此推导出各种理论。其中有些理论,与迄今为止的

---

① 浙江古籍出版社编:《百子丛书》,浙江古籍出版社,1998年,第894页。
② 〔梁〕萧统编:《文选》,上海书店出版社,1988年,第727页。
③ 〔宋〕张君房:《云笈七签》,书目文献出版社,1992年,第37页。
④ 汤一介主编:《道学精华》,北京出版社,1996年,第14页。

自然科学认识相吻合，还有一些理论尚且不能用自然科学的理论来加以阐释，因而被归于宗教奥秘的范畴。《云笈七签》卷四九："今三一者，神气精，希微夷，虚无空。所以知此为三一者，以其明义圆极故也。昔正一、三一等，是以其明义浅迹故也。"① 道教还借用体用的关系来认识三一：用则分三，体则常一。三，喻指杂多；一，喻指根本。道教虽然喜欢搬弄数字，然而数字毕竟是搬弄不完的，因而道教才提倡清静，从而实现了从方仙道向神哲学的飞跃。总之，凤凰是一个象征。大凡象征，均具有强烈的符号学的意义，能够唤起民众，展开可歌可泣的伟大斗争，描绘宏大的社会生活画卷。比如，阴阳鱼这一象征，激励了许多武侠，他们刀锋对决，成就了一代又一代武林的豪杰。又如，红十字这一象征，唤起了许多医务工作者，他们救死扶伤，谱写了一曲又一曲生命的颂歌。

张鷟善于科举考试，得到了"青钱学士"的封号。这是颇具民间传说色彩的一个封号，也属于民俗学的大范畴，并可溯源至道教。别说八次应考制举了，就是应考制举一万次，张鷟也必然是每次都得第一名。这是因为张鷟犹如青钱，万简万中嘛。别说四次参加选判了，就是参加选判一万次，张鷟也必然是每次都成功。这是因为张鷟犹如青钱，万简万中嘛！青钱，青铜钱。简，拣，拣选。青铜钱，大致有三种含义。第一，青钱，统指铜钱。纯粹的铜，其色泽为紫红色，然而其质地太柔软，不适宜用作器皿，也不适合用来铸钱。铜钱的原料系以铜为主体的合金，其中又分为黄铜和青铜两种。按传统的配料比例，以红铜六成，白铅四成，配合为原料而得到黄铜。以黄铜铸造的铜钱，其色泽呈黄色，叫做黄钱。以红铜五成，白铅四成一分半，黑铅六分半，锡二分，配合为原料而得到青铜。以青铜铸造的铜钱，其色泽呈青色，叫做青钱。不过，即使是黄钱，如果放置久了，就会长出铜绿，整个铜钱就会呈暗绿色。

---

① 〔宋〕张君房：《云笈七签》，书目文献出版社，1992年，第361页。

常用的黄钱，在凹处和中间的方孔部分，也因为有铜绿而呈暗绿色。笔者儿时常与同伴们在城墙上的泥土中拾得铜钱，它们就是暗绿色的。经过小伙伴们打磨，一枚枚铜钱才变成黄灿灿的。第二，青钱，专指用青铜作为原料而铸造的铜钱。《杜诗详注》卷九杜甫《北邻》诗："明府岂辞满，藏身方告劳。青钱买野竹，白帻岸江皋。爱酒晋山简，能诗何水曹。时来访老疾，步履到蓬蒿。"① 由于青铜较之黄铜质地更为坚硬，经久耐磨，因而实际铸造的铜钱，青铜钱远比黄铜钱多。第三，青钱，指青苗钱。苏轼《山村五绝》之四："杖藜裹饭去匆匆，过眼青钱转手空，赢得儿童语音好，一年强半在城中。"② 在宋代青钱主要指青苗钱。王安石变法，在广大的乡村实行青苗法，用铜钱来预先支付购粮款。顺便说，青苗钱这一名称并非起于王安石变法。早在唐代后期，就已经有青苗钱了，它指土地附加税。安史之乱后，军费大增，京城百官俸钱减耗。为了对付这种局面，唐朝于唐德二年（764）开征青苗钱，用来补充百官课料，由青苗使主管征收。铜钱在民众的生活中广泛使用，也就与民间风俗和民间信仰结下了不解之缘。

就民间风俗而论，有许多谚语和歌谣直接谈到钱。人们还根据铜钱的形象，将钱戏称为"孔方兄"。就民间信仰而论，钱作为一种特殊的物品，被人们当做具有意志的活物而加以崇拜。人们拜钱为神，从而形成一种特殊的拜物教，或可名之为拜钱教。唐·欧阳询撰《艺文类聚》卷六六录晋·鲁褒《钱神论》："钱之为言泉也。百姓日用，其源不匮，无远不往，无深不至。京邑衣冠，疲劳讲肆，厌闻清谈，对之睡寐，见我家兄莫不惊视。钱之所佑，吉无不利。何必读书，然后富贵？由是论之，可谓神物。"③ 鲁褒的《钱神论》口吻幽默，文采飞扬，又极为生动，

---

① 〔唐〕杜甫著，〔清〕仇兆鳌注：《杜诗详注》，中华书局，1979年，第759页。
② 〔宋〕苏轼著，〔清〕冯应榴辑注，黄任轲、朱怀春校点：《苏轼诗集合注》，上海古籍出版社，2001年，第412页。
③ 〔唐〕欧阳询：《艺文类聚》，上海古籍出版社，1999年，第1182页。

它描述了钱的大能，以及钱的权柄。鲁褒的《钱神论》还温婉地讽刺了人在钱面前的贫弱、无助、可悲、可怜。简言之，在鲁褒的笔下，钱活脱脱地成了一个人格神。然而，钱这一人格神的运动，并没有就此而停止。在中国这一以道教为本土宗教的宏大语境之中，钱逐渐被纳入了道教的系统里面，钱神也逐渐演变成了道教那庞大神系中的一位神明。钱，不怕多，就怕少。钱，用一个就少一个。要是有足够的钱用，那该多么好哇！每个老百姓都会这么想的。道教的方术，乃是随着适应民众的需要而发展的。在道教的方术中，有青蚨还钱术。青蚨还钱术，最早见于晋·干宝《搜神记》卷十三：

> 南方有虫，名蟥蝚，一名鳖蜪，又名青蚨。形似蝉而稍大。味辛美，可食。生子必依草叶，大如蚕子。取其子，母即飞来，不以远近。虽潜取其子，母必知处。以母血涂钱八十一文，以子血涂钱八十一文，每市物，或先用母钱，或先用子钱，皆复飞归，轮转无已。故《淮南子术》以之还钱，名曰"青蚨"。①

汉·许慎《说文解字·虫部》："蚨，青蚨，水虫，可还钱。从虫，夫声。"②青蚨是一种传说中的水虫。这里所说的情形，就是用青蚨的血来涂抹在铜钱之上。经过如此处理的铜钱，使用之后，还可以再飞回来。古人引书，较为随意。这里所说的《淮南子术》，并不准确。作为道教方术的青蚨还钱术，见于《淮南万毕术》的记载。《太平御览》卷九五零引《淮南万毕术》："《淮南万毕术》曰：青蚨还钱。青蚨。一名鱼。或曰蒲。以其子母各置瓮中，埋东行阴垣下，三日后开之，即相从，以

---

① 上海古籍出版社编：《汉魏六朝笔记小说大观》，上海古籍出版社，1999年，第378页。
② 〔汉〕许慎撰，〔清〕段玉裁：《说文解字注》，上海书店出版社，1992年，第671页。

母血涂八十一钱,亦以子血涂八十一钱,以其钱更易市。"① 这一条记载,将青蚨还钱术的操作方法说得加明白。第一步,捉来青蚨。第二步,区分母子。第三步,将母子青蚨分别放在瓮中。第四步,将瓮放置于东方遮阴的墙壁的下边。在这里,方位十分重要。在道教看来,东方是利于万物生长的方位。在这里,处所亦十分重要,必须是阴凉的墙基的根部。这样做,不仅隐秘,也与道教主阴的理论相一致。实施这一方术,还有三条注意事项。第一条,不能性急,要在三日之后,才能将瓮打开。这是提醒人们注意,不能怀疑,也不能好奇。因为大凡实施方术的人都喜欢随时窥看动静。第二条,不能贪心。使用青蚨还钱术所得到的钱固然神奇,然而每次至多只能够使用八十一文钱。这与道教力戒贪婪,要求人们清心寡欲的教导相一致。八十一文钱,在古代用来料理日常生活大体足够了,但是欲过奢华生活则远远不足。在这一记载的后面,还有一条注释:"置子用母,置母用子,皆自还也。"② 置,放置起来,暂时不用。也就是说,每次只能要么用母钱,要么用子钱,否则这一方术就不灵验了。这也还是提醒人们注意,力戒贪婪。《淮南万毕术》的作者是西汉的刘安(前179—前122)。刘安也是《淮南子》的作者。刘安编纂此书,本意是辑录一部道教的方术大全,一书在手,万事皆毕。不过,《淮南万毕术》原书已佚,目前能见到的只有清代丁晏的辑本《淮南万毕术》(上海古籍出版社,1995),已非全本。关于青蚨还钱术,唐·段成式《酉阳杂俎·续集》卷八也有记载:

青蚨,似蝉而状稍大,其味辛可食。每生子,必依草叶,大如蚕子。人将子归,其母亦飞来,不以近远,其母必知处。然后各致小钱于巾,埋东行阴墙下。三日开之,即以母血涂

---

① 〔宋〕李昉编纂,夏剑钦校点:《太平御览》,河北教育出版社,1994年,第619页。
② 同上。

之如前。每市物，先用子，即子归母；用母者，即母归子。如此轮还，不知休息。若买金银珍宝，即钱不还。青蚨，一名鱼伯。①

在《酉阳杂俎》一书中，有部分内容涉及仙道，此即其中一例。以上记载的前面部分，大致与《淮南万毕术》相同，但是结尾处却不相同。使用此方术得来的钱，不可用以购买金银珠宝。言外之意是说，通过青蚨还钱术得来的钱，只可用以购买生活必需品。这就进一步凸显了道教力戒贪婪的教义。这说明，从汉代到唐代，道教的方术有了发展。汉代是道教的成立时期，而唐代是道教的兴盛时期。

以上诸端，只能说明一个问题，对于才华横溢的张鷟，民间在言说其生平的时候，添加了太多的虚构和想象。换句话说，张鷟的科举经历仅仅是一个构造其履历的基础罢了，而存留至今的各种史料，其实是经过民俗文化加工改造的产物。《游仙窟》不仅是一部优秀的文学作品，它还充分地说明了道教对唐代民俗的渗透，以及唐代民俗对道教的包容。

作者简介：张思齐，武汉大学文学院教授。

---

① 上海古籍出版社编：《唐五代笔记小说大观》，上海古籍出版社，2000年，第778页。

"三言"科举书写中的女性

刘淑娟

内容提要：科举制度是中国古代教育制度和选官制度的结合，由科举制度形成的科举文化，是古代文化中的一大环结。本文以"三言"中明代的《老门生三世报恩》《俞仲举题诗谢上皇》《钝秀才一朝交泰》三篇科举故事为主，探讨在传统的科举文化中，男性究竟如何书写女性。方法上以女性读者的立场，以性别观点重新检视作品中的女性处境，并适时援用"抗拒性阅读"的观点，解构作品中深重的父权思维。全文除前言与结语外，内分"缺席的功名盛宴""绿丛中的两朵红花""男性主体下的异化角色"三节。在诠释策略上除了作意识形态的批评，同时亦追寻文本的叙述理路，并对照男性角色形象，以求精确地揭露作者在文本中所蕴藏的价值观。最后希冀此种诠释路径对于文本解读空间更加开阔，具有差异与多重面向。

关键词："三言" 女性书写 抗拒性阅读 父权思维

前　言

宋·罗烨《醉翁谈录·小说开辟》中将宋、元话本之题材分为灵怪、烟粉、传奇、公案、朴刀、杆棒、神仙、妖术等八类，① 今观明·冯梦龙所编辑的"三言"一百二十篇短篇拟话本小说，尚有上述八类以外的故事题材，因其题材来源尚有宋、明笔记与传奇轶事等，此等不属于上述八类者可归为杂类，其中含科举文化方面的故事。

科举制度是中国古代教育制度和选官制度的结合，自隋代（公元581—617）建立科举取"仕"制度至清代废科举，经历一千多年的发展，这一千多年来历代的科举制度虽有变革，然中国古代的知识分子、读书人，莫不经由此途而谋得官职，"致君尧、舜"，在官场上施展其理想抱负。由科举制度形成的科举文化，包含科举人物、科举故事、科举态度等，是古代文化中的一大环结。② 反映在俗文学中，科举文化则成为明代小说的一个重要内容。毫无疑义，科举文化是由男性所演绎而成的文化，③ 在古代男权社会中，科举人物——考生、学生、考官、教官、科举士绅等为男性群体，由其所形成的科举故事以及其中内蕴的科举态度等，皆以男性为主体，相对地，女性在科举舞台上是缺席的。然而，难能可贵的是，在"三言"中却可看到女性在科举文化中占了舞台的一个位子，尽管这位子可能极不起眼，极易为人所忽略。

"三言"科举书写的代表作有《古今小说·赵伯升茶肆遇仁宗》《警

---

① 罗烨：《新编醉翁谈录·甲集卷一·小说开辟》，《续修四库全书·子部·小说家类》，上海古籍出版社，2002 年，第 408 页。
② 传统社会是以士人为主的社会，士人文化向来是文化的主流，而与士人一生荣、禄至关重要的科举，自然也连带地成为文化中重要的一部分。
③ 马珏萍言："女性与科举之间似属间接和疏离。"马珏萍：《〈石点头〉女性与科举关系论》，《明清小说研究》，2007 年第 3 期，第 117—122 页。

世通言·老门生三世报恩》《警世通言·俞仲举题诗谢上皇》《警世通言·钝秀才一朝交泰》,这四篇故事除《赵伯升茶肆遇仁宗》为宋代作品,其余三篇皆为明代作品。① 本文将以"三言"中明代的三篇科举故事为探讨中心。② 首先,由故事名称可知这三篇故事是以男性角色为主的文本,由篇名亦可见故事主人翁人生重大遭际与结果,"一朝交泰"是直接性的预告,"三世报恩"是间接性的预告,若非显达,何来恩德之报? "谢上皇"则增添了悬疑的猜想,答谢或谢绝,若非皇上提拔即是谢绝而回归山林遁隐! 是故历来探讨的重点不外是士人在其中的际遇、形象与态度以及故事中所反映的科举文化等。但随着明代人文思潮的兴起,在明、清之际特殊的文化氛围中,郑培凯以"天地正义仅见于妇女"的命题说明明、清之际的情色意识与贞淫问题,虽然主要是探讨情色与贞节烈妇的问题,③但命题的提出已显示出女性在传统文化中的性别角色,有殊异于传统的性别观点。另一方面,男权社会中向来被定义为他者、被支配者的女性,在明、清小说中已也渐次成为关注的对象④,甚至是明、清世情小说的重要描写对象,⑤那么,在女性渐渐浮出历史

---

① 胡士莹、郑振铎、谭正璧等学者皆持如此观点,见胡士莹:《话本小说概论》,中华书局,1980 年;郑振铎:《明清二代的平话集(上)》,收录于《小说月报》第 22 卷第 7 号(1931 年 10 月),株式会社东丰书店,1979 年,第 38169—38193 页;郑振铎:《明清二代的平话集(下)》,收录于《小说月报》第 22 卷第 8 号(1931 年 10 月),株式会社东丰书店,1979 年,第 38303—38330 页;谭正璧、谭寻:《古本稀见小说汇考》,浙江文艺出版社,1984 年。
② 这三篇恰好皆收录于《警世通言》中。本文据以分析的文本,为上海古籍出版社于 1993 年据明代兼善堂本影印之版本。为省篇幅,文中不再一一注明。
③ 背后乃蕴藏着极其扭曲人性的情色意识与贞节观,以及以"情真"取代道德规范的贞节观。见郑培凯:《天地正义仅见于妇女——明清的情色意识与贞淫问题》(上)(下),《当代》第 16 期(1987 年 8 月),第 45—58 页;第 17 期(1987 年 9 月),第 58—65 页。
④ 马兴国:《明清小说女性形象地位嬗变研究》,《语文学刊》,2009 年第 7 期,第 30—31 页。
⑤ 张向荣:《明清世情小说中女性在两种文化下的审美意蕴和生存价值》,《北方论丛》,2005 年第 3 期,第 35—39 页。

地表，甚至在俗文学中成为要角之时，①"三言"科举书写中的女性虽位居边缘化、配角的位子，仍是值得探讨的，此有助于吾人明了：在传统的科举文化中，男性究竟如何书写女性？"'三言'科举书写中的女性"目前尚无专文论及，刘久顺《浅谈"三言"科举小说的特点》②文中归纳"渲染女德、淡化爱情"为特点之一，此中论及女性在男性科举过程中的帮助与支持作用，说明《钝秀才一朝交泰》的作者十分赞扬女子不因为未婚丈夫科举失利而改嫁他人，可贵的是她对未婚夫的忠贞，体现了作者重视道德教化的特点。此外，洪娟《论"三言"中的商人、文人和妓女形象》③第二章《"三言"中的文人形象》第二节《"三言"明代作品中文人形象的特点》第一点"文人的科举梦"亦有类似的观点，其言"时运对于'三言'文人博取功名起着决定性的作用……马德称得力于六瑛小姐的忠贞和帮助，以及明王朝王权的更迭"（《钝秀才一朝交泰》）所言焦点在时运上，但时运的重点之一即是女性的忠贞与帮助。换言之，其重点亦是在强调女德——女性的忠贞与协助。

　　作者写作的立场如此，但以读者的角度，尤其是女性读者的立场，以性别观点审视"三言"科举书写中的女性，对于解读"三言"科举书写中女性的面貌，是否因多样化的视角切入而能得到不同的诠释结果，并获得更广泛的视野？本文拟以性别视角重新检视作品中的女性处境，并适时援用"抗拒性阅读"的观点，解构作品中深重的父权思维。"抗拒性阅读"为女性主义文学批评的一个主要观点之一，其意涵与方法，如乔纳森·卡勒（Jonathan Culler）所言："女性主义批评的第一个行为

---

① "三言"120篇中篇名以女性为主角的共有14篇，还有虽非以女性为篇名，但实际上主角是女性的，如《蒋兴哥重会珍珠衫》等之类。
② 刘久顺：《浅谈"三言"科举小说的特点》，《长春理工大学学报（社会科学版）》，第25卷第5期，2012年5月，第212—213页。
③ 洪娟：《论"三言"中的商人、文人和妓女形象》，中央民族大学，文学与新闻传播学院硕士学位论文，2006年5月，第28页。

就是从一个赞同型的读者，变成一个反抗型的读者"，[①] 从意识形态上采取以女性观点为中心的阅读方式。基于此，本文关注的要点有：一、在男权为主导的科举文化中，典型性的士子应举故事里，女性在故事情节与人物的整体结构下，究竟被塑造了几个人物？角色结构形态为何？占总角色多少比例？二、在男性科举场域里，女性居于什么样的地位？在其角色之下发挥什么作用？形象如何被模塑？论题的提出与诠解，主要是意识性地论述性别政治[②]之下，女性在男性中心文本[③]中被异化的现象[④]。而由于此类科举书写中的女性篇幅相对来讲实在偏少，在诠释策略上除了作意识形态的批评，同时亦追寻文本的叙述理路，并对照男性角色形象，以求能够精确地揭露作者在其中所蕴藏的价值观。本文第二节与第三节即先诠解故事内容，追寻文本的叙述理路，以便了解女性人物在此类故事中的角色结构形态、与男性主角的人物关系以及占总角色之比例。第四节则为意识性地解构批判。最后希冀此种诠释路径能够使文本解读空间更加开阔，具有差异与多重的面向。

缺席的功名盛宴

《老门生三世报恩》以庄、谐并置的话语叙述老门生鲜于同一生科举磋磴却年老发达而后回报恩师的故事。故事前半段作者语带谐谑地叙

[①] 见〔美〕乔纳森·卡勒（Jonathan Culler）著，黄学军译：《作为女性的阅读》，张京媛主编：《当代女性主义文学批评》，北京大学出版社，1992年，第43—68页。
[②] 〔美〕凯特·米勒特（Kate Millett）著，宋文伟、张慧芝译：《性政治》，桂冠图书有限公司，2003年，第37—40页。
[③] 并非所有男作家的文本皆属于男性中心文本；相对的，女作家文本可能为男权背书而不自知。
[④] 唐荷著：《女性主义文学理论》，扬智文化，2003年，第52—57页。

述主角鲜于同直至"知天命"之年科场上仍屡屡受挫,但始终不愿放弃的这一"老怪物",五十七岁那年乡试,被那贱老爱少①的考官蒯遇时凑巧地选中;接连的省试与会试,蒯遇时又因私心作祟欲取后生青年,阅卷不公加上刻意回避,却偏偏取中了年老的鲜于同。一次的巧合,一次的私心阅卷不公,再加上一次的刻意回避与私心作祟,这三次的机缘与凑巧,成为鲜于同三世报恩的序曲。

话说鲜于同乡试时,自恃眼力甚高的蒯遇时将全县生员试卷弥封阅卷,自认从公品第,欲从黑暗里选拔出第一人才,岂料他所看中的通县秀才,莫皆能及的卷首,居然正是那老怪物的卷子。此举惹得合堂秀才哄然大笑,蒯遇时羞得满面通红,顿时无言。

来年,鲜于同省试时,蒯遇时私心盘算着:

> 我今阅卷,但是三场做得齐整的,多应是夙学之士,年纪长了,不要取他。只拣嫩嫩的口气,乱乱的文法,歪歪的四六,怯怯的策论,愦愦的判语,那定是少年初学。虽然学问未充,养他一两科,年还不长,且脱了鲜于同这件干纪。

蒯遇时执意取个少年门生,乃因:"少年门生,他后路悠远,官也多做几年,房师也靠得着他。那些老师宿儒,取之无益。"由此可见蒯遇时阅卷的原则乃基于自身利益的考虑,并非公正阅卷的他,如其意地取了个不整不齐,略略有些笔资的卷子,大圈大点地呈上主司,主司也不加细究,批了个"中"字。这会儿正验证了人算不如天算,蒯遇时亲点的《礼记》房卷首,竟又是那五十七岁的老怪物。只因鲜于同在考试进场前多吃了几杯生酒,坏了脾胃,勉强进场,一头想文字,一头泄泻,

---

① 不肯一视同仁。其见了后生英俊,加意奖励,若是年长老成,则视为朽物,口呼"先辈",甚有戏侮之意。

泻得一丝两气，草草完篇。二场三场，仍复如此，十分才学，不曾用得一分出来。自谓万无高中之理，谁知身为知县的蒯遇时动了私心不要齐整文字，却以此阴错阳差使得鲜于同占了高魁。

三年后的会试，蒯遇时心中想道：

> 我两遍错了主意，取了那鲜于先辈，作了首卷，今番会试，他年纪一发长了。若《礼记》房里又中了他，这才是终身之玷。我如今不要看《礼记》，改看了《诗经》卷子，那鲜于先辈中与不中，都不干我事。
>
> 但凡老师宿儒，经旨必然十分透彻，后生家专工四书，经义必然下精。如今到不要取四经整齐，但是有些笔资的，不妨题旨影响，这定是少年之辈了。

没想到会试揭晓，《诗经》头卷名列第十名正魁，又是那六十一岁的老怪物鲜于同，蒯遇时气得目瞪口呆，如槁木死灰模样。

文末后半段作者以庄重的话语叙述中了进士的鲜于同，比少年后进更能感恩戴德。蒯遇时因直言敢谏，触怒了大学士刘吉，被对方报复入狱，刑部官员个个落井下石，只有鲜于同全力周旋，蒯遇时才得以从轻降处。蒯公儿子蒯敬共遭到诬陷，鲜于同特意选当台州知府，暗地里帮助他脱离狱讼。又奖掖恩师之孙蒯悟，先是力荐为神童，又再赠银三百两作为笔砚之资，并亲送蒯悟于台州仙居县赴试，与一己长孙鲜于涵同年中进士，三报师恩。鲜于同自五十七岁登科，六十一岁登甲，历仕二十三年腰金衣紫，赐恩三代，告老还家，又看到孙儿科第，直活到九十七岁。

此篇故事的人物群相主要以鲜于同与蒯遇时两位角色为主轴线而展开，鲜于同三次应举，叙及的重要人物就是考生鲜于同与考官蒯遇时，旁及蒯遇时的上司，以及同时赴试的众秀才；鲜于同三次回报师恩关涉的众人物,即是联系着蒯遇时的三次心头之恼,第一次是仇家大学士刘吉,第二次是儿子蒯敬共的家难,对方为豪户查家,并有查家小厮以及集合性的蒯家家属;第三次是家学后继无人,鲜于同提携蒯遇时的孙子蒯悟,叙及蒯悟的两个书童。文中为呼应孙儿科第,另有鲜于同的长孙鲜于涵,其与蒯悟同年进士。故事中鲜明的人物形象亦以鲜于同与蒯遇时两位灵魂人物为最,鲜于同为广西桂林府兴安县之秀才,复姓鲜于,字大通,作者对其形象描绘如下:

矮又矮,胖又胖,须鬓黑白各一半。破儒巾,欠时样,蓝衫补孔重重绽。你也瞧,我也看,若还冠带像胡判。不枉夸,不枉赞,"先辈"今朝说嘴惯。休羡他,莫自叹,少不得大家做老汉。不须营,不须干,序齿轮流做领案。

又矮又胖的老学宿儒,如同他的名字一般,有着鲜少与人相同的性格,自始至终不愿为贡生官,一再地让贡;须鬓黑白各一半的老学宿儒,出入科举试场,成为众人取笑的"笑具",这略带丑角的性格,却极端感恩,与蒯遇时极端厌恶的态度形成强烈反差。蒯遇时为兴安县知县,表字顺之,浙江台州府仙居县人氏,蒯遇时的鲜明形象在于他一再地"爱少贱老",却一再地错取老儒,他那视老儒如贱物的嘴脸,令人发噱。

察通篇故事并无一女性人物,印证了科举时代士子们求取举业,女性人物是缺席的,其不仅没有进场赴举的可能,甚至在鲜于同求取举业的过程中,也没有她们存在的空间。鲜于同自年少至五十七岁在竞争激烈的科场中老是不如意,然而他"不到黄河心不死",始终不愿放弃,但读者不禁质疑:他如何糊口?这一部分作者在文本中只略略说明其以学中年规的几两廪银作为读书的本钱,并以让贡得来的酬金得些利息。至于他几时娶妻生子,妻小的生活是否因一再让贡的坚持而有所影响,是否有意见与想法，文中并无提及，作者始终关心的是鲜于同的科举功名与人生前途①，作者借由鲜于同之口，抒发科举对于读书人功名前程的重要性：

> 如今是个科目的世界，假如孔夫子不得科第，谁说他胸中才学？若是三家村一个小孩子，粗粗里记得几篇烂旧时文，遇了个盲试官，乱卷乱点，睡梦里偷得个进士到手，一般有人拜门生，称老师，谭天说地，谁敢出个题目将带纱帽的再考他一考么？

寒窗苦读的目的，不仅要参加最受官场欢迎的科举考试，且必须中进士，不做贡生官。一旦中了进士，即使不称职，也没有人能够指摘：

> 进士官就是个铜打铁铸的，撒漫做去，没人敢说他不字；科贡官兢兢业业，捧了卵子过桥，上司还要寻趁他。……科贡的官，一分不是，就当做十分；悔气遇着别人有势有力，没处下手，随你清廉贤宰，少不得借重他替进士顶缸。有这许多不平处，所以不中进士，再做不得官。

种种的言论皆指出进士官荣身的好处。文本之结尾诗与入话议论更表明科举功名这等事不可以年老而自弃，亦不可因年少而自恃：

> 利名何必苦奔忙！迟早须臾在上苍。但学蟠桃能结果，

---

① 龚鹏程于《腐儒、白丁、酸秀才——市井笑谈里的读书人》中指出："所谓读书人，即是读书，识字，作文章，以应科举，然后任官，位高禄厚之人。"见氏著：《腐儒、白丁、酸秀才——市井笑谈里的读书人》，淡江大学中文系主编：《人物类型与中国市井文化》，台湾学生书局，1995年，第1—18页。

三千余岁未为长。

功名迟速,莫逃乎命。

早成者未必有成,晚达者未必不达。

深层的命定思想于叙述话语中一再出现,蒯遇时几次要避开鲜于同,却偏偏逃不过,只得承认这是命中注定的"真命进士"!在讽刺蒯遇时"贱老爱少"的偏差思想之余,作者一并讽刺科举考试缺乏细致的评分标准,考官个人的主观意识左右着考生的权益。老门生年龄太大被考官嫌弃,考官蒯遇时想尽各种办法避免录取他,却是一再阴错阳差地录取他。然而,论文章,论功名,皆是父权社会下男性的专利,女子即使有才,也与功名无涉。① 女子之才,乃于闺阁中品赏之用,成为佳人的理想典范,② 并以不妨德为主。③ 男性应举,其妻小的生活并不在求取功名过程的主体思维之内,更别说妻子对于他/丈夫的让贡能提出意见与想法,她/妻子基本上连发声的话语权也没有。

---

① 以"妇才"观颇为普遍的唐代为例,因科举的闺闱之限,女性之才虽可以和男性平起平坐,却不能以此晋身,女冠鱼玄机为此深感不平,有"自恨罗衣掩诗句,举头空羡榜中名"之句。见孙康宜著:《走向"男女双性"的理想——女性诗人在明清文人中的地位》,《古典与现代的女性阐释》,联合文学出版社,1998年,第145页。

② 如明清之际大量出现的女性诗人,为当时男性文人所重视,他们崇尚妇才,迷醉女性文本,把编选、品评和出版女性诗词的兴趣发展成一种对理想佳人的向往。见孙康宜著:《走向"男女双性"的理想——女性诗人在明清文人中的地位》,《古典与现代的女性阐释》,联合文学出版社,1998年,第72—73页。

③ 关于女子才德之辩,可参孙康宜著、李奭学译:《论女子才德观》,《古典与现代的女性阐释》,联合文学出版社,1998年,第134—160页。

绿丛中的两朵红花

《警世通言》第六卷《俞仲举题诗遇上皇》描述秀才俞良千乡万里却赴试不第、借酒消愁的落拓遭遇，满腹牢骚，题诗客店，巧遇上皇赏识而发迹的故事。话说俞良幼丧父母，年二十五赴京求官，由成都府跋涉八千里路来到临安，于贡院前桥下孙婆客店安歇，指望通过科场一举成名。怎奈时运未至，金榜无名，心想"千乡万里，来到此间，身边囊箧消然，如何勾得回乡？"流落杭州的他，找人投谒无着，饱受艰辛，每日只买酒消愁解闷，吃得烂醉，直到昏黑，便归客店安歇。客店老板孙婆不免怨声载道，指责俞良欠房钱，"却有钱得买酒吃！"俞良依然故我，孙婆不禁怒言相向："这秀才好没道理！少了我若干房钱不肯还，每日吃得大醉⋯⋯"两人一番口角后，隔日，孙婆与儿子商议倒赔银两给俞良，请其离去。酒醒后的俞良羞愧地动身，食宿无着，心下想道："临安到成都，有八千里之遥，这两贯钱，不够吃几顿饭，却如何盘费得回去？"于途中经丰乐楼，趁势被邀请进去，于丰乐楼中不免大吃大喝，从晌午前直吃到日晡时后，吃得阑残。想起身边只有两贯钱，"吃了许多酒食，捉甚还他？"遂欲以死了结，题诗《鹊桥仙》于壁上：

> 来时秋暮，到时春暮，归去又还秋暮。
> 丰乐楼上望西川，动不动八千里路。
> 青山无数，白云无数，绿水又还无数。
> 人生七十古来稀，算恁地光阴，能来得几度！

题毕，后面写道："锦里秀才俞良作。"本欲投江自尽，想想不妥，又改为悬梁自缢，不想自尽不成，被酒保救起，又再被送回孙婆客店。

而宋高宗于俞良借宿孙婆客店之夜，忽得一梦，经圆梦先生解梦，第二天扮作文人秀才，携数个近侍官，行至丰乐楼，抬头观读诗句，认为此人正是应梦贤士，立即传旨，取人回奏，当下御笔亲书："锦里俞良，妙有词章。高才不遇，落魄堪伤。勅赐高官，衣锦还乡。"俞良被任命为成都府太守，加赐白金千两，荣归故里，并对曾经容留他的店主孙婆，以百金相谢。

这篇故事的重要场景与人物即主角俞良，及其行迹所到之处与所遇之人，另有宋孝宗于德寿宫之孝行以及上皇于灵隐寺微服潜行。场景与人物如下：

场　　景	人　　物
家乡成都府	俞良、妻子张氏
临安"众安桥茶坊"	茶博士、算命先生
孙婆客店	老板孙婆与儿子孙小二
丰乐楼	丰乐楼站门之紫衫二男、掌管、师工、酒保、打杂人等
德寿宫	宋高宗、皇太后、宋孝宗、太监、内侍官、宰相、解梦的圆梦先生
灵隐寺	住持僧、行者剑南太守李直

另有集合名词地方官等人物。若论男、女比例，约为21∶3，即7∶1。而俞良妻张氏于故事中并无现身，皇太后这一角色，是宋孝宗之母、宋高宗之妻，主要起陪衬作用，在二十多个角色中，以人物对话论人物形象，主要有俞良与孙婆、俞良与算命先生、俞良与酒保、俞良与上皇间的对话，故而实际上被塑造的女性人物仅有孙婆一角。

《警世通言》第十七卷《钝秀才一朝交泰》中的秀才马德称，本为宦门之后，父亲马万群因论太监王振专权误国，被削籍为民，后气病而死，而其母早丧。马德称因科场不利，榜上无名，自十五岁进场，到二十一岁，三科不中。家中遇难后，为人忠厚的他，惨遭里中黄胜、顾祥两个狗炙之徒逢迎变卖，以致家产耗尽，四处求告。马德称先是前往杭州寻找表叔投靠，不料表叔于十日前病故，再行至湖州，欲投靠父亲门生德清县知县，无奈知县告病；再到南京寻旧日年家，却一无所遇。久客于外，半年有余，得知当初在家乡守丧时因无礼物送与学里师长，考试资格被罢黜，无颜回乡。落拓穷困的模样，连投宿的大报恩寺的和尚也憎嫌。无人信又无人请的马德称，幸逢赵指挥欲请个门馆先生教书，遂由寺僧举荐，随赵指挥北上，却不巧遇黄河决堤，赵指挥不知去向。举目无依的他，意欲投河，却遇一老者相救，好心的老者颇具慧眼，欲赠荒银三两，却意外地遭盗走；身无盘缠一路卖字的马德称，不得文人墨士鉴赏，只得半饥半饱地到北京寻找年伯尤侍郎与左卿曹光禄。曹光禄送点小礼打发他，尤侍郎则是将他再转荐于陆总兵。不料北虏"也先"为寇，陆总兵失机而坐罪，尤侍郎遭罢官，马德称在塞外耽搁了三四个月，依旧一无所遇，只得回京城旅寓。返回京城后，打听得刘千户正欲寻个下路先生教书，经由店主推荐，前往"坐馆"。教书方三个月，学生又意外地长水痘死了。衣衫褴褛的他求告无门，被人视为灾祸之源：

> 马德称是个降祸的太岁，耗气的鹤神，所到之处，必有灾殃。赵指挥请了他就坏了粮船，尤侍郎荐了他就坏了官职。他是个不吉利的秀才，不该与他亲近。

从此，京中人给他取个异名，叫做"钝秀才"。可怜马德称衣冠之胄，饱学之才，时运不利，受尽奚落，弄得日无饱餐，夜无安宿，仍旧卖字为生，于庙宇安身。最终流浪到真定府龙兴寺大悲阁，以抄写法华经为生。

黄胜于马德称尚未落难之时，为攀缘逢迎，将亲妹黄六媖许配给马德称，然马德称从小立愿："若要洞房花烛夜，必须金榜挂名时。"待马德称落难离乡后，传言马德称已覆没于黄河，黄胜遂朝夕逼勒黄六媖改聘，黄六媖不顾哥哥反对，矢志等马德称归来，时"求亲者日不离门，六姨坚执不从"。直至哥哥黄胜得花柳病而死，黄六姨处理完丧事并抚平、安置欲夺家产的族亲，便开始打听未婚夫婿的下落，得知马德称于远乡佛寺抄经为生，决断之下，千里迢迢来到京中，花费白金百两，差老家人王安前去，欲助马德称"入粟北雍"，马德称仍坚守"若要洞房花烛夜，必须金榜挂名时"的誓愿，必待榜上有名，方敢与黄小姐相见。马德称就此得黄小姐之资读书应举，其年"土木之变"，天顺更迭为景泰，新皇帝上任，奸臣王振倒台，大环境发生变革，马德称上疏为父昭雪冤情，并为己"辨复前程"。此际正直人士得到平反，科举命运亦发生大逆转，第二年春天，马德称考取监元，与黄小姐成亲。来春，又考中第十名会魁，殿试二甲，考选庶吉士。三十二岁才登第的马德称，应了当初黄河岸边老者的话："看你青春美质，将来岂无发迹之期？"高中榜首，一举扬名，"做到礼、兵、刑三部尚书"。黄小姐封一品夫人，所生二子，俱中甲科，簪缨不绝。也应了当初书铺算命先生的铁口："若过得三十一岁，后来倒有五十年荣华。"马德称将近十年祸不单行的人生际遇，亲历世俗社会见风转舵与势利嘴脸，后发迹变态，喜剧收场。

《钝秀才一朝交泰》故事之人物众多，可依算命先生所论马德称之命运轴线为界点。"偏才归禄"，生于贵宦之家的马德称，在二十二岁父亲马万群亡故之前，故事中的关系人物有：马万群、马万群夫人、马德称、太监王振、黄胜、顾祥、张铁口、黄六姨；二十二岁"官煞重重"至三十二岁金榜题名前，人物有：守坟老王、十二岁家生小厮、表叔、湖州德清县知县、赵指挥、河边老者、老者相熟的主人家、兵部尤侍郎、左卿曹光禄、陆总兵、刘千户、刘千户之子、刻薄小人、浙中吴监生、吕鸿胪、黄胜之妻、黄家丫鬟僮仆、黄家老家人王安、龙兴寺长老、天顺帝、皇太后、郕王；三十二岁金榜题名后，人物有：延平府将乐县之府县官员、马德称与黄六姨之二子。故事中众多男性人物主要作为映证马德称"所到之处，必有灾殃"的应场人物，作者大篇幅地刻画马德称屡屡致灾招祸，主要是烘托其"万般皆是命，半点不由人"这句话，同样地，命定思想浓厚。而唯一的女性角色即是黄六娪，另有丫鬟们，丫鬟们仅是集合名词，于故事中一笔带过。众多角色人物，姓名俱全者有：马万群、马德称父子，太监王振，黄胜、黄六娪兄妹，顾祥、张铁口，以及老家人王安。姓名俱全者的男女比例是8：1，黄六娪可说是绿丛中唯一的一朵红花。若是加上姓名未俱者，集合名词以一人计算，男、女人物比例是35：5。两种方式比较的结果，比例上相差无几，然不论如何，女性人物比例显然偏低，且其余女性人物皆不具声口、面貌，皇太后位尊一国之太后地位，其作用主要是说明时代大环境的变革，另有卑贱的丫鬟们，于故事中用以陪衬黄六娪。其他女性人物是某人之妻、某人夫人，附属于男性夫权之下，不具完整的形象。黄六娪与上一故事之孙婆，是绿丛中的两朵红花。

男性主体下的异化角色

　　从上述故事中可知在追求仕途科考的过程中，赴举应考的读书人没有任何经济能力，若家道消乏或盘缠用尽，只有四处访寻投谒，一处又一处，一家又一家，但由于科考的路途遥远，时间又漫长，基于能资助者银两有限，无法提供长时间花用，当有能力者皆已访遍，便只有走上赊欠甚或乞食一途。除非中举以谋得一官半职，方有收入，否则，生活的未来愿景不知在哪儿。《钝秀才一朝交泰》的马德称，所幸为宦门之后，尚有一些父亲生前的世交或门下弟子可寻访，直至投宿无门时，便以己身拥有的才学谋个临时性的教职，至少生活先安顿下来，并可在教学之余温习旧业，再不然，便只有卖字为生，有一餐没一餐地，或寄宿于庙宇，以抄经度日。而《俞仲举题诗遇上皇》的俞良，父、母早丧，二十五岁赴举途中不幸地生了一场大病，盘缠用尽，极其穷困与狼狈之下来到京城临安应考，却不幸落榜，身无分文的他，暂歇客店，一想到临安至家乡成都有千里之遥，便灰心丧志地买醉度日，像市井无赖般白吃白喝，全无文人的斯文体面。最后甚至欲自尽来逃避眼前穷困难当、举步维艰的处境。我们看到在男权社会里，男人世界中，落第的读书人，毫无立足之地的窘态。①

科举的世界是由男性所演绎而成的世界，传统的读书人在此世界里屡屡挫败，人生的瓶颈无由突破之时，不知要如何立足？《老门生三世报恩》的作者冯梦龙转而投身于通俗文学的编纂，余二篇《俞仲举题诗遇上皇》《钝秀才一朝交泰》的作者虽不知姓名为何，他们的身份极有可能是科举挫败的书会才人，同样地，他们皆为他们的主角安排了喜剧的结局。老门生鲜于同遇到命中的贵人蒯遇时，"遇时"实时运到了所遇之人，正因为蒯遇时的私心作祟，阅卷不公，方三番两次意外地误打误撞，录取了他向来鄙视的老儒；俞良的行为逾越了儒生该有的良行、志节，其世俗化的丑陋言行，令人感到不齿，②却因为诗才为上皇所重，

---

① "他们只会写文章，没有应付现实生活的其他技能，要想不成为饿莩，只有几条生路，其一是担任学官，《明英宗实录》卷二六八：'其初心皆望科举出仕，但见解额有限，自度不能皆得，故其就训导保举者愈多也。'做学官固然'署冷如冰'，会让老婆痛哭，但终究要比让老婆饿死强些。其次，则是去谋民间教职，此即所谓坐馆。坐馆者名为西席，实系仰人鼻息，依童子为稻粱，生涯之辛酸可知。"见龚鹏程：《腐儒、白丁、酸秀才——市井笑谈里的读书人》，淡江大学中文系主编：《人物类型与中国市井文化》，台湾学生书局，1995年，第1—18页。
② 若欲探究原因，除了市井环境世俗化的影响，亦可由科举之弊获得解释。科举为功名之学，是为功名而求学，功名是登堂入室的最终目的，学问就形成了敲门砖，圣贤的精义与是否身体力行，就不是那么重要；另外，与官学体系紧密结合在"禄利之途使然"中发展起来的儒学，"君子谋道不谋食"的超越流俗性格以及理想色彩、学以为己的态度，均已失落，不复存在。见龚鹏程：《腐儒、白丁、酸秀才——市井笑谈里的读书人》，淡江大学中文系主编：《人物类型与中国市井文化》，台湾学生书局，1995年，第1—18页。

故衣锦还乡。俞良的贵人是上皇，但我们注意到这篇故事中唯一的一朵红，在男性仕途中的重要性以及男性笔下的作用。俞良在穷途末路之时，最后之所以能够题诗遇上皇，当中有一位关键性的女性人物，此人即是孙婆。孙婆与儿子二人相依为命，在市井环境中经营小本生意，对于房客的房钱自是以商人的角度向房客讨取，对于白吃白喝而付不出房钱的俞良——有钱买酒却没钱付房钱，看在孙婆眼里实在是气不过，故先是埋怨道："秀才，你却少了我房钱不还，每日吃得大醉，却有钱买酒吃！"俞良对此埋怨置之不理，依旧每日鬼混得几碗酒吃，直至丰乐楼那晚酩酊大醉而归，昏睡不醒，孙婆见状，终于忍不住大骂道：

　　这秀才好没道理！少了我若干房钱不肯还，每日吃得大醉。你道别人请你，终不成每日有人请你？

孙婆所言并非夸张亦非污蔑，然俞良不但不觉羞愧，反回呛道：

　　我醉自醉，干你甚事！别人请不请，也不干你事！

遇到这样不讲理的房客，任谁也无法容忍，孙婆于是下最后通牒："老娘情愿折了许多时房钱，你明日便请出门去。"想不到带酒的俞良竟开口，反向孙婆讨钱："你要我去，再与我五贯钱，我明日便去。"在市井中经营客店生意以糊口的孙婆，听了不禁笑起来道：

　　从不曾见恁般主顾！白住了许多时店房，倒还要诈钱撒泼，也不像斯文体面。

想不到俞良乘着酒兴，狂妄自傲地回骂道：

  我有韩信之志，你无漂母之仁。我俞某是个饱学秀才，少不得今科不中来科中。你就供养我到来科，打甚么紧！

  俞良之所以敢如此自信、狂妄，主要是受到算命先生铁口的影响。而其责怪的言语"我有韩信之志，你无漂母之仁"，若不明究，极易被误导，以为孙婆是个唯利是图的市井愚妇。看着俞良的气焰一回比一回嚣张，乘着酒兴发酒疯，孙婆自亦不敢惹。对于这般无赖又不讲理的"文人"房客，孙婆并没有立即告官捉拿或派人把他轰走，与俞良争辩中虽有些口角，却也是一忍再忍，忍不住了，便劝俞良往他处谋生，甚至愿倒赔银两助他上路。俞良至丰乐楼闹自尽不成又被送回客店，孙婆亦只能无奈地留他一晚，隔日再请儿子押他上路。对于俞良最后的发迹，表面上孙婆似无直接的帮助，然而像她这样有着妇人之仁的市井小人物、市井小商贾，在资本主义萌芽的市井环境中，经营小本生意，位居社会底层，冒着经商可能失败的风险，存活实属不易。而她宁可亏一些钱，以温和的方式处理赊欠的房客而不是以激烈的手段对付，对于蛮横不讲理的落拓读书人，是最大的人情关怀与包容。作者对于孙婆这一人物，没有给予特别的称赞也没有给予诋毁，如实地描摹其言行，在作者笔下，孙婆是一个不加主观色彩的中性人物，因为作者的主旨不在孙婆身上，而是在文人的科举命运上，"若使文章皆遇主，功名迟早又何妨"，被上皇御敕为成都府太守的俞良，前呼后拥，荣归故里，将御赐的路费白金百金，酬谢孙婆，孙婆毕竟没有做亏本生意。"又将百金酬谢孙婆"，作者对这一位颇具关键性的次要人物，以金钱上的小小回报一笔收束带过，"善有善报"似乎是作者对孙婆这一市井女商贾的最佳脚注，客店中两人颇具张力的口角对话，于文本最后没有相应的后续心理描写，那些失态的口角对话内容成为作者用以彰显文人科举不第的严重失落；那颇有戏剧效果的口角对话，用以展现作者文本之社会内容涵融性与丰富性。换言之，孙婆是男性为主体的科举文化下，渴望女性包容的一个情节过渡性异化人物。

《钝秀才一朝交泰》中的黄六娪是才貌双全的女性，颇具文采的她，以"何事萧郎恋远游？应知乌帽未笼头。图南自有风云便，且整双箫集凤楼"诗句劝马德称，然而她更多的才气表现在她的主见、识见、谋划、决断与行动力。当黄胜病逝，既无兄弟又无子嗣，黄胜之妻毫无主见，亲族们便欲乘机谋夺家产，身为小姑的她，内支丧事，外应亲族，按谱立嗣，使众人心悦诚服，别无他言，而黄六娪自家也分得一份家私数千金。黄六娪当下又运用手中的这份家私，为自己谋求幸福，随即收拾起辎重银两，带了丫鬟、僮仆，雇下船只，一径往北京寻找丈夫。黄六娪的表现迥异于传统女性刻板印象的柔弱无助，人性中具有的主见、谋划与决断，并不是男性所专有，也并不会因生理性别的差异而有所不足，自古以来的女性多不具这份才气，乃是社会定义她们需柔弱服从，需三从四德，致使她们无由发挥这份才气，这是社会性别所造成的刻板印象。而具有这番才气的黄六娪被称为"女丈夫"，如同"女中豪杰"这般的称呼所拥有的性别意涵，可知社会的性别意识是如何模塑与定义女性的气质。

黄六娪一旦打听到未婚夫的消息，便差老家人王安前去迎接。其备妥白金百两，新衣数套，亲笔作书并缄封停当，吩咐道："我如今便与马相公援例入监，请马相公到此读书应举，不可迟滞。"其果断的言词，紧凑的语气，第一人称"我"的使用，彰显了自我主体意识，她深知未婚夫马德称在外流浪多时，蹉跎了多年的光阴，趁今日有家私钱财，可助未婚夫读书应举，故此事不可怠慢，不可再延宕下去。

黄六娪第三次明确的决断与举动，是在寓中得知政权更迭后皇上颁布"凡参劾王振吃亏的加官赐荫"这一消息，便立即遣王安报与马德称得知。寺中安心温习旧业的马德称，得知消息便收拾行囊，赴京上奏。黄六娪当下又拨家僮二人以服侍马德称，并提供日用所需，络绎馈送，使马德称在京生活有人照料并无后顾之忧。当马德称完成为父昭雪、为己辨复前程后,黄六娛即刻又差王安送银两到马德称寓所,教其以廪生的资格入国子监,在京应试。饱富才学的马德称,来年春天即考中监元,至秋,乡试一举中经魁,至此金榜挂名,于寓中与黄小姐成亲。黄六娛的识见与谋断,使其如愿以偿。她的当机立断与积极性,不外就是为了未婚夫的前途,也等于是为了自己的婚姻幸福,因马德称一再坚持"若要洞房花烛夜,必须金榜挂名时"。黄六娛帮助马德称读书应举,完全就是为了这一句话,而潜藏于女性心中的那一份情感,作者并无着墨,最初凭那狗彘般的哥哥在一己利益考虑下将其许配给马德称,当马德称生死未卜传言随着赵指挥的粮船覆没于黄河,黄六娛即"以死自誓,决不二天",黄六娛此举无异又是一个明代的贞节烈妇,任凭哥哥逼勒或求亲者日不离门,黄六娛毅然禀持初衷,愿为生死未卜的未婚夫守节至死。"决不二天",天即是夫权的代表,丈夫是传统封建道德中女子的天,为其守节即代表为其守身,坚持信守当初婚约之诺,没有情感基础的道德实践,此时的黄六娛可说是盲昧地守着那未知的"天",若是马德称真的覆没而死,或是她的哥哥长命百岁安享天年,那么她的青春年华就将这么因守寡而枯萎。明代的节烈观荼毒女性,于此通俗小说中,可见一斑。

所幸小说作者安排了喜剧结局,六娛因夫而贵,马德称直做到礼、兵、刑三部尚书,她被封为一品夫人。小说作者刻画了一个拥有识见、谋划与决断力的女性,似乎伸张了女权,为自己谋求幸福。但我们知道在当时父权思想仍根深蒂固的封建社会,黄六娛的主动权是在父权社会的网眼底下方能有所发挥,缺德的黄胜在渔目女色下得病而死,加上无兄弟无子嗣,大嫂又无谋断,身为小姑的黄六娛方有出头的机会。她的识见、谋划与决断力为她觅回丈夫,并助他读书应举,赢得自己一生的富贵,但这也是在"三从"的教条下所走出的一条路。"在家从父",父亲亡故,兄长亦亡,已有婚约的她,虽尚未出嫁,但"从夫"之举,从未断绝。拥有钱财与决断力的她,在父权社会之下,不可能独自开创出自己的人生天地。在父系社会里，妇女没有自己独立、固定的身份，她的一生必须经过一次生命流动——婚姻，来确定自己的身份。在结婚之前，她的社会身份来自天生的血缘联系，但是在嫁入没有血缘关系的夫家之后，她的社会身份，来自于婚姻与性的双方联结，经由"身体"确立"身份"的凭借①。黄六媖坚持守节的意义，除了对于初婚信约的坚守，也意味着执守她第一次婚约所缔结的身份，故黄六媖最终还是得经由婚姻而附属于夫权之下，若不如此，就是走上孤寡守节至死或削发出家为尼的道路。故事中我们看到黄六媖助马德称读书应举，帮助马得称由阴霾走向光明，看似阴盛阳衰的反传统结构，其实仍是父权社会下以男性为主体的异化角色。

结　语

本文探讨"三言"科举故事中的女性书写，以明代的《老门生三世报恩》《俞仲举题诗谢上皇》《钝秀才一朝交泰》三篇故事为主，方法上以女性读者的立场，以性别观点重新检视作品中的女性处境，并适时援用"抗拒性阅读"的观点，解构作品中深重的父权思维。

女性与科举之间确属间接与疏离，科举有闺闱之限，女性即使有才，终其一生也与科举无缘。在男性求取功名的过程中，下者之情形为女性连发声的话语也没有，完全没有被写入文本中；上者之情形则是男性科举失落的包容渴望，情节过渡的异化人物。再上者则在父权的网眼下发挥才智，协助男性登科入仕，表象上似为女性争得话语权，而其真义仍

---

① 费丝言：《由典范到规范——从明代贞节烈女的辨识与流传看贞节观念的严格化》，台湾大学，1998年，第13页。

为寻"三从"轨迹，为一己之身份觅得归宿。在俗文学的科举书写代表作中，女性在舞台的一角有现身的机会，展现她们纯真的喜、怒、哀、乐，成为绿丛中的两朵红花，是值得关注的。但在深重的父权思维体系下，女性终究是科举制度中男性主体下的异化角色。

作者简介：刘淑娟，台湾吴凤科技大学通识中心副教授。

《聊斋志异》之救赎主题及其叙述建构

周建渝

内容提要：在宗教与神学史上，"救赎"是一个反复再现的主题，也指人们排除障碍、复归上帝的过程。在世俗的价值观中，"救赎"常常具有道德上趋善去恶之性质，意味着向特定社会主流道德价值观的回归。《聊斋志异》对狐妖鬼怪形象特征的设置，显示出叙述人、作者对于色诱的道德立场，此一立场与当时社会的正统观念相互呼应。本文以《聂小倩》《青凤》为例，论述小说对故事人物间互动关系的建构，呈现出"救赎"这一主题。这种"救赎"是世俗社会中人们的自我救赎，而非来自上帝的救赎；是人们相互间的救赎，而非单向的拯救与被拯救；是道德意义上的救赎，而非宗教意义上的救赎。

关键词：《聊斋志异》《聂小倩》《青凤》 救赎 叙述建构

"救赎",英文作"atonement"或"redemption"。在宗教与神学史上,是一个反复再现的主题(recurring theme),也指人们排除障碍、复归上帝的过程。①在世俗的价值观中,常常具有道德上趋善去恶之性质。如果说,宗教意义上的"救赎"标志着重新建立或增强教徒与圣主的联系,世俗意义上的"救赎",则意味着向特定社会主流道德价值观的回归。这后一种"救赎",则是我们在《聊斋志异》等传统叙事文学中所常见的。

"救赎"作为主题出现在文学作品中,已为读者熟知。然而更重要的是,这一主题在作品的叙述中如何被建构,其呈现过程中带有怎样的叙述特征?这些都是值得关注的议题。以下将以《聂小倩》《青凤》为例,讨论《聊斋志异》中的"救赎"主题及其叙述建构。

救赎主题及其叙述建构

《聂小倩》是《聊斋志异》中的名篇,叙述书生宁采臣与女鬼聂小倩之间的爱情故事。浙人宁采臣赴金华府应试,"会学使按临,城舍价昂",②遂栖于城外北郭一荒郊野寺,夜遇女鬼聂小倩。小倩先以其年轻

---

① 《英国百科全书》(Encyclopædia Britannica)将"救赎"(atonement)解释为:"宗教与神学史上反复再现的主题(recurring theme),人们排除障碍、复归上帝的过程。无论是原初的或是后天的(救赎),救赎仪式出现在绝大多数宗教中,成为教徒与圣主重新建立或增强联系的方式。救赎常与奉献牺牲(sacrifice),两者常与道德净化和宗教接受的仪式相关联。"见 Encyclopædia Britannica, ed., Robert P. Gwinn, Charles E. Swarso, Philip W. Goetz. Chicago: Encyclopædia Britannica, Inc., p. 680.
② 蒲松龄著,张友鹤辑校:《聊斋志异:会校会注会评本》,上海古籍出版社,1986年,卷一,第160页。本文所引《聊斋志异》文本,若非特别说明,均引自此本。

美色("十七八女子""仿佛艳绝")引诱宁采臣,①遭拒后,再以财(黄金一铤,实"非金也,乃罗刹鬼骨,留之能截取人心肝"②)诱之,亦遭拒。若宁生受之,小倩便可害宁。与宁生同时居于同一寺庙东厢房的兰溪生(候试者),因受小倩诱惑,遂为其所害,"至夜暴亡"。③作品设置兰溪生死于色诱,显然与宁采臣拒绝色诱作对应。

在叙述人的描述中,故事女主角聂小倩是鬼的特征与人的特征的结合体。其鬼的特征表现为:摄血,无所不知;其人的特征则是外貌美丽,有灵魂,有性格。人之特征与鬼、狐特征交织一体,是《聊斋志异》众多故事角色的鲜明特征,一如鲁迅所言:"用传奇法,而以志怪……出于幻域,顿入人间。……使花妖狐魅,多具人情,和易可亲,忘为异类,而又偶见鹘突,知复非人。"④蒲松龄对聂小倩鬼性特征的描述,显示出时人对于鬼类的想象与呈现;对聂女人性特征的描述,则来自现实生活的经验,突显其道德寓意。

构成叙述的事件颇具写实性:色诱、财诱、信义三项考验,均涉及道德性质。就聂小倩角色而言,她以色与财害人,在叙述人及读者的立场看,显然是不道德和有罪的。至于宁采臣,作品开端便交代其形象是"廉隅自重"。⑤这种"廉隅自重"的形象特征在后面,通过宁生拒色拒财和守信义的行为得到证实,由此打上鲜明的道德色彩。在作品的开端,叙述人便为这一对具互动关系的角色打上道德的烙印,从而为后面的叙述提供方向性的规范:这并非是一个单纯的浪漫爱情叙述,其中蕴含深刻的道德寓意。

爱情叙述与道德寓意之相互呼应,相互发明,是这篇小说叙述的重

---

① 《聊斋志异:会校会注会评本》,卷一,第161页。
② 同上书,第162—163页。
③ 同上书,第162页。
④ 鲁迅:《中国小说史略》,人民文学出版社,1973年,第179页。
⑤ 《聊斋志异:会校会注会评本》,卷二,第160页。

要特征。聂小倩由害宁生到爱宁生,其转变原因是宁生在拒色、拒财与信守承诺三方面体现出的正面道德质量,此反映出叙述人及其身后作者所持有的道德立场,亦与当时社会的价值观相吻合。宁采臣由拒绝聂女到接受她为妻,亦因聂女曾帮助他避免夜叉之害,遂以移葬小倩骸骨作为回报,继而将她接纳为妻。作品对两者关系的叙述,于女方重在叙其爱情,于男方重在叙其信义。这或许是《聊斋志异》叙述男女爱情故事之重要特征,我们从《连城》《青凤》等其他作品中亦能见之。①

拯救与被拯救

然而,这仅是作品寓意的一个方面。另一方面,作品中的爱情叙述与救赎叙述之相互关联,更加值得关注。我们不禁要问:爱情与救赎在深层寓意上如何建构起小说的主题?作品的叙述表层告诉我们,聂小倩由鬼变成人,变成良家妇女。然而,为何有此改变,又如何改变?两个故事主角间的道德与爱情关系为何得以产生,又如何可持续地发展?这一点,需要从两者间的互动关系予以考察,因为一篇小说的叙述结构,往往是在人物间的互动关系中建构起来的。

在我看来,这种互动关系实在带有"拯救"与"被拯救"的特征,正是这一特征,导致这篇小说呈现出"救赎"主题。

小说开端,聂小倩被赋予既有色又有财的表象,与专事害人的鬼的实质。这样的形象组合,隐然含有"财色害人"之寓意。以财色害人作

---

① 《连城》中的乔生与连城,其超越生死域限的爱情叙述,与连城钟情乔生、乔生视连城为知己,并剜其心头肉为连城疗疾的叙述交织而相互呼应;《青凤》中的耿去病与狐女之间爱情得以遂愿,决定于耿生先后对青凤及其叔父的仗义相救。《连城》见《聊斋志异:会校会注会评本》,卷三,第362—367页;《青凤》见同上书,卷一,第111—118页。

为一种道德符号,被赋予堕落、罪孽、鬼类(而非人类)等负面特征,于是引出"赎罪"或"救赎"这一寓意性的情节叙述,开启了后面的"救赎"历程。

另一方面,作品开端交代宁采臣是"廉隅自重"。此引自《礼记·儒行》"近文章,砥厉廉隅"语,言宁生乃勤学自励的正派儒生,① 并暗示他具有对聂小倩实施道德拯救的潜在能力。至于聂小倩,故事叙其"十八夭殂,葬寺侧,辄被妖物威胁,历役贱务;觍颜向人,实非所乐"②。所谓"十八夭殂",明其为鬼而非人类,"被"字的使用,说明以色、财诱人等不道德行为非其本愿,"觍",何垠注:"本作䩄,音腆,面惭也。"③ 暗示其有道德耻辱感。这样的叙述旨在说明,聂小倩具有被救赎之可能性。小说后面的叙述逐步证实了这种可能性。

既然有"救赎",那么是谁拯救谁呢?注意到聂小倩被"救赎",仅是叙述的一面;同时应看到,聂小倩之所以被拯救,是因她拯救了宁采臣。当寺内三名男子中,兰溪生"暴亡",燕赤霞有剑箧护身,宁采臣别无选择地将成为下一个受害者时,是聂小倩事前警告宁生:"今寺中无可杀者,恐当以夜叉来。"并嘱宁生当晚"与燕生同室"而卧,遂免为夜叉所害。④ 若无聂女如此救助,宁采臣当晚必死无疑。作为回报,宁生答应聂女的请求:"囊妾朽骨,归葬安宅。"⑤ 宁采臣实践其承诺,正是拯救聂小倩之开端。

聂女的"救赎",既有她"被拯救"的特征,又有其自我拯救的特

---

① 《聊斋志异·聂小倩》引何垠注:"廉,棱也。隅,角也。喻方正也。"吕湛恩注:"不刓方以为圆也。"见《聊斋志异:会校会注会评本》,卷二,第160页。〔唐〕孔颖达《礼记正义》:"'近文章,砥厉廉隅者',言儒者习近文章,以自磨厉,使成己廉隅也。"见〔清〕阮元:《十三经注疏》,中华书局影印,1980年,下册,新排版第1671页。
② 《聊斋志异:会校会注会评本》,卷二,第162页。
③ 同上。
④ 同上书,第162—163页。
⑤ 同上书,第163页。

征。她的尸骨"归葬安宅",标志其"被拯救";她到宁家后,无论是"朝旦朝母,捧匜沃盥",或是白日"代母尸饔",夜间"诵楞严经",①均显示其自我拯救的过程。

从宁采臣与聂小倩的互动关系看,这种"救赎"是双向的,是两者间的相互拯救。聂小倩拯救宁采臣免受夜叉害命这一行为本身,也就开启了她的自我拯救,具道德意义的自我拯救(不再以财色害人)。宁采臣将聂女葬于寺侧的遗骨"归葬安宅",乃是将聂氏鬼魂从"妖物威胁"、逼其害人的罪孽环境中拯救出来。这样的情节设置告诉我们,救赎是双向的救赎,具有互动的特征,在聂小倩是由堕落(诱人与杀人)转向救赎(拯救与赎罪),在宁采臣是由被拯救(被聂小倩拯救)转向拯救女方由鬼回归为人。

此后,聂小倩在宁家所为,又标志其自我拯救的持续发展。她被娶为宁妻,可视为进一步被拯救;她为宁家先后生二子,又拯救宁家免于"不能延宗嗣"②之灾,因为宁生久病的前妻,生前并无生育,宁家遂有绝后之危机。聂小倩婚后生子事件的设置,既完成了聂女的救赎过程,又与宁采臣当初对聂的救赎(移其尸骨,归葬安宅)相互呼应,回报了宁生对她的拯救。"救赎"主题就是这样在叙述过程中逐步呈现和完成的,两个角色间的相互拯救构成了小说的主要叙事结构:聂小倩拯救宁采臣性命的同时,也赎了自己害人的罪孽;宁采臣在被聂小倩挽救性命后,也通过对她的接受,拯救了她的灵魂,并帮助她由鬼复归为人。因此,聂小倩赎罪的过程正是其由鬼变人的过程。

---

① 《聊斋志异:会校会注会评本》,卷二,第165—166页。按:《楞严经》,佛教经典,全称《大佛顶如来密因修证了义诸菩萨万行首楞严经》,简称《大佛顶首楞严经》《首楞严经》《大佛顶经》,十卷,言"一切世间诸所有物,皆即菩提妙明元心"。参见任继愈主编:《佛教大辞典》,江苏古籍出版社,2002年,第1248页。

② 《聊斋志异:会校会注会评本》,卷二,第167页。

变鬼为人的双重意义

聂小倩由鬼复归为人具有双重意义，一是生理形态上由鬼复原为人，一是心理形态上由不道德的"财色害人"回归为恪守妇道的良家女子。叙述人安排她初到宁家，便"朝旦朝母，捧匜沃盥，下堂操作，无不曲承母志"，①显然肯定这样的妇道行为。对这种妇道的肯定，还体现在宁妻死后，叙述人安排聂女嫁作宁妻，并生二子。

聂小倩由鬼向人转化的过程，亦是她在道德上改恶从善的过程。此过程起始于她帮助宁采臣避开夜叉危害，这在叙述人看来，无疑带有道德层面上改恶向善的性质。聂小倩由鬼变人的改造过程，是到宁家后通过恪尽妇道来实现的，这个复归过程在作品中逐步展开，聂女被宁采臣及其家人接受，至宁妻死后她被娶为妻，均显示了她向人性、道德性之逐步复归。婚后为宁家生子，标志其完成向人的回归。由鬼向人的蜕变的过程，与道德上改恶从善的过程相互交织，又相互呼应，互为因果。聂小倩变鬼为人具有的这种双重性，传递出叙述人所持有的道德立场：以财色诱惑而害人，是鬼类行为；只有抗拒这些诱惑，人们才能全身保命；帮助他人抗拒色与财的诱惑，是道德的升华，这种升华足以改变一个人命运的吉凶，甚至能使其由鬼转变为人。因果报应的观念与传统社会中"劝善惩恶"的道德说教融为一体，建构了这篇小说的寓意。

---

① 《聊斋志异：会校会注会评本》，卷二，第 166 页。

中国式"救赎"

以上讨论了《聂小倩》的"救赎"主题及其叙述建构,再来看其"救赎"主题所带有的民族与文化特征。"救赎",作为个人或社会从痛苦和己所不欲的状态下获得解脱,在不同宗教与文化中具有共同性,《聂小倩》所建构和呈现的"救赎",则带有中国文化的传统特征。从比较的角度观之,基督教认为人类需要上帝的救赎,《新约圣经·罗马书》称:"因为大家同有一位主;他厚待所有求告他的人,因为'凡求告主名的,都必得救'。"① 《聂小倩》中的救赎,则带有自我救赎之特征,所谓"解铃还需系铃人"。此一特征或与佛教之"解脱"观念有关。"解脱"又称"度脱",梵文作"Vimoksa"或"Vimukti",意指摆脱业障之束缚和生死流转的苦痛。《维摩诘经》卷一僧肇注:"纵任无碍,尘累不能拘,解脱也。"② 所谓"纵任无碍","尘累不拘",须凭借当事人的自我修养。聂小倩由鬼到人的蜕变,亦是她摆脱业障的过程,这一切需要她在宁家的自我改造来实现。至于宁采臣,他能得到聂小倩鬼魂相救而避过夜叉之害,亦是因为他拒色拒财的行为感动了聂小倩,他的得救,亦源自他自身的"圣贤"③行为。其次,基督教认为人类有与生俱来的原罪,《新约圣经·罗马书》说:"正好像罪借着一个人入了世界,死又是从罪来的,所以死就临到全人类,因为人人都犯了罪。"④ 人类必须通过赎罪,才能获得救赎。《聂小倩》的救赎,则并不含有原罪观念,其赎

---

① 《新约圣经》,天道书楼有限公司,2001年,第317页。
② 〔后秦〕鸠摩罗什译,〔后秦〕僧肇注、常净校点:《维摩诘所说经》,黑龙江人民出版社,1994年,卷1,第1页。
③ "(聂小倩)谓宁曰:'妾阅人多矣,未有刚肠如君者。君诚圣贤,妾不敢欺。'"见《聊斋志异:会校会注会评本》,卷二,第162页。
④ 《新约圣经》,第307页。

罪并非赎原罪,而是赎现世的罪,或现实生活的罪,因此,这种救赎带有世俗的性质,而非宗教的性质。简言之,《聂小倩》建构和呈现的是中国式"救赎":其一,是具有世俗性质的救赎,拯救者是人类自身而不是神;其二,是人鬼间的相互拯救,背后蕴含人鬼相通的观念;其三,是具道德性质的拯救(与中国传统的道德观念相吻合),而非宗教意义的拯救。①

《青凤》通过讲述另一个故事,强化了《聊斋志异》的救赎主题。作品叙述耿去病向狐女青凤求爱,为青凤叔父所阻,后于清明上墓,途遇青凤为犬所伤所逐,几被犬食。耿生救之,两者遂交好同居。后遇青凤叔父遭耿去病友人猎获,命在旦夕。耿生救之,叔父感恩,遂允青凤与耿生合好。

在作品中我们同样看到,耿生拯救青凤,遂使自己因受阻而濒于无望的爱情亦得拯救。此叙述模式亦为:一、故事角色自我拯救,而非神的(上帝的)拯救;二、故事角色之间的相互拯救,而非单向的甲方拯救乙方;三、拯救具世俗的道德性质,而非宗教性质。

《聂小倩》叙述人鬼间的爱情,《青凤》则叙述人狐间的恋爱。《青凤》叙述的寓意在于:狐非人类,要经修炼,才能成人,成仙。而此修炼,亦为一拯救过程。关于《青凤》之救赎主题及其呈现,与前面所论《聂小倩》部分互有异同,限于篇幅,兹不赘论,下面将讨论《聂小倩》《青凤》中狐妖鬼怪形象设置之寓意。

---

① 尽管聂小倩到宁家后,借念《楞严经》赎罪,唯此一细节宗教意味不浓厚,亦非主导性情节。

狐妖鬼怪形象设置之寓意

聂小倩的形象,一为鬼:"十八夭殂,葬寺侧";二为女人;三具妓女特征(色诱宁采臣称:"月夜不寐,愿修燕好")。①作品以鬼、妓、女人三种特征组合成此一形象,并以妓、女人为其表象。与之相似的是青凤形象,一为狐妖,二为女人,并以狐为本性,女人为表象。我们于此看到,无论是青凤或是聂小倩,叙述人将鬼、狐妖之实质与女人、妓女之表象相组合,建构起这两个角色,其中蕴含的寓意耐人寻味。在我看来,这种组合隐含着叙述人对于女人或女色的态度:假如女子以色诱惑男人,她就是不道德的女人,就如同妓女一样的堕落,就是狐妖(或"狐狸精"),就是"鬼",而非人类。这样的寓意,既反映当时社会关于男女情欲关系的道德观念或主流意识,又带有男权中心的性别观念。所谓主流意识,亦即传统社会中官方提倡的道德意识,例如禁阻淫欲等;所谓男权中心意识,涉及在男性中心之文化观念中,女性作为"他者",被边缘化。尤其是具有美色诱惑力的女性,更是危险的、借色害人的"尤物",是"物"而非人类,具体化之,便如狐妖、鬼类。这些在当代生活中被视为荒谬的观念,在蒲松龄生活的社会里,则是影响巨大的道德法则。以《聂小倩》《青凤》为代表的作品,则通过狐妖鬼怪形象的设置,传递出这样的道德寓意。角色形象的设置及其蕴含的道德意涵,与作品的"救赎"主题相互呼应,既显示出叙述人及其身后作者所持有的叙述立场,也强化了《聊斋志异》那个时代的意识形态。

将女人、妓女、色诱合而为一的形象组合,由此建构"救赎"主题的叙述,这并非由《聊斋志异》开其先河。更早的作品可见于唐传奇《李娃传》。常州刺史荥阳公之子,因迷恋妓女李娃而捐弃科举前程,沦

---

① 《聊斋志异:会校会注会评本》,卷二,第161页。

落绝境之际，获李娃所救，遂复归科举正途，最终金榜题名。从叙述的一个方面看，是李娃拯救了沦落绝境的官宦公子；可是另一方面，李娃若未拯救公子，她也不能脱离妓院，更谈不上晋封汧国夫人。《李娃传》亦是通过叙述故事人物间的相互拯救，带出作品的救赎主题。

相似的作品还见于明代"三言"中的《玉堂春落难逢夫》。作品在人物形象特征、其互动关系的建构及其寓意等方面，多承续《李娃传》。宦家公子王景隆贪恋烟花玉堂春，丧尽钱财，流落京城讨饭度日。后经玉堂春资助回家，发愤攻书，终成举业，任职山西巡按，并将涉嫌人命官司、命在旦夕的玉堂春救出狱中。从作品叙述中我们看到，一方面是当官后的王景隆救了落难的玉堂春，一如作品篇目所称：《玉堂春落难逢夫》；可是另一方面，王景隆由街头乞讨的败家子转变为科举成功的官员，则缘自玉堂春的拯救与她对王公子走功名仕途的鼓励。两人都曾经落难，两人都在难中被对方拯救。玉堂春对王公子的拯救导致王公子的科举成功，王公子对玉堂春的拯救则回应了玉堂春当初对他的救助。两次救助以互为因果的关系并置于小说中，成功地建构起作品的叙述，从而有效地引出作品的"救赎"主题。

沿着这样的叙事传统，我们看到《聊斋志异》中相似的主题建构和主题呈现。不同的是，《聊斋志异》于女人、妓女、色诱等特征组合的传统女性形象基础上，增加了鬼、狐特征，从而强化了女性形象的负面特征。从叙述表层看，被拯救者或是妓女（如李娃、玉堂春），或是鬼狐（如聂小倩、青凤），拯救者是人，多为男性。在叙述背后我们注意到隐含的寓意：其一，妓女是沦落者（如聂小倩对宁采臣称："妾堕玄海，求岸不得。"①），需要拯救，转变身份，成良家妇女。这样的寓意代表传统社会对于妓女的主流看法。其二，既然是鬼，则需拯救，方可复归为人。如前所论，将鬼赋以女性形象特征，隐含着叙事人视"色诱"

---

① 《聊斋志异：会校会注会评本》，卷二，第163页。

为鬼祟的性别观念；又将其赋予妓女形象特征，使我们看到，聂小倩集鬼、女性、妓女为一体，作为沦落群体的代表。由此亦可见叙事人对女色诱惑的负面态度。

综上所论，我们认为《聊斋志异》对狐妖鬼怪形象特征的设置，显示出叙述人、作者对于色诱的道德立场，此一立场与当时社会的正统观念相互呼应。小说对故事人物间互动关系的建构，呈现出"救赎"主题。这种"救赎"是世俗社会中人们的自我救赎，而非来自上帝的救赎；是人们相互间的救赎，而非单向的拯救与被拯救；是道德意义上的救赎，而非宗教意义上的救赎。

作者简介：周建渝，香港中文大学中国语言及文学系教授。

蒲松龄为何不肯放弃科举之探究

[韩国] 金惠经

内容提要：蒲松龄一生的坎坷不平与愁苦、贫穷，几乎都源于他不愿抛弃科举功名却又始终无法得到。根据记载他至少参加过五到十次乡试，而连战连败的科举苦行直到他七十二岁时才算告终。探寻蒲松龄如此执着于科举功名而不能中途废弃的原因，有让他抱着无限期待的康乾盛世的社会政治原因，也有诗书门第与经济贫穷的家庭原因，还有不屈不挠的个性和顽强的意志以及众多至交密友的影响等。蒲松龄应试受挫的原因可分为外在和内在两种。外在因素，一是科举本身的众多问题，特别是科举制度的频繁调整、高竞争率低录取额以及科场背后的腐败；二是受父亲影响而形成的对科举不专心的恶习，以及受家境影响而不能专心读书的实际状况。内在因素，即蒲松龄从不墨守成规而总是标新立异的独立思考方式和态度。这虽然让他在文学创作上尽现辉煌的才华，但对功名却只能是无益而有害的。

关键词：蒲松龄　科举　挫折　思维方式

引　言

　　传统时代的读书人，无论是为了建功立业、立身扬名，还是为了谋求荣华富贵、光宗耀祖，除却科举入士，几乎别无他路。"学好文武艺，货与帝王家"，这才是士人的唯一出路，也是中国传统的儒家道德观念"学而优则仕"的正面实践。据此观念，出身于书香门第且自幼聪慧过人的蒲松龄，便理所应当地会投身于科举，但他的科举生涯却并不圆满，尽管在青少年之时曾受到名儒施闰章的青睐，但面对乡试所遇到的却是连试不中。这便将他的一生推上了坎坷不平的苦难之路。

　　科举失败的痛苦现实让蒲松龄深深思考自己的人生际遇和目标。表面上，他是一位恂恂长者，也是著名的文学家，但心里却一直燃烧着对世俗功名的欲望，而且无法实现的目标和不尽如人意的现实总是让他懊恼，并带给他极大的心理矛盾，为了排解这些烦恼，有时他故意做狂人之态，也批评科举的各种负面影响。其实，他也清楚地知道科举带给他的只是无数的烦恼和痛苦，但仍然以顽强而固执的个性坚持下去。尽管这种性格给了他极大的精神力量，可同时也埋下了他不幸的祸根。在历尽岁月沧桑之后，他终于脱身于科举之苦海，但已是七十有余的高龄老人。总而言之，蒲松龄作为一介儒生，不愿放弃凭科举而得功名的机会，却始终无法踏入仕途，于是不免在愁苦和贫穷中度过了人生的大部分岁月。

　　蒲松龄一生的坎坷，尤其是与科举有关的种种经历与思想都收录在他的《聊斋全集》与《聊斋志异》中。如果说《聊斋志异》中关于科举的短篇，大都是用短篇小说形式婉转地来表达的对社会现实的批判，那么，《聊斋全集》的诗词等则是蒲松龄思想、感情的直接宣泄。本文将以这两种资料为主要依据来探索科举与蒲松龄之间的种种情节与关系，对他在科举战场上奋斗的历史景观、为何那么执着于科举这不可跋涉的征途，以及连战连败的理由等进行分析研究。到目前为止，这些问题还是蒲松龄研究中的谜团，但却是不可忽视的主题，因为它们对进一步全面深入地研究蒲松龄及其创作、思想等全部相关内容都有着重大的关联和指导意义。

蒲松龄科举生涯梗概

蒲松龄生于明崇祯十三年（1640），卒于清康熙五十四年（1715）；字留仙，号剑臣，别号柳泉居士；山东淄泉县（今淄博市淄川区）城东约七里的蒲家庄人。"聊斋"是他书斋的名称。他从小"天性慧，经史皆过目能了"，[①] 甚得家人期望。

顺治十五年（1658），十九岁的蒲松龄在科举考试中初露头角，应童子试"即以县、府、道三第一补博士第子员，文名籍籍诸生间"。[②] 当时主持道试的山东学道是以"南施北宋"而闻名天下的施闰章。道试时，施闰章所出首艺题目是"蚤起"，次艺题目是"一勺之多"。在前者的"起讲"中，蒲松龄只用寥寥数笔，便使时人追逐名利富贵的丑态尽现文中。施闰章对此文极为赞赏，亲笔批示云："首艺空中闻异香，百年如有神，将一时富贵丑态，毕露于二字之上，直足以维风移俗。"次批云："观书如月，运笔如风，有掉臂游行之乐。"[③] 蒲松龄对施闰章的赏识特别感激，铭感于心。此后，蒲松龄再也没有遇到像施闰章这么高明的知音，即使"日夜攻苦，冀博一第"，但在科举征程中仍然是屡战

---

① 见《柳泉公行述》，《蒲松龄集》，上海古籍出版社，1986年，第1818页。
② 张元：《柳泉蒲先生墓表》，《蒲松龄集》，第1814页。
③ 转引自路大荒：《蒲松龄年谱》，第9页。

屡败。由此，也有论者断定施闰章才是蒲松龄人生的最大祸根①，因为蒲松龄对制艺的情趣和作法习惯是由施闰章的夸大赞扬而造成的。施闰章的评语确是文学品位最高的第一流文士之言，但与当时一般考官的倾向却不甚融洽。这便成为蒲松龄的制艺不能受到其他考官认可的主要原因。

如众所知，蒲松龄的仕途总是无法伸展的最大原因就是他无法通过乡试之关。究其一生，虽然他应考乡试的具体次数到目前还难以确知，但是从他连远在千里之外也要赶回原籍应考的热诚来看，除非是客观情况（如丁丧等）不允许之外，他都从未自动放弃过科考。顺治十五年（1658），十九岁的蒲松龄考中秀才，两年后的顺治十七年庚子（1660），正是大比之年，蒲松龄当然初次赴了秋闱。然而，他对乡试的这种挑战何时才会结束呢？现在通行的说法有两种：一种是康熙二十九年（1690）五十一岁时，蒲松龄结束了自己的科举生涯；这是蒲松龄长子蒲箬在《柳泉公行述》中所说的。另外一种是蒲松龄在康熙四十四年（1705）六十六岁后未再应试的说法。②高明阁考察了蒲松龄从三十九岁到六十六岁二十七年间的事迹，验证过共有十三次参加乡试的机会，并据此推测，蒲松龄做了准备并参加过的计有十次。但在文字记载上，可以确定的只不过五次而已。实际上，除了入乡闱之外，蒲松龄为了取得乡试资格，还得经常参加岁试、科试。这些足以说明蒲松龄是一名久惯闱场的老兵。现将蒲松龄参加过的多次乡试中有特别记载的简单概括如下：

首先值得一提的是康熙十一年（1672）的应试。在此之前，蒲松龄曾经应过两次乡试，虽然均以失败告终，但他却能处之淡然。想必是那时年方二十出头，自然觉得来日方长。可是康熙十一年却大不相同，他

---

① 参见李锋：《施闰章是蒲松龄屡试不第的"罪魁祸首"——蒲松龄科举失利原因再探》，《淄博师专学报》，2007年第2期。
② 高明阁：《蒲松龄的一生》，《蒲松龄研究辑刊》，第2辑。

已经三十三岁,大有时不我待、志在必得之势。为了不错过这次乡试,他特意提早一年就从江苏宝应县令孙蕙衙门早早辞幕回家,距应试足有一年时间,准备可算是充分,加上前两次失利的前车之鉴,还怀揣有孙蕙的推荐书。这一切可谓是万事俱备,似乎想不成功也很难,但结果却仍然是名落孙山。希望越大,失落的心情自然越强烈。此后,他不得不为了谋生而奋斗在生活的最前线。

第二次是康熙二十六年(1687),蒲松龄四十八岁那年。他突然因违规而被从考场逐出,然后写了《大圣乐——闱中越幅被黜,蒙毕八兄关情慰藉,感而有作》一首词。从词题与词意来看,面临考试的心情相当愉快,也许试题正对胃口,以致他在考场中莫名兴奋,文思泉涌,"得意疾书",竟然"越幅"(即试卷上跳过了一幅,造成一页空白),结果按照规定被勒令出场。他曾把当时的情景描述为:"觉千瓢冷汗沾衣,一缕魂飞出舍,痛痒全无。"① 由此可知他是多么惊恐痴呆,真是不知所措且无法不感命运之嘲弄。

第三次是紧接着第二次的下一科,即康熙二十九年(1690)。结束第一场考试之后,"时主司已拟元矣,二场抱病不获终试,主司深为惋惜"。② 然而,对"抱病不获终试"却又有另外一种说法,即蒲松龄的二场表、论卷子,又因一时粗心而违式,再次被黜。无论真实的情况是怎样的,主考官早就认定他就是这次考试的解元总是无需质疑的,但他自己却无法走完考试的全部过程。这一场的失败对他的打击真是无法形容,于是有"自此亦不复闹战矣"的决心。他曾以"伴崛强老兵,萧条无成,熬场半生。回头自笑濛腾,将孩儿倒绷"③ 的词句来描绘当时的心情。

不知是功夫不够,还是造化弄人,但即便是这些失败带给蒲松龄莫

---

① 《大圣乐——闱中越幅被黜,蒙毕八兄关情慰藉,感而有作》,《蒲松龄集·聊斋词集》,第737页。
② 转引自路大荒:《蒲松龄年谱》,第41页。
③ 《醉太平——庚午秋闱,二场再黜》,《蒲松龄集·聊斋词集》,第738页。

大的挫折,可他还是没有放弃科举。于是,康熙三十九年(1700),蒲松龄又参加了为纪念皇太后的六十诞辰而特设的"恩科";康熙四十一年(1702)与康熙四十四年(1705)的乡试,也仍然有他出入的痕迹,但结果总是惊人地相似。虽然没有留下什么明显的文字记录,但仅凭他每次失败后为抒发自己的感想而书写的诗词,我们仍不难感受到他晚年经历的辛酸苦痛。

最后值得一提的就是蒲松龄晚年时的"援例出贡"。康熙五十年(1711)冬十月,七十二岁高龄的蒲松龄冒着严寒,一仆一骑,赴青州应岁贡考试。当时淄川隶属于济南府,蒲松龄何以应试于青州府,且顺利出贡而得到"儒学训导"这一有名无实的虚职呢?这与当时山东学政黄叔琳的提携大有关系。[1] 按照当时的规定,凡屡试不第的贡生,都可按年资轮次到京,由吏部选任杂职小官,就叫做"出贡"。由此,或许可以说,蒲松龄终于如愿得以步入官宦之门径。但至此他的心境仍然是非常复杂的,他在《蒙朋赐贺》一诗中写道:"落拓名场五十秋,不成一事雪盈头。腐儒也得宾朋贺,归对妻孥梦亦羞。"[2] 作为一名饱学之士,胸怀"跃龙津"的远大抱负,在科场上拼搏了数十年,最后只能以安抚意义远远大于实际意义的出贡而终场,这怎能不使他有"不成一事"的感叹呢?尽管如此,聊胜于无,因为这毕竟对他一生的奋斗有所安慰和补偿,也是对自身才学的最后一次官方认可。所以总的来看,他对这次机遇的态度还是非常积极的,否则,便无法解释他古稀之年顶风冒雪的青州之行。

综观蒲松龄风波不断、波澜多起的五十余年科举生涯,从某种角度应该可以说他是科举制度的附属品或牺牲物。其实,他本人也早知自己的厄运,但他却始终不肯抛弃对科举的迷恋。到底是什么原因使得蒲松

---

[1] 详见袁世硕:《蒲松龄事迹著述新考》,齐鲁书社,1988年,第249—250页。
[2] 《蒙朋赐贺》,《蒲松龄集·聊斋诗集》,第5卷,第641页。

龄对科举抱有那么大的期望而不离不弃呢？这就是本文将逐步探讨的主要内容。

蒲松龄为何不肯放弃参加乡试

一个时代的社会、政治状况无疑是人们成长与人生选择的决定性因素，因而探讨蒲松龄不可放弃乡试的原因，也必须从此入手。蒲松龄参加乡试的时期主要在康熙前、中期。作为"康乾盛世"的起点，与前后时代相比，应该算是政治相当清明，经济、文化也得到了较大发展的时期。康熙帝原本非常注重利用科举来拉拢汉族士人，如康熙十八年（1679）的博学宏词科，皇帝亲览试卷，亲自选拔人才，且俱授为翰林，于是很多人以"布衣入选，海内荣之"。在录取的五十人中，有清初一流的学者、文学家朱彝尊、尤侗等，其中不少人后来出任乡、会试的考官与学政，曾经在童生试中将蒲松龄拔为第一的施闰章也包括在内。此事对士林影响甚大，就连身处穷乡僻野的蒲松龄也不禁为之兴奋，连写两篇《拟上征天下博学宏词，亲考拣用，以备顾问，群臣谢表》来赞美其事。由此可知，蒲松龄对当时的社会情况相当乐观且抱有极大的期望。后来在科场连续失败之后，他认为自己落榜的原因都在于当时考官的昏庸腐败。实际上，这种想法与当时的实际情况是不太相符的，因为正如刚刚所分析的，当时的社会情况比之前或之后都要好很多，担任蒲松龄所参加过的各场乡试的主考官，大部分也都有清正廉明、尽职尽责的名声。[①] 蒲松龄在文学作品中怨天尤人，将落第一味归咎为考官昏庸与科场腐败，无疑是在极度痛苦与懊丧中的情绪化宣泄。否则，他怎么会一

---

① 参见胡海义、吴阳：《蒲松龄科举屡试不第原因考辨》，《文学评论》，2011 年第 6 期。

直抱着希望来挑战科举这一"福彩"呢?

家庭环境和经济条件也与蒲松龄不愿放弃科考有着极为密切的关系。他的远祖曾为元代总管;明代万历以来,蒲氏家族在当地"科第相继",虽不显贵,也算是书香门第。父蒲槃(字敏吾),少虽家贫而力学不辍,但到二十岁还未考中秀才,便毅然弃儒经商,待到家境亨泰以后,他便又"不欲复居积,因闭户读书,无释卷时,以是宿儒无其渊博",蒲松龄兄弟"每十余岁,(槃)辄自教读"。蒲松龄就是在父亲的亲自教读下,学问日进,顺利考中秀才的。自此,家人的所有期待自然都集中在蒲松龄一人身上。顺治八年(1651),蒲槃逝世以后,家境更加窘迫。顺治十四年(1657),蒲松龄和本县刘国鼎(字季调)的次女结婚,然后因家庭失和而分家,此时蒲松龄只分得破得连门都没有的"农场老屋三间"。析产分居后,蒲松龄一家生活困苦得实在不堪名状,于是他被迫出外游学,妻子刘氏则独任家务,因场屋简陋,沦为"庭中触雨潇潇,遇雨喁喁,遇雷霆谡谡,狼夜入,则埘鸡争鸣,圈豕骇窜,儿不知愁,眠早熟,(刘氏)绩火荧荧,待曙而已"[①]的惨状。由此,确实可见蒲松龄一家在经济方面的苦况。此情此景怎能不让蒲松龄深感身无功名的凄凉?也自然而然地会使他对功名富贵的欲望愈加百倍。他把这些情形在《聊斋志异》的《凤仙》《镜听》《姐妹易嫁》《胡四娘》等篇中都描述得生动逼真。考不上举人或进士的秀才在家里受到怎样的待遇,蒲松龄比谁都清楚,这些作品就是最好的明证。也可以这么说,周边的人对蒲松龄的格外厚望与恶劣的经济困境就成了逼他走上求取功名这条不归路的配料。但是,无论外在的因素如何,如果考生本人对科举不够执着的话,恐怕也不可能屡败不弃,甚至终其一生吧。

一般情况下,对于广大士子来说,既然参加考试,当然总是希望自己能考上的;甚至尽管熟知在因种种关系内定以外的名额只不过是十之

---

① 《述刘氏行实》,《蒲松龄集·聊斋文集》第8卷,250页。

二三而已，可还是总以为自己就是这十之二三中的佼佼者。蒲松龄也不外乎其中之一，虽然"三年复三年，所望尽虚悬"，①但还是年年赶考，科科应试，甚至为了不耽误考试，辞掉了千里迢迢南下才能抓到的、但做了还不到一年的为孙蕙帮办文牍的工作，毅然北上返回家乡应试。

蒲松龄之所以能够一以到底地坚持应试，背后也有朋友的影响。他一生所交的文人甚多，如张笃庆、李尧臣、施闰章、孙蕙、毕际有父子、袁藩、汪如龙、张嵋、王士禛、朱湘、喻成龙等人，都属名儒才士。其中有终生至交，也有短期的文字之交，或慕名来，或慕名去，有深有浅。②这些人除了有一定的地位和才华之外，基本上都是祖先或自己曾通过科举换来功名。蒲松龄不但从来不排斥他们，而且还很热诚地与他们交往，因此，也难免会产生对他们的羡慕与追随吧。③

年年落魄、岁岁备考，尽管遭受了一次又一次的打击，但蒲松龄始终不抛弃自幼就由家庭与父辈熏陶培养出来的理想：投身科举、求取功名。在他五十一岁那年再次落第之后，贤内助曾因无法忍耐而劝阻曰："君勿须复尔！倘命应通显，今仪台阁矣。山林自有乐地，何必以肉鼓吹为快哉！"④听到这么恳切的话，顽强的蒲松龄也不得不表示要放弃应考。然而，不久之后，他又以"垂志逢场意气生"，"五夜闻鸡后，死灰复欲燃"的诗句来抒发自己的新"觉悟"。由此可见，蒲松龄的内心深处早已被科举紧紧地拴住。据此，我们可以断定不达目的誓不罢休的心理状态才是他不放弃科举的根本原因。

---

① 《寄紫庭》，《蒲松龄集·聊斋诗集》第 4 卷，579 页。
② 关于蒲松龄的郊游，袁世硕在其《蒲松龄事迹著述新考》已经做过详细研究。
③ 柯镇昌：《试论蒲松龄的科举观》，《蒲松龄研究》，2010 年第 2 期。
④ 《述刘氏行实》，《蒲松龄集·聊斋文集》第 8 卷，第 251 页。

蒲松龄科举受挫的几个原因

既有相对优越的社会环境和相对完善的科考条件，又有过人的聪颖、学识和顽强的应试毅力，那么，蒲松龄的科举人生却为何总是那么不尽如人意呢？换个角度，反过来看看他不肯放弃科举的各种原因，这些也可以说正是使得他连战连败的直接原因。

第一，科举虽是一种历史悠久且很难找到代替方式的制度，但总不能说绝无瑕疵。其实，它本身具有许多问题和弊害，尤其是从八股实行以来，合格与否几乎属于运气所管的侥幸事。清代初期的科举虽然沿袭了明制，但却并不能说十分完善，而且随时都在调整、改变。如康熙二年（1663），清廷下令改革考试制度，改三场为二场，首场考策王道，二场考四书五经各一首、表一道、判五条。[①] 可是不谙这些改变的蒲松龄呢，当时却在挚友李希梅家"朝分明窗，夜分灯火"，用"日诵一文焉书之，阅一经焉书之，作一艺、作一帖焉书之"[②] 的老套旧式来用功念书。从蒲松龄如此对待科举应试准备的态度来看，他恐怕难免要遭到懵懂糊涂的指责。换句话说，从科举这一角度来说，他只不过是一个不明了时代变化、只知埋头苦读的乡村书生而已。

第二，乡试的竞争本来就非常惨烈，及格也是很难冀望的事情。乡试这一难关不仅是三年只有一次，而且在录取上还有严格的名额限制。以山东省为例，顺治二年（1645）定为90名，顺治十七年（1660）（恰巧是蒲松龄第一次参加乡试的那年）突然剧减为46名，康熙三十五年（1696）略有增加，也不过60名。而且据康熙二十九年（1690）规定，"江南、浙江每中举人一名，许送应试生员六十名"，山东当也相仿佛。

---

① 张克伟：《聊斋志异作者蒲松龄其人其事探考》，《国际聊斋论文集》，第286页。
② 《醒轩日课序》，《蒲松龄集·聊斋文集》第3卷，第364页。

而按乾隆九年（1744）的规定，像直隶、江南这样的大省，可按八十比一录送应试生员，山东这样中等规模的省为六十比一。①可见，真正能够顺利通过童试、乡试、会试三关而正式踏入仕途的，是百里难挑其一，②这乃是科场背后常常发生受贿腐败丑事的真正缘由。对此，蒲松龄也曾说得很清楚："今日泮中芹，论价如市价。额虽十五人，其实仅四五。益之幕中人，心盲或目瞀。文字即擅场，半犹听天数。"③虽是短短五律一首，可却把当时的科场内幕暴露得精确无疑。终身落魄的蒲松龄对此种情景当然会有如此格外强烈的感慨。

第三，蒲松龄的家庭环境与科举考试的关系也相当疏远。淄川虽有"人才之盛，较它邑为先"的声誉，但毕竟是穷乡，因而各种信息流通得很缓慢，且蒲松龄的幼、少年期因家贫不能延师，是在父亲的执教下打下学问基础的，而父亲蒲槃是终生困于童子业的一个儒商，可他不但没有总结自己屡试不第的教训，反而将经史子集一应尽有之书，悉数向儿子灌输。于是，蒲松龄的学问基础虽然奠定了，但终究落下了攻举业不专的"恶习"。蒲松龄自己也认识到了这一点，后来他说："余少失严训，辄喜东涂西抹，每于无人处时，私以古文自效。"④况且，成家之后，由多子多口造成的生计压迫使他根本不能专心读书。此外，在门阀观念甚重的当时，出身寒门的背景也成了不能发迹的原因之一。不止于此，如前节所述，蒲松龄不屈不挠的个性也是他人生的又一桎梏。

总体来看，蒲松龄之所以不能游刃于科举，实际上是因为他主观上（不管他是否认识到）不能适应于科举制度而与科举产生了尖锐的矛盾，而且，在这一矛盾中，蒲松龄自身的原因是主要的。就他本身而论，其气质和社会环境所形成的思维方式与科举制度所要求的思维方式是互相

---

① 王德昭：《清代科举制度研究》，中华书局，1984年，第62页。
② 王枝忠：《蒲松龄与科举》，《国际聊斋论文集》，第9—10页。
③ 《后示箎、笏、筠》，《蒲松龄集·聊斋诗集》第4卷，第575页。
④ 《自序》，《蒲松龄集·聊斋文集》，第2页。

悖逆的。依心理学而论，人的思维方式和习惯可分为两种。一种是求同性思维方式；另一种是求异性思维方式。所谓求同性思维方式，就是善于从已知的条件和目的中寻找唯一答案的类型。习惯于此的人，最突出的特点是因循守旧、墨守成规。所谓求异性思维方式，则是善于从多种假设和构想中寻找答案和结论，是一种活跃开放的思维体系。具备求异性思维方式的人善于独立思考，长于标新立异，不囿于某些观念的束缚，往往能冲破传统的模式。蒲松龄从小就是属于"求异性"的人。① 这种习性后来发展成为对古文的异常兴趣与非凡造诣，他青年时期同几位挚友结成诗社便是很好的例证。顺治十六年（1659），二十岁芳年的蒲松龄与张笃庆、李希梅等人结成"郢中诗社"。他不顾举子业的负担，居然与文友们炫弄诗才，追求优哉游哉的浪漫风格。他们的主要目的是要透过"宴集之余晷，作寄兴之生涯"，即在朋友之间互相砥砺切磋，以期在学问、道德、修养诸方面有所裨益。如果从增长学问的角度来讲，广博的读书或结成诗社而写作等活动，对春风得意的士子们应该说是大有裨益的，可是对科举应试，则无疑是一种戕害。因为这种学问、写诗，对八股考试完全无补，只不过是白白浪费时光而已。其实，关于诗社活动对科考的危害，蒲松龄也有十分清醒的认识："顾当今以时艺试士，则诗之为物，亦魔道也，分以外者也。"② 对于"魔道""分以外"的吟咏之事，如此兴趣浓烈，津津乐道，这无疑是他的求异性思维方式在作怪了。蒲松龄敢说，无论付出多大的代价，也不能遗弃"耗精神于号呼，掷光阴于醉梦"的文艺活动。结果，他和"非若世俗知交"们所得的果然是被逐出科场的不平结局。从后来的事实看，蒲松龄的诗社同好当中，一个都未科举及第，这也不能说不是组织诗社的后果。据此可以

---

① 参见王志民：《蒲松龄屡试不第的原因新探》，《蒲松龄研究》第一辑，1987 年，第 256—258 页。

② 《郢中社序》，《蒲松龄集·聊斋文集》第 3 卷，第 63 页。

推断，蒲松龄的求异性思维方式，尽管使他在文学创作上发挥了灿烂无比的力量与才华，而且使他在中国文学史上拥有了独树一帜的成就和名声，但对他的科举功名则显然是无益而有害的。

结　语

纵观蒲松龄长达半个世纪的科举生涯，其孜孜不倦，冀得一第而耗用几十年间的岁月，"抱苦业，对寒灯，望北阙，志南冥"①，执着之志不可谓不坚；刻苦攻读不可谓不勤。但是，最终还是脱不了"世人原不解怜才"②的悲愤与一事无成的悔恨。

蒲松龄生活的康熙年间，刚好是政治清朗、文化和经济都走上繁荣之路的和平期。既接受儒家传统教育，又出身于书香门第的蒲松龄，顺其自然地抱着蟾宫折桂、金榜题名的人生目标并为之而奋斗，但他的一生总是落拓失志，潦落郁塞。这无非是科考失利的结果。无论多么辛苦、多么艰苦，他仍然执着于跟着科举的人生之旅，却屡试屡败，这对他人生的打击极为深重。为了克服挫折，他转向文学创作，于是才诞生了《聊斋志异》及其他许多文学名篇。换句话说，这些文学佳作无一不是以他的苦恼和经历为养分而创作出来的。所以，要想真正了解蒲松龄的生平或文学，首先必须探讨他和科举之间的种种情节，因为蒲松龄的科举生涯就是其生平事迹中最重要的一个阶段。

一方面，社会、家庭、出路、理想等一切都让挣扎在矛盾中的蒲松龄无法放弃科举，另一方面，他仍然对科举始终抱以希冀的态度，可

---

① 《责白髭文》，盛伟编：《蒲松龄全集》第 2 册，第 1381 页。
② 《九月望日有怀张历友》，《蒲松龄集·聊斋诗集》第 1 卷，第 487 页。

是其结果只能说惨淡凄惨。蒲松龄对以平生而赴之的应试科举征途的感触，我们从他在儿子入泮时吟咏的一首诗中也可看破："小惭小好且勿欢，无底愁囊今始入。"[①] 这不仅是蒲松龄对自己一生实践于科举所感悟的结论，恐怕也是无数士子对自己的科举人生总结的一个警句吧！

作者简介：金惠经，韩国国立韩巴大学中文系教授。

---

① 《四月十八日，喜笏、筠入泮》，《蒲松龄集·聊斋诗集》第4卷，602页。

《醒世姻缘传》与明末清初的生员制度

高娇娇

内容提要：明清科举研究中，乡试之前的童试以及生员的详细情况因史料缺乏而成为薄弱环节。通俗小说《醒世姻缘传》对基层社会的初级科举考试有比较生动的叙述。本文将以《醒世姻缘传》为材料依据，从一个侧面还原明清童生"入学"以及生员的种类、职业和地位的相关情况，希望能为科举制度研究提供有益参考。

关键词：《醒世姻缘传》 明末清初 科举 生员

《醒世姻缘传》(以下简称《醒》)是继《金瓶梅》之后出现的一部长篇世情小说,原名《恶姻缘》,全书100回。小说按照佛教的因果报应观念,先后写了冤冤相报两世姻缘的故事,涉及家庭、教育、政治、经济、宗教等方面的弊病。胡适说:"《醒世姻缘传》真是一部最有价值的社会史料","并且是一部最丰富又最详细的文化史料","将来研究十七世纪中国社会风俗史……教育史……经济史(如粮食价格、如灾荒、如捐官价格等等)的学者,必定要研究这部书;将来研究十七世纪中国政治腐败、民生痛苦、宗教生活的学者,也必定要研究这部书"。① 胡适的话不免过誉,时至今日,胡适先生所预言的关于《醒》的研究局面还未出现,尤其是对小说所反映的科举制度方面的研究依然匮乏。目前研究《醒》书中科举制度的论文仅有吴孟君的《从〈醒世姻缘传〉看明代的科举教育》,王衍军、李平的《从〈醒世姻缘传〉看清初学校教育和科举制度》,夏薇的《〈醒世姻缘传〉成书年代新考》以及段江丽的《通俗小说中的童生试、岁考与科考——以〈醒世姻缘传〉等为中心》等为数不多的几篇。研究《醒世姻缘传》科举状况的学者大多从整体出发,鲜有对某一类作详细研究(段江丽对《醒》书中童试的状况研究较详细),对书中童试以及生员的种类、职业以及地位关注较少,而这也是本文将要努力解决的。

"事实上,载有明代科举制度的典籍对于乡试、会试以及殿试的记载多颇为详备,但对于乡试以下包括科考、岁考以及童子试的记述却寥寥无几。"② 陈宝良曾感叹于"明代有关童试资料之不系统"以及"过去的研究者多略明代童试不言"③ 的研究状况。《醒》的故事内容假托明中

---

① 胡适:《〈醒世姻缘传〉考证》,西周生著、黄素秋校注:《醒世姻缘传·附录二》,上海古籍出版社,1981年,第1494—1495页。
② 叶楚炎:《明代科举与明中期至清初通俗小说研究》,百花洲文艺出版社,2009年,第82页。
③ 陈宝良:《明代儒学生员与地方社会》,中国社会科学出版社,2005年,第224页。

期正统至成化年间,事实上描写的是明末清初的社会。书中将童试、乡试、会试、殿试各级考试都写到了,当然也不免有所侧重。作者写乡试以上的考试情况非常简单,而对县、府、院三级童试以及生员相关情况的描写却非常详细。这无疑具有一定程度的史料价值,可以作为研究科举制度的重要辅助资料。

童 试

关于童生应试及入学,《明史·选举志》云:"士子未入学者,通谓之童生。"① 根据陈宝良所说:"凡士子未入学,通称为'童生'。所谓童试,即考核这些童生并选拔其中俊秀者入学的考试。童试包括县试、府试与提学院道官员的考试。"② 童生与年龄、学识并没有关系,必须是参加过县、府、院三级童子试中的院试,而未被取中为生员者才能称为童生。参加童试是艰难的科举生涯的开始,而取中秀才者则已经进入了传统社会的绅士阶层。童生经过考试,初入学者称"附学生员",俗称"秀才"。这些童生已能入学宫读书,名隶学宫,故又名"入泮",俗谓之"进学"。《醒》第37、38回比较详细地描写了主人公狄希陈与其亲戚兼同学薛如卞、薛如兼、相于廷等人参加三级童试的考试过程,对童试中出告示、冒籍、枪替、廪保、报名、点名、领卷、考试内容、考试方法、题目、誊真、面试、出对子、放头牌、长案、报喜、生员穿襕衫戴儒巾等都有涉及。下面主要介绍冒籍与枪替以及考试题目两个方面。

---

① 〔清〕张廷玉等:《明史·选举志》卷六十九,中华书局,2000年,第1127页。
② 陈宝良:《明代儒学生员与地方社会》,第222页。

冒籍与枪替

科举制度发展到明清达到鼎盛时期，因科举成为选官的主要途径，导致全社会为了科举功名而奔竞。人们为求得科场及第而百般钻营，科场舞弊事件接连不断，各种舞弊的手法花样繁多，包括冒籍、枪替、挟带、用襻、割卷、贿买、服丧入闱等多种方式。《醒》一书中主要涉及冒籍与枪替。

所谓"冒籍"，即"冒充行政户籍所在地"。① 按照规定，考生的户籍在某地，便只能参加该地所属省份的乡试，倘若离开本省去他处应试，便算冒籍。之所以出现冒籍现象，是因为明清科举中实行"分区定额制按地域分配录取指标，各地文化教育水平和人口存在差异，考试竞争的激烈程度也不相同"。② 士子为了增加中额机会，想方设法到教育水平低的边远地区冒充籍贯应试。《醒》中薛教授致仕后在明水镇开了一家布店，"又迟了两年光景，薛教授见得生意兴头，这样鱼米所在，一心要在这里入了籍，不回河南去了"（第25回），③ 遂买了房子和土地在此入籍。后来"提学道行文岁考，各州县出了告示考试童生"，薛教授的儿子薛如卞入籍不久，童生中有人要攻他冒籍，先生程乐宇托县学廪生连城璧作保，连家见薛如卞清秀聪明，有意招他为婿，便同意替他作保。"薛如卞有了这等茁实的保结，那些千百年取不中的老童，也便不敢攻讦。"

枪替，即代考，请有才华的人代做考卷。枪替随科举考试而生，也是一种常见的作弊方式。据钟毓龙《科场回忆录》中所记，以"枪手"作弊方式的不同，可把枪替分为三种：一曰传递，一曰顶替，一曰龙门

---

① 钱茂伟：《国家、科举与社会——以明代为中心的考察》，北京图书馆出版社，2004年，第189页。
② 刘海峰：《科举学导论》，华中师范大学出版社，2005年，第321页。
③ 西周生著、黄素秋校注：《醒世姻缘传》，上海古籍出版社，1981年，第374页。本文所引《醒世姻缘传》皆据此版本。

掉卷。① 传递，即先将题目递于场外，再将"枪手"之文传与场内。顶替者，即本人不到场，而请枪手代到，是枪替者最为惯用的伎俩。龙门掉卷，即本人入场，枪手也入场，完卷后互相调换，或是由枪手代写草稿，传雇请者誊真，或是有枪手帮其改削文字，其前提是通过打通关节，把两人的号房安排在一块，谓之"联号"。《醒》中讲到的便是"龙门调卷"。狄希陈"心地不明，不成文理"，但是为了体面要参加县试，与薛如卞、相于廷商量好了"府县虽然编号，是任人坐的，我们两个每人管他一篇"。县试时薛如卞先帮狄希陈做了《论语》题，相于廷帮狄希陈做了《孟子》题。府试时相于廷先把"两个偏锋主意信手拈了两篇，递与狄希陈誊录，他却慢慢的自己推敲"；薛如卞则先把自己的文字做完，才替薛如兼删改，达到一石二鸟的目的。院试时"要认号坐的，一些不许紊乱"，狄希陈虽然四顾无朋，但是两个试题却是薛如卞的岳父连举人拟的十六个经题、十六个《四书》题之中的，连举人还单与他拟过范文。他"一字不改誊在卷上"，又"依了先生分付，后面也写了草稿"。

　　明清时期为了解决冒籍与枪替的问题，实行廪保政策。童生在应试时，必须有本县的一名廪生开具保结。《清稗类钞》记载："各州县文童武童应试时，必由廪生领保，谓之认保。又设派保，以互相稽查而慎防弊窦。如该童有身家不清，匿三年丧冒考，以及跨考者，惟廪保是问；有顶名枪替，怀挟传递各弊者，惟廪保是问；甚至有曳白割卷，犯场规，违功令者，亦惟廪保是问。其责任如是之重。"② 所谓"跨考者"即为冒籍者。廪保一是要确保考生不存在冒籍现象，二是严防由顶名顶替者下场作枪手代考。考试之前考生在大门外要按册点名，廪保相认，确认本人无误后才能进场。县学廪生连赵完替薛如卞作保，后来院试时"连赵完也到下处，好往道里认保"。

---

① 钟毓龙：《科场回忆录》，浙江古籍出版社，1987年，第75页。
② 徐珂：《清稗类钞》第二册"考试类·廪生保童生"条，中华书局，2010年，第599页。

考试题目

　　明清时期以时文取士，时文或称制艺，或称八股文，或称四书文。制艺言其为制科（科举）之文，八股言其形式，四书则言其内容，因为出题取自四书，而又须"依经按传"，代圣贤立言。

　　明人将八股文题分为大题和小题两大门类。大题即文题中句、节、章的形式与文义都完整的题目。所谓小题则是通过撩头去尾，割裂原意，任意截搭，使得问题中的句子形式割裂，文义不完整的题目。清代八股名家戴名世指出："制义之有大题小题也，自明之盛时已有之，而小题犹号为难工。盖小题也者，其势既为偪仄，而其法律更为谨严，往往有毫发之失，而遂至于千里之隔者……故夫小题者文章之峭涧也，而大题者文章之康庄也。"① 到嘉靖以后，小题的使用越来越普遍。在童试的县、府、道试以及考核生员的岁试、科试这些小试中无不使用。戴名世又说："小题者，场屋命题之所不及，而郡县有司及督学使者之所以试童子者也。或为单辞只字，逼窄崎岖，法有所难施，虽有能者，抑或以隽巧伤其理道。是则小题之道与法与辞，较之大题，殆又有难焉。"② 把小题产生的原因、作用、弊端及小题的难作都阐释清楚了。小题的名目繁多，如从题目的形式来分，有截上题、截下题、截上下题、承上题、冒下题、承上冒下题、半面题、上下全偏题、上全下偏题、上偏下全题等。

　　明清时期县试和府试所考内容为作八股文两篇，题目分别由《孟子》《论语》《大学》《中庸》中选取，且多为小题。如《醒》中狄希陈等人参加县试，一个《论语》题是"从者见之"①，一个《孟子》题是"相泣于中庭，而良人未之知也，施施从外来"②。府试时《论语》题是"文不在兹处"③，《孟子》题是"王欲行王政，则勿毁之矣"④。道试

---

① 〔清〕戴名世：《南山集》卷四，《甲戌房书小题文序》。
② 同上书，《己卯行书小题序》。

所出之题目，与县试、府试均有不同，虽然还是两道八股文制义题，但不再全为《四书》题，而是一道《四书》题，一道《五经》题。《四书》题"不图为乐之至于斯也"⑤，《诗经》题"宛在水中央"⑥。按题目形式来分，①③④⑤⑥为截上题，②为截上下题。"将《四书》、《五经》中两个意思密切关联的句子截去上句，只取下句作为八股文文题，或者将一个意思完整的句子截去上半句作为八股文文题，这样的题型即叫截上题。"① 如⑤出自《论语》："子在齐闻《韶》，三月不知肉味，曰：'不图为乐之至于斯也'。"截去上半句，只以下半句"不图为乐之至于斯也"为八股文文题，是为截上题。所谓"截上下题"有两种，一种是"将一个句子中的上下字、词皆删去，只留一个或几个词"，以之作题；第二种是"将《四书》、《五经》中与某个句子有意义关联的上下句子全都截去，只取这个意义已不完整的句子作为八股文文题"。② ②出自《孟子》的《离娄章句下》，上下句为"其妻归，告其妾，曰：'良人者，所仰望而终身也，今若此。'与其妾讪其良人，而相泣于中庭，而良人未之知也，施施从外来，骄其妻妾。"题目截去上下句，只留"相泣于中庭，而良人未之知也，施施从外来"这个意义不完整的句子，属于截上下题。

生员的种类

　　明代生员大体可分为地方儒学的生员与贡入国子监的贡生两大类。地方儒学的生员主要是府、州、县的廪膳生员、增广生员、附学生员。贡入国子监的贡生则又可区分为岁贡生、选贡生、恩贡生、拔贡生、纳贡生。

---

① 龚笃清：《明代科举图鉴》，岳麓书社，2007年，第642页。
② 同上书，第646页。

明初地方儒学的生员只有一种，后来考试日久、生员数量大增，名目繁多的生员称呼于是也相继产生。《明史·选举志》说：

> 生员虽定数于国初，未几即命增广，不拘额数。宣德中，定增广之额……增广既多，于是初设食廪者谓之廪膳生员，增广者谓之增广生员。及其既久，人才愈多，又于额外增取，附于诸生之末，谓之附学生员。凡初入学者，止谓之附学，而廪膳、增广，以岁科两试等第高者补充之。非廪生久次者，不得充岁贡也。①

根据王道成《科举史话》可知，廪膳生员，简称廪生，每年可从国库领取一定数量的"廪饩银"。最初是生员中的考试优等者，后来逐渐演化为论资排辈，有了出贡或亡故者，才循资补缺，俗称"补廪"；所谓增广生员，简称增生，是指州府县学扩大录取规模，在廪生名额之外另增加一些名额而录取的秀才；附学生员，简称附生，是指刚刚通过童试进入府州县学，附于诸生之末的秀才。②廪生和增生有一定的限额，因此要按照"六等试诸生优劣""以岁科两试等第高者补充之"。如《醒》第16回说："这个邢皋门是河南淅川县人，从小小的年纪进了学，头一次岁考补了增，第二遍科考补了廪。"第25回说单豹"十八岁进了学，补过廪，每次都考在优等"。岁考和科考是府州县学在学生员的重要考试。岁试是防止秀才荒废学业而设，每三年必考一次，文字荒谬即要被罚，俗谚"秀才怕岁考"。科考是为年乡试而设的，录取者方可参加乡试，实际上相当于淘汰考试。《明史·选举志》所说的"提学官在任三岁，两试诸生"即指岁科考。第38回狄希陈等人院试之后，宗师"方

---

① 〔清〕张廷玉等：《明史·选举志》卷六十九，第1127页。
② 详见王道成《科举史话》，中华书局，1988年，第37页。

考绣江县生员"，程乐宇、连赵完、汪为露都参加了岁考。因考完后要依成绩等次对生员进行奖罚，所以生员都得在府城等候结果。"学道挂出牌来，叫考过的诸生都听候发落，不许私回。如不到者，除名为民。"讲的便是这种规定。

国子监是明清时期朝廷所设的最高学府。国子监的学员叫监生，或国子监生，或太学生。但因出身不一，所以监生名目也不一。这里主要介绍岁贡和例贡。

岁贡，《明史·选举志》中说："贡生入监，初由生员选择，即命各学岁贡一人，故谓之岁贡。……岁贡之始，必考学行端庄、文理优长者以充之。其后但取食廪年深者。"① 因每岁一贡已成常规，故岁贡又称常贡。岁贡又名挨贡，为按食廪深浅为序挨排而贡之义。《醒》第1回记叙了晁源出贡的经历，可帮助我们了解出贡的情形：

晁秀才连科不中，刚刚挨得岁贡出门。那时去国初不远，秀才出贡，作兴旗匾之类，比如今所得的多，往京师使费，比如今所用的少，因此手头也渐从容，随与晁源娶了计处士的女儿计氏为妻。晁秀才与儿子毕姻以后，自己随即上京廷试。那时礼部大堂缺官，左侍郎署印。这侍郎原做山东提学，晁秀才在他手内考过案首。见了晁秀才，叙了些间阔，慰安了几句，说道："你虽然不中，如今年纪不甚大，你这仪表断不是个老教授终身的。你如今不要廷试，坐了监，科他一遍科举，中了更好，即不中，考选有司，也定然不在人下。况我也还有几年在京，可以照管着你。"晁秀才听了这篇说话，一一依从。第二年，进了北场。揭了晓，不得中……晁秀才随赴吏部递了呈，投了卷。吏部司官恰好也是侍郎的门生，侍郎预先嘱

---

① 〔清〕张廷玉等：《明史·选举志》卷六十九，第1123页。

托了，晁秀才方才同众赴考。出的题目是"有民人焉，有社稷焉"。晁秀才本来原也通得，又有座师的先容，发落出来，高高取中一名知县。

生员出贡以后，原先享受的廪米便停发，但有一笔"旗匾银"赏赐。这笔银子是赏赐给出贡者在祠堂或家宅前竖旗杆挂匾以资旌表，并表示改换了门庭而用的，但穷人家常用它作为到京城廷试时之花费。秀才晁思孝挨得岁贡出贡后，带着"旗匾银"作盘缠进京廷试。到礼部大堂交起送文书并填写格眼。他听从其师的劝告，不再参加铨选的考试而去坐监，参加了一次乡试。因不中，便参加了选官的廷试。因有老师的庇护，便考选为知县。

生员通过纳粟、纳马、纳银等方式进入国学称为纳贡，亦称例贡。援例入监有两种：由生员纳捐者称纳贡，由非生员纳捐者称例监。"俊秀纳粟、纳马入监，称例监生；而生员纳粟、纳马入监，则称纳贡生。虽同属捐纳制度的产物，却在初审方面有高低之别。"[①] 例监始于景泰元年（1450），是为了解决国家财用的不足，但屡屡受到朝野上下的一致攻击，被视为"季世苟且之弊政"，因此时行时止。骆校尉帮狄希陈延请周景杨作幕宾时，周景杨问："令亲是秀才援例，还是俊秀援例？"（第 84 回）听到狄是府学生员援的例，当下就同意了，可见纳贡与例监还是有很大差别。在一定财力支持下由纳监而任官成为乡宦的做法，在明代后期已颇为普遍。小说里记录一个小商贩都做梦梦到自己"出了几股本钱，置地土，买下庄押，捐监生称门乡宦"。可见援例监生能进入国子监所依赖的不是他们的才学或资历，而是他们的金钱。《明史·选举志》说："迨开纳粟之例，则流品渐淆，且庶民亦得援生员之例以入监，谓之民生，亦谓之俊秀，而监生益轻。"那些靠纳粟纳银而入监的

---

① 陈宝良：《明代儒学生员与地方社会》，第 281 页。

学生，鱼龙混杂，不读不学，使国子监的质量大为下降，国子生也日益被人瞧不起。

纳贡制度的实行对国子监及明清的科举制度影响巨大，即《明史·选举志》所谓"使天下以货为贤，士风日陋"。[①]也就是说，纳贡的实行，使财利代替学识，成为进身的重要依据，学校由讲学之地变成求利之所；导致士风颓坏，进而导致吏治的腐败。《醒》："这援例纳监，最是做秀才的下场头；谁知这混账秀才援例，却是出身的阶级。"这段话其实包含以下两个方面的内容：一是援例入监（即纳贡）是做秀才的"下场头"。对久为生员而无缘出学应贡者而言，援例纳监确是一种无奈的选择。但是，对刚入学而家富钱财的生员来说，援例纳监又何尝不是一条别开的蹊径。二是生员援例，也是一种"出身的阶级"。生员凭着纳贡生的身份，就可以出仕选官。《醒》中的晁思孝的儿子晁大官人，就是援例纳监的，他虽然"不大认得字"，却也"部里递了援例呈子，装神弄鬼，做了个附学名色。又援引京官事例，减了二三十两，费不到三百两银子"，就"择了个好日子入监了"（第6回），俨然戴了儒巾，穿了举人的圆领。晁源"装神弄鬼"混了一个附学生员的名分，通过纳贡入监。再说狄希陈靠舞弊挣了一个秀才名分，却依旧愚顽不移。"不料新宗师行了文书，要案临绣江岁考"，薛教授与狄宾梁商议，"如今差徭烦，赋役重……必得一个好秀才支持门户。如今女婿出考，甚是耽心，虽也还未及六年，却也可虑"。狄希陈入监的目的一是避役，二是免除岁考的负担。狄宾梁凑钱同狄希陈来到省下，学道掌案先生黄桂吾说："廪膳纳贡比附学省银一百三十两，科举一次免银十两。这省银子却小事，后来选官写脚色，上司见是廪监，俱肯另眼相待，所以近来纳监的都求了分上，借那廪增名色的甚多，就是我们书吏中也常常的乞恩禀讨。"（第50回）狄宾梁封了一百四十两银子，送了谢礼，黄桂吾

---

① 〔清〕张廷玉等：《明史·选举志》卷六十九，第1124页。

替狄希陈写了援例的呈子，作了候廪名色，又说科举一次，轻易地入监。后来狄希陈以监生资格"赴吏部考官，投了卷子，考定府经历行头"。

生员的职业

明清时期入仕的主要途径是科举，造就了数量庞大的科举人口。从监生、举人到进士，逐层帅选，除绝大部分进士、部分举人及少数监生入仕为官外，其余的则自谋职业。这其中以生员的数量最为庞大。他们没有获得功名，实际上就无法走向富贵。他们既无力种田，又不屑经商，因此，其中大多数人的生活可谓惨淡，有的连基本生活都无法维持，甚至陷入困顿窘迫之境。对此西周生很有感触，他认为"学必先于治生"（第33回）。

关于生员的治生之道，最为本色的行当，也是从事人数最多、最常见的治生方式无疑是处馆。《醒》第33回说："总然只是一个教书，这便是秀才治生之本。"因为做馆师既不要本钱，也不伤"面皮"，便是通常所说的"从古有砚田笔耒之号，虽为冷淡，原是圣贤路上人"。[①] 馆师以笔为犁，以舌为耒，被称作"舌耕"。况且读书人做教书的事，以自己的"知识"为谋生手段，"是他本行生意"，也较易发挥他们的长处。而最重要的一点则是处馆并没有离开举业，虽然是治生，但与科举中人的勤读却也并不十分矛盾，又可以有一个好的环境继续学业。

馆师也有不同的类别。据陈宝良所论，"生员所处之馆，根据讲授内容或受教育者的年龄不同，可以分为蒙馆与经馆两种。蒙馆即训蒙，专教蒙童记诵。经馆则治经学，专教学生治科举之业"。[②] 若以馆所的不

---

① 〔明〕天然痴叟撰，王鸿芦校点：《石点头》，中州古籍出版社，1985年，第20页。
② 陈宝良：《明代儒学生员与地方社会》，第302页。

同而论,生员所处之馆,又可分为自开私塾或去大户人家做西宾两种。相对而言,自己开馆比被人聘去要自由一些。正如《醒》第33回所说:

> 是自己开的书堂,人家要送学生来到,好的我便收他,不好的我委曲将言辞去。我要多教几人,就收一百个也没人拦阻得;我若要少教几人,就一个不收,也没人强我收得。师弟相处得好,来者我也不拒;师弟相处不来,去者我也不追。就是十个学生去了两个,也还有四双;即使去了八个,也还剩一对。我慢慢的再招,自然还有来学。若是人家请去,教了一年,又不知他次年请与不请;傍年逼节被人家辞了回来,别家的馆已都预先请定了人,只得在家闲坐,就要坐食一年。

生员出任馆职,无非是为了谋取馆谷与束脩,借此养家糊口。除了正常的束脩银或馆谷之外,尚有礼聘银以及四时(包括清明、端阳、中元、冬至等节)的节仪。如狄员外与薛教授商议请增广生员汪为露教书,央了程乐宇的亲戚沈木匠去说:"共是十一二、十三四的四个学生,管先生的饭,一年二十四两束脩,三十驴柴火,四季节礼在外,厚薄凭人送罢。"(第33回)然而馆师的生计依然充满艰辛,西周生这样描述一位北方塾师的束脩:"当时的学生,'冠者五六人,童子六七人',尽成个意思……北边的学贩甚是荒凉,除那宦家富室每月出得一钱束脩,便是极有体面。若是以下人家,一月出五分的还叫是中等,多有每月三十文铜钱,比比皆是。"(第92回)穷困潦倒之状,可谓甚矣!

《醒》中描写了麻从吾、吴学周、汪为露、程乐宇、陈六吉等众多的馆师形象,西周生对无能馆师颇多讥刺:"侥幸进了个学,自己书旨也还不明,句读也还不辨,住起几间书房,贴出一个开学的招子,就要教道学生。不论甚么好歹,来的就收。自己又照管不来……"(第26回)书中集中笔墨描写的是汪为露和程乐宇。汪为露是馆师的反面典型,毫无师德，人品低劣，只顾追逐经济利益，不负责任。起先还有个馆师的样子，后来"怠于财成"，"成半月不读那讲章"，学课亦"不与学生发落"（第35回）。教狄希陈读书时，胡乱应付，"书不管你背与不背，判了一个号帖，就完了一日的工夫。三日判上个'温'字，并完了三日的工夫。砌了一本仿，叫大学生起个影格，丢把与你，凭他倒下画，竖下画。没人指教写，便胡涂乱抹，完了三四十张的纸。你要他把那写过的字认得一个，也是不能的。若说甚对课调平仄、讲故事、读古文，这是不用提起的了"（第33回）。结果狄希陈跟他读了五年书，只知道"天上明星滴溜溜转"。而且汪为露的恶劣品行给学生的成长带来负面影响，助长狄希陈养成贪玩、恶劣的性格。后来狄、薛两家去请程乐宇来家坐馆，程乐宇可以算得上当时较为合格的馆师。他教木头似的狄希陈读书，四五行书分为几截逐句地教他，"一句书教了百把遍，方才会了；又教第二句，又是一百多遍。会了第二句，叫那带了前头那一句读，谁知前头那句已是忘了！提与他前头那句，第二句又不记的"（第33回）。程乐宇尽力地教狄希陈，《四书》上面也认得了许多字，也会对对子、写拜帖。程乐宇虽是正派先生，但他被狄希陈几次三番地捉弄：午睡时被狄希陈染红鼻子，被学生削细厕所的树橛而掉进茅坑，狄希陈故意躲在厕所不出来，不让程乐宇去厕所以致急得"裩中遗便"，洋相出尽，师道尊严的概念在这里变成十足的讽刺。对于书中偶尔出现的"个把好先生"，如舒忠、陈六吉，作者也不无调侃，舒忠是"一个半瓶醋的廪膳"（第23回），陈六吉子女则不奉养老母且演出了"逆妇假手杀亲儿"的丑剧（第92回）。从作者对馆师的态度可以看出，时人对塾师并没有足够的尊敬和重视，馆师的社会地位极其低下。

幕宾是士子入仕无门之外的又一条退却之路。生员在进仕无门，无望为官家服务的情况下，只好退而求其次，受雇于私人，入幕做幕宾，或佐治，或掌记，或参谋，协助首长处理一些行政或私人事务。幕宾的重要性不言而喻，童寄姐的母亲童奶奶也说："这做文官的幕宾先生一定也就合那行兵的军师一样，凡事都要合他商议，都要替你主持哩"（第85回）。在明代幕宾与馆师之间，尚无明确的界限。馆师除了课业之外，也有参与主翁相关行政时务的例子，事实上承担着幕宾的职责。如第16回，晁思孝要赴华亭县知县，请了西宾邢皋门。"晁老只除了一日两遍上堂，或是迎送上司及各院里考察，这却别人替他不得，也只得自己出去。除了这几样，那生旦净末一本戏文全全的都是邢皋门自己一个唱了。"与从事馆师的职业相比，业幕有较大的优势。游幕往往能结识同时代的名流，开阔自己的眼界，并有可能建立起自己的关系网，亦往往可以在一定程度上维持自己的人格尊严。再者延聘他们的官员可向朝廷奏报他们的功绩，甚至依据他们原有的功名来加以保举，奏请朝廷授予或晋升他们的官职。《醒》中的周景杨作郭大将军的入幕之客，"相处得一心一意，真是知无不言，言无不尽"，后来因苗子作乱，郭将军被逮进京，周景杨坚持与之同行，说："许多年来，与人共了富贵安乐，到了颠沛流离的时节，中路掉臂而去，这也就不成个须眉男子。"（第84回）后来又跟随狄希陈一起入四川，再次辅助郭将军，是个知恩图报、讲义气的人。

　　明中期以后，随着商品经济的发展和进步思潮的发端，传统的义利观念发生了转变，注重治生和经商的思想在文人阶层开始兴起，不少文人开始弃儒经商。对于士人来说，经商最为重要的是要有一定的资本，方能营运起来。《醒》中的薛教授赴任青州衡府纪善的途中在狄宾梁的店内歇息，交谈时说自己"十七岁补了廪，四十四岁出了贡，头一任选金乡的训导，第二任升了河南杞县的教谕，第三任升了兖州府的教授，刚八个月，升了衡府的纪善。这几年积下些微束修，倒苟且过的日子"（第25回）。足见其有经商的资本。后来薛教授致仕后，就在明水镇租了铺面，"兑足了五百两买布的本钱，又五十两买首帕、汗巾、暑袜、麻布、手巾、零碎等货"，开了一个布店，生意日渐兴隆。

生员的地位

生员已经进入了传统社会的绅士阶层，可以脱下白衣换上青衫，或称儒服。明代生员头上还要戴一顶方巾，清代生员头上可戴红顶子。狄希陈等人院试结果出来以后，家人都忙着打银花、买红、做蓝衫、定儒巾靴绦等，快到家的时候，"狄希陈换了儒巾，穿了蓝衫。薛教授与他簪上花，披了一匹红罗，把了酒"（第38回）。可见明代的生员都要戴儒巾、穿襕衫。不仅外表有显著的变化，而且生员的地位比普通人高出一等，享有了一定的政治和经济上的特权。在政治上他们取得了一定的身份，见了知县不必下跪，官府也不能随便对他们用刑，一般人见了生员要称老爷。此外，生员家的房门总比别人家的高出三寸，这已成为明清两代的民间习俗，也成为其光耀门楣的具体表现。在经济上，生员人家可按朝廷规定免除部分地丁钱粮，甚至是差赋徭役。

虽然生员不过是初级科名，并没有真正走上仕途，算不上是有权势的人物，但由于"深受当地老百姓的尊重，再加上'公论出于学校'的共识，生员们往往成为社会公论的发布人，实际上成为可以影响、甚至左右府、州、县施政的一种政治势力"。[①] 地方官员们出于自身利益的考虑，对生员们往往采取姑息纵容的态度，在无形中提高了生员的社会地位。有些不法生员，则利用其特权和接近官府的资格，出入公门，包揽刑诉，结交官府，武曲乡里，借此发财，有的生员甚至成为一方之霸。明代后期，各地生员众多，形成了一个游食滋事、颇有势力的阶层。

《醒》第94回狄希陈做官时节，一个纳粟监生的妻子自缢身死，娘家人告到县里，监生自恃有钱，"先着了几个赖皮帮虎吃食的生员，在文庙行香的时节，出力讲一讲"。狄希陈以"秀才不许把持衙门，卧碑有

---

① 龚笃清：《明代科举图鉴》，第162页。

禁",说得这些秀才败兴而散,监生也费了不少银子打通关节。后来狄希陈致仕回家时,这监生"却怀恨,领了许多无耻秀才,带了家人,来到船上打抢"。这些生员完全无视卧碑文上禁例,肆无忌惮,养成了一种无赖习气。陈宝良曾经在其书《明代儒学生员与地方社会》中专用一章的篇幅讨论明代生员的无赖化,其中特别提到了《醒》中生员的"轻浮子弟习气"(第26回)。无赖馆师汪为露,利用生员的地位,为恶乡里,放高利贷,霸占别人的田地房产,还"兴词告状,把那县门只当了自家的居室,一月三十日,倒有二十日出入衙门"。他办了个学馆,招了一班学生,因成天在外放债、逼钱、交际,把学生丢下不管,节仪、学贶却是一分也少不得。更为不堪的是,他的人品非常无耻下流,"每到了定更以后,悄悄地走到那住邻街屋的小姓人家听人家梆声"。他还假借学生举人宗昭的名义,招摇撞骗,自己落好处,毁掉学生前途。当得知狄希陈另请了程乐宇坐馆后,打伤程乐宇,还恶人先告状。可是品行如此差的人,教官却拿他无可奈何。"教官到任两年,只除了春秋两丁,他自己到学中强要胙肉。到学中一年两次,也只向书办门斗手中强要,也从不曾来见教官一面。只昨日点名发落的时候,方才认得是他。"(第39回)

钱穆先生认为,中国历史上真正可以称得上科举制度的只有明朝,挤到独木桥上的也只有明朝。它对明代社会的价值观念和社会思维方式的转换产生了重大的影响。其实科举考试对于明清的文学,特别是小说创作的影响是最为显著的。明清时期的很多文学书籍和小说故事都打上了科举的烙印。通俗小说《醒》中保存了童试以及生员相关情况的详细情形,而这或许也将为研究明末清初科举制度研究提供有益参考。

作者简介:高娇娇,武汉大学文学院硕士研究生。

《儒林外史》侠客形象的文化解读

陈文新

内容提要：《儒林外史》是一部以文化反思为特点的经典小说。吴敬梓不仅反思科举文化、儒家文化、青楼文化，也对侠文化、道家文化等作了深刻反思。吴敬梓的结论是：鼎盛于春秋战国时期并绵延不断的侠文化在他那个时代已无足称道。热心于养士的娄家两公子所青睐的是张铁臂这样的假侠；而一身侠骨的凤四老爹尽做些毫无意义之事；沈琼枝一味负气斗狠，成了进退失据的喜剧性人物；萧云仙以豪侠气概行"建功立业"之事，落得沉沦下僚，还要蒙受巨额的经济损失。《儒林外史》从不同侧面写出了侠客梦的破灭，并以此提醒读者：侠文化不能给这个世界带来美好的希望。

关键词：儒林外史　侠客形象　文化解读　养士　行侠

【基金项目】
本文为教育部人文社会科学重点研究基地重大项目"科举制度与明清社会"（11JJD750001）阶段性成果。

司马迁在《史记·游侠列传》中曾热情讴歌侠士"不爱其躯，赴世之厄困"的精神，并极度向往秦汉以前的那些"为侠者"。吴敬梓秉承着和司马迁一样的情怀，他不但痛恨文士日益庸俗化，也恨真的侠士和真儒一样日渐稀少了。与司马迁不同的是，吴敬梓具有更为深刻的文化反思精神。他虽然憧憬秦汉以前的侠文化，却又清醒地意识到，鼎盛于春秋战国时期并绵延不断的侠文化在他那个时代已无足称道。他写假侠客张铁臂是和写娄府的那些假名士相呼应的，目的是写出娄家两公子养士梦的破灭；而写真侠凤四老爹的无谓之举，则表达了更为痛苦的人生体验：不但真儒大贤无用武之地，连真侠也不可能有所作为；至于沈琼枝那种如同堂吉诃德斗风车似的"负气斗狠"、萧云仙"报效朝廷"却反受惩处，其结局都是侠客梦的破灭。吴敬梓以其冷峻笔调写出了生活的真实，他直面人生，绝不为内心的爱憎之情所左右。

娄家两公子养士梦的破灭

写"侠客"张铁臂，是为了写娄家两公子养士梦的破灭。

这两位公子，因科名蹭蹬，不得早年中鼎甲，入翰林，激成了一肚子牢骚不平，每常只说："自从永乐篡位之后，明朝就不成个天下！"每到酒酣耳热，更要发这一种议论。① 有一次。说起江西宁王反叛的话，娄四公子甚至这样讲："宁王此番举动，也与成祖差不多。只是成祖运气好，到而今称圣称神，宁王运气低，就落得个为贼为虏，也要算一件不平的事。"② 宁王即朱宸濠（？—1520），朱元璋第17子朱权的玄孙，

---

① 李汉秋辑校：《儒林外史汇校汇评》，第八回，上海古籍出版社，2010年，第112页。
② 同上书，第112页。

袭封宁王。他与致仕都御史李士实、举人刘养正等阴谋夺取帝位，正德十四年（1519）起兵，从南昌出鄱阳湖，声言直取南京，被王守仁打败，历时仅43天。其性质与朱棣之"靖乱"大可比拟。因此，娄四公子的话也不能算是"胡说"。然而，"做臣子的"议论"本朝大事"，如此不谨慎，又表明他相当轻率。

两公子不只是爱发牢骚，而且"志向远大"，以战国四公子为榜样，大张旗鼓地"养士"。两公子曾"三顾茅庐"拜访老阿呆杨执中，把杨执中视为诸葛亮似的卧龙；又把"怪模怪样"的权勿用当成一流的"高人"。所有这些，都是其养士梦的一个部分。而当肥皂泡一个一个地吹破，汇聚起来，也就是养士梦的破灭。

且看"侠客"张铁臂这个肥皂泡是如何吹破的。

"侠客"张铁臂的形象是对《水浒传》及唐人传奇中豪侠义士的戏拟。张铁臂是否读过《水浒传》，吴敬梓未作交代，想来不仅读过，并且早已烂熟于心。且听他自报家门："只是一生性气不好，惯会路见不平，拔刀相助，最喜打天下有本事的好汉；银钱到手，又最喜帮助穷人。"① 这不分明是武松、鲁智深的口气么？武松说过："凭着我胸中本事，平生只打天下硬汉，不明道德的人"②；至于鲁智深，"路见不平，拔刀相助"，更是家常便饭。金圣叹曾在评点《水浒传》时笔飞墨舞地赞叹："鲁达为人处，一片热血直喷出来，令人读之深愧虚生世上，不曾为人出力。"③

张铁臂自报家门时，还提到过他的功夫："晚生的武艺尽多，马上十八，马下十八，鞭、锏、链、锤、刀、枪、剑、戟，都还略有些讲究。"④ 这简直就像是《水浒传》在介绍史进。因为史进同样是：十八般

---

① 李汉秋辑校：《儒林外史汇校汇评》，第十二回，第161页。
② 《水浒传》，第二十九回，人民文学出版社，2004年。
③ 陈曦钟、侯忠义、鲁玉川辑校：《水浒传会评本》，北京大学出版社，1981年，第97页。
④ 李汉秋辑校：《儒林外史汇校汇评》，第十二回，第161页。

武艺——矛、锤、弓、弩、铳、鞭、锏、剑、链、挝、斧、钺并戈、戟、牌、棒与枪、杌，一一学得精熟。

张铁臂的自我吹嘘，颇稚嫩，颇浅露，但娄公子听了，仍信之不疑地说："只才是英雄本色。"① 所谓"英雄"，即豪侠，武松是豪侠，鲁智深也是豪侠，张铁臂也想滥竽于豪侠之列。

当然，武松、鲁智深还算不得侠的开山祖师。追根溯源，《水浒传》也是师承前人。远在先秦，《韩非子·五蠹》就批评侠客凭借勇力触犯国家的刑律。这说明侠客的功夫比常人要强。汉代的司马迁写作《史记》，首次为游侠立传，称赞他们言必信，行必果；以德报怨，厚施而薄望。这都集中指向"义"的精神。"功夫"和"义气"构成豪侠的两个核心侧面，所以中唐李德裕的《豪侠论》归纳道：所谓侠，都是不寻常的人。他们以诺许人，必然以节义为依据。义非侠不立，侠非义不成。②

豪侠被大量虚构出来是在唐代的传奇小说中。其"义气"和"功夫"同时被传奇化了。关于侠的义气，盛唐李白《结袜子》诗说："燕南壮士吴门豪，筑中置铅鱼隐刀。感君恩重许君命，太山一掷轻鸿毛。"③ 其人生情调慷慨雄劲，令人向慕。而传奇小说就写得更为惊心动魄。晚唐李冗《独异志》记载：侯彝窝藏了一名"国贼"，御史审问，始终不招出贼的所在。刑罚是够残酷的，"以鏊贮烈火"，放在他的腹部，烤得烟气腾腾，但他不仅不招供，还倔强地高呼："何不加炭？"唐代宗问他何必自苦，他承认确实藏了国贼，然而既已允诺了人，就至死也不会泄密。这实在称得上悲壮了。

豪侠的神通（或功夫）一样令人咋舌。比如晚唐裴铏《昆仑奴》④

---

① 李汉秋辑校：《儒林外史汇校汇评》，第十二回，第 161 页。
② 〔清〕董浩等编：《全唐文》，上海古籍出版社，1990 年，第 3224 页。
③ 《李太白全集》，上海书店，1988 年，第 125 页。
④ 裴铏：《传奇》，收入《历代笔记小说大观》，上海古籍出版社，2012 年，第 109 页。

里的昆仑奴磨勒。当他从一品达官的"扃锁甚严"的院宅内救出红绡后,一品曾不无自负地夸口要"为天下人除害",命甲士50人,包围了崔生第宅,打算生擒磨勒。然而,就在似乎水泄不通的包围圈中,磨勒手持匕首,飞出高墙,像雄鹰一般迅捷,转瞬即逝。裴铏《聂隐娘》中的隐娘,能在天空中飞行,百发百中地刺杀鹰隼;白天在都市上杀人,没有人能够发现。其功夫已近乎传说中的仙人。

张铁臂有志于扮演豪侠,倒也确有几分功夫。且看:"张铁臂一上一下,一左一右,舞出许多身份来。舞到那酣畅的时候,只见冷森森一片寒光,如万道银蛇乱掣,并不见个人在那里,但觉阴风袭人,令看者毛发皆竖。权勿用又在几上取了一个铜盘,叫管家贮满了水,用手蘸着洒,一点也不得入。须臾,大叫一声,寒光陡散,还是一柄剑执在手里。看铁臂时,面上不红,心头不跳。"① "众人称赞一番",张铁臂当之无愧。

不知张铁臂是天真地相信了唐人传奇有关剑侠的故事,还是为了进一步征服娄家两公子的心,反正,他不满足于做个只会耍剑的侠,而试图以来无影、去无踪、侠而近乎仙的形象出现在两公子面前,结果弄巧成拙,不待人挑剔,马脚已露了出来。他来时"房上瓦一片声的响","满身血污",去时又是"一片瓦响",剑侠的功夫居然如此笨拙吗?还有,他一会儿说,他的药末顷刻间即可将人头"化为水",一会儿又说,"顷刻之间不能施行":自相矛盾,谎也说得不圆。这真是上了唐人传奇的当了。

张铁臂标榜"义气",却骗朋友的钱,走到了"义气"的反面。富于讽刺意味的是,他行骗也假"义气"之名。他煞有介事地对两公子说:"我生平一个恩人,一个仇人。达仇人已衔恨十年,无从下手,今日得便,已被我取了他的首级在此……但我那恩人已在这十里之外,须五百

---

① 李汉秋辑校:《儒林外史汇校汇评》,第十二回,第161—162页。

两银子去报了他的大恩。……所以冒昧黑夜来求……"①张铁臂的这一骗术也是学来的。晚唐诗人张祜和他的朋友崔涯自称豪侠,陶醉于"真侠士"的声名中,结果被一位"装束甚武"并口口声声高谈义气的人将财产骗走。这位"装束甚武"的假侠便是张铁臂的老师。

张铁臂对"装束甚武"者的模仿亦拙劣至极,何也?那位"装束甚武"者倏而来,忽而逝,一旦得手,便无露馅之虞,而张铁臂却骗的是熟人。第三十七回,蘧駪夫向杜少卿揭了张铁臂(已更名张俊民)的老底,杜少卿当面问他:"俊老,你当初曾叫做张铁臂么?"张铁臂见人看破了相,存身不住,只得回天长去了。他岂不是自己给自己栽下祸根?

以张铁臂这样一个拙劣模仿古代豪侠的人,竟大得娄家两公子的赏识,愈显出了两公子的梦幻病之重。明眼人一下便看出张铁臂的虚妄,两公子却信之不疑,敬佩不已,为他的所谓仇必雪、恩必偿、言必信、行必果的豪侠品格所感动,并打算备了筵席,广招宾客,举办人头会。两公子以历史上求贤养客的信陵君自居,希望借此邀名。他们沉醉在自己编织的美妙的幻境中,失去了现实感,失去了观照眼前生活的能力。他们所招致的几位名士,或迂腐,或怪诞,或为骗子,或为卜者,可在二位眼里,却都高贵得了不得。嘲笑了张铁臂之流,也就嘲笑了礼待这流货色的两公子。一石双鸟,吴敬梓的笔力是劲拔的。

凤四老爹:仗义行侠的意义何在

《儒林外史》中还有一类侠客,他们并不卑劣,在人生境界上,他们可称得上是真正的豪侠,对真正的侠客,吴敬梓的赞赏也是有节制

---

① 李汉秋辑校:《儒林外史汇校汇评》,第十二回,第164页。

的,他借郭孝子之口表达了自己的看法:"这冒险捐躯,都是侠客的勾当,而今比不得春秋、战国时,这样事就能成名。而今是四海一家的时候,任你荆轲、聂政,也只好叫做乱民。"①

郭孝子说的是实话。春秋、战国时代,侠客极受尊重,诸侯卿相,争相养士。越王勾践有"君子"6000人,魏无忌、齐田文、赵胜、黄歇、吕不韦皆有客3000人,而田文招致任侠者6万家,魏文侯、燕昭王、太子丹亦招致宾客无数。这些宾客,核心成分是侠。那时,做一名侠客,甚至做一名侠客的亲朋,都足以引为自豪。聂政为严仲子报仇,杀了韩相侠累,为了不连累亲朋,随即毁容自杀。他的姐姐却认为:我岂能只图保全自己的性命,而使弟弟无豪侠之名!于是"大呼天者三",悲哀痛哭,死在聂政的尸体旁(见《史记·刺客列传》)。可见,任侠之名重于生命。

秦汉以后,大一统的专制国家建立,侠客失去了其依托的社会背景。摆在他们面前的路大抵有三条:或成为武装反抗朝廷的绿林好汉,或沦为地方上恃强凌弱的土豪,或成为朝廷的爪牙。侠这一社会阶层,实际上已不存在。但侠的精神,却作为一种人生境界进入文学作品中,唐诗中的《侠客行》《结客少年场行》,唐人传奇中的黄衫客、昆仑奴等,都已不是生活的写照,而仅仅是一种精神、一种气概的表达,是一种浪漫情怀和少年壮志的呈现。所以,对于文学作品中的豪侠,读者万不可"一一作实法会";作实法会,将成为生活中的"痴人"。

生活中确有这样的"痴人"存在。比如,《水浒传》里的鲁智深曾"大闹五台山",明代哲学家李贽充满热情地称道说:这才是真正的佛!"若是那班闭眼合掌的和尚,决无成佛之理。何也?外面模样尽好看,佛性反无一些。如鲁智深吃酒打人,无所不为,无所不做,佛性反是完全的,所以到底成了正果。"李贽这番话,本是借他人酒杯浇自己块垒。

---

① 李汉秋辑校:《儒林外史汇校汇评》,第三十九回,第485页。

意在表达对假道学的清规戒律的不满，讽刺虚伪，提倡真率，并非鼓励读者效法鲁智深吃酒打人、任性胡为的举动。可他身边的侍者常志却"作实法会"，于是，他的人生遂先成为喜剧，终成为悲剧。据晚明袁中道《游居柿录》记载，常志时常听到李贽"称说《水浒》诸人为豪杰，且以鲁智深为真修行，而笑不吃狗肉诸长老为迂腐，——作实法会。"起初还恂恂不觉，后来，跟别人闹了点小矛盾，就想放火烧屋。李贽听说了，大为吃惊，数落了几句，常志便感慨道："李老子不如五台山智真长老远矣。智真长老能容鲁智深，老子独不能容我乎？"仍时时欲学鲁智深行径。李贽性情暴躁，见常志越来越不像话，很恼火，叫人"押送之归湖上"。途中。押送的人牵马慢了些，常志居然怒目大骂道："你有几颗头？"其可笑如此。后李贽"恶之甚，遂不能安于湖上，北走长安，竟流落不振以死"。①

　　常志的结局是李贽所始料未及的。站在李贽的角度，鲁智深的狂放不羁的意气，鲁智深的摧枯拉朽的气概，鲁智深的自然纯朴的生命形态，一句话，鲁智深的豪侠精神，对于一个书生来说，不是值得向往的人生境界吗？然而，梦不等于生活。李贽明白梦与生活的区别，"坐而论侠"，采取的是艺术化的超脱态度；常志不明白梦与生活的区别，把梦移到现实中，"起而行侠"，于是其生活便荒唐至极，并因其荒唐自食其果，"流落不振以死"。袁中道从这里得出"痴人前不得说梦"的结论，一语中的，很是精到。

　　凤四老爹当然是个真正的侠客，但毋庸置疑，他也是与常志有某种相似处的"痴人"。他不是仅仅"论侠"，而是实实在在"行侠"。然而，他的侠行义举又有多大的意义呢？

　　凤四老爹的原型是甘凤池。甘凤池以侠勇闻名于清雍正年间。据甘熙《白下琐言》卷四记载，有人想试甘凤池的功夫，让他把手臂放在石

---

① 陈文新译注：《日记四种》，湖北辞书出版社，1997年，第254页。

头上，牛车轮番地轧，一点伤痕都没有，观看的人无不惊服。又曾醉后跟人较量功夫，把酒瓮倒立在院子里，两指持竹竿，一足立瓮底，叫众人拉，屹然不动；他一松手，拉的人全摔倒了。徐珂编《清稗类抄·技勇类》记开封一"多勇力"的"无赖子"，冒冒失失地踢甘凤池肾囊，以致"仰跌于地，大呼痛不止，须臾，股肿如斗矣"。后一件事，与《儒林外史》对凤四老爹的描述尤其接近。

在清朝君臣眼里，甘凤池却首先是一介"乱民"。当时"大江南北有八侠"，依次为僧了因、吕四娘、曾仁父、路民瞻、周浔、吕元、白泰官、甘凤池。八人中，了因品行卑劣，为其余七人所共"奸"。这七人，据说"皆抱有种族之义""非徒博侠客之名而已"，难怪雍正皇帝要"严饬天下督抚逮甘凤池等甚急"了。浙江总督李卫并言之凿凿地称甘凤池随身密带书籍，"将各省山川关隘险要形势，攻守机宜，备悉登记"，属于图谋不轨的"奸匪"。吴敬梓强调"而今是四海一家的时候，任你荆轲、聂政，也只好叫做乱民"，即暗示出清朝廷仇视甘凤池等人这一事实。

在小说中，吴敬梓没有赋予凤四老爹蓄意反对朝廷的色彩，他基本上是一个与政治不沾边的游侠。这样，凤四老爹的"痴人"性格就得到了突出。他凭着勇武和智谋，无往而不成功，可他帮助的是些什么人呢？一个招摇撞骗的万中书，一个色迷迷的小丝客商人，一个吝啬鬼陈正公。凤四老爹行侠只是"一时高兴"，他自己觉得乐趣不小，读者却感到意思不大。天目山樵评语说得好："所谓豪杰者，必其人身被奇冤，覆盆难雪，为之排难解纷，斯为义士。下而至于丝客、陈正公之被骗，稍助一力犹之可也。如万中书者，冒官撞骗，本非佳士，特高翰林旧交，秦中书乡愚慕势，因亲及友，与凤四老爹何涉？乃为之出死力以救之，何义之有？正与沈琼枝自己上门、自己入室，又窃物逃走相对。作者连类相及，正见《外史》所书皆瑕瑜互掩之品，读者勿徒艳称之，为其所惑。"① 常志之"痴",由喜剧而最终成为悲剧;凤四老爹之"痴",《儒林外史》只写到他"出死力"做些毫无意义之事的喜剧,但其悲剧结局已隐含于其中。试想,他最终可有安身立命之处?凤四老爹沉浸在一厢情愿的梦境中,其不合时宜对豪侠精神的解构具有更浓郁的悲剧意味。

沈琼枝:一味负气斗狠为哪般

女侠是唐人传奇中的一种新的人物类型。唐以前,女性通常只扮演恋爱故事或神仙故事的主角;赋予她们以豪爽远识、奇侠谋勇的剑侠身份,那是唐代传奇作家的创造。她们美丽、飘逸,无论风度,还是功夫,都臻于超世拔俗的境界。

唐代女侠形象的塑造,是否有充分的生活依据呢?看来没有。中国的女性,一向以闺房为主要的活动天地;即使是在胡风盛行的唐代,也绝没有纵横南北、浪迹江湖的美丽的青年女子。于是,我们得到一个结论:让女子扮演剑侠,这纯属浪漫的想象。本来,一篇小说,有了女子穿插其间,便觉生色;倘若这女子风采过人,小说自更具魅力。女侠只适合于出现在艺术的世界中,如果有谁试图在生活中扮演女侠,那便不免滑稽,有点像唐吉诃德了。

然而,《儒林外史》中的毗陵女士沈琼枝却正是一个努力将侠的品格落实在生活中的喜剧人物。

毗陵是常州的别称。沈琼枝的原型,即清代袁枚《随园诗话》所说的"扬州女子"。据《随园诗话》卷四记载,袁枚任江宁县令时,有个叫张宛玉的扬州女子,初嫁淮安一姓程的盐商,跟丈夫闹纠纷,私自逃

---

① 李汉秋辑校:《儒林外史汇校汇评》,第五十四回,第634页。

了出来。袁枚提解她时，她在大堂上献上一首诗：

> 五湖深处素馨花，误入淮西估客家。
> 得遇江州白司马，敢将幽怨诉琵琶？

诗写得不错。袁枚怀疑是请人所作，于是宛玉要求面试。袁枚指庭前枯树为题，宛玉很快便完成了一首五绝：

> 独立空庭久，朝朝向太阳。
> 何人能手植，移作后庭芳？

能够即景赋诗，可见张宛玉不是一位冒充的诗人。

张宛玉其人其事，在当日的南京一带曾使舆论着实热闹了一阵子。她私自出逃，其性格与普通的弱女子大是不同；但袁枚等人真正欣赏的还是她的诗才。吴敬梓则以其大胆抗争的性格为基础，塑造了一个以女侠自居、打算征服社会却为社会所征服的既可敬又可笑的喜剧性与悲剧性交融的人物。

侠女处事，不必遵循常规。沈琼枝即是如此。但大一统的天下，人们向来按常规生活，不循常规就免不了碰壁。任侠吃不开，一个年轻女子任侠更吃不开。沈琼枝所经历的正是一次又一次的挫折。

盐商宋为富用娶妾的规格对待沈琼枝，打发家人来吩咐，一乘轿子，将她"抬到府里去"。她去了。按常规，这就是同意做妾的表示。但沈琼枝却意在与宋为富"斗狠"，赢了没有呢？没有。宋为富料她飞不到哪里去，根本不理会她；她的父亲沈大年去告状，也被宋为富打通关节，"押解他回常州去了"。

沈琼枝被软禁在宋府，无可奈何，只好买通看守的丫环，五更时分，从后门走了，席卷了宋为富房里所有的金银器皿，珍珠首饰。这举动，有些像汉代卓王孙的女儿卓文君，但卓文君夜间出走，是去投奔自己的情人司马相如，沈琼枝投奔谁？也有些像唐传奇《虬髯客传》中的红拂妓，但红拂妓自有李靖可依靠，沈琼枝依靠谁？回常州老家，怕人耻笑，只好到南京"去卖诗过日子"，这位侠女先是自投宋府这张罗网，现在撞破了罗网，又无枝可栖，真是进退两难了。

沈琼枝到了南京，在城里大贴广告："毗陵女士沈琼枝，精工顾绣，写扇作诗。寓王府塘手帕巷内，赐顾者幸认'毗陵沈'招牌便是。"①她想象"南京是个好地方，有多少名人在那里，我又会做两句诗……或者遇着些缘法出来也不可知"。②谁知大谬不然。杜少卿携着娘子的手游山，还惹得"背后三四个妇女，嘻嘻笑笑跟着。两边看的人目眩神摇，不敢仰视"。在旁人眼里，杜少卿娘子不是宠妾，便是妓女。是呀，岂有身为夫人而在众目昭彰之下"浪游"之理？沈琼枝的所作所为又非携手游山所可比拟。一个单身少妇，在市井招揽顾客，还会是良家女子吗？连武书看了她的广告，也断定她是暗娼。在武书看来，身为暗娼，"却又挂起一个招牌来，岂不可笑！"岂止是可笑，沈琼枝是自己给自己惹麻烦。自从她挂了招牌，那些好事的恶少，都一传两、两传三地来物色，非止一日，她不胜烦恼地承认："我在南京半年多，凡到我这里来的，不是把我当做倚门之娟，就是疑我为江湖之盗。"她的"缘法"何在？

沈琼枝不是倚门之娟，也不是江湖之盗，可她不识时务，只能引起这类误解。她沉浸在对自我的侠女感觉中，用侠女的模式来塑造自己。差人押送她回江都，她不给钱，"走出船舱，跳上岸去，两只小脚就是飞的一般"。③两个差人赶着扯她，被她施展拳术，打了一个仰八叉。敢作敢为，独来独往，这都是对豪侠的仿效。武书见过她一面后，观感是：

---

① 李汉秋辑校：《儒林外史汇校汇评》，第四十一回，第505页。
② 同上书，第四十回，第503页。
③ 同上书，第四十一回，第514页。

"我看这个女人实有些奇。若说他是个邪货,他却不带淫气;若是说他是人家遣出来的婢妾,他却又不带贱气。看他虽是个女流,倒有许多豪侠的光景。他那般轻倩的装饰,虽则觉得柔媚,只一双手指却像讲究勾、搬、冲的。论此时的风气。也未必有车中女子同那红线一流人。却怕是负气斗狠,逃了出来的。"① 武书观察得相当准确。

车中女子同红线都是唐人传奇中的女侠。前者见皇甫氏《原化记·车中女子》,后者见袁郊《甘泽谣·红线》。传奇作家的诗人气质所孕育出的女侠,妩媚而轻妍:比如车中女子,"年可十七八,容色甚佳";她营救身陷监狱的举人时,如鸟飞下,有似荡漾的音乐。沈琼枝仿效车中女子和红线一流侠客,落实下来,却只是到处跟人负气斗狠,这简直是对自我的嘲讽!天目山樵评语说得很是精到:"琼枝行径正与凤四老爹相同,观其作为似乎动听,而实无谓。"②

结束语

或许不应忽略的是《儒林外史》在情节安排上的一个错位。郭孝子论侠,那番话本是针对凤四老爹说的,可为什么要在写萧云仙时说出呢?吴敬梓的这一情节错位另有用意。他笔下的萧云仙,听从郭孝子的指教,转换轨道,不再行侠,而是投军"报效朝廷"去了。萧云仙以游侠的气概行"建功立业"之事,果然不同凡俗,他一连打了几场胜仗,又建城池,立学校,鼓励农民发展生产。其功业这般显著,理当受到朝廷的嘉奖。然而不。不仅依旧身处下僚,还要在他的名下"追赔"建城

---

① 李汉秋辑校:《儒林外史汇校汇评》,第四十一回,第510页。
② 同上书,第四十回,第504页。

银"七千五百二十五两有零",真叫人哭笑不得。

　　《儒林外史》就这样展示出了生活的真实状态:要么是张铁臂那样的假侠客,要么是有侠义风骨但实际上却无所作为的凤四老爹和到处碰壁的沈琼枝,要么是行侠和入仕都无法实现人生价值的萧云仙。古代文学作品中光彩夺目的侠客在现实生活中是不存在的。而且,吴敬梓写假侠客张铁臂是和写娄府的那些假名士相呼应的;而将真侠凤四老爹安排在虞博士等真儒消磨尽了之后出场,则具有更深层次的含义:不但许多真儒大贤无用武之地,连真侠也不可能有所作为。至于沈琼枝的"负气斗狠"和萧云仙的"报效朝廷",跟凤四老爹行侠一样,其结局都是梦的破灭。吴敬梓如此处理,无疑含有这样的意味:行侠不可,"报效朝廷"也不可,没别的选择,只好做隐士了。即所谓"天下有道则见,无道则隐"。

　　讽刺"无道"的现实,这是《儒林外史》笼罩全局的文化宗旨。

　　作者简介:陈文新,武汉大学文学院教授。

清代进士与《红楼梦》

李根亮

内容提要：清代进士是《红楼梦》的主要读者群，他们对《红楼梦》的阅读、改编、题咏及接受折射出清代文人精神生活的一个生动侧面，并影响了整个社会的文化时尚。但作为当时社会的最上层文人，他们对《红楼梦》的接受理解却是参差不齐的。由于深受封建礼教的熏陶，其中一些人还表现出明显的保守态度。

关键词：清代进士 《红楼梦》 阅读 接受

在 18 世纪中期以后，小说《红楼梦》的流传越来越广，从而开始改变了当时许多人的阅读兴趣。1791 年和 1792 年，程甲本和程乙本的先后刊刻，使《红楼梦》的影响深入人心，其读者范围也越来越大。参加科举的士子们除了阅读儒家经典之外，对《红楼梦》的态度也在发生变化，其中更有不少身份特别的进士。这些清代进士是《红楼梦》的重要读者群，他们与《红楼梦》的关系，他们对《红楼梦》的阅读、改编、题咏及接受态度是本文主要探讨的问题。

一

在中国古代科举制度中，通过最后一级考试者，称为进士，也即古代科举殿试及第者。据统计，清朝的会试举行过 112 科，共录取了两万余名进士（不包括武科进士）。其中有相当多的进士阅读过《红楼梦》，或者与《红楼梦》及其作者发生过关系。根据一粟编《古典文学研究资料汇编·红楼梦卷》及有关学者的研究文献，这些进士至少包括袁枚、周春、石韫玉、唐景崧、康有为、蔡元培等二十余人：

  袁　枚（1716—1797），乾隆四年（1739）进士。
  周　春（1729—1815），乾隆十九年（1754）进士。
  徐嗣曾（生卒不详），乾隆二十八年（1763）进士。
  许鸿磐（1757—1838），乾隆四十六年（1781）进士。
  石韫玉（1756—1837），乾隆五十五年（1790）进士、状元。
  张问陶（1764—1814），乾隆五十五年（1790）进士。
  吴　云（1746—1837），乾隆五十八年（1793）进士。
  高　鹗（1738—约 1815），乾隆六十年（1795）进士。

郝懿行（1757—1825），嘉庆四年（1799）进士。
孔昭虔（1775—1835），嘉庆六年（1801）进士。
朱凤森（1776—1831），嘉庆六年（1801）进士。
张维屏（1780—1859），道光二年（1822）进士。
严保庸（1796—1854），道光九年（1829）进士。
胡林翼（1812—1861），道光十六年（1836）进士。
俞　樾（1821—1907），道光三十年（1850）进士。
孙桐生（1824—1908），咸丰二年（1852）进士。
唐景崧（1841—1903），同治四年（1865）进士。
陈康祺（1840—1890），同治十年（1871）进士。
李慈铭（1830—1894），光绪六年（1880）进士。
许叶芬（生卒不详），光绪十五年（1889）进士。
俞明震（1860—1918），光绪十六年（1890）进士。
蔡元培（1868—1940），光绪十八年（1892）进士。
康有为（1858—1927），光绪廿一年（1895）进士。

在所有进士中，袁枚是较早与小说作者曹雪芹发生关系的人，在其《随园诗话》中有记载。乾隆五十七年刊本《随园诗话》言："康熙间，曹楝亭为江宁织造，其子雪芹撰《红楼梦》一部，备记风月繁华之盛。明我斋读而羡之。当时红楼中有某校书尤艳。"而道光四年刊本作："其子雪芹撰《红楼梦》一部，备记风月繁华之盛。中有所谓大观园者，即余之随园也。当时红楼中有某校书尤艳，雪芹赠云。"① 按照前一种说法，袁枚对于曹寅和雪芹的关系并不完全熟悉，而且强调明我斋（即明义）读过《红楼梦》，但他自己应该没有读过该小说。按照后一种版本，袁枚最后特别强调了"雪芹赠云"一句话，似乎袁枚与曹雪芹有过直接

---

① 一粟编：《古典文学研究资料汇编·红楼梦卷》，中华书局，1963年，第13页。

交流，还可能阅读过《红楼梦》。就此问题，李广柏著《袁枚所知曹雪芹之点滴》一文进行了深入分析，① 提出道光四年刊本内容上的变化不是袁枚自己所改，应是翻刻者增改的。这就澄清了我们对袁枚是否阅读过《红楼梦》的疑问。很明显，袁枚没有亲自读过《红楼梦》，却从明义赠送的诗文中了解到关于该小说的点滴信息，表现出对《红楼梦》及作者的好奇心。不过袁枚将小说里的女主人公林黛玉说成是"女校书"，使人感到莫名其妙。女校书原意是指妓女，后引申为才女。从袁枚的语气上来看，显然是指妓女，可能是从小说名字上推测出来的，因为"红楼"在古代也暗指青楼妓院。这从侧面上也说明袁枚确实没有读过《红楼梦》。

最早接触并仔细阅读过《红楼梦》的清代进士可能是徐嗣曾、周春，周春的《阅红楼梦随笔》可以作证。《阅红楼梦随笔》提到：

> 乾隆庚戌秋，杨畹耕语余云："雁隅以重价购钞本两部：一为《石头记》，八十回；一为《红楼梦》，一百二十回，微有异同。爱不释手，监临省试，必携带入闱，闱中传为佳话。"时始闻《红楼梦》之名，而未得见也。壬子冬，知吴门坊间已开雕矣。兹茗估以新刻本来，方阅其全。②

根据这段话，李虹的《周春与〈红楼梦〉研究》一文从版本流传的角度推断出一个结论，即程甲本问世（1791）之前两年，《红楼梦》后四十回已经存在，而高鹗仅仅是《红楼梦》后四十回的修补整理者。③ 该论断有一定的合理性。而从《红楼梦》阅读活动历史的角度来看，这段话也给我们很多启发。周春提到在乾隆庚戌年（1790），他从杨畹

---

① 李广柏：《袁枚所知曹雪芹之点滴》，《红楼梦学刊》2006 年第 4 期。
② 一粟编：《古典文学研究资料汇编·红楼梦卷》，第 66 页。
③ 李虹：《周春与〈红楼梦〉研究》，《红楼梦学刊》2002 年第 1 期。

耕口中听到雁隅（指徐嗣曾）曾重金买了两部《红楼梦》的不同钞本，徐嗣曾对《红楼梦》"爱不释手，监临省试，必携带入闱，闽中传为佳话"。随后在壬子年（1792），周春本人才亲自看到120回的《红楼梦》。由于徐嗣曾、周春都是清代进士出身，他们对《红楼梦》的喜爱和重视，预示了当时社会精英阶层的阅读文化时尚和习惯的改变。尤其是徐嗣曾，他竟然在监视科举考试的考场阅读小说《红楼梦》，且被"传为佳话"。这在对言情小说充满偏见的清代官场社会，确实有点离经叛道和不可思议。

人们读书既有功利目的，也有非功利性需求。如《论语·学而篇》云："学而时习之，不亦说乎？"《论语·季氏篇》云："不学诗，无以言。"《论语·子张篇》也云："仕而优则学，学而优则仕。"孔子及其门徒一再谈到的学习问题，是和读书密切联系在一起的。学习和读书本身乃是令人愉悦之事，不学习《诗经》或者说不读书将会寸步难行，甚至读书和做官也可以兼顾，从而达到"博学而笃志，切问而近思"的境界。在孔子看来，学习和读书实在是一生的事业，或者说是生活的一部分。但是到了明清时期，人们读书的功利性越来越强，那些和科举考试无关的书籍往往受到所谓正统人士的排斥。像《红楼梦》这样的小说，不过是闲书罢了。那么，徐嗣曾、周春等清代进士们阅读《红楼梦》的行为，和他们的身份就有点不协调了。

周春的《阅红楼梦随笔》，清晰地记录了他关于《红楼梦》的阅读活动过程及接受态度。周春读《红楼梦》时经常随手圈点并写下评语，于是有了我们现在看到的《阅红楼梦随笔》。关于《红楼梦》的阅读方法，周春强调："阅《红楼梦》者，既要通今，又要博古，既贵心细，尤贵眼明。当以何义门评十七史法评之。若但以金圣叹评《四大奇书》法评之，浅矣。"周春精于考据学，因而要求读者"既要通今，又要博古"，并且要以史学的眼光而不是以金圣叹式的小说家眼光看待《红楼梦》，若非如此，"非但辜负作者之苦心，何以异于市井之看小说者乎？"

周春显然知道《红楼梦》是一部小说，但却要求人们不要把它当成小说，可见其内心里是轻视小说文体的。不过《红楼梦》的魅力使他宁愿相信小说的内容就是真实的历史反映，于是他提出了"张侯家事说"的观点："相传此书为纳兰太傅而作。余细观之，乃知非纳兰太傅，而序金陵张侯家事也。"为了证明这个观点，周春提出了各种根据："忆少时见《爵秩便览》，江宁有一等侯张谦，上元县人。癸亥、甲子间，余读书家塾，听父老谈张侯事，虽不能尽记，约略与此书相符，然犹不敢臆断。再证以《曝书亭集》、《池北偶谈》、《江南通志》、《随园诗话》、《张侯行述》诸书，遂决其无疑义矣。"周春的结论是如此的"果断"或者说武断，却完全忽视了《红楼梦》的文学虚构的实质。在《红楼梦》阅读中的这种天真、执着、盲目的接受态度，不但在清代，甚至在现代社会仍然存在着。

二

许鸿磐是清乾隆四十六年（1781）进士，他的《六观楼北曲》杂剧中有一篇《三钗梦》，即是根据《红楼梦》改编的。其在《三钗梦·自序》中提到："余谓读《红楼梦》以为悲且恨者，莫如晴雯之逐、黛玉之死、宝钗之寡。乃别出机轴，以三人为经，以宝玉为纬，仿元人百种体，为北调四折，曰勘梦，曰悼梦，曰断梦，曰醒梦，因谓之《三钗梦》。夫晴雯之逐，梦也；黛玉之死，亦梦也；宝钗之先溷尘而后证果，则梦之中又演梦焉。嗟呼，人生如梦耳，余亦在梦中，乃为不知谁何之人摅其悲，平其恨，呓语耶？抑痴人之说梦耶？"[①]许鸿磐显然阅读

---

① 阿英编：《红楼梦戏曲集》，中华书局，1978年，第368页。

过小说原著，并对作品中的"晴雯之逐""黛玉之死""宝钗之寡"三个关键人物及其悲剧命运表现出特别的关注，尤其是对于晴雯的形象格外欣赏。但他对作品的理解仍然以佛道色空、浮生若梦的思想视野来阐释，这与小说本身的思想基调是一致的。因而他的改编也基本上是遵循原著的。

和许鸿磐类似，乾隆五十五年（1790）状元石韫玉则将小说改编成《红楼梦传奇》。《红楼梦传奇》有嘉庆二十四年花韵庵刊本，原题"吴门花韵庵主填词"，可见今人阿英编《红楼梦戏曲集》。该传奇包括"梦游""游园""省亲""葬花""折梅""庭训""婢闹""定姻""黛殇""幻圆"十折。其情节内容与当时流行的程高本有一点不同，即在处理宝玉婚姻问题上，并没有宝玉失玉、凤姐设奇谋之类的情节，而是让皇妃贾元春促成宝玉、宝钗联姻，林黛玉能够顾全大局并劝告宝玉接受这段姻缘。如在"定姻"一折中，夏太监奉元春之命到荣府与贾母商量，以为"这些亲戚人家的姑娘，有才有貌而且有福，无如薛家宝钗姑娘，若是与宝二爷作对，真是一双两好"，因而以"娘娘懿旨"向薛姨妈求亲。紫鹃将此消息报告宝、黛，宝玉不肯从命，反而是黛玉劝他答应："且休说世间女子，未必有好似宝姐姐的，就算有这个人，可知与你不是姻缘了。"林黛玉还有一段唱词："婚姻事，天生在，不由人私意安排，那里有氤氲使者相担代。就算你心儿里、心儿里，当时别有个人儿在，但无缘好事终乖。他佳人命该，他佳人命该，你不避嫌疑、不避嫌疑，依瓜傍李，葬送裙钗。"宝玉闻说，回心转意。此后黛玉病死，由警幻仙姑指引归太虚真境。这样的安排明显淡化了小说文本中的矛盾冲突和悲剧氛围。

石韫玉的改编揭示了他对小说《红楼梦》的复杂情绪和接受态度。民国时葛虚存编《清代名人轶事》提到了石韫玉的一件轶事："吴门石琢堂殿撰韫玉，以文章伏一世，其律身清谨，实不愧道学中人。未达时，见淫词、小说一切得罪名教之书，辄拉杂摧烧之。家置一纸库，名曰'孽海',收毁几万卷。一日,阅《四朝闻见录》,中有劾朱文公疏,诬诋极丑秽,忽拍案大怒,亟脱妇臂上金跳脱,质钱五十千,遍搜东南坊肆,得三百四十余部,尽付诸一炬,可谓严于卫道矣。是年南闱发解,庚戌魁多士。夫因果之说,儒者不道,然以一穷诸生,毅然以辟邪说、扶名教自任,其胸襟气节,岂复第二流人物所有。"[①]此事真假难定,却暗示石韫玉乃卫道中人,和他的官宦经历有点相符。这样一个卫道中人对小说《红楼梦》情有独钟,并将其改编称戏曲,实在令人诧异。但若结合石韫玉的诗文创作及在苏州的生活经历来看,他对《红楼梦》的接受态度却是不难解释的。

根据睦骏著《石韫玉年谱》,在嘉庆二十四年(1819),六十四岁的石韫玉撰写完成了《红楼梦传奇》并刻印出版。[②]从他五十二岁引疾乞归到此时已经过去了十二年。自1791年程高本《红楼梦》问世以来,其传播与影响越来越大,石韫玉是不难看到的。然而石韫玉为何不按照程高本的情节来安排戏曲情节呢?这使笔者产生了两种联想:第一,他是有意改变了程高本的情节;第二,他或许看到了不同于程高本的一种《红楼梦》版本。但按照吴云为《红楼梦传奇》写的序言,可知石韫玉阅读的也是程高本《红楼梦》。那么可以肯定,石韫玉是有意改变了程高本的情节。而改变情节的原因,可能与石韫玉的上层官宦身份有关。

程高本《红楼梦》关于宝玉和黛玉爱情故事情节的安排,往往给予读者一种印象:二人最后的悲剧结局与其父母长辈有密切的关系。对于维护礼教的清代文人兼官员石韫玉来说,这样处理是不恰当的。于是他将责任推给了皇妃贾元春。虽然男女之情可以理解,但因为皇命难违,宝玉和黛玉也无话可说。石韫玉的改编其实完全体现了古代"发乎情,

---

① 葛虚存:《清代名人轶事》,书目文献出版社,1994年,第32页。
② 睦骏:《石韫玉年谱》,光明日报出版社,2009年,第137页。

止乎礼"的诗教原则,协调了情和理的关系。可是林黛玉最后的死亡毕竟是值得同情的,石韫玉则只能以禅理加以解释,让黛玉死后成仙。这一点又和小说原著中表现出的色空观念一脉相承。

在石韫玉考上状元之前以及辞官以后,他在苏州的生活也有点类似于《红楼梦》中描述的情景。如小说中提到贾府的小姐们结社赋诗的情节,先有贾探春倡议建立了海棠诗社,一年后又改名为桃花诗社。而石韫玉在乾隆四十七年(1782)的四月,也曾与友人结"碧桃诗社"。其《独学庐四稿》卷一《南园授经图记》记载:"余于乾隆庚子、辛丑,两试春官,不第而归,结碧桃之社。同社者:张青城、王念丰、沈桐葳、芷生兄弟,赵开仲及余与张景谋,当时所谓碧桃七子者也。"①石韫玉在《独学庐初稿》卷二《雪鸿诗社引》一文中专门谈到了他建立诗社的目的:"诗社,非古也。古之诗人导扬风雅,歌咏太平而已,乌乎社?诗而社,将以联文酒、友朋之乐也。"②道光三年(1823),六十八岁的石韫玉又加入了友人黄丕烈组织的"问梅诗社",③其一生都过着诗酒风流的生活。考察石韫玉的一生,其对待女性的态度也比较开明,颇有点像贾宝玉似的怜香惜玉,如其小妾有多人离他而去,他也不加阻拦。他甚至与其儿媳诗文唱和,并传授书法技艺与儿媳慧文:"古未有妇事舅而传其业者,有之,则自慧文始,他日艺林又当多一故事矣。"④

在石韫玉撰《红楼梦传奇》卷首,还有一篇署名苹庵退叟的序言。苹庵退叟即清代乾隆五十八年(1793)进士吴云。吴云序云:

《红楼梦》一书,稗史之妖也,不知所自起。当《四库书》告成时,稍稍流布,率皆抄写无完帙。已而高兰墅偕陈某足成

---

① 睦骏:《石韫玉年谱》,光明日报出版社,2009年,第16页。
② 同上书,第17页。
③ 同上书,第149页。
④ 同上书,第114页。

之，间多点窜原文，不免续貂之诮。本事出曹使君家，大抵主于言情，颦卿为主脑，馀皆枝叶耳。花韵庵主人衍为传奇，淘汰淫哇，雅俗共赏，《幻圆》一出，挽情澜而归诸性海，可云顶上圆光，而主人之深于禅理，于斯可见矣。往在京师，谭七子受偶成数曲，弦索登场，经一冬烘先生呵禁而罢。设今日旗亭大会，令唱是本，不知此公逃席去否？附及以资一粲。嘉庆己卯中秋后一日苹庵退叟题。①

这篇简短的序言写于嘉庆二十四年（1819），为我们提供了有关《红楼梦》在清代乾隆年间具体传播的一些信息，以及吴云自己对该小说的接受态度。首先，吴云视《红楼梦》为"稗史之妖"，可知他是把《红楼梦》作为野史看待的，却没有充分认识到小说文体的文学虚构本质。其次，吴云对于高鹗的后四十回并不满意，但却提出该小说"本事出曹使君家"，强调了小说与曹雪芹家世的某种联系。第三，吴云认为石韫玉改编的红楼戏曲"挽情澜而归诸性海，可云顶上圆光，而主人之深于禅理，于斯可见矣"，从侧面也道出了石韫玉改编小说的深层动机。最后，吴云提到了早期《红楼梦》戏曲在北京流传时被禁止演出的情形，说明了当时文人对《红楼梦》或称赞、或反感的不同接受态度。

但吴云本人对《红楼梦》的广泛流传却是不以为然的，这在其为潘炤《从心录》所作的题词中可以看出："二十年来，士夫几于家有《红楼梦》一书，仆心弗善也。惟阅至葬花，叹为深于言情，亦隽亦雅矣。庚午九月二十日灯下，玉松手记。"从上引《题词》的嘉庆十五年庚午（1810）倒数上去二十年，恰好是程甲本刊行的乾隆五十六年（1791）。不过吴云对小说中"黛玉葬花"的情节却极为叹服。

与石韫玉同年得中进士的张问陶也与《红楼梦》有着密切关系。其

---

① 阿英编：《红楼梦戏曲集》，第 521 页。

《船山诗草》集中有一首诗《赠高兰墅同年》，诗题下特别注明"传奇《红楼梦》八十回以后俱兰墅所补"。这是高鹗续《红楼梦》后四十回的重要证据。关于张问陶和高鹗的关系，过去相当多的学者都认为高鹗是张的妹夫，并根据张问陶的诗作认定高鹗的品行有失。但也有学者提出相反意见，如胡邦炜根据新发现的《遂宁张氏族谱》断定：张问陶和高鹗并没有姻亲关系，张问陶诗中提到的"汉军高氏"另有其人。①

三

嘉庆四年（1799）进士郝懿行的《晒书堂笔录》提到："余以乾隆、嘉庆间入都，见人家案头必有一本《红楼梦》。今二十余来，此本亦无矣。"②该小说的流行带来了红楼戏的繁荣，其中嘉庆六年进士孔昭虔所作的折子戏《葬花》可能是最早改编的红楼戏。其他红楼戏如《十二钗传奇》的作者朱凤森与孔昭虔同为嘉庆六年（1801）进士，已经失传的《红楼新曲》作者严保庸也是道光九年（1829）进士。由此看出，《红楼梦》已广泛流行于清代社会上层文人中间，这些上层文人对小说《红楼梦》的喜爱和改编，无疑影响了整个社会的文化时尚。

孔昭虔（1775—1835），字元敬，号荃溪，别署"镜虹吟室主人"，生于清乾隆四十年，卒于道光十五年，终年六十一岁。为孔子七十一代孙，山东曲阜人。嘉庆六年（1801）举进士，任翰林院编修，改庶吉士。历任台湾道、陕西按察使，官至贵州布政使。据《清史稿·列传一百六十六》，孔昭虔为台湾道期间，政绩斐然。其以《红楼梦》为题

---

① 胡邦炜：《张问陶与高鹗有无姻亲关系》，《文史杂志》1999年第3期。
② 一粟编：《古典文学研究资料汇编·红楼梦卷》，第355页。

材创作的昆曲折子戏《葬花》，作于嘉庆元年（1796），现存有稿本，见于阿英编《红楼梦戏曲集》。该剧根据小说里的"黛玉葬花"情节改编，弥漫着红颜薄命的感伤情绪。

朱凤森为广西临桂（今桂林市）人，嘉庆三年中举，嘉庆六年成进士。但他在中进士后并没有马上做官，而是游山东聘掌琅琊书院达六年之久。1807年，朱凤森回乡探亲，与妻子姚氏共同填曲。其《韫山五种曲》之《十二钗传奇》应是与姚氏合著。恽珠《国朝闺秀正始集》云："姚氏，广西临桂人，同知朱凤森室。按凤森字韫山，嘉庆辛酉进士，与氏同工填词，曾合谱有《才人福》、《十二钗》等曲。"①《十二钗传奇》围绕小说的主要内容安排情节，包括先声、入梦、缘香、省亲、夜课、葬花、撕扇、结社、折梅、眠茵、品艳、殒雯、诔花、抚琴、钗配、断梦、远嫁、哭黛、出梦、余韵二十出，集中表达了小说原著中固有的色空观念，并在戏曲结尾点明："你金钗十二行，做不了的风流梦！把一霎间惺惺懵懂，那真和假总是空，怹绸缪总是哄，甚姻缘撮得拢！"

朱凤森的《十二钗题词》道出了他阅读小说《红楼梦》的过程和创作《十二钗传奇》的来历和动机："晴窗飞过娟娟凤，有客袖书双鲤送。远自三山清玉峰，寄来一部《红楼梦》。教余按曲谱宫商，珠树瑶林别有香。最怜狡狯巫峰女，雨暮云朝媚楚王。酒杯如冰月如烛，花下把书看不足。湘江无竹可成箫，阆苑有山皆是玉。身居玉洞五千崖，笔写金陵十二钗。"②远方的朋友送给广西桂林的朱凤森一部《红楼梦》，并劝其改编成戏曲。小说内容引起朱凤森浓厚兴趣，以至于"花下把书看不足"。可以想象，《红楼梦》也同样感动了朱凤森的妻子姚氏，于是二人共同将小说谱成曲子。

在朱凤森之后的张维屏对于《红楼梦》则是另一番见解。张维屏

---

① 韦盛年：《朱凤森年谱》，《广西地方志》2005年第6期。
② 阿英编：《红楼梦戏曲集》，第429页。

(1780—1859),字子树,号南山,又号松心子,晚号珠海老渔,广东番禺人。嘉庆九年(1804)中举人,道光二年(1822)中进士,因厌倦官场黑暗,于道光十六年辞官归里,闭户著述。张维屏《国朝诗人征略二编》之《听松庐诗话》云:"容若,原名成德,大学士明珠之子,世所传《红楼梦》贾宝玉,盖即其人也。《红楼梦》所云,乃其髫龄时事。其诗善言情,又好言愁,摘录两首,可想见其人:'予生未三十,忧愁居其半。心事如落花,春风吹已断。行当适远道,作计殊汗漫。寒食百草长,薄暮烟溟溟。山桃一夜雨,茵箔随飘零。愿餐玉红草,一醉不复醒。''幽谷有佳人,无言若有思。含颦但斜睇,吁嗟怜者谁?予本多情人,寸心聊自持。私心托远梦,初日照帘帷。'诗中美人,即林黛玉耶?"其《松轩随笔》又云:"容若《无题》起句云:'是谁看月是谁愁?'余为作出句云:'同我惜花同我病。'两句中皆有黛玉在。"[①]清代红学索隐派一直有一种观点,认为《红楼梦》和康熙年间大学士明珠家事有关。张维屏进一步发挥了这一观点,并以明珠之子纳兰性德的诗歌为例进行说明,强调纳兰性德即贾宝玉。张维屏提出,纳兰性德诗"善言情,又好言愁",且诗中美人"含颦但斜睇",这岂不就是林黛玉吗?但古代"好言愁"、作品中经常出现美人形象的诗人又岂止纳兰性德一人?显然,张维屏忽视了文学想象和历史真实的区别。

《红楼梦》的传播引起了许多清代进士的欣赏,但也有一些人对该小说的流行痛加斥责,视之为洪水猛兽,如道光十六年(1836)进士胡林翼。胡林翼(1812—1861),字贶生,号润之(润芝),湘军重要首领,湖南益阳人。因镇压太平天国起义有功,与曾国藩、左宗棠被史学家并称为清代"中兴三名臣"。胡林翼在其《致严渭春方伯》的书信中声称:"一部《水浒》,教坏天下强有力而思不逞之民;一部《红楼梦》教坏天下之堂官,掌印司官,督抚司道首府,及一切红人,专意揣摩迎合,吃

[①] 一粟编:《古典文学研究资料汇编·红楼梦卷》,第363页。

醋捣鬼。当痛除此习,独行其志。"① 胡林翼恰逢太平天国起义之时,对封建社会动乱之因感慨良多,认为《水浒传》教坏了天下豪杰,而《红楼梦》则教坏了天下女人。这种保守的政治实用主义观念完全抹杀了《红楼梦》本身的文学价值。

四

像胡林翼这样对《红楼梦》持否定态度的清代进士毕竟是少数,大多数人对于该小说仍然抱有浓厚的兴趣。如俞樾是道光三十年(1850)进士,他对《红楼梦》就非常痴迷,在其《春在堂全书》中多次谈及该小说。其《曲园杂纂》之《小浮梅闲话》云:"《红楼梦》一书,脍炙人口,世传为明珠之子而作。……《通志堂经解》每一种有纳兰成德容若序,即其人也。恭读乾隆五十一年二月二十日上谕,成德于康熙十一年壬子科中式举人,十二年癸丑科中式进士,年甫十六岁,然则其中举人止十五岁,于书中所述颇合也。"② 俞樾因袭前说,认为《红楼梦》中的贾宝玉即明珠之子纳兰成德,并提出了一个特别证据,如小说中贾宝玉中举人时才十五岁,而纳兰成德中举人时也是十五岁。但随后其《茶香室三钞》又强调,根据昭梿《啸亭杂录》关于明珠家的记载,纳兰成德与小说的描写似乎有不相符合之处。可见俞樾对《红楼梦》认识上的矛盾。其《茶香室三钞》之"十二钗"还云:"国朝朱彝尊《静志居诗话》云:'赵彩姬,字今燕,名冠北里。时曲中有刘、董、罗、葛、段、赵、何、蒋、王、杨、马、褚,先后齐名,所称十二钗也。'按此则今小说

---

① 一粟编:《古典文学研究资料汇编·红楼梦卷》,第373页。
② 同上书,第391页。

中所称金陵十二钗,亦非无本。"针对《红楼梦》中金陵十二钗的来历,俞樾也做了有意思的考据。这种在《红楼梦》阅读和接受活动中的考据癖,虽然表现出强烈的求证历史的认真态度,但毫无疑问违背了文学接受的规律。这是古人在学术研究中文史不分、学科界限不清所造成的必然结果。另外,在其《耳邮·痴女子》一文中,俞樾提到了一个因读《红楼梦》而死的痴情女子,并借机表现出对宝黛之情的肯定和理解。

由于许多清代进士往往把《红楼梦》当做野史而不是现代意义上的小说看待,因而他们对小说的批评往往有隔靴搔痒之感。但也有人在阅读《红楼梦》的过程中表现出特有的文学敏感,提出了很有价值的观点。如咸丰二年(1852)进士孙桐生在其《妙复轩评石头记叙》①中提到他的阅读经历时指出,《红楼梦》"描绘人情,雕刻物态,真能抉肺腑而肖化工",他继而认为"文章之奇,莫奇于此矣",只是"未知其所以奇"。后来他再次阅读《红楼梦》,"反复玩索,寻其义,究其归,如是者五年"。长期的思考使他终于得出结论:"文章者,性情之华也。性情不深者,文章必不能雄奇恣肆,犹根底不固者,枝叶比不畅茂条达也。"众所周知,《红楼梦》表现出的人性深度和广度是无与伦比的,也是感动千万读者的根本原因。这充分证明了"文学是人学"的现代艺术理论。孙桐生的评价已经暗合了这一现代艺术理论。当然,孙桐生并不反对红学中的索隐派,甚至还认为"宝玉为纳兰容若,以时事文集证之或不谬"。但他却又承认文学虚构的重要性,"盖作文之妙,在缥缈虚无间,使人可望而不可即,乃有余味"。另外,孙桐生坚决反对将《红楼梦》视为淫书,认为这"大负作者立言救世苦心"。

关于孙桐生与《红楼梦》的关系,前辈学者已多有论述,如邓庆佑

---

① 一粟编:《古典文学研究资料汇编·红楼梦卷》,第39页。

著《孙桐生与〈红楼梦〉》①、程建忠著《孙桐生红学研究价值重估》②等文都有全面论述，这里就不再赘述。

从以上论述中可知，红学索隐派屡屡强调的"明珠家事说"吸引了很多人的注意，张维屏、俞樾、孙桐生都有不同的发挥。到清代同治年间，陈康祺在谈及《红楼梦》时又提到了"明珠家事说"。陈康祺是同治十年（1871）进士，其《燕下乡脞录》云："嗣闻先师徐柳泉先生云：'小说《红楼梦》一书，即记故相明珠家事。金钗十二，皆纳兰侍御所奉为上客者也。宝钗影高澹人，妙玉即影西溟先生。妙为少女，姜亦妇人之美称，如玉如英，义可通假。妙玉以看经入园，犹先生以借观藏书，就馆相府。以妙玉之孤洁而横罹盗窟，并被以丧身失节之名，以先生之贞廉而瘐死圜扉，并加以嗜利受赇之谤，作者盖深痛之也。'徐先生言之甚详，惜余不尽记忆。"③将历史事件与文学故事加以比附，极大满足了人们的好奇心。这也是"明珠家事说"一再流传的重要原因。

在同治年间还有一位重要人物对《红楼梦》的广泛传播做出了自己的贡献，即同治四年（1865）进士唐景崧。唐景崧（1841—1903），字维卿，广西灌阳人。同治四年中进士之后选庶吉士，授吏部主事。光绪八年（1882），法越事起，自请出关赴越南招刘永福黑旗军。次年，抵越南劝刘永福内附。中法战争结束后，以功除福建台湾道，后署理台湾巡抚。随后因仕途波折，归隐桂林。在桂林期间，创作了大量桂剧，其中根据《红楼梦》改编的红楼戏包括《晴雯补裘》《芙蓉诔》《黛玉葬花》《绛珠归天》《中乡魁》等。唐景崧的红楼戏主要围绕贾宝玉、林黛玉、晴雯三个人物展开，既表现出改编者对《红楼梦》的特殊偏好，也客观上折射出唐景崧自身的境遇和某种愿望。如《中乡魁》选取小说中"中

---

① 邓庆佑：《孙桐生与〈红楼梦〉》，《红楼梦学刊》1993 年第 2 期。
② 程建忠：《孙桐生红学研究价值重估》，《红楼梦学刊》2012 年第 1 期。
③ 一粟编：《古典文学研究资料汇编·红楼梦卷》，第 386 页。

乡魁宝玉却尘缘"的情节可能是表达唐景崧报答清廷"亲恩"的愿望。

　　借助于红楼戏，唐景崧与光绪二十一年（1895）进士康有为产生了因缘。19世纪90年代，康有为两次来桂林讲学，宣传变法维新。在此期间，康有为与退隐在桂林的唐景崧有所接触。光绪二十三年（1897）正月十五日，唐景崧邀请康有为观看桂剧表演，演的是《黛玉葬花》（也叫《看花泪》）。唐景崧出示其所作诗篇请教，康有为当场奉和。其诗曰："妙音历尽几多春，往返人天等一尘。偶转金轮开世界，更无净土著无亲。黑风吹海都成梦，红袖题诗更有神。谁识看花皆是泪，雄心岂忍白他人？"[①] 诗后题注"是日所演剧有《看花泪》一曲"。《红楼梦》中林黛玉身世的孤苦无依，使康有为想起自己尴尬悲凉的政治处境，于是有了"黑风吹海都成梦"的万般无奈之感。同年二月六日，康有为在两广总督官邸再次观赏唐景崧新剧《芙蓉诔》，并借机赋诗："九华灯色照朱缨，千里莺花入桂城。万玉哀鸣闻宝瑟，一枝秾艳识花卿。芙蓉城远神仙梦，芍药春深词客情。新曲应知记顽艳，从来侧帽感三生。"[②] 诗后题注"是夕演唐中丞撰新剧《芙蓉诔》"。该诗含义丰富，既表现出对《红楼梦》中晴雯形象的欣赏，又赞扬了剧中演员的演技，并对唐景崧作曲以寄托心声的理解。

五

　　在清代光绪年间，中国封建社会已经进入末期，中西文化交流也越来越频繁，西方文化对中国的影响开始表现在各个方面，甚至影响着人

---

① 康有为：《康有为全集》第十二集，中国人民大学出版社，2007年，第187页。
② 同上书，第187页。

们对《红楼梦》的阅读和接受方式,如王国维对《红楼梦》的解读就深受西方悲剧理论的影响。此外,还有光绪十六年进士俞明震,他在评价《红楼梦》时也曾借用西方的艺术理论。

俞明震(1860—1918)字恪士,号觚庵,浙江山阴(今绍兴)人,光绪十六年(1890)进士。在其《觚庵漫笔》中,俞明震提到,"人无不喜读《红楼梦》,然自'苦绛珠魂归离恨天'以下,无有忍读之者;人无不喜读《三国志》,然自'陨大星汉丞相归天'以下,无有愿读之者。解者曰:人情喜合恶离,喜顺恶逆,所以悲惨之历史每难卒读,是已。何以寻常小说,每至篇末,读其结合处,亦昏昏欲睡也?故余谓读《红楼梦》、《三国志》而遗其后半者,不可谓喜读小说。"①这段话对中国人喜欢大团圆、不喜欢悲剧的阅读心理进行了批评,并强调"读《红楼梦》、《三国志》而遗其后半者,不可谓喜读小说"。俞明震的观点显然受到西方悲剧理论的影响,同时对《红楼梦》的悲剧精神表现出欣赏的态度。

另外,俞明震在《觚庵漫笔》中把小说分为两大派:记述派和描写派。前者以《三国演义》为代表,后者以《红楼梦》《儒林外史》为代表。所谓"描写派",就是"本其性情,而记其居处行止、谈笑态度,使人生可敬、可爱、可怜、可憎、可恶诸感情,凡言情、社会、家庭、教育等小说皆入此派"。这类似于现代艺术理论中的现实主义或写实流派,也是对《红楼梦》艺术成就的集中概括。而对于《红楼梦》的写人艺术,俞明震尤其推崇,并以贾芸和王熙凤两人为例进行了生动说明:"《红楼梦》中人物,怜悧即溜,以贾芸为最。其初见凤姐一段,两个聪明人说话,语语针锋相对,即此一席话,实令人五体投地。……正是'两个黄鹂鸣翠柳'不足喻其宛转,'数声清声出云间'不足譬其轻脆,

---

① 一粟编:《古典文学研究资料汇编·红楼梦卷》,第407页。

实令人百读不厌。"① 与以前的《红楼梦》批评相比，俞明震的评论建立在小说文本基础上，分析得体，具有一定的理论深度。

不过，像俞明震这样受过西方文化熏陶的清代进士毕竟是少数，光绪六年（1880）进士李慈铭、光绪十五年（1889）进士许叶芬、光绪十八年（1892）进士蔡元培对《红楼梦》的阅读和接受观念就明显少了许多"西化"痕迹。

李慈铭在《越缦堂日记补》中叙述了他阅读《红楼梦》的具体过程，反映了他个人及其家庭对《红楼梦》的态度和变化。李慈铭在其日记中首先提到了清代社会对《红楼梦》又爱又恨的复杂心态："阅小说《红楼梦》，此书出于乾隆初，乃指康熙末一勋贵家事，善言儿女之情。甫出即名噪一时，至今百余年，风流不绝，群属少年以不知此者为不韵。凡智慧痴騃，被其陷溺，因之茧葬艳乡者，不知凡几，故为子弟最忌之书。"但他个人在十四岁时却禁不住《红楼梦》的诱惑，对其爱不释手，"予家素不蓄此。十四岁时，偶于外戚家见之，仅展阅一二本，即甚喜，顾不得借阅全部，亦不敢私买"。随着年龄渐长，李慈铭对《红楼梦》的喜爱之心不变，"适家慈以寇警忧惊，屡形不怿，令子妇辈排日读小说演义，若《西游记》《三国志》《唐传》《岳传》，以自消遣。予因暇辄讲此书（《红楼梦》），多述其家事，及嬉游笑骂，以博堂上一粲"。② 可见《红楼梦》已经成为清代社会及官宦家庭中经常阅读的消闲书籍。该日记中还对过去流行的贾宝玉即纳兰成德的说法进行了批驳，但却提出一个奇怪观点："以予观之，盖即所谓贾宝玉者创草此稿，故于私情密语，描写独真。曹雪芹殆其家包衣，因为铺叙他事，加以丑语，嗣又有浅人改之，不知经几人手，故前后诡舛，笔墨亦非一色也。"李慈铭认为有一个叫贾宝玉的人创作了《红楼梦》草稿，曹雪芹是贾宝玉家的包

---

① 一粟编：《古典文学研究资料汇编·红楼梦卷》，第 408 页。
② 同上书，第 373 页。

衣，对草稿进行了修改。

　　光绪十五年进士许叶芬在其《红楼梦辨》中对《红楼梦》的价值有一评语："(《红楼梦》) 自是小说中另有一副空前绝后笔墨，读者借以考内家典礼，巨阀排场，酒饱茶余，未始非消遣情怀之助。"①这只是强调了《红楼梦》的消遣娱乐的社会意义，显然对《红楼梦》的重要价值没有充分认识。许叶芬对《红楼梦》的解读多停留在表层意义上，不过他对小说中一些情节和人物的理解还是有一定意义的，如他认为"黛玉之死，莫不曰王熙凤死之也，贾母、王夫人死之也，而吾独曰死黛玉者黛玉也"。对于林黛玉的悲剧结局，现代人一般将其归咎于封建礼教和婚姻不自由。但从社会常情而言，林黛玉个性上的缺陷、身体多病也是重要因素。对于薛宝钗形象，许叶芬也提出了一个令人感兴趣的观点："宝钗之伪，人或知之，不知薛姨妈之伪，尤甚于其女。"《红楼梦》人物性格的复杂性，使读者往往无所适从。薛宝钗与其母亲是否虚伪，正所谓仁者见仁、智者见智。我们只有从接受美学和读者反应理论的角度才能解释这种文学阅读现象。

　　光绪十八年进士蔡元培对《红楼梦》的评价，主要在其《石头记索隐》中。鉴于人们对《石头记索隐》的评论文字不胜枚举，这里就不再饶舌。

　　由于资料受限，上文仅涉及了清代二十余位进士，可能有以偏概全之嫌。不过作为《红楼梦》的一个读者群，以上进士群体对《红楼梦》的阅读、改编、题咏及接受活动已足以折射出清代文人精神生活的一个生动侧面。古代进士阶层代表了当时社会的最上层文人，但他们对《红楼梦》的接受理解却是参差不齐的。甚至由于他们深受封建礼教的熏陶，其中一些进士如胡林翼等对于《红楼梦》还表现出明显的保守态度。

　　作者简介：李根亮，长江大学文学院副教授。

---

① 一粟编：《古典文学研究资料汇编·红楼梦卷》，第227页。

实用理性与道德报应：
《儿女英雄传》的科举观

谢冰青

内容提要：科举在《儿女英雄传》中是一条重要的线索，全书以安学海中进士为开端，以安骥高中探花，出任山东学政收尾。文康清醒地认识到了科举制度所存在的种种弊端，但同时也看到了科举制度能给个人及家庭带来的巨大利益。这正切合了中国人的"实用理性"精神。这种精神使得文康用冷静的、现实的、合理的态度来解说和对待科举，高度重视其实用性，在明知其弊端的情况下仍让人物投身其中。文康试图运用"道德报应"的模式使得人物成功避开科举制度的弊端，从而获得成功。同时"道德报应"模式也使得主体对天意产生敬畏，进而将这种敬畏转化为内在道德的约束，并在日常中积极实践儒家伦理道德。然而，这种"道德报应"的模式始终无法跳脱出实用理性精神对于现实利益的重视，远远解决不了根本性的问题。

关键词：儿女英雄传　科举　实用理性　道德报应

引 论

胡适在为《儿女英雄传》所作的序中这样评价文康对于科举的态度：

> 他的思想见地正和《儒林外史》里的范进、高老先生差不多，所以他崇拜科举功名也正和范进、高老先生一班人差不多。《儿女英雄传》的作者正是《儒林外史》里的人物，所以《儿女英雄传》的心理也正是《儒林外史》攻击讽刺的心理。不过吴敬梓是有意刻画，而作者却是无心流露罢了。①

这一评价有其合理性但也有失偏颇。科举在《儿女英雄传》中诚然是一条重要的线索。小说中安氏父子两代人都积极地投身科举，全书以安学海中进士为开端，以安骥高中探花，出任山东学政收尾。然而父子两人的科举经历却截然不同。安学海苦学多年才得进士，而安骥则少年得志；安学海任上因得罪上司而获罪，颇费了一番周折才得以脱身，而安骥却仕途得意。从中可以看出文康对于科举的一种复杂态度，他深知科举制度的缺陷，故而书中道德高尚、富于学问的安学海才会屡战屡败，仕途坎坷。但文康同时也深谙科举在那个时代能为家庭与个人日常生活所带来的巨大改变，故而安排安骥在科场中春风得意。

本文试图从民族传统思维模式的角度来阐释文康对待科举的复杂态度，并且探讨科举制度对于小说矫正世风、感化人心这一意图的作用。

---

① 胡适：《胡适文集》，人民文学出版社，1998 年，第 254 页。

《儿女英雄传》对于科举制度之弊的反思

文康本人虽非由科举出身，但多年来宦海沉浮却也让他清醒地认识到了科举之弊。《儿女英雄传》中对于科举有这么一段评论，"从古至今，也不知牢笼了多少英雄，埋没了多少才学，所以这些人宁可考到老，不得这个'中'字。"① 足见作者本人对科举的弊端也有着理性的认识。《儿女英雄传》对于科举制度选拔人才的随意、科举制度下人物的精神状态、科举制度中所产生的官场的腐败等方面都有所反思。对于以上弊端，有的是作者给出主观评价直指其弊，有的则是于情节发展中的客观体现。

作者首先直指其弊的即是官场腐败。书中安学海的为官经历，虽言官场，却也从一个侧面反映了科举之弊。一方面，由科举选拔出的大多数官员虽精通八股之道获得了功名，然而其所作所为却完全违背儒家道德，只知一味钻营拍马，营私舞弊。另一方面，由科举选拔出来的人才即使才学兼备，但却难有大作为，真贤名儒难免落得惨淡收场。

安学海对于官场黑暗有着清醒的认识，在得中进士之初便说过："我第一怕的是知县，不拿出天良来作，我心里过不去；拿出天良来作，世路上行不去——那一条路儿可断断走不得！"②

赴任之初，安学海就因不谙贿赂之道，得罪了南河总督谈尔音。赴任后，安学海又懒于游乐，在一众官员中更显得是个异类，因而不可避免地遭到了排挤，被闲置于一边。他在任上又拒绝虚报钱粮，使得衙门内外都无油水可捞，又落得一片怨声载道。很快，谈尔音为了报复安学海将其调任为高堰外河通判。因为前任通判在此处多有偷工减料，加之连日暴雨与查收官员的有意拖延，这新修的河口很快再次倒塌。可怜辛

---

① 文康：《儿女英雄传》，中州古籍出版社，2010 年，第 11 页。
② 同上书，第 14 页。

苦半生得中进士的安学海,其政治生涯很快惨淡收场,落得"革职拿问,带罪赔修"①的下场。

其次,文康对于科举选拔人才中存在的随意与草率也有着清醒的认识,这一点可以从安骥的乡试经历中窥知。值得注意的是,这里的考官娄养正并非一位贪赃枉法的考官,而是一位标榜清廉的"清官"。这无疑更能说明问题,当科举制度选拔人才的主导权完全掌握在个人手中时,个人的喜好无疑会对人才的选择产生重大的影响,这完全与考官的个人品质无关。

尽管安骥的考场文章得到了父亲与老师的一致称赞,其在录取过程中却颇经历了一番周折。娄养正为了避免被人误会有意逢迎阔气门生,烧毁了安骥的荐条。后由于何玉凤的父亲与祖父的灵魂显灵,娄养正才将他的卷子复荐。当娄养正将安骥的卷子荐上堂去后,临监大人却由于名额已满不予录用。后经过娄养正的据理力争,安骥的卷子成为备卷。幸运的是,在填榜时,监临大人发现第六名的马代功所作的诗不曾押着官韵,须从备卷中再选,经由监临抽签,安骥得以高中。安骥此番高中的经历实在离奇曲折,虽然这情节显然是为了宣扬积德行善从而获得福报的主旨,但于客观上却反映了科举制度中选拔人才的随意。

再次,小说对于八股文之弊也有所反思。尽管安氏父子都得以高中,但他们对于八股的实际价值都有着清醒的认识。八股之于二者都只不过是换取功名的手段,安骥将八股视为"把举人进士骗到手"②的工具。当他点了翰林后,便意识到虽然自己精通四书五经,却缺乏对历史以及对当下的认知,"自己便把家藏的那些《廿二史》、《古名臣奏疏》,以至本朝《开国方略》、《大清会典》、《律例统纂》、《三礼汇通》,甚至漕运治

---

① 文康:《儿女英雄传》,第30页。
② 同上书,第486页。

河诸书,凡是眼睛里向来不曾经过的东西,都搬出来放在手下"。① 积极地学习以弥补自己知识结构的缺陷。而安学海则直言制艺"是个骗功名的学业"。② 在当时,朱注是作八股文阐发议论的主要依据,而安学海却对朱注发出这么一番议论:"过信朱注,则入腐障日深,就未免离情理日远。须要自己拿出些见识来读他,才叫做不枉读书。"③ 反观《儒林外史》中的范进,一味沉迷八股以致连苏轼为何人都不知,两者之间的对比不言而喻。

此外,在这种随意草率的科举制度下,固然有像安学海、安骥这样才学兼备、风度翩翩的儒生,却也不乏迂腐且不得志的老儒。譬如书中安骥的老师程师爷,他是一个"出了贡的候选教官"④,年纪一把却"选补无期"⑤。在作者的笔下,他的褴褛的衣衫、糟糕的卫生习惯都成为喜剧元素。作者还描绘了一群在考场中癫狂的人物,他们或是随意涂抹考卷,或是在考场中大闹,这都显示了科举对人的摧残。

《儿女英雄传》对于科举制度合理性的反映

然而,尽管文康已经意识到了科举制度的缺陷,但他显然更为关心科举对个人与家族生活的作用。

对于安骥个人而言,科举为他生活所带来的外部改变是显而易见的。原先他不过是一个普通乡绅人家的子弟,而通过科举,他获得了个人的

---

① 文康:《儿女英雄传》,第 599 页。
② 同上书,第 492 页。
③ 同上书,第 642 页。
④ 同上书,第 577 页。
⑤ 同上。

荣耀，成为一名令人艳羡的探花，并且最终被授予山东学台的职位。

更为重要的则是科举对于安骥个人气质的改变。在小说开头，安骥虽然是一个谨守规矩的青年，但他有着女子一般的柔弱与孩童一般的天真，遇事除了流泪与暗自生气伤心，几乎没有任何独立解决问题的能力，显然不能成为一个家族的责任承担者。当他幸运地得到了两位妻子的陪伴后，就只想流连于闺房之趣，享受家庭的富足生活。但是，当接受了妻子的规劝后，安骥转而积极投身科举，他的个性得到了进一步的发展，投身举业使得他没有成为一个纨绔子弟，点了翰林后，他每日与父亲交流学问，"从此胸襟见识日见扩充，益发留心庶务"①，等到他得中探花之时，他已经成为一个"气宇凝重，风度高化，见识深沉"②的青年。

对于整个安氏家族而言，安骥通过科举所能带来的实际作用也是十分显著的。何玉凤在规劝安骥投身科举时就指出这点。一方面，从物质层面上，尽管目前家中经济状况良好，但是人口众多，且土地多有盗典盗卖的情况，再加上回京旅途与婚礼的巨大花费，家庭经济于安稳中存在着危机。故而安骥应该及早投身科举，以博取"金马玉堂这番事业"③。由此看来，科举成功后所能带来的物质利益不仅能够养活一家数口人，更比良田巨资更为可靠。另一方面，何玉凤还指出了科举可以给家族带来荣誉，丈夫取得功名，可以使自己获得进封夫人的可能性，更重要的是可以弥补公公安学海仕途坎坷的失落，她指出丈夫科举的成功可以"博得个大纛高牙，位尊禄厚"④，到时"你我也好作养亲荣亲之计。"⑤

但是，文康并没有十分痴迷于科举所带来的实际物质利益。安学海在得中进士后就表示了自己并不想做油水丰厚的知县一职，也不想做名

---

① 文康：《儿女英雄传》，第 599 页。
② 同上书，第 687 页。
③ 同上书，第 444 页。
④ 同上书，第 443 页。
⑤ 同上。

声在外的翰林。他更希望获得中书一职,虽然冷清,却可以好好地教导儿子,从而获得家庭的安宁与幸福。

这种看似散淡的态度似乎与《儒林外史》中的虞育德类似。虞育德也和安学海一样在晚年才得中进士,因年纪过大,只获得了一个闲散的国子监博士的职位,但这恰恰是他自己所希望的。对于功名利禄,他也并不十分上心。但两人最大的不同,则在于对待家庭的态度上。虞博士在与杜少卿分别时曾说:

> 我此番去,或是部郎,或是州县,我多则做三年,少则做两年,再积些俸银,添得二十担米,每年养着我夫妻两个不得饿死,也就罢了。子孙们的事,我也不管他。①

比较之下,科举之于虞育德只是一种谋生的手段,他以仕代耕,虽然身在仕途,但追求自我精神解脱。而对于安学海而言,富庶的家庭使得他完全不需为谋生而发愁,故而投身科举绝非单纯地为了科举所可能带来的物质利益,而是血缘的延续与家族的传承,他希望儿子能够凭借科举有所成就。中书一职无疑能够帮助他获得小家庭的富足与稳定。而安骥通过科举,也完成了个人的成长,并最终为整个小家庭带来了幸福。

文康肯定世俗对于富贵、平和的家庭生活的渴望。他在理性地意识到科举制度的缺陷的同时,又敏锐地察觉到科举可以满足这种渴望。他并不关心如何去改变这个制度这种抽象的问题,也不消极地选择逃避,反而是积极地让主人公投身其中,以获得幸福。这正切合了李泽厚先生所提出的中国人的"实用理性"精神。李泽厚先生在论及中国传统的仁学思想时提出"实用理性"精神这一思维模式。实用理性首先强调一种理性思维,"用冷静的、现实的合理的态度来解说和对待事物和传

---

① 吴敬梓:《儒林外史》,人民文学出版社,2002年,第477页。

统"①，同时它又具有对现实、实用高度重视的特点。他认为实用理性是由仁学的四个因素血缘、心理、人道与人格相互作用而产生，又反过来支配它们的共同特性。

首先，仁是为了维护礼，礼"是以血缘为基础、以等级为特征的氏族统治体系"。②更为重要的是孔子把"孝""悌"作为仁的基础。其次，仁是一种情感性的心理系统，孔子"没有把人的情感心理引导向外在的崇拜对象或神秘境界，而是把它消溶满足在以亲子关系为核心的人与人的世间关系之中"。③这种心理系统"肯定日常世俗生活的合理性和身心的正当要求"。④再次，仁学体现了一种原始的人道主义精神，这种人道主义的起点又是亲人之爱，首先爱自己的亲人，然后再推而广之，将仁与整个社会相联系。最后仁突出了"个体人格的主动性和独立性"⑤，它强调对于完善人格的追求。

由于实用理性是由这四要素相互作用的，在实际中这些要素会彼此牵制、彼此协调。虞育德在《儒林外史》中屡屡被称为圣人、贤人，他既具备儒家礼乐仁政的思想，又具备道家冲淡隐逸的情怀，拥有十分完善的人格。但他似乎对于家族血缘并没有太多的眷恋，对于自己子孙的生活并不十分上心。他也并没有对于日常生活的太多欲望，只求基本的糊口。而在《儿女英雄传》中，当安骥想要逃避科举，沉浸于闺房之乐时，他的妻子何玉凤便提醒他不能忘却自己对于家族的责任，应该积极投身科举。安学海对于中书一职的向往，一方面是对于自己人格完善的追求，不想做泯灭天良之事；另一方面也是对于自己家族血缘传承的重视，希望借此机会培养儿子，从而延续家族的兴旺。

---

① 李泽厚：《中国古代思想史》，人民出版社，1985年，第33页。
② 同上书，第16页。
③ 同上书，第21页。
④ 同上。
⑤ 同上书，第25页。

正是因为实用理性四个要素的相互牵制，使得安氏父子在面对科举时没有表现出如虞育德那样的冲淡超然。他们理性地看待科举制度合理性对他们日常生活所带来的利益，并且热情地投入其中，虽然他们也在科举中获得了个人人格的完善，但他们显然更看重科举所能为家族与个人带来的实际利益，并享受这些实际利益所带来的富足的世俗生活。

"道德报应"模式对实用理性精神的修正

尽管文康让安氏父子都积极投身科举，但科举制度本身的缺陷与富贵无据的观念始终纠缠在他的思维中。安学海就曾经自嘲是"功名有福，文字无缘"①。在安骥乡试后，安学海又再一次说道"这科名一路，两句千古颠簸不破的话，叫做'窗下休言命，场中莫论文'。照上句讲，自然文章是个凭据；讲到下句，依然还得听命去。"②

因而文康不得不面对一个难题：既然科举制度如此弊端丛生，而富贵又如此缥缈，那么安氏父子又如何能够避开所有的不利而获得成功呢？文康试图运用"道德报应"这一模式来解决这一矛盾，即主人公的命运直接受其道德品质的左右。

一方面，超自然的力量会对人物的命运进行直接干预，以保证他们的成功。而这种超自然的力量又与人物的善举有关。前已言之，安骥的试卷在乡试中有着一番非常曲折的经历，全亏安骥妻子何玉凤的祖父与父亲显灵才使得他得以高中，在这种看似神灵的力量背后，实则隐藏的是道德力量的胜利。当日何玉凤的先祖与父亲对安学海全力栽培，何玉

---

① 文康：《儿女英雄传》，第 11 页。
② 同上书，第 515 页。

凤也对安骥有救命之恩,更成全了他与张金凤的婚姻。为了报答何氏几代人的恩情,安学海首先打消了何玉凤鲁莽报仇的念头,然后帮助何玉凤安葬父母,并修建祠堂供奉父母灵位,更帮助何玉凤完成了由侠女到妻子的转变,让她嫁给自己的儿子安骥,尽管这一举动以今天的眼光来看有些不可理喻,但在当时的封建社会,这无疑是给了女性一个圆满的归宿。

另一方面,文康借助不同道德人物命运的对比以揭示道德的影响。虽然安学海的仕宦生涯因谈尔音的陷害而草草收场,但当两人再次相遇时,双方的境遇却发生了天翻地覆的变化:安学海是一个家庭殷实,儿女孝顺的幸福老人,而谈尔音则沦落至乡间卖唱,不仅连家也回不得,甚至连日常饮食穿衣都颇为窘迫。清廉宽厚、道德高尚的安学海最终收获了荣誉与幸福,而狡诈贪婪、品格低劣的谈尔音则因为自己的腐败而受到了惩罚。

安学海在看到落魄的谈尔音后,不计前嫌地无私给予他帮助,引起了仆人的不解,而被问及其中缘由时,安学海指出,正是因为谈尔音的陷害才使得他获得今天的幸福,谈尔音的陷害使他得以及早从险恶官场中抽身,保全身家,也正是因为他的陷害,使得他的儿子安骥在营救他时遇上两位媳妇,成就家业,光耀门庭,"那一桩不是这位谈大人的厚德?怎的还要去'怨'他?"①

安氏父子的命运不仅仅是对"恶有恶报、善有善报"的诠释,也是文康对科举制度缺陷与富贵无常的一种思考。尽管道德高尚者有可能仕途坎坷,但他们的高尚道德却可以帮助他们及早抽身,回归家庭来获得幸福,并且在他们的努力经营下,他们的后代也终将在科举制度中取得成功。

而且这种"道德报应"模式也使得主体对天意产生敬畏,从而将这

---

① 文康:《儿女英雄传》,第 624 页。

种敬畏转化为内在道德的约束,并在日常中积极实践儒家伦理道德。然而,这种"道德报应"的模式,仍然无法跳脱出实用理性精神对于现实利益的重视。

在安骥远放乌里雅苏台参赞的一场虚惊风波中,安学海得了消息便直呼完了。他原本就只想儿子借着科举延续家族的声望,走一条平坦的仕途,绝对不想儿子去这种苦寒之地受这种苦楚。安骥本人见了父亲也是泪流不止,至于安骥的母亲与妻子更是愁肠百结。这些表现也许都可以说是父母子女、夫妻之间面对离别的正常反应,对此也不应过于苛责。但接下来的情节转折就颇为耐人寻味了:正当一家人为着安骥的远行牵肠挂肚的时候,突然喜从天降,经由安学海的学生乌克斋的从中斡旋,安骥改为出任山东学台了。一家人的忧愁一扫而空,众人连呼造化,其中舅太太一番安骥此次改任真是死里逃生的言论更是深得安学海之心。尽管文康力图塑造安氏一门上至主人下至奴仆都是所在阶层的道德典范人物,但这一节风波却显示出这些道德高尚的人物从科举上所看到的都只是自身与家族的利益相关的部分,而非更为宏大的家国天下。虽然结尾提及安骥于任上颇有作为,办了很多疑难大案。但我们不妨将它认为是一种大团圆结局必不可少的套话,或是对安骥高尚道德的侧面渲染,而不需深究。

文康试图塑造安氏一家这个完美的家庭以矫正世风、感化人心,故而每个人物都是其所属阶层中的道德典范。虽然他意图以家庭的完善来改善社会,但始终将家庭与个人的幸福置于社会之上,他巧妙地在"道德报应"的情节掩饰下,让他的主人公去承担较小的社会责任而更多地享受个人的安乐。

夏志清先生对于《儒林外史》中真贤名儒逃避官场的举动给出了这样的疑问,"如果所有优秀的文人都放弃他们传统的出仕的责任,那么他们不就会将这个世界永远丢弃到那些汲汲追求私利的世俗的人手中吗？"[①] 对于《儿女英雄传》我们可以给出类似的疑问，如果所有从事科举事业的人物都只是出于自身的实际利益考虑，即使那些道德最高尚的人物也不能免俗，那么这个世界不永远都被丢弃到汲汲追求私利的世俗的人手中吗？这也是"道德报应"模式所无法解决的难题。

结　语

　　文康对科举的态度绝非是一种简单的崇拜。他深知科举制度的弊端，但科举所带来的丰厚利益又可以为他所塑造的完美家庭带来幸福生活，故而他让安氏父子积极地投入科举。同时，他又试图以"道德报应"的模式来保证人物在这一弊端丛生的制度中获利，但这种"道德报应"模式的真正着眼点仍然在家庭，这种亲切而朴素的模式或许可以感化人心，但却无法真正济世。

　　作者简介：谢冰青，武汉大学文学院博士生。

[①]　夏志清：《中国古典小说》，江苏文艺出版社，2008年，第229页。

英语世界的中国科举文化
——略论明清小说英译本所折射的士林生态

洪涛

内容提要：本文考察"科举相关词"所反映的士林心态和生态，并关注海外学者和翻译家如何呈现"科举文化"的各种面貌。文章从应举者、落第者、登科之想、高中者四个方面入手，阐释各种观念词的由来和名与实，又分析翻译家应付难题的各种手段，从中我们可以归纳出一些有趣的"对等"现象。这些现象正折射出中国科举文化的独特性。

关键词：科举文化 科举相关词 士林生态 翻译难题 "对等"现象

引　言

　　中国的科举制度对传统文化和社会产生了无可估量的影响[①]，中国边疆的辽国和金国也用科举取士，[②] 就连亚洲国家如越南、日本和朝鲜也曾引入科举制度来选拔人才，此外，中国考试甄选制度对法国、普鲁士和英国在19世纪开办文官考试制度似乎也有影响。[③] 然而，海外学者和翻译家如何呈现"科举文化"的各种面貌？这个研究课题，甚少人问津。[④] 有见及此，本文将以中国小说名著（《水浒传》《金瓶梅》《红楼梦》）的英译本为考察起点，讨论"科举文化"的独特性和这个制度下的士林生态。笔者将指出，译本的"奇异面貌"有时候正反映出"科举相关词"是外国语文难以准确表述的，同时，有些译文给人"以夷变夏"之感（例如将"进士"称为doctor），诸如此类，细按亦深有趣味。[⑤]

　　本文将从应举者、落第者、登科之想、高中者共四个方面加以剖析，力求说明各种观念词的名与实。

[①] 世人较熟悉的陆游故事《休妻赴考》《西厢记》故事（张生上京赶考），都反映了科举对中国社会的影响。《牡丹亭》故事中，科举的影响也很大，例如，杜宝得知柳梦梅为新科状元之后，就将柳梦梅从狱中放出来。

[②] 参见李桂芝：《辽金科举研究》，中央民族大学出版社，2012年。

[③] 康有为、梁启超、孙中山都认为欧美列强的考试制度是学中国的。参见刘海峰：《中国科举文化》，辽宁教育出版社，2010年，第391—407页。另参 Ssu-yu TENG, "Chinese Influence on the Western Examination System," *Harvard Journal of Asiatic Studies* (September 1943), pp. 267—312.

[④] 陈文新、余来明主编：《明代文学与科举文化国际学术研讨会论文集》（武汉大学出版社，2010）以及陈文新、余来明主编：《明代文学与科举文化》（中国社会科学出版社，2011），二书之中都没有这方面的论文。

[⑤] 参见杨宪益、戴乃迭译：《儒林外史·The Scholars》，湖南出版社，1996年，第53页。

应举者：秀才与 graduate

《水浒传》中的智多星吴用是秀才，圣手书生萧让也是秀才。《金瓶梅》中有两个品行不端的秀才，一个是水秀才，另一个是温秀才。书中说水秀才是"本州秀才，应举过几次，只不得中"（第五十六回）。同样，《水浒传》中的神算子蒋敬也是个落科举子。

秀才，西汉时曾与孝廉并为举士的科名，东汉时避光武帝讳，秀才改称"茂才"。① 唐初，秀才曾与明经、进士并设为举士科目，旋停废。② 其后，秀才又可指应举之人。

"秀才"在科举年代自然是常用词，现在科举制度已经不存在了，但是，科举用语"秀才"仍有旺盛的生命力，例如"秀才遇到兵，有理说不清"这句俗语仍然常见（其他例子还有"状元""八股"等）。今天，人们口中说的"秀才"，泛指"文人""书生"，与古时（科举制度下）的内涵不完全相同。③

英语世界没有中国式的科举制度，翻译家要用英语表达"秀才、举人、进士、状元、榜眼、探花"等名称，是有一定难度的。《红楼梦》第三十二回史湘云对贾宝玉说："如今大了，你就不愿意去考举人进士的，也该常会会这些为官做宦的。"④ 这话中有"举人进士"两个词，英

---

① 李桂芝：《辽金科举研究》，中央民族大学出版社，2012年，第21页。金诤：《科举制度与中国文化》上海人民出版社，1990年，第30页。
② 刘海峰：《中国科举文化》，第125、276页。
③ 金诤：《科举制度与中国文化》，第54页。
④ 《红楼梦》旧行本，第387页。这个本子指曹雪芹、高鹗：《红楼梦》（人民文学出版社，1964）。按照周汝昌主编《红楼梦辞典》（广东人民出版社，1987）的"凡例"所定，这个本子简称为"旧行本"（相对于1982年人民文学出版社的"新校本"而言）。也有学者（如吕启祥）称之为"原通行本"。此版本有文字横排的印刷本，也有文字竖排的印刷本。本文所引旧行本文字横排版，是1964年2月北京第3版，1979年6月湖北第2次印刷的本子。

国翻译家 David Hawkes（1923—2009）却没有将"举人进士"当成特有的名词来翻译，他只含糊表达了"应考、为官"之意：to take the Civil Service examinations and become an administrator yourself。① 这译文中的 the Civil Service examinations 相当于现代的公务员考试。

英译者要用英语来准确表达"秀才"，似非易事。《金瓶梅》那句"本州秀才，应举过几次，只不得中"，西方汉学家翻译为：

Egerton 译：... who is a graduate. He has, it is true, several times failed to pass the final examination, but he is a learned man ...②

Roy 译：he holds the rank of a licentiate in this subprefecture. He has taken the provincial examinations several times but did not succeed in passing.③

可见 Clement Egerton 把"秀才"称为 graduate（graduate 一般汉译为"大学毕业生"），但译文接着又说这个人 failed to pass the final examination。单单看这句译文，人们难免心生困惑：既然 the final examination 尚未过关，如何又说是 graduate？这是怎么一回事？

译者用这 graduate，应该算是勉强应付。其实，Egerton 又将"温

---

① *The Story of the Stone* (Harmondsworth: Penguin Book Ltd., 1973), vol.1, p.130. 杨宪益夫妇将"举人"翻译成 provincial scholar。参见杨宪益、戴乃迭译：《儒林外史·The Scholars》，第 49 页。"乡试"，在他们的笔下，是 the provincial examination（第 73 页）。

② 笑笑生撰，克莱门特·厄杰顿译：《金瓶梅·The Golden Lotus》（人民文学出版社，2008），p.1353。按，这译本的原版是 Clement Egerton, *The Golden Lotus: A Translation, from the Chinese Original, of the Novel Chin P'ing Mei* (London: Routledge and Kegan Paul, 1939)。

③ *The Plum in the Golden Vase, or, Chin P'ing Mei*. Translated by David Tod Roy (Princeton: Princeton University Press, 2006), vol.3, p.386.

秀才"译为 Scholar Wen。这是把"秀才"等同于"学者"（scholar），而 scholar 是个泛称词。在原语境中"秀才"不是泛称，而是一种特定的"资格"，要有这资格才可以去"应举"（详见下文）。沙博里（Shapiro Sidney）、杨宪益夫妇也曾将"秀才"翻译成 scholar。① John and Alex Dent-Young 则将"秀才"译为 bachelor。② 这 bachelor，汉译是"学士"，现在一般大学毕业可取得 bachelor degree，即学士学位。

在美国汉学家 David Roy 笔下，"秀才"二字被转化为一个句子：[he] holds the rank of a licentiate in this subprefecture。这种"解释性译文"本身似乎说明：要找"秀才"的英语对应词，也许是徒劳的。既然没有十分合适的对应词，译者只好用一个小句来对应。译文中的 a licentiate，意为"领有专业开业证书的人"。

今人刘海峰（1959— ）指出："19 世纪以前不少西方人便将举人译为 Licentiate。"③ 这样翻译是因为两者的情况有相同点：成了"举人"，就具备做官的资格；而 licentiate 领有证书，可以开业。因此，可以说两者类同。

David Roy 以 licentiate 译"秀才"，异于以前"举人 =licentiate"

---

① 参见杨宪益、戴乃迭译：《儒林外史·The Scholars》，湖南出版社，1996 年，第 173 页。Outlaws of the Marsh. Translated by Sidney Shapiro (Beijing：Foreign Language Press, 1993), p.627. 实际上，也有人把"中举"表述为"was accepted as a scholar (successful candidate) for the provincial examination"。参见 Rui Wang, The Chinese Imperial Examination System: an Annotated Bibliography (Lanham Md.：The Scarecrow Press, Inc., 2013), p.68。

② The Marshes of Mount Liang. Translated by John and Alex Dent-Young（上海外语教育出版社，2011），Part Two, p.413. 按，此书的原版是 The Marshes of Mount Liang: a New Translation of the Shuihu zhuan or Water Margin of Shi Nai'an and Luo Guanzhong（Hong Kong：Chinese University Press, 1994）。

③ 刘海峰：《中国科举文化》，辽宁教育出版社，2010 年，第 312 页。

的做法。若以"资格"而言,秀才其实没有出仕的资格。①

我们又注意到"应举"的"举"被 Clement Egerton 翻译成 the final examination。笔者认为,把水秀才所考之试称为 the final examination,可能会误导读者(详下文)。

唐、宋间凡应举者皆称"秀才",明、清则称入府州县学生员为"秀才"("生员"是指童生院试合格者)。秀才必须参加年度考核"岁试",取得好成绩,才可以参加高一级的科举考试,即乡试(大致等同于现今的省级考试)。②乡试合格,称为"中举"。中了举,读书人才算是真正踏上仕途。③

水秀才去"应举",应该是指考"乡试"。④如果他"乡试"过关,后面还有"会试"(各省举人在京城礼部考试),"会试"之后还有"殿试"(皇帝亲临殿廷策试)。⑤

然而,Egerton 却把水秀才的"应举"称为 the final examination,那么,试问,照此理解,"会试""殿试"又是什么阶段的考试?

金诤《科举制度与中国文化》说得很明白:"殿试:科举制度的最后一级考试。"⑥若以明代科举制度(童试、乡试、会试、殿试)而论,

---

① Benjamin A. Elman 以 licentiate 译"生员",见 Benjamin A. Elman, *A Cultural History of Civil Examinations in Late Imperial China*(Berkeley:University of California Press,2000),p.235。
② 以行省为单位的乡试,从元代开始。参见 Rui Wang, *The Chinese Imperial Examination System: an Annotated Bibliography*,p.141。
③ 刘海峰:《中国科举文化》,第 125、294 页。
④ 《金瓶梅》的故事背景设在北宋末。不过,众所周知,此书部分情节属于"借宋写明"。因此,本文考虑问题时,也会兼顾明代的科举制度。
⑤ Benjamin Elman 称乡试为 provincial examination,称会试为 metropolitan examination,称殿试为 palace examination。语见其书 *A Cultural History of Civil Examinations in Late Imperial China*(Berkeley:University of California Press,2000),pp.93—94。
⑥ 金诤:《科举制度与中国文化》,第 174、175 页。

"殿试"才是真正的 the final examination。①

落第者的生计：卖文作字与 copyist

《金瓶梅》中的水秀才和温秀才应举失败，毫无仕途可言，"上无公卿大夫之职，下非农工商贾之民"②，只好谋求在豪门（例如西门庆家中）当"坐馆"。所谓"坐馆"（Egerton 只译作 take a job），实即当塾师或幕客。水秀才为了得到聘用，就吹嘘自己："羡如椽，往来言疏，落笔起云烟。"这话甚为动听，其实真正的工作只是代主人写写往来书柬（这是西门庆的要求）。③

《红楼梦》第一回也有这类人物。书中写到：贾雨村原系胡州人氏，也是诗书仕宦之族，因他生于末世，父母祖宗根基已尽，人口衰丧，只剩得他一身一口，在家乡无益，因进京求取功名，再整基业。自前岁来此，又淹蹇住了，暂寄庙中安身，每日卖字作文为生，故士隐常与他交接。

贾雨村"卖字作文"，其中的"卖字"，我们不知道实际情况如何。至于"作文"，大概是替人写书柬。（也许"卖字"和"作文"是同一回事？）

《金瓶梅》第五十八回西门庆说："只因学生一个武官，粗俗不知

---

① 唐代，委派官职由吏部负责。吏部诠试，俗称"关试"。参见金净：《科举制度与中国文化》，第 65 页。
② 这是水秀才《祭头巾文》的句子。见于《金瓶梅词话》第五十八回。
③ David Roy 将"坐馆"译为 a live-in secretary in someone else's place。这句译文见于 David Roy 的 *The Plum in the Golden Vase*（Princeton：Princeton University Press，2006），vol. 3，p.387。

文理，往来书束，无人代笔。"这工作必须识字。通文墨而未有功名者，倘别无谋生技能，正适合担任别人的"代笔"。《红楼梦》中的贾雨村，境况比温秀才更差：他离乡别井，在庙宇中安身，得不到大户人家的聘用。我们看贾雨村"卖字作文"译者如何处理：

Hawkes 译：keeping himself alive by working as a copyist.①

Yangs 译：he made a precarious living by working as a scrivener.②

杨宪益夫妇（Yangs）所用的 scrivener，据 *OED*（*Oxford English Dictionary*）的解释，是指：A professional penman；a scribe, copyist; a clerk, secretary, amanuensis.③ 一般《英汉词典》将 scrivener 解释为"代笔人，抄写员"。

Hawkes 所用的 copyist，据 *OED* 的解释，是指：One who copies or imitates；esp. one whose occupation is to transcribe documents。按照这个说法，copyist 没有"作文"的含义。因此，copyist 当属问题译文，值得商榷，因该词的内涵局限于"抄写文字""誊录"。

科场失意，有人寻得新的发展途径，成就超凡。④ 但是，像水秀才那类人，还是念念不忘"中举""及第"、做官。

---

① *The Story of the Stone*（Harmondsworth：Penguin Book Ltd., 1973），vol.1, p.57.
② *A Dream of Red Mansions*（Peking：Foreign Languages Press, 1978），vol.1, p.10.
③ 笔者用的是 *OED* 的电子版，电子版无页码。
④ 李世愉：《中国历代科举生活掠影》（沈阳出版社，2005）中有一章"失意者的转化"，列举了许多例子。

登科之想:"攀月桂"和"化龙"

秀才的梦想是"中举""及第"。《金瓶梅词话》第五十六回录有《哀头巾诗》和《祭头巾文》,正好反映了这种心态。

温秀才同样在科场饱受挫折。《金瓶梅》写温秀才屡试屡败后,"岂望**月桂**之高攀"。查"月桂"一词,其核心是"桂",旧诗词中常有"折桂"之语,不提"月"字。"折桂"源自一个比喻。《晋书》卷五十二《郤诜传》:"武帝于东堂会送,问诜曰:'卿自以为如何?'诜对曰:'臣举贤良对策,为天下第一,犹桂林之一枝,昆山之片玉。'"① 这里,"桂"比喻杰出的才能。

"桂"喻指人才,后世以科举制度选拔人才,就有"折桂"这种说法,例如,唐代诗人白居易(772—846)先考中进士,后来他的堂弟白敏中又考中第三名,白居易写诗祝贺说:"折桂一枝先许我,穿杨三叶尽惊人。"(《喜敏中及第偶示所怀》)② 此诗的"折桂",自是指科举高中。"穿杨"原指射术高超,这里是喻指成绩优异。

汉晋以后,月中有桂树的传说渐渐盛行,《太平御览》卷957引《淮南子》云:"月中有桂树。"③ 唐代,段成式《酉阳杂俎》卷一又载有吴刚砍桂树的神话。传说月中桂树高达五百丈,吴刚因学仙有过被罚在月宫砍桂树。④ 这样,月亮和桂树两者牵合,产生了"月桂"一词。《金瓶梅》中的"攀月桂",实与"折桂"同义。形容温秀才"岂望**月桂**之高攀",翻译家如此处理:

---

① 〔唐〕房玄龄等:《晋书》,中华书局,1974年,第1443页。
② 《全唐诗》第442卷。见于 http://guoxue.shufaji.com。
③ 〔宋〕李昉:《太平御览》,中华书局,1960年,第4249页。
④ 段成式:《酉阳杂俎》,中华书局,1985年,第6页。

Egerton 译: So now he has abandoned hope of climbing high. (p.1385)

Roy 译: The cassia in the moon will forever remain beyond his reach. (vol.3, p.426)

可见，Clement Egerton 没有明文呈现"月桂"，他完全舍弃了月和桂的形象，译文只有"高攀"之意。至于 David Roy，他采用直译手法，将"月桂"译为 The cassia in the moon。这译文保留了月和桂两个意象。笔者相信，David Roy 这样做，也能传达"难以攀及"（因月亮常在高处）之意，读者可以将此句解读为一个隐喻。可是，The cassia in the moon 在西方人的眼中，大概会是比较陌生的，他们多半会想：何以月中有 cassia（肉桂树）？

对中国科举文化一无所知的读者，未必能接受 The cassia in the moon 这种说法。

《红楼梦》也有同类词语："蟾宫折桂"。《红楼梦》第九回，林黛玉听说贾宝玉要上学了，就笑道："好！这一去，可是要蟾宫折桂了。"① 这是以"蟾宫折桂"比喻科场得意。果然，《红楼梦》后四十回中就有"宝玉中举"的情节。

《红楼梦》第七十五回，贾赦道："想来咱们这样人家，原不比那起寒酸，定要'雪窗萤火'，一日蟾宫折桂，方得扬眉吐气。"②

这"蟾宫折桂"当然不是《红楼梦》首创。南唐李中《送黄秀才》诗："蟾宫须展志，渔艇莫牵心。"宋张齐贤《洛阳搢绅旧闻记·陶副车求荐见忌》："好去蟾宫是归路，明年应折桂枝香。"明沈鲸《双珠记·廷对及第》："一声霹雳乾坤撼，看蟾宫步，雁塔名，琼林宴，八珍异馔天

---

① 《红楼梦》，人民文学出版社，1964年，第109页。
② 据戚序本引录。《戚蓼生序本石头记》，文学古籍刊行社，1975年，第2954页。《红楼梦》旧行本此处（第986页）无"蟾宫折桂"四字。

厨荐。"① 又，明汤显祖（1550—1616）《牡丹亭》："吾今年已二八，未逢折桂之夫；忽慕春情，怎得蟾宫之客？"②

何以月亮称为"蟾宫"？这与另一个古人传说有关。古人认为，月中有蟾蜍，因此"月亮"又称"蟾宫"。这个传说的出处，难以确定。《楚辞·天问》："夜光何德，死则又育？厥利惟何，而顾菟在腹？"近人闻一多（1899—1946）认为"顾菟"即蟾蜍。③ 不过，闻一多此说未必可信。东汉张衡的天文著作《灵宪》："嫦娥遂托身于月，是为蟾蜍。"④ 这种说法也是匪夷所思，但古人已视为常识。⑤

总之，月中有蟾蜍之说，实属无稽，我们了解这"月中有蟾蜍"是中国古人的传说，也就够了，不必深究。但是，翻译家就必须考虑怎样用文字去表现"蟾宫"。

杨宪益和戴乃迭将林黛玉那句"好！这一去，可定是要蟾宫折桂去了"翻译为："Good," she said. "So you're going to 'pluck fragrant osmanthus in the palace of the moon.'"（vol.1, p.134）

这是直译，osmanthus 即"桂"，但是，直译得不彻底，因为原本的"蟾宫"二字，就没有直译成英语。

再看《红楼梦》第七十五回那个"蟾宫折桂"，杨宪益和戴乃迭翻译为：they can hardly fail to get some official post.⑥ 这译文不但没有

---

① 汉语大词典编辑委员会编：《汉语大词典》，香港三联书店，1992年，第980页。
② 汤显祖撰，徐朔方校注：《牡丹亭》，人民文学出版社，1963年，第54页。
③ 闻一多：《闻一多楚辞研究论著十种》（香港：维雅书屋，[1972？]），页150。
④ 〔清〕严可均校辑：《全上古三代秦汉三国六朝文》中《全后汉文》卷五十五页五引《灵宪》。
⑤ 《红楼梦》第七十六回有这样的诗句："银蟾气吐吞。药经灵兔捣。"这两行，David Hawkes 翻译为：Damp airs the silver Toad of the moon inflate. See where the Hare immortal medicine pounds.（vol.3, p.520）杨宪益夫妇的译文是：The Silver Toad puffs and deflates the moon. Elixirs are prepared by the Jade Hare…（vol.2, p.625）由此可见，翻译家保留原有的文化意象："蟾""兔"。
⑥ 杨宪益夫妇的翻译底本，主要是戚序本系统。这个问题一言难尽，参见笔者其他论文，尤其是《作为"国礼"的大中华文库本红楼梦》一文，发表于《红楼梦学刊》2013年1辑。

"蟾"的意思，更连 in the moon、osmanthus 之类也都没有出现。另一位翻译家 David Hawkes 也是完全舍弃"蟾""桂"，没有保留形象。

同是"蟾宫折桂"，杨氏夫妇的前后二译大异其趣。这似乎说明了一点："蟾宫折桂"没有既定的英译。也许，译者没有找到一以贯之的对应语。

事实上，"蟾宫折桂"是中国科举制度衍生的词语，属于"文化专有项"（culture specific items），极具地域色彩，异文化的读者未必能按字面索解。

"蟾宫""月桂"之外，另一个科举文化常用词"化龙"也不容易用英语表述：

"化龙鱼兮已失鳞"①

Roy 译：the fish with dragon potential has lost its scales. （vol.3，p.391）

这"化龙鱼"，与士人心态息息相关：《全唐诗话》卷六有所谓"龙门变化人皆望"之句，可以为证。②

关于"龙"，《艺文类聚》卷九十六引《辛氏三秦记》曰："河津，一名龙门。大鱼集龙门下数千，不得上，上者为龙。"③后来"化龙鱼"就比喻参加科举的儒生，而科考过关，即为"登龙门"。④

---

① 梅节：《梦梅馆校本金瓶梅词话》，台北里仁书局，2007年，第869页。
② 王起于会昌中放第二榜，僧广宣以诗寄贺："从辞凤阁掌丝纶，便向青云领贡宾。再辟文场无枉路，两开金榜绝冤人。眼看龙化门前水，手放莺飞谷口春。明日定归台席去，鹪鹩原上共陶钧。"起和云："延英面奉人春闱，亦选工夫亦选奇。在冶求金不耗，用心空学秤无私。龙门变化人皆望，莺谷飞鸣自有时。独喜向公谁是证，弥天上士与新诗。"语见尤袤：《全唐诗话》（中华书局，1985），页118。
③ 〔唐〕欧阳询：《艺文类聚》，上海古籍出版社，1965年，第1663页。
④ 熊庆年：《中国古代科举百态》，东方出版中心，1997年，第5页。

美国汉学家 David Roy 将"化龙鱼"翻成 the fish with dragon potential，其后半部分意为"有变成 dragon 的潜质"。译者用 dragon 作为"龙"的对等语，似乎已经原原本本地传达了原义。

问题是，dragon 在英语中是邪恶的象征，指魔鬼，又指凶暴之人（按：这已是老生常谈。不赘）。①

将"龙"和 dragon 比较，我们发现了原语和译语有明显的矛盾："化龙"在原文语境中，是考生都极为渴望达到的境界，"化龙"是他们的梦想，具正面意义。② 然而，with dragon potential 就不是这样了：dragon 容易滋生误解，因为 dragon 本身带有负面意蕴。

近年，不少人将 dragon 等同"龙"，表褒义。这样一来，dragon potential 的含义是好，还是坏？一般读者可能会感到有点混乱。

高中者：florilege 与 laureate

明清科举制度的最后一级考试是殿试。殿试及第者有特别的名称：状元、榜眼、探花。③ 明、清小说也写到这些名目，例如：《红楼梦》中林黛玉之父林如海是"探花"。《金瓶梅》第三十六回中有个"新状元"蔡一泉。

帝制时期，谁是状元，不纯取决于考试的表现，其他因素也可能

---

① 洪涛：《红楼梦双语语料库、"母语文化"影响论的各种疑点》，载《中国文化研究》2011 年 2 期（夏之卷），总 72 期，第 186—194 页。

② 科第不是个人的私事，而"是地方和乡族集体竞争的目标"。语见刘海峰：《中国科举文化》，辽宁教育出版社，2010 年，第 295 页。

③ 何忠礼：《科举与宋代社会》（商务印书馆，2006）指出："自五代起，士大夫中称进士第一人为状元的风气开始盛行。"（第 174 页）何忠礼又说："进入南宋，状元才逐渐成了对进士第一人的专称。"（第 186 页）

左右大局，例如，《金瓶梅》中的蔡状元就不是殿试表现最佳者。《金瓶梅》第三十六回写道：当初安忱取中头甲，被言官论他是先朝宰相安惇之弟，系党人子孙，不可以魁多士。徽宗不得已，把蔡蕴擢为第一，做了状元。①这是当时的特殊政治生态造成的。②

这样选出来的状元，很可能是有名无实的。蔡状元给妓女董娇儿的诗就不见得高明，他那首诗是这样写的："小院闲庭寂不哗，一池月上浸窗纱；邂逅相逢天未晚，紫薇郎对紫薇花。"③该诗的内容自相矛盾（月浸纱与"天未晚"），末句又强将白居易诗句"紫薇花对紫薇郎"颠倒以趁韵，其实蔡状元本人根本不是紫薇郎（中书舍人）。

再看"探花"。《红楼梦》第二回写到：林如海姓林名海，表字如海。乃是前科的探花，今已升至兰台寺大夫。

"探花"，宋以后称科举考试中殿试一甲第三名。赵翼在《陔余丛考·状元榜眼探花》中考证："北宋时第三人亦呼为榜眼。盖眼必有二，故第二、第三人皆谓之榜眼，其后以第三人为探花，遂专以第二人为榜眼耳。"④林如海是"探花"，在杨宪益夫妇的译本上是这样表述的：... who come third in previous Imperial examination. 这个译文，不像原文那样（"探花"）有一个专门的名称，译文只有"探花"的释义（definition）。⑤

另一位译者 David Hawkes 将"林如海乃是……"那句翻译为：

---

① 克莱门特·厄杰顿译：《金瓶梅·The Golden Lotus》，人民文学出版社，2008年，第882页。
② 乾隆皇也因地域因素把第三名的王杰擢为状元。参见 Benjamin A. Elman, *A Cultural History of Civil Examinations in Late Imperial China* (Berkeley: University of California Press, 2000), p.316。有的皇帝选状元时竟以梦境为据。参见 *A Cultural History of Civil Examinations in Late Imperial China*, p.329。
③ 《金瓶梅》第四十九回。梅节：《梦梅馆校本金瓶梅词话》，第733页。
④ 赵翼：《陔余丛考》，中华书局，1963年，第584页。
⑤ Benjamin Elman 用 *secundus* 来翻译"榜眼"。参见其书 *A Cultural History of Civil Examinations in Late Imperial China*, p.98。也有 second optimus 这种说法，见其书 p.342。

This Lin Ru-hai had passed out Florilege, or third in the whole list of successful candidates, in a previous Triennial, and had lately been promoted to the Censorate.①

Hawkes 译本中的 Florilege 是"花谱"之意。这个 Florilege，含有花的形象，也有"选萃"的意思（据 OED）。Florilege 之后，Hawkes 还附上一小句解释性的文字：third in the whole list of successful candidates。总之，这译法有两个好处：一、Florilege 可作"名称"，有"花"的意思。二、后面的解释，提供了一些细节，可以帮助读者了解实情。

无论如何，以上列举的两种译文（杨译和霍译），都需要依靠解释性的文字。这自然是因为"探花"是中国科举制度下的独特名称，译者不容易找到适当的外文词语来表达。②

至于《金瓶梅》中的"新状元"这个词，英国翻译家 Clement Egerton 译为 the new laureate，③ 美国翻译家 David Roy 译为 the new principle graduate（vol.2, p.346）。④

上文已说到，graduate 常常汉译为"毕业生"，Egerton 用此词来表示"秀才"其实难称妥当，不料，David Roy 也用此词，却指殿试（进士参加的考试）的高中者。由此可见，中国科举制度所产生的名目，翻译起来会出现莫衷一是的情况。

Graduate 给人的印象是"获学校颁授学位之人"，OED 给 graduate 下的定义是：One who has obtained a degree from a university, college

---

① *The Story of the Stone*（Harmondsworth：Penguin Book Ltd., 1973），vol.1, p.69.
② 有人将"探花"表述为 The Third-Place of the Chinese Civil Service Examinations. 参见 Rui Wang, *The Chinese Imperial Examination System: an Annotated Bibliography*, p.150。
③ Clement Egerton, *The Golden Lotus: A Translation, from the Chinese Original, of the Novel Chin P'ing Mei*（London：Routledge and Kegan Paul, 1939），vol.2. p.130.
④ 也有人译为"First palace graduate"，参见 Thomas H. C. LEE, *Government Education and Examinations in Sung China*（Hong Kong：Chinese University Press, 1985），p.147。

or other authority conferring degrees. 这解释与一般人的印象相符：graduate 由学校（或有权者）颁发学位。

可是，会试和殿试，异于学校取士。近人的研究有此结论："在中举之后再去应会试阶段，就再也不是学生身份，不与学校发生关系，基本上是靠自学提高来备考的。"① 此外，"状元"是经皇帝亲自考验的，政治意义浓厚得多。② 这种特殊性也不是 graduate 所具备的。

Egerton 用 laureate 来翻译原文的"状元"。查 laureate 本义是戴桂冠的人。古希腊人常以月桂树叶编成冠冕，奉献给英雄或诗人，以表示崇敬。OED（《牛津英语词典》）解释：形容词 laureate 意为 Distinguished for excellence as a poet, worthy of the Muses' crown. Cf. poet laureate. 所谓 poet laureate，一般汉译为"桂冠诗人"。

在"荣誉"这方面，laureate 与"状元"表面上有共同点。此外，唐人以诗赋取士，在"诗"这一点上，laureate 又与"状元"性质相近（但是，元明两代科举已经不是诗赋取士）。③

实际上，laureate 与"状元"的内涵大有差别：laureate 不是考试的第一名。以遴选的准则而言，也不相同，例如，科举有"策""经"。《新唐书·选举志上》说："凡进士，试时务策五道，帖一大经。经、策全通者为甲第。"这是唐初的情况。④ 宋、明、清制度，殿试的内容是"试时务策一道"。⑤ 所谓"策"，就是政论文。以《金瓶梅》故事的时代（北宋）而论，"嘉祐年间（1056—1063）以后，策论已更重于诗

---

① 刘海峰：《中国科举文化》，第 295 页。
② 何忠礼说："殿试在科举考试中主要体现了皇帝亲掌取士权这一政治意义……"语见何忠礼：《科举与宋代社会》，第 24 页。
③ 刘海峰：《中国科举文化》，第 340 页。Benjamin A. Elman, *A Cultural History of Civil Examinations in Late Imperial China* (Berkeley: University of California Press, 2000), p.37.
④ 金诤：《科举制度与中国文化》，第 56 页。有学者指出"策"在唐朝科举的地位已甚高。参见 Rui Wang, *The Chinese Imperial Examination System: an Annotated Bibliography*, p.140。
⑤ 同上书，第 175 页。

赋……"① 至于"经",《中国科举文化》一书指出:"从元代开始,明、清各朝皆以儒家经学为科举的主要考试内容。"②

再看 laureate 的内涵,实与经学、时务策全无关系,风马牛不相及。这个 laureate,近年可引申为"荣誉获得者",例如,Nobel Laureate 即"诺贝尔奖获得者"。译者选用这个词,应该是看重这词有"获奖者"的意思。③

也有译者用汉语拼音词,也就是音译来应付"状元"二字的翻译难题:*zhuangyuan*。④

最后,顺带讨论一下科举中的"策"。《金瓶梅》第五十六回也有提及水秀才"十年前应举两道策,那一科试官极口赞他好。却不想又有一个赛过他的,便不中了"⑤。可见,在地方考试中,也有"策"。水秀才"应举两道策",Egerton 译本完全略去"策"不提,泛言"he went in for the examination"。⑥ 这"两道策"没有翻译,我们不知道 Egerton 是看不懂,还是选择不译,还是有其他原因。⑦

综上所言,无论是用 the principle graduate 还是 the laureate 来充当"状元"的对等词,都属于权宜之举。"应举两道策"这个翻译个案,也表明译者回避了细节。可见,在"此有彼无"的情况下,译文难免有缺憾。

---

① 金诤:《科举制度与中国文化》,第 114 页。
② 刘海峰:《中国科举文化》,第 232 页。
③ Benjamin Elman 第一次提及"状元"时,是这样处理的:the first palace *optimus* (chuang-yuan 状元)。语见其书 *A Cultural History of Civil Examinations in Late Imperial China*,p.76。其后,他有时径用 *optimus* 称"状元"。
④ Rui Wang,*The Chinese Imperial Examination System: an Annotated Bibliography*,p.7
⑤ 王汝梅校注:《皋鹤堂批评第一奇书金瓶梅》,吉林大学出版社,1994 年,第 867 页。
⑥ 《金瓶梅·The Golden Lotus》,人民文学出版社,2008 年,第 1352 页。
⑦ "两道策",Roy 翻译为:his two essays on public policy(vol.3,p.386)。另参见 Benjamin Elman,*A Cultural History of Civil Examinations in Late Imperial China*,p.41。

结　语

　　旧时的读书人十分看重举业。《红楼梦》中，贾政和薛宝钗、史湘云都希望贾宝玉去应考。《金瓶梅》第五十七回有一段话反应了中国人的社会心理。西门庆说："儿，你长大来，还挣个文官。不要学你家老子，做个西班出身。虽有兴头，却没十分尊重。"① 这话反映了世人重文轻武的态度。②

　　在西方，从希腊、罗马时代到中世纪，都没有考试的记载。18世纪以后，笔试才在大学中出现。③ 英语世界虽有考试，但没有中国式的科举制度，自然也没有完全合适的词语去表现"科举相关词"的内涵。这就给英译者带来一些难题。以上我们探讨了若干"科举相关词"的名与实，也描述了翻译家应付难题的各种做法，从中我们可以归纳出一些有趣的现象，例如"one-into-many"的现象：

　　　　秀才 = graduate

　　　　秀才 = bachelor

　　　　秀才 = scholar

　　　　秀才 = licentiate in a subprefecture

　　　　状元 = principle graduate

　　　　状元 = first palace graduate

　　　　状元 = laureate

　　　　状元 = *optimus*

　　　　状元 = *zhuangyuan*

---

① 梅节：《梦梅馆校本金瓶梅词话》，第 877 页。
② 科举制度中，也有武举，武举的第一名称为"武状元"。
③ 金诤：《科举制度与中国文化》，第 31 页。

可见，不同的翻译家尝试在"英语的语言资源中"找寻秀才的"对应词"。这些"汉英对应"花样繁多，似乎说明了有时候"（汉英）绝配"大概是不存在的。

本文列举的许多译文（包括"零翻译"/zero translation）揭示了译者在语文表达方面所面对的窘境，这种窘境的主因是"此有彼无"（汉文化有，而英语世界无）。分析过一些译文，笔者认为译文有时只能隐约折射出中国科举文化的一些内涵，不能准确、完整地呈现原著中的名目和士林生态。①

值得特别一提的是，David Hawkes 采用"专名 + 文内注释"的做法，产生了良好的翻译效果，值得后人师法。②

2013 年 8 月修订于香港中文大学

作者简介：洪涛，香港中文大学教授。

---

① 话虽如此，我们却不宜对译者诸多责难，因为客观条件会对译者产生限制，有时候译者确实无法施展、变通。有的译者在译注中说明原委和详情，这样做，对西方读者有帮助。

② David Hawkes 采用的翻译方法不限于一种。各种方法的成效，须视乎语境而定，不能一概而论。

明清通俗小说中的科举舞弊

叶楚炎

内容提要：明清通俗小说对于科举舞弊有着详尽而细致的承载，其所展现的那种弊窦丛生、乱象纷呈的情状，在很大程度上影响了后人对于明清科举制度的认识和评价。但事实上，通俗小说中所涉及的科举舞弊具有多种面相，与作者的创作心理、小说的文体特征、现实的社会情状等之间也存在着诸多关联。根据参与者和实施者的不同，小说中的舞弊大致可以分为三类，第一类舞弊更多地会与反面小人物的形象塑造相关，通过有些粗浅的情感宣泄，呈现出某种喜感的特质；第二类舞弊则与反面人物与正面人物的恩怨相连，在善恶终有报的快意后面却掩饰不住科举中人那沉郁的委屈和伤痛；而第三类舞弊则集中体现了其在情节上的效能，小说与正面人物的命运都因为舞弊而功德圆满，所呈现出来的一切却因为非现实的元素而变得虚幻和不切实际。所有这些都说明，舞弊并不是永远的反角。小说由于舞弊的加入而获得了人物塑造和情节设置的新契机，舞弊也在小说这一特殊的文本场域中呈现出复杂的状貌。

关键词：明清通俗小说 科举 舞弊

明清两代，科举制度的地位日益显著，整个社会由此成为"科举社会"。与此相对应，较之前代，科举制度本身也更为严格和细密，这尤其体现在对于科举舞弊的限制上，有时甚至达到了严苛的地步。明清的科举考试实行一整套极为严密的防范舞弊措施，例如考官在阅卷之前，考卷要经历弥封、誊录、对读等一系列复杂的程序，对每个有可能出问题的环节，都从制度上尽力加以防范。但即便如此，明清两代的科举舞弊案件仍是屡见不鲜，而没有被指摘出来的舞弊事件应该更多。这些不仅体现在明清两代人的各种记述中，也显现在明清之际的士人抒发在文学作品中的各种牢骚和怨气里。特别是通俗小说，对于这两种情形都有着更为详尽而细致的承载，以至于留在读者印象中的明清科举，更多的时候不是一种严整有序的制度，而是显现出弊窦丛生、乱象纷呈的状态，这也在很大程度上影响了后人对于明清科举制度的认识和评价。但事实上，明清通俗小说中所涉及的科举舞弊具有多种面相，与作者的创作心理、小说的文体特征、现实的社会情状等之间也存在着诸多复杂的关联，本文便从明清通俗小说中所写及的科举舞弊入手，探讨这些面相与关联，并分析背后的原因，试图对于小说中的舞弊，以及科举舞弊影响下的小说都有一个较为清晰的把握。

在通俗小说中，可以看到形色各异的各种科举舞弊，便如《女开科传》中所说："要知那科场中，如买号、雇倩、传递、割卷、怀挟种种弊窦，难以悉举。"[①]可归纳起来，这些难以悉举的舞弊大致可以分为三类，第一类是士人依赖自己的力量，或是彼此间的协助便可完成的，例如怀挟；第二类是要买通与考试相关的工作人员，如衙役、吏员等才能加以实施的，诸如买号或是割卷；而第三类则是要求助于更高层的考务人员，即考官，在他们的帮助下完成舞弊，最典型的便是关节。这三类舞弊实行的方式不一样，需要达成的条件不同，在难度上也存在着较大

---

① 岐山左臣：《女开科传》，《古本小说集成》影印清名山聚刊本，第74页。

的差异。

相对说来，最简便易行的是第一类，可第一类也往往最容易暴露。在《生绡剪》之《有缘结蚁三朝子，无意逢人双担金》里，贾慕怀的大儿子在乡试中，"做了怀挟，察院打了三十，枷死在贡院门前"①；同一书的《举世谁知雪送炭，相看都是锦添花》中，虞彦先"将些刊刻文字，揉做一团，塞在谷道眼口，贴个膏药"，谁知临场还是被揭穿，"果是怀挟文字，喝打三十"②；《五色石》之《选琴瑟》里的宗坦在考童生时也是"带了怀挟，当被搜出，枷号示众"③。

第二类舞弊要麻烦一些，不仅要找到合适的人选，在手续上也更为复杂。在《鸳鸯针》的第一卷中，丁协公托人找到在考场中做誊录生的陈又新，和他商量如何舞弊，陈又新得知丁协公考的是《春秋》，便道："待小弟进场内选那《春秋》有上好的文字，截了他卷头，如此如此，用心誊写，将那法儿安插进去，十拿九稳。"④经过这一番割卷，丁协公在当科乡试中如愿考中举人。在《燕子笺》里，鲜于佶找到的是自称在考场内掌案"一切场内编号誊卷"事宜的书办臧不退，臧不退献计道："这些号数都在我手里编过的，只出场时，上心访着那位朋友中文字做得极好的，便将他甚么号数，察得明白，我悄悄打进去，把两家卷上号改了，如替你做文章一般，又没形迹，此是十拿九稳必中的计较。"⑤而鲜于佶运用此法最终竟然考上了状元。

和第一类舞弊相比，第二类舞弊难度更大，却似乎更为稳妥，较之于当场败露的虞彦先、宗坦等人，丁协公和鲜于佶都实实在在地享受到了科名的荣耀，但其中又有所分别：丁协公舞弊之事始终未被指摘出

---

① 《生绡剪》，春风文艺出版社，1985年，第6页。
② 同上书，第250页。
③ 笔炼阁主人：《五色石》，《古本小说集成》影印大连图书馆藏本，第382页。
④ 华阳散人：《鸳鸯针》，春风文艺出版社，1985年，第10页。
⑤ 《燕子笺》，《中国古代珍稀本小说》本，春风文艺出版社，1994年，第115—116页。

来,最后还中了进士。而鲜于佶的"割卷"最终被发觉,鲜于佶也落得了"着法司提去,严行究疑"①的下场。

操作的难度层次更高,同时保险系数也更大的则是第三类舞弊。在《二刻醒世恒言》的《高宗朝大选群英》中有这样一段话:

> 张愨只因当日未入场时,圣旨命下,着他典试,就有一班的乡亲、相识、朋友、知交私下来谒见,说道:"尊亲既是典试棘闱,与众亲有光多矣。但得幸示一言,待某等亦得少沾光荣,造就桑梓,感德不浅。"张愨就故意的作色大言曰:"丕休哉!"立起身来,拂衣而入。这些众人,也有会意的,就文中用着这"丕休哉"一句的,张愨寻见,也都取中了。②

这一情节与《制义丛话》中所记载的一事极为相似:

> 前明吾乡长乐林总宪(廷选)主某科会试,先一日,招同乡公车亲昵者数人饮,众皆知其必司文柄,而难于自媒。公但于纵饮尽欢,将撤席,乃亲执壶遍酌众宾曰:"尽此壶。"众皆唯唯而散,翼日,公果入闱,诸公车于首艺末段各用"尽此乎"三字,榜发皆得隽,惟其婿不能悟意,独落孙山。后有以蜚语举发者,公曰:"若果有此关节,何以吾婿独不与闻?"事因得寝。③

可以看到,要想完成第三类舞弊,需与考官有不错的交情,同时还

---

① 《燕子笺》,《中国古代珍稀本小说》本,春风文艺出版社,1994年,第174页。
② 心远主人:《二刻醒世恒言》,《古本小说集成》影印北京大学图书馆藏清雍正原刻本,第61页。
③ 梁章钜:《制义丛话·试律丛话》,上海书店,2001年,第455页。

需要有过人的领悟力，能够从考官的只言片语中敏锐地察觉到关节的所在，否则，便是亲如考官女婿者，也不能中选。而这类舞弊由于有考官的亲身参与，不仅得到关节的人更有"十拿九稳"的把握获取科名，舞弊事发的可能性也极低，便如《制义丛话》所载的那般，尽管有蜚语举发，但难以找到实据，也只能不了了之。

  以上所举到的三类舞弊在明清的通俗小说中，形成了一道层次清晰、状貌丰富的特殊景观，足以丰富我们对于科举舞弊的认知。而比这样简单的类别划分更为重要的是，这三个层次的舞弊其实正对应了小说创作的三个不同的方面，换言之，小说作者会有意识地选取不同层次的科举舞弊加入到他们所写的通俗小说中去，并应对不同的创作需要，而科举舞弊的呈现也不可避免地受到小说自身因素的左右和影响。

  颇具意味的是，使用第一类舞弊手段的士子有人物属性上的共同点，即他们不仅是小说中的反面人物，还多是微不足道的小人物。小说作者用这些反面的小人物来实践最为简单的"怀挟"等舞弊，是有其独特的用意的。在小说中，"怀挟"等既简便易行，同时也最为人所不屑，再加上它们往往容易暴露，种种特性的累加决定了第一类舞弊最适宜成为描写这些反面小人物的绝佳方式。

  当虞彦先、宗坦等人企图用"怀挟"为自己在科场中谋得好处的时候，首先，这是他们"胸中墨水实无"的明证，其次，选用这种粗笨的，却不是更为巧妙的舞弊手法也说明了他们的"狗呆"，更为重要的是，由于此类舞弊不免暴露，他们都会面临官府的惩处以及世人的嘲笑，而小说作者也便在诸如"粉嫩屁股，打做肉酱，昏晕在地"[①]式的出丑露乖中完成了对这些反面小人物的生动描摹。

  事实上，小说中所有的人物都不是孤立存在的，因此，人物性格的意义和价值不仅体现于其自身，也往往会产生在其他人物的形象塑造上，

---

① 《生绡剪》，春风文艺出版社，1985年，第250页。

对于小说中这些反面小人物来说更是如此。可以注意到，在这些反面小人物存身的小说中，都有同样身为士子，但形象正面的主要人物，因此，这些反面小人物通过怀挟等所展现的不学无才、愚蠢无能，便成为小说主要人物才高学富、资质聪慧的衬托。而在反面小人物因为舞弊事发出丑露乖的同时，小说的主要人物则会得到他们的科举荣耀，在这两种判若云泥的不同人生轨迹的对比下，主要人物的科场得意才会显得越发的耀眼。

除此之外，这些使用第一类舞弊的反面小人物也成为小说作者发泄怨愤的一个重要渠道。从小说的叙述可以看到，小说作者对于科场的不公与弊窦往往有许多愤慨和怨怼，那些小人物因为舞弊败露而遭致枷号或是杖责的处罚无疑让作者的怨愤有了一个直接的发泄渠道。从小说写作的角度来看，或许只有当这些怨愤通过小人物的舞弊发泄出去之后，作者才有可能心平气和地去实践更为巧妙的人物塑造、情节设置，这同样是第一类舞弊对于小说的贡献所在。

从怨愤的层次着眼，承载了更多愤慨和怨怼的不是第一类舞弊，而是第二类舞弊。如果说，运用第一类舞弊的小人物是衬托者，使用第二类舞弊的士人则是损害者。当他们通过舞弊获得非分科名的时候，同时也一定会伤及那些通过自己的才学应当能考取科第的士人，这种损害者与受损者之间的对立，是涉及第二类舞弊的通俗小说最为显著的特点。

在《鸳鸯针》的第一卷中，陈又新所换取的那张卷子是徐鹏子所写，丁协公因为割卷而中举，"榜发高中了，报子流水来报。大锭细丝打发了报子，即时装束了去赴宴。次日，忙忙拜房师，谢大主考。家中贺客填门，热闹不过。真正是锦上添花，富贵无赛"。与此同时，徐鹏子却在看榜时失意而归而归，"从前直看到榜末，又从榜末直看到前，着行细读，并不见有自家名字在上面"，"眼泪不好淌出来，只往肚子里揎，靠着那榜篷柱子，失了魂的一般，痴痴迷迷。到得看榜人渐渐稀了，自家也觉得不好意思，只得转头，闷闷而归。那一路来，一步做了两步，好不难行"。①

从情理上说，丁协公在中举后所享受到的一切荣耀都应该归徐鹏子所有，但由于舞弊，原本才学优长的徐鹏子落第，平日极不通的丁协公反倒成为举人。两者的学识和所受到的科举待遇正相颠倒，这些又都是通过舞弊来实现的。小说在谈及科举舞弊时曾有道："大要总不可害人之功名，以成自己之功名，这尤是第一件要着。"② 不能因为自己的科场得意而去损害旁人的利益，这是舞弊者应该坚守的道德底线，但由于各级考试录取名额有限，成就自己功名的同时，也就势必要损害别人的功名，因此只要是舞弊便不可能守住这样的底线。而对于"割卷""换号"等第二类舞弊来说，更是通过直接损害旁人的方式来成全自己，这既是此类舞弊的特性，也是小说情节借以生发的基点。

与第一类舞弊的实施者多是小人物相似，第二类舞弊者也都是小说中的反角，但不同的是，他们不是微不足道的小人物，却是小说中在主要人物之外最重要的人物之一。身为损害者，他们所伤害的也恰是小说的主角。正是在这种冤家路窄的设置中，小说作者用最为经济的人物关系和笔墨完成了预设中人物命运的沉浮，小说中士人的科场失意也有了合适的理由：他们的落第不是因为实力不济，而是由于旁人的舞弊，这也可以看作对于他们学富才高形象的巧妙维护。

可以看到，较之于容易败露的第一类舞弊，由于第二类舞弊不太容易被指发，舞弊者也能通过损害士人正当科举权益的方式谋取非分的利益，因此第二类舞弊更容易成为抨击与责骂的矛头所指，小说中人甚至会说出"恨不食其肉而寝其皮"③之类激烈的言语。但小说作者并没有停留在对于第二类舞弊的责骂上，而是试图挖掘其背后潜藏的情节功能，

---

① 华阳散人：《鸳鸯针》，春风文艺出版社，1985年，第11页。
② 同上书，第2页。
③ 同上书，第46页。

以上所举正说明了这一点。而第二类舞弊在情节方面所发挥的作用还不仅于此。

在《燕子笺》里，鲜于佶通过换号考上了状元，被他所换的，则正是小说的主角，"才过班马，浑身潇洒，满腹文章"①的霍都梁。最终，鲜于佶换号舞弊之举事发，鲜于佶被剥夺科名并受到了相应的惩罚，而霍都梁则成为状元。

如果说，由于舞弊，士人的学识和所受到的科举待遇往往会颠倒过来，那么在这一情节设置中，颠倒错乱的一切则被拨乱反正，这与历史上曾发生的一件事情极为相似，据《国朝典汇》所载："左庶子黎淳主考顺天府乡试，初场得一优卷及观后场，绝不相类，疑有弊。勾稽墨卷，果得誊录生截卷状。移帘外按其事，而取优卷为第一，拆封乃马中锡，亦一时名士。"②

不同的是，《国朝典汇》中所载的舞弊是在批阅试卷时便被指摘出来，《燕子笺》中的鲜于佶则是实实在在地窃取到了状元的名号，小说情节的妙处正是来自于这一点微妙的不同：到手的状元还会被褫夺，而落第的士子却咸鱼翻身成为状元，正所谓"朝廷破格翻新，文运立时救转"③，这种激烈的情节落差可以提供足够的阅读趣味，而第二类舞弊也在这种令人瞠目的变化里彰显了其在小说情节中的价值。

就损害而言，第二类舞弊直接伤害了那些有真才实学的士人，可若论起杀伤力，其还是难以望第三类舞弊之项背。从前面所举到的例子可以看到，无论是"丕休哉"还是"尽此乎"，所有领悟这些关节的士子都可以轻易得到科第，这同时也就意味着相同数量的原本应该获得科名的人会为此落榜。在《龙图公案》的"屈杀英才"一则中写及丁谈身为

---

① 《燕子笺》，《中国古代珍稀本小说》本，春风文艺出版社，1994 年，第 102 页。
② 徐学聚：《国朝典汇》，北京大学出版社，1993 年，第 6268—6269 页。
③ 笔炼阁主人：《五色石》，《古本小说集成》影印大连图书馆藏本，第 420 页。

考官取士时也有道:"这一科取士,比别科又其不同。论门第不论文章,论钱财不论文才,也虽说道粘二糊名。其实是私通关节,把心上人都收尽了,又信手抽几卷填满了榜,就是一场考试完了。"① 由于有考官的直接参与,较之于单个进行的割卷或是换号,此类舞弊对于科举中人的伤害无疑更大。

事实上,正是由于损害的范围更大,伤害更为严重,在这三类舞弊中,由考官所直接实行的"关节"是最多受到小说抨击的舞弊方式。小说作者往往会用各种方式表达对于关节舞弊的愤慨,例如在上面所举的"屈杀英才"中,饱学生员孙彻由于丁谈的舞弊而落第,竟郁郁而亡,死后在阴间告状,最后是包拯审明此案,做出如下判决:"审得试官丁谈,称文章有一日之短长,实钱财有轻重之分别。不公不明,暗通关节。携张补李,屈杀英才。阳世或听嘱托,可存缙绅体面;阴司不徇人情,罚作双瞽算命,三年变村牛而不枉。"② 或许只有通过这样的处罚,受到损害的士子才能稍稍发泄心中的郁结之气。

需要指出的是,尽管第三类舞弊更严重地损害的士人的利益,也承载了更多的怨愤,但和在第二类舞弊中发生的情形类似,小说作者也并没有停留在对于此类舞弊的指责上,而是试图通过种种情节的方式,将第三类舞弊运用到自己的小说中。因此,第三类舞弊不仅是担负了最多骂名的舞弊,同时也是小说中出现频率最高的舞弊方式。而更值得深究的是,和前两类舞弊者多是反面人物不同,第三类舞弊的实施者多是小说中的正面人物。

在《初刻拍案惊奇》的《华阴道独逢异客 江陵郡三拆仙书》里,李君便是买通了一个考官的关节,"榜下及第"③;《石点头》之《感恩鬼

---

① 《新镌纯像善本龙图公案》,《明清善本小说丛刊》本,第八卷。
② 同上。
③ 凌濛初:《二拍(拍案惊奇·二刻拍案惊奇)》,齐鲁书社,1993 年,第 414 页。

三古传题旨》里的仰邻瞻因缘巧合得到考官传出来的一个关节,被"放于前列"中了进士①;应与《感恩鬼三古传题旨》同出一篇本事,《愚郡守玉殿生春》中的赵雄也是由于知道相同的关节才中了举人;《西湖二集》里的吴尔知则是"知贡举的官儿与了他一个关节","辛酉、壬戌连捷登了进士"②;《人间乐》中的许绣虎,有"来吏部竟从内里,暗通关节"③,最后中了探花。

以上所举到的这些士人,或是如赵雄一般,"生来不十分聪明,说话又不伶俐"④,或是如许绣虎"自幼资格不凡,读书过目能诵","到了十六岁上,竟学成了一个博古通今之士"⑤,在才学上各有高下别,却都是小说里受到褒扬和肯定的正面人物,但这些人物却无一例外都是因为第三类舞弊才得到相应的科名。

初步看来,这可以视为对于科场黑暗的一种反讽,小说作者安排"做人甚好"⑥但才学不高的赵雄、吴尔知等人得第便显示了这样的用意。才学出众的士人终其一生也无法在科场中出头,资质平平之人由于关节却可以轻松得第。在如此充满喜剧性的表达中,所透露出的却是对于科举不公无可奈何的悲叹和激愤。便如李君在及第后所说:"我今思之:一生应举,真才却不能一第,直待时节到来,还要遇巧,假手于人,方得成名,可不是数已前定?天下事大约强求不得的。"⑦才高也好,才低也罢,能否得到科名与才学如何本没有任何关系,万宗归一,所有的人

---

① 天然痴叟:《石点头》,《中国话本大系》本,江苏古籍出版社,1994年,第147页。
② 周楫:《西湖二集》,《中国话本大系》本,江苏古籍出版社,1994年,第347页。
③ 天花藏主人:《人间乐》,《古本小说集成》影印哈佛大学汉和图书馆"本衙藏板"本,第372页。
④ 周楫:《西湖二集》,《中国话本大系》本,江苏古籍出版社,1994年,第58页。
⑤ 天花藏主人:《人间乐》,《古本小说集成》影印哈佛大学汉和图书馆"本衙藏板"本,第91、93—94页。
⑥ 周楫:《西湖二集》,《中国话本大系》本,江苏古籍出版社,1994年,第58、66页。
⑦ 凌濛初:《二拍(拍案惊奇·二刻拍案惊奇)》,齐鲁书社,1993年,第415页。

最后都要求助于"关节"才能如愿以偿，较之于科举失意后的责骂和抨击，这种万般无奈后随波逐流的得意更让人觉得悲凉。

更为重要的原因则在于小说作者在"关节"等第三类舞弊上面所觉察到的合理性和情节潜能，正所谓"却是那打关节的着数，自有开辟以后，即便有之。古来也有关节得利的，一般居尊官享厚福，子子孙孙奕世簪缨"。① 既然现实中的士人可以凭借舞弊得到科名，小说作者也可以用舞弊将他们笔下的人物送上金榜。对于小说中所描写的那些在科举之途中苦苦挣扎，并且难以看到出头之日的士人来说，"舞弊"并不是阻碍他们获取科名的魔障，反倒是冲破重重困境、一举成名的捷径。

就此而言，在第三类舞弊中，有一种值得特别注意，这便是"预知试题"。在《古杭红梅记》中，王鹗与花仙笑桃有一段情缘，在考试前，"笑桃遂怀中取出三场题目示鹗"②，且替王鹗写好三场文字，王鹗因此大魁天下。《珍珠舶》卷二中，几个一同读书的士子要捉弄金宣，"遂戏拟闱题七个，将一张黄纸，端楷细书，把来压在香炉底下"，到了乡场中，"只见主考发下题目，四书三个，经题四个，与前时所拟七篇，一一相符"③，金宣因而轻松中式。《云仙啸》《拙书生礼斗登高第》中吕文栋的乡试经历也与金宣类同，并且在乡试之前的科考中，就曾由于预知试题而获取乡试资格："忙忙的买了进场糕果之类，那包糕纸上，却是抄写的一篇文字。文栋看去，圈得甚是热闹。他也不管好歹，暗暗的记在心上。到明日进场，那第一题恰好就是包糕纸上的题目。他便不劳费心，一笔挥就。"④《合浦珠》里的钱兰参加乡试，"因试期已迫，谧虑凝神，拟经书题七个，做成七篇。及入场，四书题悉如所拟，唯经题稍异耳。

---

① 华阳散人：《鸳鸯针》，春风文艺出版社，1985 年，第 2 页。
② 赤心子、吴敬所：《绣谷春容（含〈国色天香〉）》，《中国话本大系》本，江苏古籍出版社，1994 年，第 349 页。
③ 烟水散人：《珍珠舶》，《古本小说集成》影印大连图书馆藏日本抄本，第 129、136 页。
④ 天花主人：《云仙啸》，《古本小说集成》影印大连图书馆藏清初刊本，第 8 页。

以后二三场，俱一挥而就，文藻烨然，若有神助。及揭晓，中在前列"。①在《山水情》中，卫彩发现了吉彦霄的"一个红单帖儿"，上面写着"三月十五夜，梦魁星指示乡场题目"，"又看到后边，竟是完完全全的三场试题写于这帖上"②，卫彩与吉彦霄二人也为此双双中榜。

上面所举的这些小说都是正面人物因为事先知道了试题而获取科名。表面看来，这些例子都与考官没有关系，只是考生自己因为某种原因而得到考题，似乎放在第一类考生独力进行的舞弊中更为合适。但实际上，试题便是考官所出，从情理上说，试题的流出一定与考官脱不了干系，因此，透题与关节类似，也应该从属于第三类舞弊。而更为重要的是，小说作者在写到这些情节的时候，都不约而同地将原本脱不了干系的考官隐去，这本身就是一个值得探讨的现象。

此种现象的产生与三类舞弊方式在难度上的差别是大有关系的。如前所论，在这些舞弊中，虽然最令人不屑，也最容易暴露，但第一类舞弊简单易行，无需花费过多的代价或是达到难以企及的要求。相形之下，另两种舞弊的难度就大得多了。在《鸳鸯针》的第一卷中，丁协公与陈又新商议割卷的价码，"从一千两讲起，煞到四百两，陈又新方才允了"。③而在《玉娇梨》之中，杨芳"文章学问难对人言"，但赖其父"杨御史之力"，"替他夤缘，到中了江西乡试"。④可以看到，要完成后两类舞弊，必须有雄厚财力的支持，以此买通吏员；或是得到有势力的权贵的帮助，从而获得考官的关节。也就是说，财和势是实施后两类舞弊的关键。

实际上，科举制度本身就有向财势倾斜的意味，出身富贵的考生原本就比贫寒子弟更有金榜题名的可能，而从舞弊中则可以看到：即便是

---

① 烟水散人：《合浦珠》，《古本小说集成》影印清初刊本，第308—309页。
② 《山水情》，《古本小说集成》影印日本东京大学藏本，第185页。
③ 华阳散人：《鸳鸯针》，春风文艺出版社，1985年，第10页。
④ 荑秋散人：《玉娇梨》，上海古籍出版社，1994年，第10页。

通过不正当的手段，有财势背景者也更有优势，这便使得无钱无势的科举中人在整个或明或暗的竞争中都处于劣势。问题也就在这里，小说中所写的那些深陷科举泥淖的士人大都与财、势绝缘，这既是他们奋发的动力，也是影响他们上升的最大阻碍。因此，即便他们要通过舞弊的方式获得科名，财势仍是他们无法逾越的难关，在这样的情形下，或许选择使用第一类舞弊是更为实际的选择——尽管这一类舞弊往往充满了令人不屑的粗笨意味，至少这是靠一己之力便可以完成的。但倘或让所有的正面人物都顶着枷号与杖责的风险去怀挟，显然会损及作者苦心经营的人物形象，更不要说怀挟等舞弊的成功率之低，并不足以将他们笔下心仪的这些人物送上金榜。

因此，在权衡了种种利弊之后，小说作者选用了成功率最高的舞弊方式，也便是第三类舞弊，但在具体实施的过程中，他们又做出了种种改动，以避开无法解决的财势问题。正是由于这一原因，才形成了我们现在所看到的状态：以上那些所透露出来的试题都与考官无关——因为只要牵涉到考官，便不可避免地要与财势发生关联，这些士人都是由于仙术梦示、机缘巧合、鬼魂鹦鹉等种种看似无稽的方式获得考题，并最终获得科第。在这样的取舍和趋避中，第三类舞弊还是那般高效，却变得更为简捷，如同第一类舞弊那般简便到只需依靠士人自己便可以完成。小说中的士人依靠舞弊完成了自我的科场救赎，舞弊则在这一过程中与现实性拉开了距离，成为迷离而朦胧的幻景。

对于正面人物的舞弊而言，还有一个重要的现象，即"连环舞弊"，主要体现在两个方面。其一是科举中人往往在各级考试中连续舞弊以获取科名。如《五更风》之《鹦鹉媒》中的水朝宗，乡试是由于知道一个关节而中式，会试前则又预先知道了考题，因此顺利通过；《弁而钗》的《情贞纪》里，翰林凤翔预先给赵王孙"文章达上台"[①]的五字关节，

---

① 醉西湖心月主人：《弁而钗》，《小说辑刊》本，巴蜀书社，1995年，第831页。

赵王孙得以荣登乡榜。而在会试中，虽然小说没有明确交代，但从凤翔本人便是主考官以及其在乡试中便给赵王孙关节来看，赵王孙的"又擢高魁"①也必定有凤翔在其中帮忙。

其二则是士人在功成名就之后，用舞弊的方式帮助自己的若干亲朋故旧取得科第。在《终须梦》中，康梦鹤中进士后，不仅帮助好友查必明成为秀才，还通过年谊，让原本"错落第三等，不得乡试"②的另一个好友陈天英获取了入乡场的资格；在《赛花铃》中，舞弊更是形成了一条环节彼此相扣的链条：最先是沈西苓得到旧交项工部之助，连中了举人和进士；此后，沈西苓又帮助莫逆之友红文琬在乡试与会试中联捷；红文琬一旦贵显，便又"写书作荐"③，使得自己的旧好何馥成为秀才，而屡试不中的沈、红两人的业师曹士彬，也因为两人的请托，中了举人。

从情节的角度看，这两种形式的"连环舞弊"充分显示了舞弊在小说建构方面的便利。正是由于舞弊能够让小说情节便捷地到达预期的目标，小说作者才会一而再、再而三地加以使用——这也反映出作者在情节上面的某种无奈，正如同他们在现实生活中所遭遇的科举困境一样，在小说中他们能够从财势横行的科场中脱颖而出的机遇也并不多，在现实中往往承担骂名的舞弊或许是他们唯一可以依靠的利器。

而从意义的角度看，这些"连环舞弊"也在提醒我们对于小说中的舞弊保持足够的谨慎，特别是那些对于舞弊的抨击和责骂。小说中的士人一方面在愤慨地斥责舞弊所给他们带来的科举磨难，另一方面却又通过舞弊的方式来克服这些磨难，而倘或有可能，他们也会在得官之后，充当原先被他们责骂的那些考官的角色，运用舞弊的方式将他的亲朋故旧从科举磨难中解救出去。

---

① 醉西湖心月主人：《弁而钗》，《小说辑刊》本，巴蜀书社，1995年，第834页。
② 弥坚堂主人：《终须梦》，《古本小说集成》影印上海图书馆藏清刻本，第229页。
③ 白云道人：《赛花铃》，《古本小说集成》影印清康熙刻本，第353页。

小说中人对于舞弊的观感会随着他们的科举境遇而变化，由此可见小说中的舞弊在并不是恒一不变的，其不仅与现实中的科举舞弊存在着距离——正如本文在第三类舞弊中所展现的，即使是在小说之中，它也会由于情节的左右而产生层次的差异：第一类舞弊更多地会与反面小人物的形象塑造相关，通过有些粗浅的情感宣泄，呈现出某种喜感的特质；第二类舞弊则与反面人物与正面人物的恩怨相连，在善恶终有报的快意后面却掩饰不住科举中人那沉郁的委屈和伤痛；而第三类舞弊则集中体现了其在情节上的效能，小说与正面人物的命运都因为舞弊而功德圆满，所呈现出来的一切却因为非现实的元素而变得虚幻和不切实际。

　　科举舞弊进入小说之后，小说由于舞弊的加入而获得了人物塑造和情节设置的新契机，舞弊也在小说这一特殊的文本场域中呈现出复杂的状貌。所有这些都说明，舞弊并不是科举考试中永远的反角。这与小说作者的最终目的不是反抗舞弊，而是获得科名有关，更和通俗小说在科举方面所体现出的"个体化"特质密切相连。与现实科举往往成为国家意义的某种象征物不同，小说中的"科举"却固守在对于个体情绪的体认上，在科举舞弊方面也同样如此。

　　作者简介：叶楚炎，中央民族大学文学与新闻传播学院副教授。

中韩梦幻小说的立身扬名过程研究

[韩国] 崔溶澈

内容提要：在朝鲜时代的古典小说中，17世纪金万重的《九云梦》，为描述梦幻世界的梦字类小说的鼻祖，对后来的《玉楼梦》《玉仙梦》等小说影响深远。大体是正面描写当时大多数朝鲜士人向往的立身扬名过程，享受荣华富贵后悟到"人生如梦"，在梦醒之后，还原或回到仙界。这样的结构来源于唐传奇《枕中记》《南柯太守传》等，但小说中确实体现了朝鲜时代文人社会普遍存在的儒教理想。中国的才子佳人小说中展现主人公立身扬名的过程往往比较顺利，唯独18世纪的代表作《红楼梦》，批判和否定了通过科举考试而立身扬名的过程，突出表现了主人公要求摆脱儒教社会的压迫，追求自我实现的人生观。朝鲜汉文小说的作者当中，有如金万重，出生于名门望族，状元及第后受封高官显爵的，也有如南永鲁，科举落第后专注于创作小说的文人，但他们对构建儒教理想社会都是正面的描述。明清时代中国小说的作者大部分是科举考试的落第者或者没有应试资格的落魄文人，几乎没有受封高官显爵的作者。很明显科举落榜或无法通过科举立身扬名的作者们在作品中对科举考试持有否定的态度。明清小说和朝鲜时代的小说虽然在儒教的人生观或科举制度方面有很多相似的地方，但相互间存在的差异，也值得关注。

关键词：中韩梦幻小说　立身扬名　科举制度　红楼梦　后红楼梦　九云梦　玉仙梦

绪 论

　　本文主要考察朝鲜 17 世纪的小说《九云梦》，以及属于同一系列的 19 世纪作品《玉楼梦》《玉仙梦》等小说主人公在向往立身扬名的过程中，呈现出的朝鲜时代科举制度的形态，以及当时朝鲜的士人对科举考试的积极肯定态度。同时，与 18 世纪中国代表名著《红楼梦》的主人公——贾宝玉的人生观以及厌弃功名的态度相比较，对作品中的人物——贾雨村完全不同的发迹观，还有《后红楼梦》《续红楼梦》等后续作品中展现出的作者对科举考试的立场进行探讨。

　　科举制度是中国隋朝开始实行的一种选拔人才的制度，为维持中国的"文治传统"，起到了决定性的作用。魏晋南北朝以前，主要通过荐举贵族子弟的方式选拔官员，隋文帝开始用笔试的方式来选拔地方人才，以此加强地方官制和中央集权。唐代以后众多的士人通过科举考试踏上立身扬名的道路，在此过程中发生了很多逸话，唐传奇就是在这样的背景下应运而生的。宋代以后科举制度的地位更加巩固，确立了乡试、会试、殿试的基本模式，此制度被高丽王朝（918—1392）①所接受并加以实行，一直延续到朝鲜时代（1392—1910）。②虽然也存在一部分通过荫官制度当官的情况，但是最可靠的发迹手段还是传统的文科及第方式。唐传奇以来有众多的中国小说描述通过科举考试立身扬名的过程，朝鲜小说中的主人公也往往是通过状元及第来达到立身扬名的目标。

　　朝鲜小说只是笼统提到科举考试，几乎没有谈到主人公经历的艰难困苦以及在科举考试过程中出现的种种矛盾，也没有对考试制度的反省和批判。但在主人公立身扬名的过程中，科举考试是一个不可或缺的要素。

---

① 　高丽王朝实行科举考试，是在光宗年间（950—975），由中国人（后周人）双冀所建议。
② 　朝鲜王朝废除科举考试，是在高宗 31 年（1894），由金弘集内阁实行的甲午更张时期。

无论是金万重的《九云梦》[①]还是南永鲁的《玉楼梦》,[②]都是描写主人公从仙界或天上下来的谪降小说。在现实中为取得功名直接参加科举考试,并在应试过程中与佳人结下良缘,最后状元及第,立身扬名。最早的韩文小说许筠的《洪吉童传》中刻画了组织"活贫党"的义贼洪吉童的起义活动,看似跟科举考试没有关系,但是洪吉童因为不是宰相嫡子出身,而是庶子出身,从一开始就被剥夺了参加科举考试的资格,由此而阻挡了他立身扬名的道路,借此表达对社会制度的不满。在民间说唱艺术中,盘索里(Pansori)型小说中的科举考试也是一个重要的要素。《春香传》的主人公李梦龙是南原使道之子,沉迷于与艺伎之女春香谈情说爱,离开南原上京后,一年之内状元及第,任暗行御史至南原救出了狱中的春香。文中省略了准备科举考试的艰难过程,甚至让人感觉到状元及第后任暗行御史只是为了救春香而故意做出的安排。通过科举考试达到状元及第,像一剂灵丹妙药一样,成为传统社会中可以解决任何难事的良策。

韩中古典小说中的梦幻小说有很多相似之处,差异在于是以梦幻本身为主题,还是把梦幻作为其中一个素材。但"人生如梦"的主题基本上是相似的。本文主要探究韩中古典小说代表作品中主人公的人生观和立身扬名的过程中所存在的异同点。

韩中小说主人公的来历和作品的结构

《九云梦》和《红楼梦》分别是韩国和中国的代表小说。虽然在作

[①] 金万重(1637—1692)的《九云梦》出现于朝鲜肃宗十五年(1689),共16回。
[②] 南永鲁(1810—1858)的《玉楼梦》约出现于朝鲜宪宗年间(1835—1849),共64回。

家的身份、创作背景、整体结构及篇幅等方面，难以直接做比较，但在题名上都体现"梦"，视荣华富贵如草芥，人生如梦的基本构思是一样的。主人公的来历，各有不同的特色，《九云梦》的主人公杨少游是六观大师的弟子性真，因想念到世间的凡心而被贬降人间，《红楼梦》中的贾宝玉是弃之于大荒山无稽崖的女娲补天的遗石，因对人间世界动了凡心，请求一僧一道将他投胎到了人间。

《九云梦》的性真听从六观大师的差遣去龙宫，在龙王的强劝下喝酒，回程时，趁酒兴调戏了石桥上的八仙女，由此产生了凡人的感情。作为应该抛弃世间一切感情而出世的出家人这是有反清规的。六观大师察觉到性真因动了凡心而内心矛盾后，决定将他打入地狱。这时的性真表示悔过并不再动凡心而求饶，但大师并未接受。因为六观大师觉得只要动了一次凡心，就必须通过经历世间的轮回才能真正领悟。六观大师称经历轮回的痛苦不可避免，反而安慰满脸恐惧的性真说：

> 心苟不洁，虽处山中，道不可成矣。不忘其根本，虽落于十丈狂尘之间，毕竟自有税驾之处。汝必欲复归于此，则吾当躬自率来，汝其勿疑而行。①

这样性真就投胎于世。因为小说的主人公都是从仙界被贬下来的，所以这样的小说被称为谪降小说。性真所投生的是杨处士之子杨少游，其中隐含的就是由仙界暂时来人间一游的意思。八仙女的名字也是从公主到妓女，代表了各个阶层的名字。这样的结构在后来的《玉楼梦》里也有所体现。书生杨昌曲是天界白玉楼的玉皇大帝身旁的文昌星君，五女分别是天上的仙女帝傍玉女、天妖星、红鸾星、诸天仙女、桃花星，

---

① 《九云梦》第一回，丁奎福：《九云梦研究·资料篇》(高丽大学出版部，1974)。韦旭升校注：《九云梦》(北岳文艺出版社，1986)。

她们在世间又各有其名。与之前单纯的八仙女相比，将前世的女性设置为具体的人物，这可以说有进一步的发展。《玉仙梦》又有所区别，这不是谪降小说，而是描写出生于朝鲜的破落户许巨通梦见的中原生活得以实现的过程。布置梦中之事，出生为中原杭州的钱梦玉的身份，经历立身扬名的过程后享受荣华富贵，在杭州灵隐寺论因果时入睡后梦醒，以朝鲜人许巨通的身份，再回朝鲜智异山青鹤洞，最后悟道出家，不知所终。《九云梦》主要是从仙界投胎到人间的故事，而到《玉仙梦》，从朝鲜投生到中原享受荣华，后从梦境中醒来。

《红楼梦》并不具备谪降小说中从仙界被贬到世间的故事架构，是主人公自己要求到人世间的，期限一到再还原。主人公本来作为女娲补天的一块遗石，在大荒山无稽崖青埂峰下过着寂寞的生活，在那个荒凉之地没有任何东西可以激起他的凡心，正因自己无材不堪入选而日夜悲号。再由一僧一道在他旁边说及人间的荣华富贵，才让石头动了凡心。所以在人间经历的喜怒哀乐都是源于"青埂峰"，"青埂"可释为"情根"。石头求二仙带他下凡历劫，但是二仙告诉他，人间没有永远的快乐，而且乐极生悲，人非物换，万境归空的道理也一并告知，劝他不要去世间，但石头去心已决。仙师的嘱咐如下：

> 二仙知不可强制，乃叹道："此亦静极思动，无中生有之数也。即如此，我们便携你去受享受享，只是到不得意时，切莫后悔。"石道："自然，自然。"①

"不得意时，切莫后悔"此话是为了保证在世间的期限一到应该马上还原。石头应承后二仙才大展幻术，把它幻化成一块世上独一无二的宝玉模样。石头变成的玉成为现实中的贾宝玉，也是他口衔而诞的通灵

---

① 曹雪芹：《红楼梦》（校注本三版）第一回，人民文学出版社，2008年。

宝玉。

　　《九云梦》的杨少游和《红楼梦》的贾宝玉都是动了凡心而投胎到世间的人物，但是动凡心的过程和投胎的过程各有所别。而且出生的家庭环境也不同，对立身扬名的态度也具有本质上的区别，对喜爱女性的态度也不同。但在现世中断绝姻缘，恍然大悟觉醒后出家的场面和谈论因果时梦醒还原的基本形态，则是比较相似的。

　　在《九云梦》和《玉楼梦》中，立身扬名的过程都比较顺利，最终都追求出将入相的儒教功利主义，在这方面有所承袭唐传奇的模式。其实在清初的才子佳人小说中也是惯用的模式。除此以外，《红楼梦》之后，如雨后春笋般出现的《后红楼梦》《续红楼梦》等后续作品中登场的贾宝玉或新的主人公，与《红楼梦》原书中的贾宝玉不同，而是遵循惯用的立身扬名过程，这方面反而与朝鲜小说同轨。

《九云梦》和《玉仙梦》中立身扬名的过程

　　17世纪的《九云梦》是梦幻小说的代表作，在韩国堪称是"梦字类小说"的先河。从此受到影响的作品是19世纪的《玉楼梦》《玉仙梦》①，等等。

　　《九云梦》主要刻画了主人公杨少游的生平传记。杨少游向往的人生是以男儿出生，以后取得功名，光宗耀祖，报效祖国，这样一种立身扬名的儒家生活。父亲杨处士去世后杨少游对母亲庚氏夫人说：

---

① 宕翁（宕庵）《玉仙梦》，大约出现于19世纪末，共11回（此书把回称局，共有11局）。校勘本收录于《校勘本韩国汉文小说，英雄小说①》，高丽大学校民族文化研究院，2007年。

儿子若甘为守家之狗、曳眉之龟,而不求世上之功名,则家声无以继矣,母心无以慰矣,甚非父亲期待之意也。闻国家方设科,抄选天下之群才,儿子欲暂离母亲膝下,歌鹿鸣而西游。(第2回)

其实杨处士已去世,不可能强迫杨少游定要追求功名。取名"少游",也是因为儿子的尊贵——"仙界暂时来人间一游"。但当时社会将考取功名看成是理想的人生之路,所有的读书人都希望科举及第,立身扬名。这是叙事文学中唐代的《枕中记》后遗留下来的传统的思维方式。唐传奇《枕中记》的描写如下:

士之生世,当建功树名,出将入相,列鼎而食,选声而听,使族益昌而家益肥,然后可以言适乎?

这样的传统被运用到韩国古典小说《九云梦》中,以后其他的大部分作品如《玉楼梦》《玉树记》《玉仙梦》等也都有相关运用。

杨少游离家后径直走上了立身扬名的道路,在此过程中与投生于世间的八仙女再次相遇并依次成婚。其实文中对努力准备立身扬名的过程并没有描写,只写到他从小聪明伶俐超乎常人,[①]但在科举考试前如何奋发苦读,以什么方式攻读了哪些书,都没有相关描写。古典小说的主人公基本上都是生而知之,超乎常人的,小说中把他们刻画成一表人才,出类拔萃的人物,一般看不到普通考生的面貌。

杨少游离家去京师科考的途中在华阴县遇见了秦彩凤,在洛阳遇见了名妓桂蟾月,在京师又装扮成道姑去探望郑琼贝。此后杨少游就状

---

① 《九云梦》中有太守向朝廷推荐神童的内容:"年至十四五,秀美之色,似潘岳,发越之气,似青莲,文章燕许如也,诗材鲍谢如也,笔法仆命钟王,智略弟畜孙吴。"但后面并没有具体描写。

元及第,郑琼贝的父亲郑司徒要接收他成为女婿。众所周知,古代的达官显贵们一般都会选状元为婿。魏晋南北朝时期为了遏制日益强大的贵族势力,加强皇权而设立的科举制度,成为各地方才子们发迹的唯一出路。那些未出状元的贵族家门只能通过自己的女儿与状元及第者联姻的方式来延续自己的势力。这对于那些出身寒门的地方士人来说,作为科举及第的新兴官僚也正好可以通过这样的方式来加强自己在朝廷内部的后盾。这样串通的方式对于寒窗苦读的科举士人来说也是最理想的归宿。《枕中记》中卢生也是科举及第后马上和当时的名门贵族清河崔氏的女儿成婚,只有这样他的仕途才会一路顺畅。杨少游立身扬名的道路也如出一辙。其实包括皇室贵族也都喜欢物色状元及第者当帝婿。

《九云梦》虽以唐代为背景,实际上描述的是明代的科举制度。当时选拔人才需要经过多个阶段。通过院试的人才能参加乡试成为举人,然后上京参加会试。会试合格者方可参加由皇帝主持的殿试,参加殿试者均不落榜,只是由皇帝重新安排名次。一甲三名,第一名称状元,二名榜眼,三名探花,合称三鼎甲。古典小说中出现的大部分都是状元,偶尔也会出现探花。在中国的古典小说中,这样的陈词滥调显得比较没有新意,所以在《红楼梦》中贾宝玉只是得了第七名,贾兰得了第一百三十名,这样的描写可能更符合现实。

杨少游在会试和殿试中都及第,最后成为翰林院学士。此时京师中家有女儿的达官显贵们纷纷上门求婚,他都一一拒绝。他通过礼部侍郎向郑司徒的女儿郑琼贝求婚,郑琼贝认出他就是扮女装弹琵琶的道士,设计派侍女贾春云装扮成仙女骗杨少游,最后喜结良缘。此后杨少游在朝廷担当多职,参与国政,首要职务便是出使燕国。他到洛阳时寻找桂蟾月,但她已离开。杨少游接受燕王投顺后的归还途中,在邯郸遇见了装成少年的狄惊鸿而后同行。在天津的酒楼里又碰见桂蟾月,共度良宵后早上发现竟与狄惊鸿共寝。顺利完成使节任务的杨少游回来后又担任礼部尚书的职衔,谓之杨尚书。他利用在翰林院值夜的机会通过箫声与皇帝的妹妹兰阳公主（李箫和）认识，皇太后指名要杨少游当驸马，但他以已有未婚妻之由而拒绝。因违抗皇命而入狱的杨少游，为了抵抗吐蕃的入侵，再封为御史大夫、兵部尚书兼征西大元帅出征。他不光是得到了御史大夫新尚书的职衔，而且当上了驰骋沙场的将帅。这样的模式完全符合古典小说中对出将入相理想的描述。虽以文臣的身份科举及第，但又可承担平定国内叛乱，甚至外敌入侵等多种要职，赋予主人公轻而易举就能解决问题的超能力。《九云梦》成为早期的长篇小说代表作，在以后的《玉楼梦》《玉树记》①《玉仙梦》中也呈现出相似的模式。

古典小说中比较有特点的部分就是在镇压叛军和外敌的过程中，男主人公常与女性人物同时登场。《九云梦》中沈袅烟作为吐蕃的刺客登场，最后向杨少游投诚取得战斗的胜利。《玉楼梦》中在抵抗南蛮入侵的时候，敌方的指挥官江南红得知明的元首是杨昌曲时立马投诚，祝融的公主一枝莲受到江南红与杨昌曲的感化，也规劝父王投诚。

《玉仙梦》中主人公钱梦玉状元及第后当上驸马，在浙江鞠龙弼叛乱时以元首出征，鞠龙弼的侄女鞠彩兰仰慕钱梦玉的人品，规劝鞠龙弼投诚。很明显这都是受到《九云梦》的影响全盘照抄的。最后钱梦玉在班师回军后纳鞠彩兰为妾。

杨少游立身扬名的道路可谓登峰造极。兰阳公主解决与郑琼贝的问题，并认其为姐姐称"英阳公主"，杨少游纳两位公主为正妻，其他六位娘子为妾。这在人世间是很难达到的理想境界，只有在小说中才可完成。之前杨少游拒绝兰阳公主的求婚而获得郑琼贝的信任，让郑琼贝在绝望中再次看到了希望。此时的杨少游所兼任的职衔是丞相魏国公、驸马都尉，而后又称杨丞相。他向皇帝请求把家乡的寡母庾夫人接到京城。最后围绕他的所有女性都齐聚一堂。此场面体现出与前世结缘的八仙女

---

① 沈能淑（1782—1840）的《玉树记》，约出现于纯祖元年（1835）至宪宗6年（1840），共14回。

在今世得以收尾，《九云梦》中享受的荣华富贵也达到了极点。鲜花盛开的春天在乐游园骑马打猎，中秋佳节登上翠微宫的西坡登高远望，此时的杨少游在享尽荣华富贵后才领悟到人生如梦、富贵无常。与扮成胡僧的六观大师相遇后长梦方醒，仍然作为性真坐在莲花峰的佛殿中。

古典小说的主人公与公主成婚当上驸马的故事也比较常见。唐传奇《南柯太守传》中主人公淳于棼跟着槐安国国王的使者一来到槐安国，就听到"王以驸马远降，令且息东华馆"。他在不知不觉中，已经成了国王的驸马。驸马是非皇族出身的一般士人能到达的最高目标。所以读书人的最高梦想就是在科举中状元及第，然后成为皇帝的驸马，或名门望族的女婿，走上出将入相的道路。而杨少游是两者兼而有之，享尽荣华富贵。

《玉仙梦》中与昭宁翁主[①]成婚的主人公钱梦玉也当上了驸马。小说里对婚礼都监的官署[②]，婚礼时需要的大量用品也都详细记录。《玉仙梦》有一个突出的特点就是非常重视礼仪的切实性的记录。与叙述情节相比较，对仪式的记录甚至达到了繁琐的程度。对科举考试中的诗赋和策文也是毫无省略，如实记录。钱梦玉与翁主成婚后并没有像以往的小说那样以百年好合的结尾收场，而是翁主先离世。

由于《玉仙梦》中对故事情节的描写不是很多，所以未能体现小说本身的趣味。但是作者意在留下更多的有稽之言，所以在科举考试的部分能看到具体内容的科文。这在其他小说中是不曾体现的部分，所以值得关注。

关于初试、会试和殿试三个过程的考试内容在小说中都有所反映，所以饶有情趣。比如初试中需要写诗、赋、义、疑等四种类型的文章，

---

① 翁主的称呼始于西汉时期，但只在朝鲜使用，在中国并不使用。国王和王妃的女儿称公主，国王和后宫嫔妃的女儿则称翁主。
② 朝鲜王室将婚礼称为嘉礼，在国王、王太子、王太孙成婚时设有嘉礼都监。小说中称婚礼都监，应该是同一职称。

题目分别是"南柯梦""乌有先生""梦作乂""孟子,周于德者,邪世不能乱,德莫如夫子,犹未免陈蔡之乱,何欤"。

首先诗以"南柯梦"命题显得比较特别。小说的题目出现在科举考试中,这很可能是作者的有意安排。由七言 38 句构成,内容都是借唐代传奇李公佐的《南柯太守传》中"向来富贵都幻境""世间万事无非梦"这样的诗句来表达人生如梦的道理。"乌有先生"是汉代司马相如的《子虚赋》中虚构的人物,由六言 62 句构成。《子虚赋》的内容是楚国的使臣子虚到齐国炫耀楚国的辽阔,乌有先生也出来炫耀齐国的大海名山与之相抗衡的情节,以虚有的人物来安排空幻的故事。内容中"系玄虚之灵胄,氏中叶之混沌""留诞迹而幻花,挂空名而浮云""指虚无而引路,架空中而起楼""传其神于四字,自无中而生有"等句特指唐初根本不存在的虚无世界。"梦作乂"是《尚书·禹贡》中的句子。① 关于"云土梦作乂"一句,《书传大全》中云梦是泽名,方圆八九百里,梦作乂(治,指耕作)可解释为治理云梦。本题是要求以作品为题名,引用古典中有"梦"字的典故作文。② 关于《孟子》的命题出自《孟子·尽心章句下》,原文如下:"周于利者,凶年不能杀,周于德者,邪世不能乱。"所出的题目是"孟子说:'富于道德的人乱世不能使他迷乱。'说起道德没有人可跟孔子比,可陈蔡之乱为何没能避免呢?请陈述理由。"这出自成语"陈蔡之厄",原指孔子及其弟子在从陈国到蔡国之间的途中被围困,断绝粮食,遭受凌辱的事。在《孟子·尽心章句下》中也提到:"君子之厄于陈蔡之间,无上下之交也。"

主人公钱梦玉用松雪体③答卷后上交,受到考官的夸奖,四场全部

---

① 《尚书》卷 3《夏书·禹贡》所载:"荆及衡阳惟荆州。江汉朝宗于海,九江孔殷,沱潜既道,云土梦作乂。"
② "梦作乂"的前文是"呼!今之梦,非畴昔之梦耶?昔之不作,而今何为作也?昔之不乂,而今何为乂也?噫!九年之水汩鸿,则防其梦也,千里之坏陆沉,则乂何梦矣?"
③ 松雪体是赵孟頫的字体。古典小说中描写主人公对王羲之、赵孟頫的字体运用自如。

合格成为甲科第一名。通过乡试后,于九月参加会试,因当时实行南北分卷取士制度,所以主人公以南卷儒生的身份进北京参加会试。

会试有论、表、策三个部分,分别以"稗说论""拟玉皇下士臣许丰产乞富贵""问无稽之言"三个题目命题。这里也是作者根据小说的主题来安排考题内容。在科举考试中直言"稗说论",是小说作者大胆的假设。从某种程度上也说明作者对小说理论和知识颇有见解。对主要小说作品的论述如下:

> 陈寿作志,① 而忠信忘躯,水浒成传,而义士奋身,西游之记出,而怪鬼戢其妖术,屏梅之书作,② 而悍妇惩其妒心,演楚汉之义,而英雄知历数之有归,倡剪灯之话,而荡子知风流之有节。太史公所谓,"谈言微中,亦可以解纷"者,抑亦为稗官而说欤!③

在科举考试中出来这样的题目,很显然是作者有意图的讽刺。策文部分则是先写"问",然后用"对"加以回答的形式,题目是"无稽之言",这也是对小说荒诞无稽的质询。钱梦玉写下长篇的对策,最后以甲科第一名状元及第。

当时皇帝的宠妃薛贵妃生有翁主,还未选驸马。皇帝想以今科状元来定驸马人选。次日举行殿试时,皇帝命作七步诗,钱梦玉只作六步便呈上,然后又受命作箴、铭、颂三体文章,分别以"君舟民水箴""灵台八牖铭""惟皇作极颂"为题而作。皇帝看到他的文字对他倍加赞赏,犹如唐太宗发现狄仁杰,宋真宗发现晏殊一样,如获至宝。马上钦点为状元,连续四天筵席后封为翰林学士,下诏书与昭宁翁主成婚,可钱梦

---

① 原指史书《三国志》,这里指罗贯中的《三国志演义》。
② 屏梅指的是《金瓶梅》,朝鲜后期的文集中有误写为"屏"字。
③ 《玉仙梦》第 7 回。

玉上奏固辞不受。在小说中对奏章的记述比较详细,甚至连封皮的署名也一并表示出来,"(皮封)上前开坼(合衿处)臣署名谨封。(连幅后面)署名"如正式的奏章封皮一样。皇帝还设立婚礼都监负责操办婚礼,详细描述了婚礼所需要的纳币过程、用品、服饰等相关用语和全貌,竭尽所能展示实际的场面,给人留下深刻的印象。①

《玉仙梦》中对科举考试和婚礼程序等所需的文体、格式描写比叙事性的描写更逼真,具有一定的意义。并且科举考试的命题与作品的题目相符,"稗说论"、引用"梦幻"相关的典故部分具有独特的风格。

《红楼梦》中对立身扬名的态度和在续书中的变化

《红楼梦》是18世纪中国的代表小说,通过主人公贾宝玉展现对向往荣华富贵的立身扬名方式的批判,与历代小说相比这是比较独特的地方。贾宝玉作为《红楼梦》的主人公,反对科举制度,被刻画成批判儒家立身扬名道路的代表。由于贾宝玉出生时口含一块玉,所以被视作贾府的宝贝。但在抓周时却抓了女孩子喜欢的脂粉钗环,所以父亲贾政担心儿子将来成为酒色之徒。但祖母史太君和母亲王夫人还是对他宠爱有加。

  雨村笑道:"果然奇异,只怕这人来历不小。"子兴冷笑道:"万人皆如此说,因而乃祖母便先爱如珍宝。那年周岁时,

---

① 《玉仙梦》中用诗来表现婚礼的举行过程。"鹧鸪天诗,交拜致语,请栏门诗,答栏门诗,请交拜诗,请傧相诗,傧相交职诗,索请利诗,索利市女诗,傧相插花诗,寻请新郎诗,请寿带花诗,簪寿带花诗,请引新郎诗,新郎入席诗,请开门诗,请卷幔诗,请揭帐诗,请下床诗,请交拜诗,请拔花诗,清解襟诗",等等。

政老爹便要试他将来的志向，便将那世上所有之物摆了无数，与他抓取。谁知他一概不取，伸手只把些脂粉钗环抓来。政老爹便大怒了，说：'将来酒色之徒耳！'因此便大不喜悦。独那史老太君还是命根一样。说来又奇，如今长了七八岁，虽然淘气异常，但其聪明乖觉处，百个不及他一个。"（第二回）

贾宝玉辜负了父亲的期待，周旋于大观园的一群女孩子中间，对家塾漠不关心。《红楼梦》第九回中也有描写他去家塾读书的情节，但只是为秦钟的登场以及事后两人一起读书埋下伏笔，并没有具体描写他认真读书的场面。贾雨村一来贾政就想在他面前夸耀贾宝玉，可宝玉极度厌恶贾雨村，蔑视功名利禄。

其实贾宝玉一开始就对功名利禄不屑一顾。这与他自己已经享受荣华富贵当然也有一定的关系，但是他天生就不热衷于此。在他遇到秦可卿的弟弟秦钟时，很佩服他出众的人品，贬低自己道：

天下竟有这等人物！如今看来，我竟成了泥猪癞狗了。可恨我为什么生在这侯门公府之家，若也生在寒门薄宦之家，早得与他交结，也不枉生了一世。我虽如此比他尊贵，可知锦绣纱罗，也不过裹了我这根死木头，美酒羊羔，也不过填了我这粪窟泥沟。"富贵"二字，不料遭我荼毒了！（第七回）

显然他与一般富家公子的想法不同，甚至为此深感羞愧。他极度蔑视那些一心追求功名利禄的贾雨村一流。贾宝玉认为他们是"禄蠹"，也就是领着国家的俸禄一心扎进仕途的虫子。因此他也没有了努力准备科举考试的理由。在第十九回中侍女袭人劝谏宝玉改邪归正专注考试，宝玉向她说明那些追求功名的人都是"禄蠹"，世上除"明明德"（即《大学》）外无书。"禄蠹"一词是作者独创的，想法来源于《韩非子·五蠹》。脂砚斋评语中也有相关论述:"二字从古未见,神奇之至,难怨世人谓之可杀,余却最喜",①对此独创评价甚高。

甄宝玉是《红楼梦》中另外一个宝玉,他从小与贾宝玉有着相似的情形,性格也与贾宝玉无异。第二回中以贾雨村教过的学生登场,似为补充说明贾宝玉的性情。第五十六回中江南甄家遣人来送礼,甄府的人一见宝玉,就说贾宝玉、甄宝玉模样性格均极相似,然后宝玉对着镜子睡觉,梦中见了甄宝玉。但是长大后的甄宝玉改邪归正,踏上了立身扬名的道路。第一百十五回甄宝玉从江南上京,两个宝玉相见,这时的甄宝玉大讲"文章经济",踏上了与贾宝玉完全不同的道路。贾宝玉一眼就看出甄宝玉有着与己不同的人生观和价值观,所以深感失望转身回房。虽然日后贾宝玉也被迫参加科举考试,以报答父母的养育之恩,但他却在科举考试后直接遁入了空门。

《红楼梦》中对追求立身扬名写的最露骨的人物就是贾雨村。在小说第一回贾雨村和甄士隐同时登场,但是甄士隐很快就悟到人生无常,最后在道士的指引下出家,相反贾雨村费尽心机踏上立身扬名的道路。

贾雨村原系湖州人氏,为求取功名费尽心机,最后考中进士做了知府。不久因贪污徇私被革职,后在贾政的帮助下,又官复原职,当上了金陵知府,并决心遵守国法。金陵上任以后,接手的第一个案子就是名门薛家子弟薛蟠的杀人命案。开始知道护官符的存在,最后在门子的教唆下无视国法胡乱判案。其原因主要是护官符上的金陵城这四大家族——史、王、贾、薛,"皆连络有亲,一损皆损,一荣皆荣,扶持遮饰,俱有照应的",对出生卑贱的自己来说是很难打破这个垄断组织的。其实贾雨村在被革职后曾在林如海家,当了林黛玉的启蒙老师,黛玉的母亲贾敏就是贾家之女,荣国府贾赦和贾政的亲妹妹。黛玉丧母后,父亲林如海托付贾雨村护送黛玉进京。因为林如海的推荐信,贾雨村见到

---

① 陈庆浩:《新编石头记脂砚斋评语辑校(增订本)》,中国友谊出版公司,1987年,第358页。

了贾政，在金陵应天府复职。接手的第一个案子的主犯薛蟠不仅是薛氏家族的独子，还是推荐自己的贾氏家族的亲戚，薛蟠的母亲薛夫人是贾政的夫人王氏的妹妹，相互之间的关系非同寻常。认识到其中的利害关系后贾雨村只能违背国法乱判命案。

程刻本《红楼梦》一问世就在全国范围内影响深远。特别是一部分作家对《红楼梦》反封建的主题思想以及男女主人公不幸的结局表示不满，纷纷致力于改写《红楼梦》。《后红楼梦》《续红楼梦》《红楼复梦》等续书如雨后春笋般出现，其中的主人公也都一致地走向立身扬名的正道，谋求没落家门的复兴。18 世纪末出现的数种《红楼梦》续书中，都没有像贾宝玉那样的反封建人物，都是一心追求功名的世俗人物。有的作品继续沿用贾宝玉的名字，有的作品塑造了新的人物，但都是深受儒家思想熏陶，通过科举考试追求立身扬名的形象。续书的作者通过改变主人公的人生观来体现振兴家门的意图。

最早的续书是《后红楼梦》。[①]作者认为一僧一道，本为妖僧妖道，从他们那里救出贾宝玉，放出林黛玉的灵魂，使两人重逢。黛玉表兄林良玉和同窗姜景星来到京城和贾宝玉、贾兰一起拜曹雪芹为师，准备科举考试。最后姜景星第二名，林良玉第十三名，贾兰第八十名，贾宝玉因病重未能应试。后来贾宝玉中进士，诗文受皇上赏识，得授侍读学士，与林黛玉成婚后整顿家事，重兴家门。在续书中的贾宝玉与原著相比变化较大，对科举制度毫无反抗，自然地接受并积极应考，谋求家门的复兴。这说明原著《红楼梦》中贾宝玉独特的个性对坚守儒家立场的一般读者来说是很难接受的事实。

秦子忱的《续红楼梦》[②]中，林黛玉回到太虚幻境，贾宝玉由毗陵

[①] 逍遥子：《后红楼梦》，全三十回。撰成于嘉庆元年（1796）之前。在《红楼梦》程甲本刊行（1791）几年后问世。对原著一百二十回进行续写。

[②] 秦子忱：《续红楼梦》，全三十回，嘉庆四年刊行。对原著一百二十回进行续写。

驿去大荒山，救活了所有死去的人物，最后与黛玉成婚，考中进士成为翰林学士，贾兰则当上了国子监祭酒，一起重享荣华富贵。

海圃主人的《续红楼梦》[①]中，让一僧一道通将灵宝玉带来安置在大荒山。玉皇大帝派金童玉女分别投胎为贾宝玉的儿子和薛宝琴的女儿，再续姻缘。贾茂有玉，梅月娥有金如意，这成为姻缘的标志。小说中对贾茂立身扬名的过程进行了详述。祖母王夫人和母亲薛宝钗知道作为国子监监生无法状元及第，把贾茂送回祖籍金陵，以上元县秀才及第，通过府试并且以优异的成绩及第，第二年春天在会试中中会元，皇帝朱笔批道："名论冠场"。在殿试中通灵宝玉发光，文章自成，最后状元及第。皇帝赐婚，与梅月娥成婚后出使暹罗国，作为会试的考官最后当上了文渊阁大学士。刻画了华丽的官场生活。

《绮楼重梦》[②]中贾宝玉转世为薛宝钗的儿子少钰，结构比较荒诞。少钰从小酷爱武术，文武双全最后同时成为文科、武科状元，被皇帝封为平倭大元帅击溃倭寇，屡战屡胜最后册封为"平海王"。广东兴起乌龙党之乱时，他和四名女子一起出征平定了叛乱。皇帝将参战的四名女子赐婚于少钰，他上奏禀告与史湘云的女儿舜华已有婚约，皇帝也容许，展现出典型的一夫多妻制形态。此续书中描写出将入相平定战乱的情节与朝鲜的《九云梦》《玉楼梦》中展现的同女性一起出征，建立战功后赐婚的过程很相似。

《红楼复梦》[③]重设祝氏家族，描写了独子祝梦玉与镇江十二钗的故事。与归还金陵的贾氏家族也有所来往，后半部分南部边疆发生叛乱，祝氏和贾氏男女参战，平定叛乱建立战功，祝梦玉中进士，当上了翰林院编修。增加对军谈的描写部分与其他续书及才子佳人小说相似。

[①] 海圃主人：《续红楼梦》，全四十回，嘉庆十年（1805）刊行，对原著一百二十回进行续写。
[②] 兰皋居士：《绮楼重梦》，全四十八回，嘉庆十年（1805）刊行，对原著一百二十回进行续写。
[③] 陈少海：《红楼复梦》，全一百回，嘉庆十年（1805）刊行，对原著一百二十回进行续写。

《红楼圆梦》①是原著一百二十回的延续,也受《后红楼梦》的影响。加入军谈的因素,贾宝玉就任浙江巡抚,平定海盗,最后纳有二妻八妾,膝下有五男一女。如《九云梦》中的杨少游在出将入相的过程中纳有二妻六妾,《玉楼梦》中的杨昌曲也与此类似。

　　以上几部主要的续书②中,贾宝玉及新主人公都为了家门的复兴积极参加科举考试,踏上了立身扬名的道路。甚至违背《红楼梦》原著的精神,竟出现一夫多妻制,平定叛乱的军谈要素也有所添加,反而呈现出跟朝鲜小说类似的结构特点。

《九云梦》和《红楼梦》相融合的白话小说《九云楼》

　　白话小说《九云楼》,是朝鲜小说《九云梦》的汉文本③传入中国,借用中国小说的部分情节创作而成的。《九云梦》本是十六回的文言(汉文)小说,将它扩大改编为三十五回的白话小说的过程中吸收并运用了《红楼梦》和《镜花缘》以及其他才子佳人小说等的各种要素。

　　中国刊行的《九云楼》由十册三十五回构成,虽至今未发现相关刻本,但可通过金进洙和李树廷的记录间接证明这一事实。朝鲜的闾巷文人④金进洙(1797—1865)作为译官出访燕京,写下《碧芦集》⑤,其中

---

① 梦梦先生:《红楼圆梦》,嘉庆十九年(1814)刊行,全三十回(实际三十一回),对原著一百二十回进行续写。
② 除此以外,归锄子的《红楼梦补》和花月痴人的《红楼幻梦》中,从第九十七回林黛玉绝命开始续写。
③ 《九云梦》汉文本,目前所见的早期本是《癸亥本》(1803),在中国各处流传。
④ 闾巷文人是朝鲜时代汉阳的中层文人,受到以士大夫为中心的文坛排挤,独立组织诗社开展文学活动。他们的文学称之为闾巷文学或者委巷文学。
⑤ 收录于(李朝后期)《闾巷文学丛书》第五册,林荧泽编,首尔:骊江出版社,1986年。

《燕京杂咏》中的一首无题诗最后一句写到"九云梦幻九云楼"①，此句的注解如下：

> 我东小说九云梦，曾演己意，如杨少游系以杨震，贾春云系以贾充，他皆放此。皆写象于卷首，如圣叹四大书，著为十册，改名曰九云楼。自序曰：余官西省也，于身中得见九云梦，即朝鲜人所撰也，事有可采，而朝鲜不娴于稗官野史之书，故改撰云。

据此可知，一位不知姓名的中国文人读到从朝鲜传入中国的《九云梦》，对小说情节颇有兴趣，因此将其改写成白话小说，并且与当时流行的四大奇书一样在卷首插入了绣像，编辑成十册。

1884年在日本刊行的《金鳌新话》②中有李树廷（1842—1886）写的跋文，"九云梦向为清人某所评点成十卷印行于世"一句，这里说的《九云梦》其实就是指《九云楼》。《九云梦》的汉文原著是三册，《九云楼》才是十册。说明当时清朝刊行的《九云楼》为十册的事实也为在日的朝鲜文人所知。

中国刊本《九云楼》传入朝鲜后，出现了《九云楼》手抄本，一部分（第6—10册）现藏于仁川弥邹忽图书馆。③此手抄本又经朝鲜文人

---

① 全诗如下：墨鸢裹虎迄无休，篇什丛残尽刻舟。岂但梅花空集句，九云梦幻九云楼。
② 也称大家本或者明治本，根据传入大冢家的手抄本，由三岛中洲、依田百川等6位日本文人和李树廷、李景弼两位朝鲜文人参与序文、跋文、评点工作，称序跋批评本。日本的《金鳌新话》是壬辰倭乱时期尹春年的朝鲜刻本传入后经过多次刊行而成的。朝鲜刻本《金鳌新话》先藏于日本养安院藏书，后与大谷光瑞的藏书一起收藏于大连图书馆。1999年被笔者发掘，收录于影印本《金鳌新话的版本》（首尔：国学资料院，2005年）。
③ 2011年被梁承敏发掘，可参考梁承敏的《新增九云楼的发现与其存在意义》（《韩国汉文学研究》第48辑，2011.12）和《九云楼与九云记得距离》（《韩国古典研究》第24辑，2011.12）。

添删成新的手抄本,即现藏于岭南大学的《九云记》。1970年为人所知,学术界一直把它看成韩国汉文小说来进行研究。① 共三十五回,分九册,在传抄过程中,留下了部分朝鲜人改写的痕迹,有朝鲜的笔体和语气。②

《九云楼》的基本故事情节是杨少游立身扬名的过程和感悟人生如梦后还原的内容,和《九云梦》并无区别。只是文体由汉文(古文)改写成白话小说的形式。故事背景也略加修改,原来杨少游是南岳衡山莲花峰下六观大师的弟子性真,以唐代河南道秀州县杨处士之子投胎到人世间,少时杨处士升仙,对祖先并没有相关描写。但在《九云楼》中的故事背景改为天台山莲花峰下六观大师的弟子性真,投胎到明代万历年间湖广省武昌府咸宁县杨孝廉之子。杨孝廉的名字也是具体化双名杨继祖,字仁举,是东汉安帝时尚书杨震之后。作品中杨继祖一直活到结尾部分,以九十三岁的高龄与夫人双双去世。前文金进洙的诗注中提到"如杨少游系以杨震,贾春云系以贾充",就是说的相关内容。

原来作品开头六观大师派性真去洞庭湖龙王的寿筵庆寿,南岳魏夫人派八仙女去向六观大师表示感谢的章节,在此也改为"西王母瑶池宴蟠桃",将《镜花缘》中的西王母故事加进来,使情节更加丰富。另外还添加了平定倭寇的内容。杨少游在乐游园和妻妾一起游园作诗、说笑话的场面也是取材于《红楼梦》和《镜花缘》。

在文字上进行比较,可以发现,《九云楼》第二十九回〈乐游园赏秋咏菊花〉借用了《红楼梦》第三十八回《林潇湘魁夺菊花诗》的大部分诗句,第三十一回《白凌波雅宣牙牌令》中借用了《红楼梦》第四十回《金鸳鸯三宣牙牌令》的部分,第三十四回《庾太君开宴群芳院》则是参照《红楼梦》第六十三回《寿怡红群芳开夜宴》的内容进行改编的。

---

① 参见尹荣玉的《九云记考》(《朝鲜后期的言语与文学》,1978年)和翻译本《九云记》(萤雪出版社,1982年)。

② 在过去的研究中,都以当时存在的《九云记》为书名加以论述,现在确认原典的书名为《九云楼》,并已出现实物,所以今后应以《九云楼》为书名进行论述更合适。

第五回中"杨少游进桂蟾月家"的一段其实出自《红楼梦》第三回林黛玉进贾府的描写。桂蟾月房间的对联其实就是秦可卿房间里挂的秦太虚的对联"嫩寒锁梦因春冷,芳气袭人是酒香"。除此之外,原来在《九云梦》中没有的情节、人名、物名等,都可以在《红楼梦》中找到出处。

《九云楼》的作者很显然是源于《红楼梦》等中国小说传统的清代中期文人。比较特别的是当时使用的《红楼梦》刻本是在清代并不流行的《程乙本》(1792年刊本)系统。1927年胡适发掘《程乙本》标点后,由亚东图书馆出版重排本,后于20世纪前半期广泛流传。而清代的评点本大部分都使用《程甲本》。

总而言之,《九云楼》在韩中小说交流史上具有重要的意义。传统的观点认为,韩国朝鲜时代的汉文小说受中国小说的影响很大,但《九云梦》作为韩国汉文小说代表性的作品经由中国文人改写成新的作品,在此过程中又与《红楼梦》等中国代表作品相融合,在这方面意义深远。

结　论

朝鲜时代的汉文小说主题、结构、描写等受到中国古典小说的影响很大,这一点毋庸置疑。17世纪金万重的《九云梦》借用了唐代传奇小说《枕中记》《南柯太守传》的基本主题和结构,以及四大奇书或才子佳人小说中大量的情节内容与描写手法。众所周知,在《九云梦》的影响下出现的《玉楼梦》《玉仙梦》等作品仍然沿用中国古典小说的模式。

不过,朝鲜时代的思想背景基本都是向往儒教的理想国家,文人也大部分希望通过科举考试实现儒教的理想。汉文小说的作者中有文科的状元及第者,也有科举落第后放弃功名的士人。但是他们基本都向往儒家的理想社会,对现实和人生坚守肯定的立场。梦幻小说的作者将作品主人公描写成通过科举考试走上立身扬名的道路,达到出将入相的目标,最后享尽荣华富贵。在官场得意或失意时遭流放的事虽也有,但情节安排上基本都是受到皇帝的认可后位至王侯将相,达到人生的最高峰。而后恍然大悟人生无常,走上成仙或出家之路。

与中国小说的代表名作《红楼梦》相比,可以发现朝鲜的汉文小说中的儒教人生观有很大的不同。《红楼梦》的基调是对科举制度的批判,可以通过主人公贾宝玉的态度充分体现出来。贾宝玉虽然是以享受荣华富贵的富家公子出生,但是他对科举制度恨之入骨,叹息自己没能生在清贫的士人家庭或低层官吏家庭。贾宝玉甚至批判那些热衷科举,追求功名,只拿国家俸禄的人,称他们为"禄蠹",尤其厌恶贾雨村之流。在各方面都与贾宝玉相似的甄宝玉,在成长的过程中染上世俗的气息最后为立身扬名积极参加科举考试。虽然贾宝玉曾经在梦中与甄宝玉相见并有钦慕之心,但是后来相见后才发现后者与自己的人生观大相径庭所以深感失望。《红楼梦》中对荣华富贵最热衷的人要属贾雨村,他为求官职不择手段,对上也是阿谀奉承。结果贾雨村因贪污而被革职,递籍为民时才领悟到官场的虚妄世界。

中国的小说作者大部分都是中层士人,不像朝鲜有官至领议政或判书的人写小说作品。中国的小说大部分都是出自科举落第或不能应试的士人之手。明末以后,中国的小说作者们开始以自由的思想来描写人生和社会,甚至对男女爱情也以自由的手笔进行描写,以至当时自由恋爱盛行。清初才子佳人小说中的男女大部分自由恋爱,私订终身。朝鲜的汉文小说也主要是遵循才子佳人相遇的模式,但尽可能遵守儒教的礼教思想。甚至中国的白话小说在通俗的日常生活描写方面更加露骨,对性的描写比较多,这方面在朝鲜汉文小说中是严格禁止的。观察《玉楼梦》《玉仙梦》的作者就可以发现,跟小说的叙事性发展相比,他们注重通过作品表现传统文学多样化的文体以及渊博的古典文化知识。就如《镜花缘》的才学小说，在朝鲜后期也比较盛行，但引用多样的格式而降低了小说的功能，更突显作者的教训意图。

值得关注的是，朝鲜的汉文小说《九云梦》传入中国后，与《红楼梦》《镜花缘》相融合创作成《九云楼》。故事情节大体上还是沿用《九云梦》中主人公立身扬名的过程以及最后感悟"人生如梦"的内容。至于具体的情节描写及诗词部分则大量引自中国小说。

本文对中韩两国的梦幻小说中以立身扬名为目标通过科举考试追求功名的过程，以及儒教理想的人生观进行了比较分析。总而言之，朝鲜的汉文小说虽然深受中国小说的影响，但反过来正是由于当时朝鲜社会的士人对儒教思想背景和立身扬名的积极态度，才创作出了有别于《红楼梦》等中国小说的作品。

作者简介：崔溶澈，高丽大学教授。

南戏中科举活动表演模式初探

欧阳江琳

内容提要：科举题材一直是南戏作家与观众最喜爱的类型之一，南戏作品不忌繁琐地详尽呈现科举的每一个阶段，令观者尽揽士人科举的全流程，亦为后人提供了一幅读书人科场奋战的艰难、酸辛与荣耀的全景图。这体现了南戏创作者对科举生态的热切关注，同时也深刻地影响了明传奇对科举的叙写。经过长期的演剧实践，南戏中的科举活动形成了高度统一的表演模式。从十年寒窗的苦读生涯，到赴考前的依依话别；从一路上的仆仆风尘，到科举及第的无限风光，舞台不仅全景展现了士子的科举历程，还提炼出一套套科举程式出目的表演。这种表演模式不以情节取胜，不以关目炫奇，而重在烘托舞台的表演，通过调剂冷热场面、均衡脚色分工，对科举活动怎样"搬出来好"，起到了重要的作用。同时，这种模式的形成还深刻折射了世人唯科举是崇的普遍心态，一些科举戏或科举出目，因此发展成为具有仪式意味的喜庆表演，在特定场合满足着世人对科举功名"鱼龙皆变化，一跃尽朝天"的热望。

关键词：南戏　科举　表演模式

古老南戏与科举的关系颇为密切。无论是南戏形成的两宋时期，还是南戏流播与蜕变的元明时期，科举题材一直是南戏作家与观众最喜爱的类型之一，著名的《琵琶记》《荆钗记》《拜月亭》《金印记》《破窑记》等均有大量篇幅涉及此类题材。南戏作家对科举的叙写，不仅是为了表现剧情、塑造人物，而且还经常设置很多出目，详尽地描写士人参与科举的过程，呈现出比较固定的表演模式。学术界以往关注较多的是科举对戏曲创作的影响，[①] 较少留意戏曲舞台的科举表演，至于南戏中科举活动的表演更鲜见用心者。徐雪辉曾以元杂剧与《六十种曲》为考察对象，探讨了戏曲中科考场面的表演，其中部分剧目涉及南戏。[②] 本文则拟全面考察南戏中科举活动及其表演模式，并适当延伸科举文化对南戏演剧之影响。

南戏对科举活动的全景式展现

南戏虽起源甚早，但因托体近卑，尤为士林不屑，故流传剧目甚少。庄一拂《古典戏曲存目汇考》载宋元南戏剧目 210 种，明代南戏 125 种，但多散佚无存。[③] 笔者略予董理本事可考者，约有五十种左右涉笔科举，数量尚自可观。南戏所演科举题材，盖可厘为三种情形：其一，写寒士发迹史。例如《破窑记》《还带记》等，皆写中下层士人科举求名，登

[①] 有关戏曲与科举之关系，学界研究相对集中于元代科举中断与士人心态、南戏婚变与两宋科举关系、八股文与明清戏曲等几个论题上。代表成果有幺书仪《元代杂剧与元代社会》（北京大学出版社，1997 年）、黄仕忠《婚变、道德与文学》（人民文学出版社，2000 年）、黄强《八股文与明清戏曲》（《文学遗产》1990 年第 2 期）、邱江宁《八股文技法与明清戏曲、小说艺术》（《文艺研究》2009 年第 5 期）等。

[②] 徐雪辉：《科举场面与戏剧效果》，载《齐鲁学刊》2008 年第 2 期。

[③] 庄一拂：《古典戏曲存目汇考》，上海古籍出版社，1982 年。

入仕途,衣锦还乡,一改穷酸落魄之运。其二,以科举演自由爱情。例如《拜月亭》《南西厢记》等,剧中男、女主人公的爱情先是沉浮不定,但当男主人公一朝鱼跃龙门,遂柳暗花明,冲破束缚,喜结良缘,真可谓"洞房花烛夜,金榜题名时",科举显然维系着爱情的成败。其三,以科举演伦理道德。例如《琵琶记》《金钗记》等,男主人公虽科举及第,脱白挂绿,但同时亦需面临重大的人生抉择,或被迫另娶高门,或忠孝难全,陷入道德伦理争议之中。

科举及第与否,是关乎古代士人命运的人生大事。南戏的作者无不遵循此种事实,围绕"中第"做戏,不遗余力地铺展主人公的科举活动。例如现存最早南戏《张协状元》,写张协辞家赴考,不幸为强盗劫掠,因得王贫女所救,故两人成亲。婚后张协再次赴试,高中状元,嫌弃贫女,将之驱逐出门,更欲夺其性命。所幸贫女得枢密使相王德用救护,在其主持下,与张协破镜重圆。全剧浓墨重彩地展现了张协的科举之路:"张协言志"一出,描写张协鸡窗苦读,欲求功名之志;"张协行路""张协拟入京应试""张协赴京""张协应试"四出,展现张协赶考行程的一波三折;"张协拒接丝鞭"一出,刻画状元游街的荣耀。若加上"张协圆梦""张协辞亲""张协被劫受伤""贫女借路费""贫女托小儿买登科记""小儿买登科记"等因科考而产生的相关出目,全戏五十三出,约有五分之一的篇幅,围绕张协科举的前前后后做文章。

若将这条科举之路分为备考、赴考、考试、及第四个阶段,在其他南戏剧本中,同样可以找到与张协科举历程相类似的全景描述。我们根据李修生《古本戏曲剧目提要》所收四十八种宋元明全本南戏,整理出十六种有关科举的剧作,[①] 其中大半皆全景式展现男主人公的科举活动:

---

① 李修生:《古本戏曲剧目提要》,文化艺术出版社,1997年,第222—255页。

剧目	备考阶段	赴考阶段	考试阶段	及第阶段
《张协状元》 (钱南扬《永乐大典戏文三种校注》)	张协言志 (2)	张协辞亲 (5) 张协行路 (7) 张协拟入京应试 (18) 张协赴京 (22) 张协应试 (24)		张协拒接丝鞭 (27)
《琵琶记》 (钱南扬《元本琵琶记校注》)		蔡公逼伯喈赴试 (4) 伯喈夫妻分别 (5) 伯喈行路 (7)		新进士宴杏园 (9)
《荆钗记》 (明原刻本)	讲书 (2)	商量赴考 (13、14) 离别赴考 (15) 赴试行程 (16)	太守考试 (3) 考场开科 (17)	
《五伦全备记》 (明世德堂刊本)	延师教子 (3)	遣子赴科 (7)	为国招贤 (9)	兄弟同登 (10) 衣锦还乡 (11)
《破窑记》 (明刻李九我先生批评本)	卜问前程 (2)	逻斋空回 (15) 注：此出后半段叙说与妻离别赴考 同侪赴试 (16)		状元游街 (20) 宫花报捷 (24)
《还带记》 (明世德堂刊本)		裴度别妻 (14) 众朋看相 (17) 赴试行程 (15) 注：原本误为第二十二出	棘围考试 (18)	众朋看榜 (19) 报捷及第 (21)
《香囊记》 (明继志斋刊本)	众人讲学 (3)	商量赴考 (4/5) 赴试行程 (6) 题壁预中 (7/8)		琼林赐宴 (10)
《冯京三元记》 (《六十种曲》本)	讲学 (26)	辞亲 (29)	应试 (27) 及第 (30)	登科 (28) 荣封 (34)
《拜月亭》 (明世德堂本)	书帏自叹 (2)	英雄应辟 (31)	试官考选 (33)	官媒丝鞭 (39)
《绣襦记》 (《六十种曲》本)	剔目劝学 (33)	正学求君 (2) 载装遣试 (5) 结伴毗陵 (6)	策射头名 (34)	
《玉环记》 (《六十种曲》本)		约友赴选 (2)	考试诸儒 (4)	
《玉玦记》 (《六十种曲》本)		赏春 (2) 注：后有夫妻商量科考的情节 送行 (4) 赴试 (19) 注：落第后再次赴试	对策 (20) 注：本出后节转入状元及第，鼓乐游街的场面	
《高文举珍珠记》 (明文林阁刊本)	讲学 (6)	赴试 (7) 登途 (8)	较艺 (9)	闻报 (12)

（注：表中数字为剧本出目数）

这十五种南戏涉及科举出目,短者约三、四出,长者约六、七出,皆完整呈现个人的科举活动。可见,张协的科举之路,是每一个举子的必由之路。我们看到,在未得之前,南戏中的士人或延师教学,或聚友讲学,或埋首鸡窗,为异日腾达而砥砺苦学。《五伦全备记》儒师向三个学生授经讲书,导圣人之学;《香囊记》好友相聚学校,会讲《诗》《书》《礼》《易》之大义;《破窑记》吕蒙正"学积三馀勤苦读,锦绣文章藏满腹",皆生动揭示出读书人备战科举的情形。待大比之年,天下举子欲酬平生抱负,倾巢而出,纷纷踏上这条"独木桥"。南戏遂从家庭生活的角度,叙写书人与亲人商议科考、辞家远别的场面。《琵琶记》《五伦全备记》中望子成龙的父母说服儿子参加科举,《绣襦记》《三元记》中贤惠妻子为丈夫整理行装。南浦岸边,亲人依依话别;长亭路外,泪眼执手相看,南戏用无数的伤情悲歌,渲染了科举对普通家庭的巨大影响。离别之后,关山迢遥,赴考书生们行走在一条条征程上。看的是一路风景奇中趣,苦的是餐风露宿坎坷途,为的是风云际会龙虎榜,念的是堂上椿萱堂下妻,几乎所有南戏都用"同侪赴试"的手法,表现了举子们一路风尘、奔试帝乡的复杂心情。终于等到开科考试的重要时刻,读书人放手一搏,《荆钗记》中王十朋鏖战三场,论经破题作诗,拔得头筹,《冯京三元记》中冯京乡试廷试应对自如,一举夺魁。"蟾宫仙桂折高枝,不负趋庭学礼诗"(《冯京三元记》第二十九出),由此完成破茧而出的人生蜕变。状元及第,风光无限,南戏自然也不会放过这一幕。《琵琶记》写帝王赐宴琼林,状元游街长安,装点出一派锦绣;《张协状元》写"十里小红楼,人争看喝道状元来",府眷们急递丝鞭,渲染出如斯闹景;《冯京三元记》状元荣封回乡,父母冠带霞帔,无比光耀门楣。南戏主人公的科举历程,也就在各种喜庆热闹的场景中落幕了。

元代杂剧,也经常涉及科举活动的叙写。但相对而言,较少采用全景展现的方式,一般都节奏明快,尽量简化主人公的整个科举过程。或者截取某一场面敷衍,例如《陈母教子》写三子科考,仅涉笔送子科考和登门报捷的情节；《荐福碑》重在表现张镐科考行途的坎坷；《刘弘嫁婢》也只突出科考场面，而且用的是净脚第三者叙说，没有正面描写。或者用简单的唱白，进行过场性交代，例如《鸳鸯被》张瑞卿云："去日刚携一束书，归来玉带挂金钩"，《破窑记》吕蒙正云："到的帝都阙下，一举状元"，一语带过科考中第；甚至还有一些元杂剧还对应有的科举情节，不费一词。例如，关汉卿《拜月亭》本应涉及蒋世隆科举中第的情节，可剧中略过不提；《紫云亭》同样也应包含男主人赴试科考的情节，但也未作交代。

相较而言，南戏这种全景科举的展现方式，在宋元戏曲中显得颇为独特。它不忌繁琐地详尽呈现科举的每一个阶段，慢条斯理地拉开主人公的科举历程，令观者一戏之间，尽揽士人科举的全流程，亦为后人提供了一幅读书人科场奋战的艰难、酸辛与荣耀的全景图。这体现了南戏创作者对科举生态的热切关注，同时也深刻地影响了明传奇对科举的叙写。

南戏中科举程式出目及其表演

南戏何以能全景式地呈现士人参加科举的前后历程？我们注意到，不同时期、不同情节的南戏剧本，几乎都令人惊讶地采用统一的叙述模式，即男主人公从备考伊始，赴考启程，科考成名，夺魁收束。

在这种模式之下，各个剧本几乎踏着整齐划一的步调，依照不同阶段的科举流程，分配内容相似的出目。一般来说，备考阶段安排"读书讲学"出，表现学子十年寒窗的甘苦；赴考阶段安排"辞别亲人"出，反映亲人之间的分别；"科考行程"出，展现举子们一路的艰辛；而相对难以表现的考试阶段，南戏舞台也用"开科考试"出，呈现科举考试的场面；到了及第阶段，"状元游街"又成为较多南戏采用的一出。对于这些内容类同的出目，我们可称之为"科举程式出目"。

"科举程式出目"的形成，并非一蹴而就，而是经历了时间的积淀。《张协状元》中，除"选官考士"外，已包含"会讲""言志""赴行""游街"的情节表演。在钱南扬《宋元戏文辑佚》中，我们亦发现不少类似于科举内容的佚曲。例如，《唐伯亨因祸致福》有主人公赴试途中的唱曲；《王魁》有赴试前王魁与桂英离别的唱曲；《孟月梅写恨锦香亭》不但写到赴试相别、科考行程的两幕，还描写了陈珪抢夺魁元后，状元游街、彩楼招婿的场景；《韩寿窃香记》则同样保留状元及第游街、彩楼招婿的唱曲。① 这表明，在《张协状元》中已露端倪的全景科举活动，到了元代，一些出目逐渐已积淀为南戏科举程式出目。入明之后，科举程式出目还有所新增，即"开科考试"。此出《张协状元》、元钞本《琵琶记》、凌濛初刻古本《琵琶记》、李九我评本《破窑记》均无，而至嘉靖写本《琵琶记》以及《破窑记》的传奇改本《彩楼记》中，均增添了科举考试的出目。又，明宣德本《刘希必金钗记》也设开科考试一出，说明该出应产生于明初，大约是南戏艺人根据当时科举考试应景而增的。

南戏的科举程式出目，不仅情节接近，而且表演方式也十分接近。一般来看，"众友讲学""开科考试"为同场群戏，生、末、净、丑等脚色众备，以科诨取胜；"辞亲赴考"属唱工戏，重在展现生、旦的细曲演唱；"赴考行程"系一出过场戏，生、末、净等鱼贯而上，流水而下，各脚分唱一曲，不作过多停留；"状元游街"，场面大，脚色多，往往包含生的曲唱、末的赋赞、净丑的科诨、乐队的吹打等表演，意欲达到烘托气氛的效果。这样的表演各本一戏，仿佛只需变换一下男主人公的名字即可，体现出高度的程式化特征。

---

① 钱南扬：《宋元戏文辑佚》，上海古典文学出版社，1956年。

我们以"赴考行程"为例,略作分析。在此程式出目中,剧本一般会安排生、末、净等分饰赶考举子,用同一曲牌的轮唱,抒发举子们甘苦心态。所唱曲牌亦多为【甘州歌】【水底鱼儿】【望远行】等。例如,《琵琶记》第七出,生扮蔡伯喈,与末、丑、净所扮无名考生一路携行,各脚轮唱【甘州歌】,刻画沿途风物,表达一路风尘艰辛,最后寄托长安之志。又如,《风月锦囊》本《荆钗记》第十六出,生扮王十朋,与末、丑扮考生同行,或合唱或分唱【望远行】【甘州歌】曲,亦抒发举子们沿途之辛、思乡之情、功名之志。整出表演脚色虽众,然流水分唱,场面简净,体现了过场戏应有紧凑短快的节奏。

再看"众友讲学"与"开科考试"两出。前者演举子之间切磋学问,后者演考官与举子的考试问答,内容虽有不同,但表演程式大抵相同。两出一般均安排净、丑、生、末或外等脚色出场,生、末属正面形象,讲书、应考头头是道,一本正经,而净、丑属科诨角色,学识不高,讲起话来频频出丑,惹人发笑。例如,《张协状元》第二出,生扮张协,请末、净两位好友前来读书言志。三人登场拜揖,生念:"休讶男儿未际时,困龙必有道天期。十年窗下无人问,一举成名天下知。"末念:"诗书未必困男儿,饱学应须折桂枝。一举首登龙虎榜,十年身到凤凰池。"两人言辞煌煌,表现了举子应有的学识心胸。而轮到净呢,还未开念,便发语调笑:"(净)小子正是谭,正是谭。(末)到来这里打杖鼓。(净)哩。(末)吃得多少,便饱了。"在做足了滑稽气氛后,净随后读书开讲:

(净)昨夜灯前正读书。(末)奇哉!(净)读书直读到鸡鸣。(末)一夜睡不着。(净)外面啰唣……(末)莫是报捷来。(净)不是。外面啰唣开门看。(末)见甚底?(净)老鼠拖个馱猫儿。(末)只见猫儿拖老鼠。(净)老鼠拖猫儿。(三合)(末争)(净笑)韵脚难押,胡乱便了。(末)杜工部后代。

（生）尊兄高经？（净）小子诗赋。（末）默记得一部《韵略》。（净）《韵略》有甚难，一东，二冬。（末）三和四？（净）三文酱，四文葱。（末）那得是市卖账？

这段科诨表演突出的是净、丑、末等次要脚色表演。净乱作口水诗，强解韵书，满嘴俚语，带来笑话不断。而末专门负责讥讽、点破净的笑语。至于生，退为不起眼的边角人物。

"开科考试"也采用了相同的科诨手法。生、末为正，净、丑为破，同场群戏，滋生笑料。《荆钗记》第十七出"太守考试"，场上共四个人物：丑扮考官，生与净扮两个考生。末脚略有调整，扮礼部堂祗应人员。生由于饰演王十朋，故与丑的应对，端庄大气。反观丑与净之间，就可笑得多。考题所作的对子，不但丑出得怪，净也答得陋：

丑出："无盐咬菜根，淡中又淡。"
净答："有把醋吃梅子，酸上加酸。"
丑出："双人枕上行云雨，夫和妻柔。"
净答："一床被底多风月，弄出儿孙。"

真是一嘴俚俗之语，满场风月荤话！开科考试的表演在明代颇为流行，不但南戏有之，传奇演剧亦不辍。值得注意的是，晚明毛晋汇刊《六十种曲》时，直接省去"开科考试"的内容刊刻，标以"考试照常"四字，提示读者按照舞台的表演套路自行理解，此足见考试表演的高度程式化的特征。

科举表演模式形成的原因

南戏全景式地演绎了士人的科举活动，并形成了一套行之有效的程式出目。平心而论，这些出目大多缺乏情节冲突，像讲学考试侧重经书的讲授考析，赶考行路描写举子们一路奔波，状元及第强调游街、赐宴、递丝鞭的场面，似乎都与剧情推动关系不大。但是，南戏何以如此不惮拖沓，将它们一股脑儿搬上舞台呢？蠡测其因，或有二端。

首先，受南戏演剧体制之影响。

南戏剧本一般篇幅偏长，多则五、六十出，少亦三十出上下，有足够的文本与舞台空间全景展现科举活动。而元杂剧"四折一楔子"，尺短幅精，剧作家不可能事无巨细地铺叙整个科举历程。南戏的宏大篇幅，使它必须相应考虑舞台的排场表演。晚明曲家吕天成曾指出，好的南戏务必"搬出来好"，即搬演舞台要好看，能吸引观众，这就需要做到"要善敷衍，淡处作得浓，闲处做得热闹"。① 其意所指是，舞台要善于调动冷热，将一些看似平淡无味、无关紧要的场面，通过适当的表演手段，点染生辉，从而冷中有热，闲中取闹。

"科举程式出目"的出现，正是建立在南戏舞台的表演需求之上。像"众友会讲""开科考试"两出，经书义理，高头讲章，要是照搬实际，肯定枯燥乏味。不过，南戏舞台把它变成一出科诨戏，充分调动净、丑的插科打诨，以此引人发笑，吸引观众。又如，"状元及第"，场面阔大，仪式繁琐。《武林旧事》即载："前三名各进谢恩诗一首，皆重戴绿袍丝鞭，骏马快行，各持敕黄于前，黄幡杂沓，多至数十百面，各书诗一句于上。呵殿如云，皆平日交游亲旧相迓之人。"② "帅漕与殿步司排

---

① 〔明〕吕天成撰，吴书荫校注：《曲品校注》卷下，中华书局，1990 年，第 160 页。
② 〔南宋〕周密：《武林旧事》卷二"唱名"，山东友谊出版社，2001 年，第 34 页。

办鞍马仪仗，迎引文武三魁，各乘马带羞帽到院，安泊款待。……帅司差拨六局人员，安抚司关借银器等物，差拨妓乐，就丰豫楼开鹿鸣宴，同年人俱赴团拜于楼下。"① 这一过程，可谓繁琐不堪。因此，南戏舞台做了有层次的简化，突出游街、递丝鞭的场景，而将唱名、宴会或参拜等仪式，用赋夸念赞的方式予以呈现。这种方式往往通过强烈的语言声色，打动观众，动人耳目，有力烘托了状元游街的喧闹气氛。例如《张协状元》第二十七出，末用一段短赋，夸说状元才华，为胜花娘子欲向张协递丝鞭做了铺垫；《破窑记》第二十出，末上场念了一首七律，交代赐派、胪传、赐宴等仪式，随后揭开状元游街的大幕；而《琵琶记》更为热闹，先后安排丑说马赋，净说琼林宴赋。两赋的念赞，在"擂鼓"鼓点的衬托下，堂堂踏踏，气势如虹，很好地为状元游街先声造势。另外，本出还有游街时丑的坠马舞，春宴时净、丑的科诨诗，整场戏表演有声有色，动感十足。

南戏艺人们用特别的聪慧与功力，摸索出一套套表演路数，将这些乏味的科举活动，点铁成金，脱胎换骨，变为各种抒情性、娱乐性、趣味性的舞台表演。而对于整个舞台结构而言，这些"善敷衍"的科举表演，还能很好地调剂场次的冷热场面。仍以元钞本《琵琶记》为例，前九出排场表演如下：

出　目	排　场
第二出蔡宅祝寿	群戏引场，主唱曲
第三出牛小姐规劝侍婢	群戏正场，主科诨
第四出蔡公逼伯喈赴试	群戏正场，主唱曲
第五出伯喈夫妻分别	群戏正场，主唱曲
第六出牛相教女	群戏短场，主科诨
第七出伯喈行路	群戏过场，主唱曲
第八出赵五娘忆夫	独脚短场，主唱曲
第九出新进士杏园	群戏正场，兼唱科白

---

① 〔南宋〕吴自牧：《梦粱录》卷三"士人赴殿试唱名"，山东友谊出版社，2001年，第38页。

一般来说，主唱曲的出目重在人物抒情，性质偏冷；主科诨的出目倾向调谑戏笑，性质偏热。我们看到，元钞本《琵琶记》已经考虑到冷热场面的搭配，因此前九出中，主唱曲的科举出目与主科诨的科举表演相互交替，使得整个戏演下来，不至于太冷清，亦不至于太热闹。到了嘉靖写本《琵琶记》，为了调剂第七出、第八出的连唱场面，还在两出之间添上"文场选士"一出，以做对子应答的考场科诨，为刚刚的冷场戏加温升热。此后，万历各刊本《琵琶记》则在做对之上，又加猜谜、唱曲之戏，增添科场笑料。

南戏科举表演的模式，还与其独特的脚色体制有关。不同于元杂剧正旦、正末主唱的脚色体制，南戏属七种脚色制，生、旦主唱，末、贴、外兼唱白，净、丑兼诨白与科介，每个脚色都有自己的表演职能，其地位不可取代。在安排剧情之时，南戏必须通盘考虑每一个脚色的发挥，毋令任一脚色失去自己的功能，沦为壁上观。下表为各科举出目的脚色安排：

科举程式出目	出场脚色	主要表演
书生言志	生，或添旦、末等	生主唱
众友讲学	生、末、净、丑	净丑主科诨
辞亲赴试	生、旦，或添贴	生旦主唱
赴考行程	生、末、净、丑	各脚分唱
科考场面	生、末、丑、净，或添外	净丑末主科诨
状元游街	生、末、净、丑，或添外	生主唱 净末丑兼唱科白

这些科举出目中，有的以抒情为主，如别离、行程等出，有的偏重笑闹，如讲学、科场、游街等出，可以充分调动不同脚色的表演，使之各司其职，各尽其能。此外，科举出目主要表现男主人公的科举活动，生脚出场最为频繁，也承担最多之表演。如果各出任由生脚挑大梁、唱主戏，那么负责该脚色的演员将会不胜其累。从脚色分工的角度考虑，适当穿插由净、丑、末等他脚为主的出目表演，会有助于生脚的休息，

而轮到生脚主唱的科举出目,净丑等次要脚色亦可稍事休歇。因此,科举程式出目还能有效的、均匀的分配脚色,方便各个演员之间的轮休。

其次,科举文化之影响。

科举制定型于唐代,倡大于两宋,中断于元代,规制于明代。它的发展纵贯南戏始终,深深影响了南戏的创作与表演。像南宋婚变戏的盛行,就是在宋代"榜下捉婿"的科举文化背景中产生。要进一步指出的是,历代科举不仅催生了南戏的科举创作,也一定程度地促成了南戏科举表演模式的形成。

我们知道,南戏是社会文化活动的产物。它通过舞台呈现现实生活,表达某种特定的文化心态。对于科举戏而言,不论哪个时期、哪类题材的南戏,都表现出极其相似的科举表演模式。这其中无疑积淀了历代世人对科举的共同心态,即唯科举是崇。他们认定,科举是改变读书人命运的最佳途径。不论是背妻妄行的批判对象,还是文行合一的歌颂对象,都可以借助科举,摆脱现实困境,鱼跃龙门,登第入仕。因此,在南戏中,人们对科举的尊崇态度,如出一辙。如张协唱:"近日须谐贫女,未是吾儒活计,依旧困其身。争如投上国,赴举夺魁名。"(《张协状元》第十八出)蒋世隆云:"琢磨成器待春闱,万里前程唾可期。"(《拜月亭》第二出)寇准唱:"自古儒冠不误身,试看满朝朱紫贵,尽是读书人。"(《破窑记》第二出)

不仅读书人如是想,平常百姓亦抱有这样的观念。《香囊记》中,张九成兄弟不忍离开老母赴考,张母劝唱:"常把文章教尔曹,只指望立身行道。况我衰暮,百年事难保。及早去取功名,及早去取功名,沐恩宠,显母妻,五花封紫诰。"张妻亦劝道:"休恁的苦推辞,步云程,取青紫早把亲显耀。"(第五出)《张协状元》中,张协父亲说得更加直接:科举可以"改换门闾,报答双亲",满足"功名富贵人之欲"(第一出)。《琵琶记》还专门设计"逼试"一出,揭示世人的科举心态。当蔡伯喈以孝亲为名,力辞科试,其父反问:"家贫亲老,不为禄仕,所

以为不孝,你去做官时节,也显得父母好处,不是大孝,却是什么?"(第四出)

这便是人们服膺科举威信的根本原因。它可以使成功者名利双收,光宗耀祖,封妻荫子,使整个家族沐浴无比荣耀的恩宠。南戏创作者大多出自民间底层,他们笔下的人物,是依据大众世俗心态而设计的。剧中,"世上万般皆下品,思量惟有读书高""十载学成文武艺,今年货与帝王家""十年窗下无人问,一举成名天下知"之类套话,被翻来覆去地应用,深刻折射出世人对科举趋之若鹜的风气。

因此,在这种创作心态下,南戏舞台很注重向世人展现科举的重要性,不自觉地形成了全景科举演叙的方式,并积淀出科举的程式出目。一方面,全景叙述可以通过读书人始困终享的命运变化,揭示出科举的巨大影响。在前面的科举出目中,书生自叹、众友讲学、辞亲赴试、赴考行程等出,大多流露了读书人的辛酸不易,而此后科考成名、及第游街、泥金捷报、衣锦还乡等出,则写得无比风光,热热闹闹,很真实地反映了科举带来的"冰火两重天"的现实状态。另一方面,一些科举程式出目,迎合了世人对科举的趋从心理。像"状元游街""泥金报喜""衣锦还乡"等出目,以热闹喜庆的场面表演为主,大肆渲染状元及第的荣耀,满足了世人对科举的幻想与需求。在某些特定场合、特定时刻,它们还发展成为一种仪式表演。明陶奭龄《小柴桑喃喃录》指出,五伦、香囊、还带、拜月、绣襦等属风雅之剧,可于宴会或别馆上演。① 这种场合的选择,恐怕反映了科举戏的应景表演。明代选曲本《乐府红珊》专设"捷报"一类,选收《西厢记》"张君瑞泥金报喜"、《丝鞭记》"吕状元宫花报捷"、《米糷记》"高文举登第报捷"等出,也属于科举出目在特定场合的仪式表演。② 现存明代南戏地方遗存之一——江西省广

---

① 王利器:《元明清三代禁毁小说戏曲史料》,上海古籍出版社,1981年,第268页。
② 〔明〕秦淮墨客:《乐府红珊》,《善本戏曲丛刊》(二),台湾学生书局,1984年。

昌县的"孟戏",还保留了"状元游街"的演出。状元、榜眼、探花三人打马游街,披红挂彩。[①]它被放在正戏开场之前,淡化了情节内容,追求喜庆的仪式效果,显然也是世俗科举心态的产物。

综上所述,经过长期的演剧实践,南戏中的科举活动形成了高度统一的表演模式。从十年寒窗的苦读生涯,到赴考前的依依话别,从一路上的仆仆风尘,到科举及第的无限风光,舞台不仅全景展现了士子的科举历程,还提炼出一套套科举程式出目的表演。这种表演模式不以情节取胜,不以关目炫奇,而重在烘托舞台的表演,通过调剂冷热场面、均衡脚色分工,对科举活动怎样"搬出来好",起到了重要的作用。同时,这种模式的形成还深刻折射了世人唯科举是崇的普遍心态,一些科举戏或科举出目,因此发展成为具有仪式意味的喜庆表演,在特定场合满足着世人对科举功名"鱼龙皆变化,一跃尽朝天"的热望。

作者简介:欧阳江琳,江西师范大学文学院教授。

---

① 2002年冬笔者曾赴江西省广昌县甘竹乡考察,亲见孟戏表演"状元游街"一出。

不遇、补偿与辟邪
——论《庆丰年五鬼闹钟馗》

刘燕萍

内容提要：杂剧《庆丰年五鬼闹钟馗》叙钟馗赴试，在五道将军庙被五鬼戏弄；钟馗虽然获胜，却因科举考试中杨国忠奸贪而下第，被活活气死。钟馗死后被封判官，成为鬼王。剧中的钟馗，饱受科举的压力，第三度应试，仍遇上奸贪的杨国忠，令钟馗在不公义的情况下下第。钟馗作为下第士人的形象，有助引发士子的集体认同感。本文以不遇、成神的"补偿"及神祇功能"辟邪"三点切入，论述钟馗信仰在后世历久不衰，与钟馗的怀才不遇，引起民众的共鸣以广流播，不无关系。

关键词：《庆丰年五鬼闹钟馗》 不遇 补偿 辟邪

绪 论

《庆丰年五鬼闹钟馗》，刊于《孤本元明杂剧》。① 此剧叙钟馗赴试，在五道将军庙被五鬼戏弄；钟馗虽然获胜，却因科举考试中杨国忠奸贪而下第，被活活气死。钟馗死后被封判官，成为鬼王。《庆丰年五鬼闹钟馗》有明万历四十三年（1615）校本，由清常道人钞校。②

有关钟馗的研究，有胡万川《钟馗神话与小说之研究》，探讨钟馗的形象由来。③ 另有郑尊仁《钟馗研究》探究钟馗的来源信仰及俗文学中的钟馗故事。④ 日本亦有钟馗信仰，有神社奉祀。⑤ 至于有关《庆丰年五鬼闹钟馗》的研究并不多，⑥ 亦没有从怀才不遇至成神的角度探讨钟馗之文。本文以不遇、成神的"补偿"及神祇功能"辟邪"三点切入，以明钟馗在民间信仰中，获大众接受，与传统士人怀才不遇的母题（motif），实在息息相关。⑦

---

① 《庆丰年五鬼闹钟馗》，刊于《孤本元明杂剧》，台湾商务印书馆，1977年。
② 《庆丰年五鬼闹钟馗》版本数据，参考傅惜华著，中国戏曲研究院编：《明代杂剧全目》，作家出版社，1958年，第242页；庄一拂：《古典戏曲存目汇考》，上海古籍出版社，1982年，第651页。
③ 钟馗的研究，参见胡万川：《钟馗神话与小说之研究》，文史哲出版社，1980年。
④ 郑尊仁：《钟馗研究》，秀威信息科技股份有限公司，2004年，第1—261页。
⑤ 日本亦有钟馗信仰，有神社奉祀，参见张兵、张毓洲：《钟馗故事的传播方式与演变过程》，《宁夏社会科学》，2008年，第131页。
⑥ 李智莉：《论明代宫廷大傩仪式钟馗戏——兼论钟馗形象的转变》，《政大中文学报》第八期（2007年12月），第97—120页。
⑦ 有关《庆丰年五鬼闹钟馗》的研究，也可参见大方：《钟馗故事的衍变》，《大陆杂志》第4卷第11期，第362—367页；刘锡诚：《象征：对一种民间文化模式的考察》，学苑出版社，2002年，第七章《钟馗信仰与传说》，第317—369页；艾丽白：《敦煌写本中的大傩仪礼》，刊于耿升译：《法国学者敦煌学论文选萃》，中华书局，1993年，第257—271页。

钟馗信仰，正式产生于唐代。① 据唐代周繇《梦舞钟馗赋》，钟馗为唐玄宗（712—756 年在位）驱鬼、祛病。〔北宋〕沈括（1013—1094）《梦溪笔谈》《补笔谈》，钟馗啖鬼故事正式出现。〔宋〕《事物纪原》，小鬼有了虚耗之名。〔明〕《天中记》，钟馗应试失利，触殿自杀，在唐明皇梦中为其捉鬼、祛病的主要情节亦稳定下来。②

有关钟馗的故事可参考以下表列：

文　本	钟馗身份及有关情节
〔唐〕周繇《梦舞钟馗赋》	故事发生在开元年间（唐玄宗〔712—756 年在位〕年号〔713—741〕）。
〔唐〕伯三五五二号敦煌《儿郎伟》驱傩文	钟馗在驱傩仪式中，被呼唤而来："唤中馗兰着门。"

---

① 高国藩：《敦煌古俗与民俗流变——中国民俗探微》，河海大学出版社，1990 年，第 331 页。
② 有关钟馗之载及文献，《太上洞渊神咒经》"斩鬼第七"，见黄永武：《敦煌宝藏》，新文丰出版社公司 [1981—1986]，120 册（480），香港大学图书馆电子数据库；周繇：《梦舞钟馗赋》，刊于《钦定全唐文》，经纬书局，1965 年，卷八百十二，第 10775 页。同属唐代伯二〇五五号敦煌《儿郎伟》驱傩文中的钟馗，比《梦舞钟馗赋》中的钟馗拥有更"原始"的外貌："铜头铁额，浑身总着豹皮"。黄征，吴伟：《敦煌愿文集》，岳麓书社，1995 年，斯二〇五五，《儿郎伟》驱傩文，第 963—964 页。沈括：《梦溪笔谈校证》，中华书局，1960 年，第 986—987 页；高承撰、李果订：《事物纪原》，中华书局，1989 年，卷八，第 427 页；陈耀文：《天中记》，广陵书社，2007 年，卷四，第 127 页；董康：《曲海总目提要》，新兴书局有限公司，1958 年，《天下乐》，第 1033—1036 页。钟馗神话，流传下来而有跳钟馗之俗。台湾的跳钟馗，参见邱坤良：《台湾的跳钟馗》，《民俗曲艺》1993 年 9 月，第 325—368 页。钟馗以丑见称。《黄筌》一则载：所见吴道子画钟馗"衣蓝衫，鞹一足，眇一目"。见李昉等编：《太平广记》，中华书局，1986 年，卷二百一十四，《野人闲话》《黄筌》，第 1641—1642 页。明《钟馗全传》中，钟馗："面貌奇异"，"体态非凡，声如洪钟，眼似铜铃"。"习学举业"见《钟馗全传》，刊于《古本小说集成》，上海古籍出版社，1990 年，第 23 页。清代有关钟馗的小说，载五鬼闹钟馗的有刘璋：《斩鬼传》，北岳文艺出版社，1989 年。

文 本	钟馗身份及有关情节
〔唐〕斯二〇五五号敦煌《儿郎伟》驱傩文	
〔北宋〕沈括（1013—1094）《梦溪笔谈》《补笔谈》卷三	钟馗为"武举不捷之士"。故事发生在开元年间。
〔宋〕高承《事物纪原》卷八	"终南进士"，"因应举不捷，触殿阶而死"，"奉旨赐绿袍而葬"。故事发生在开元年。
〔明〕万历年间陈耀文《天中记》（注出唐逸史）	"终南山进士"，"武德（唐高祖 [618—626 年在位] 年号 [618—626]）中应举不捷，羞归故里，触殿阶而死"。"奉旨赐绿袍以葬之"。故事发生在开元年。
〔明〕万历年间刊《庆丰年五鬼闹钟馗》（五鬼闹判之剧正式搬演）	终南山人士钟馗，上京应试两次，皆因杨国忠当权不被选中，钟馗气愤身死。
〔明〕万历年间刊《钟馗全传》（最早的钟馗小说）	钟馗乃上界武曲星下凡。钟馗往终南山读书，为有才学之士。赴京考试"中状元"。唐王"罢其前职"，遂"触死金阶"。
〔清〕张大复《天下乐》见《古典戏曲存目汇考》）。作品已佚	钟馗为终南山秀士，为人好刚使气。
〔清〕刘璋《斩鬼传》	钟馗上京考试，中"第一甲第一名"，德宗皇帝嫌其貌丑，又因卢杞挑拨，钟馗自刎。

至于钟馗的由来，则众说纷纭。钟馗可能来自驱鬼法器"终葵"，亦可能源自傩仪中的方相氏或与门神神荼、郁垒有关。①

---

① 有关钟馗的由来，参见刘燕萍:《钟馗神话的由来及其形象》,《宗教学研究》2001 年 2 期，第 35—40 页。

怀才与不遇

《庆丰年五鬼闹钟馗》一剧中,钟馗纵使才华卓绝,却在人间界和鬼界中受尽欺凌,终产生不遇而亡的强烈遗憾。

(一)"辅皇朝"之志

《庆丰年五鬼闹钟馗》的背景,为唐朝玄宗之时。开科取士盛行的时代。钟馗亦希望透过科举入仕,以"辅皇朝"(第二折)。在楔子一折,钟馗自言:"前岁中了科甲,后因杨国忠掌卷子,两次不中。"为何"两次不中",仍锲而不舍地赴考?科举可说是唐代士子的集体梦想。王定保(870—954?)《唐摭言》载:"三百年来,科第之设,草泽望之起家,簪绂望之继世。孤寒失之,其族馁矣;世禄失之,其族绝矣。"[①] 王播是典型的贫寒之士借科举起家之例。《摭言·王播》载:王播未显达前,因为贫穷,寄食扬州惠照寺。连"随僧斋食"的僧人也厌弃王播,以"饭后钟"来戏弄他。至王播成名,"向之题名,皆以碧纱罩其诗"(《太平广记》卷一百九十九)。[②] 一旦中举便可成名。沈既济言:"进士为士林华选,四方视听希其风采,每岁得第之人,不浃辰而周闻天下。"[③] 除"周闻天下"的成名外,中举也有免役的好处。唐穆宗《南郊改元德音》:"名登科第,即免征徭。"[④]

《庆丰年五鬼闹钟馗》中,钟馗亦心慕高科,期望以科举进身。钟馗在《楔子》中,自言:"今日要一举成名天下知","但得那一官半职,

---

① 王定保:《唐摭言》,上海古籍出版社,1978 年,卷九,第 97 页。
② 本篇所引《太平广记》资料,见李昉等编:《太平广记》,中华书局,1986 年。
③ 杜佑:《通典》,中华书局,1984 年,卷十五,第 84 页。
④ 唐穆宗:《南郊改元德音》,刊于《钦定全唐文》,经纬书局,1965 年,卷六十六,第 870 页。

稳情取扬名天下步云梯"。钟馗欲以科举进身，一遂兼济天下之志。《庆丰年五鬼闹钟馗》第二折，钟馗自言："博一个金榜把名扬"，"我则待天长地久辅皇朝"。钟馗有着"辅皇朝"，效力国家之志。[1]因而一再赴考以遂其愿。[2]

钟馗有"辅皇朝"之志，屡次的科举失利，则带来痛苦。唐代士人重视科举，一旦下第，便产生强烈的痛苦。《云溪友议·杨志坚》载：杨志坚"心虽慕于高科，身未沾于寸禄"。妻子厌弃"其未遇"，下堂求去。杨志坚下第，连妻子也"厌弃良人"。可见下第之苦（《太平广记》卷四百九十五）。钟馗下第，不因才华，只因官员奸贪，痛苦可知。

（二）怀才与欺凌

钟馗在《庆丰年五鬼闹钟馗》一剧，虽然有报效国家之志及满腹才学，却在鬼界和人间界中饱受欺凌，落得"不遇"的下场。

1. 怀才与品格

钟馗被知县评为："满腹诗书。"（《庆丰年五鬼闹钟馗》楔子）钟馗才学之高，在咏梅一幕尽情展示。钟馗与贿赂杨国忠的常风，应张伯循所出的咏腊梅花之题，各咏一诗，顿时高下立见。钟馗的咏梅，表现梅的志节："玉蕊冰花占早春，调羹鼎内味偏淳。苍苍志节临丹槛，耿耿孤高气味新。自有一般清意味，不将颜色媚他人。古来高去留青眼，不似桃花园内根。"（第二折）钟馗的咏梅，道出梅花不媚他人的高尚。常风的咏梅便显得低俗："一树梅花真个香，我们秀才有文章。他若结了

---

[1] 汪文国认为怀才不遇之才应指政治才能。参见汪文国：《杜牧诗歌对〈史记〉中怀才不遇人物形象的摄入》，《渭南师范学院学报》28 卷 3 期（2013 年 3 月），第 31 页。

[2] 钟馗故事中，文士为皇捉鬼，乃希望帝王不拘一格用人，代表下层文士的心态。参见郭志强、董国炎：《论钟馗形象的演变》，《山西大学学报》（哲学社会科学版）第 24 卷第 6 期（2001 年 12 月），第 61 页。

一丈树,一准都是条儿糖。"(第二折)常风幼稚之诗,更烘托出钟馗的高才。

咏梅诗不单显示钟馗的诗才,更呈现他如梅花般不媚俗的"清意味"。梅便是钟馗的自况,表现风骨、气节。可被视为罗兰·巴特(Roland Barthes)所指的文化语码(cultural code)。文化语码指各种规范化的知识,在文本中作为参考的基础。① 某个名词,在特定的文化中,便具备特殊的意义。梅,在中国文化中就指涉傲霜、傲雪的气节。

除了梅花外,另一个指涉钟馗的文化语码是"终南山"。《庆丰年五鬼闹钟馗》楔子中,已由知县明言钟馗是"终南山甘河县人"。钟馗文本中,〔宋〕《事物纪原》、〔明〕万历年间陈耀文《天中记》(注出《唐逸史》),钟馗都是"终南进士"的身份。〔明〕万历年间刊《钟馗全传》,钟馗则往终南山读书。钟馗与终南山有着紧密的关联。王维笔下"太乙近天都,连山到海隅"②的终南山,是凡人隐居、仙人之居处。神医《孙思邈》一则,能"预知其事","颜貌不改,举尸就木,空衣而已"的地仙孙思邈,便在此山中:"开元中,复有人见隐于终南山。"(出自《仙传拾遗》及《宣室志》,刊于《太平广记》卷二十一)终南山乃隐居的文化语码,加上咏梅诗指涉的节义,可见钟馗不单如知县所言"满腹诗书"(《庆丰年五鬼闹钟馗》楔子),具备才华,更是人格高尚的士子。

2. 鬼界和人间界的欺凌

钟馗在《庆丰年五鬼闹钟馗》中是个被欺压的角色,不但在仕途上受到不公平的对待,甚至在鬼界中也被欺凌。

---

① 巴特所论的五种语码,参见 Roland Barthes, *S/Z*, Richard Millers trans. (New York: The Noonday Press, 1974), pp.18—20。

② 王维著,曹中孚标点:《王维全集》,上海古籍出版社,1997年,第36页。

(1) 鬼界的戏弄

钟馗故事中,钟馗与鬼的"互动",在于钟馗逐鬼、捉鬼。沈括《梦溪笔谈》《补笔谈》中,钟馗"对付"小鬼的方式,在于"刳其目,然后擘而啖之"。《庆丰年五鬼闹钟馗》中,钟馗被小鬼戏弄则是对钟馗捉鬼的一种颠覆。小鬼居然可以倒过来戏弄鬼的克星——钟馗,可算是一种"创造性背叛"(creative treason):在前文本的基础上,加以突破,有意识地"误读"(misread)前作,而非纯粹模仿,以推陈出新,就是一种"创造性背叛"。①《庆丰年五鬼闹钟馗》一剧,首次将五鬼的题材正式搬上舞台。②"五鬼闹判",即五鬼戏弄钟馗的故事,在明代广为流传。《三宝太监西洋记》第九十回"灵曜府五鬼闹判",出现国殇后,冥府中受苦的五鬼,哄闹判官的情节。③《庆丰年五鬼闹钟馗》中,五鬼便对人类时期的钟馗尽情戏弄。在五道将军庙中,鬼方"偷唐巾",青鬼"偷襕衫"(头折)。被鬼欺凌的钟馗,对钟馗故事的前文本而言,是种"创造性背叛"。钟馗在睡梦中,被大耗鬼率领的五鬼,弄至衣衫不整,在众鬼的闹哄中,成为被欺凌的角色。

(2) 人间界的奸贪

人间界的钟馗,受到不公平的对待,比鬼界所受的欺凌更难堪。《庆丰年五鬼闹钟馗》一剧,钟馗与常风比试咏梅诗。钟馗的才华,明显比常风高超。连杨国忠也赞"好高才"。讽刺之处在于,高才的钟馗

---

① 有关"误读"的讨论,参见 Harold Bloom, *A Map of Misreading* (New York: Oxford University Press, 1975), Introduction, pp.3—6; Harold Bloom, *The Anxiety of Influence: A Theory of Poetry* (New York: Oxford: Oxford University Press, 1997), pp.5—45。有关"创造性背叛"的讨论,参考 Robert Escarpit, *Sociology of Literature*, Ernest Pick trans. (London: Frank Cass & Co Ltd, 1971), pp.75—86。

② 郑尊仁:《钟馗研究》,第 160 页。

③ 罗懋登:《三宝太监西洋记》,华夏出版社,1995 年,第九十回,第 712—719 页。《西洋记》书成于万历二十五年(1597)。参见刘世德主编:《中国古代小说百科全书》,中国大百科全书出版社,1998 年,第 433 页。

被杨国忠欺压，不能成为状元。原因就是奸贪影响了公平的考核。杨国忠也承认常风、发傻（才如其名）"两个秀才"，"文章不济"。二人有机会中试，只因"与了我这两个大银子"（第二折）。

《庆丰年五鬼闹钟馗》一剧，将故事置于唐玄宗（712—756 年在位）天宝年间（742—756），而非〔宋〕《梦溪笔谈》《补笔谈》、〔宋〕《事物纪源》和〔明〕《天中记》所载的开元年间。将讽刺元素纳入钟馗故事中，由杨国忠带出奸贪对士子的不公。杨国忠在天宝十一年（752）任右相，任期由天宝十一年，至天宝十五年（756）。《旧唐书》卷一百六，列传五十六载杨国忠及其党羽如中书舍人窦华、京兆尹鲜于仲通等："国忠之势，招来赂遗，车马盈门，财货山积。"杨国忠甚至于"私第暗定官员"，"资格差谬，无复伦序"。① 贿赂、奸贪充斥，产生极不公平的结果。

《庆丰年五鬼闹钟馗》中，钟馗便是被奸贪所害的牺牲品。常风、发傻两个呆秀才，自知"俺两个文章不济事"，"无才学肚腹不宽"。杨国忠"要了俺两个大银子"，令他们能够中举："到明日张挂黄榜，俺两个必定做官也。"（第二折）钟馗故事传播，到了明代，进入通俗文学的创作领域，加入讽刺奸贪的元素，反映了当时政治的黑暗和党争，嘉靖（1522—1566）严嵩、万历（1573—1620）张居正尤甚。② 明万历年间钞本的《庆丰年五鬼闹钟馗》，反映的就是黑暗、奸贪的现实。钟馗在人间界，因杨国忠受贿，遭受不公平的对待而下第，比在鬼界中受五鬼戏弄，更为受屈而无法申诉，饱受奸相的欺凌。钟馗终于成为空有才华，终不得遇的怀才失遇的典型人物。

---

① 刘昫等撰：《旧唐书》，中华书局，1975 年，卷二百六，列传第一百三十一，外戚，《杨国忠》，第 5848 页。杨国忠时"贿赂公行"，"暗定官员"。见欧阳修，宋祁：《新唐书》，中华书局，1975 年，第 3244 页。

② 徐泽亮：《论钟馗故事及形象在通俗文学中的演变》，《深圳大学学报》（人文社会学版）第 27 卷第 6 期（2010 年 11 月），第 113 页。

反抗、遗憾与补偿

钟馗对所受的欺凌，做出反抗，结果仍是死亡，至死后成神，才得到"补偿"。

（一）反抗

面对鬼界和人间界欺凌的钟馗，他做出的反抗，主要是对鬼界而言。面对人间界的奸贪，钟馗却一筹莫展。钟馗在五道将军庙中，被众鬼欺凌，充满怪诞（grotesque）色彩。怪诞的基本调子是不协调。雨果（Hugo）对怪诞所下的定义是："它一方面创造了畸形与恐怖，另一方面亦为喜剧的与滑稽的。"① 可怖与可笑混杂的不协调，② 造成怪诞的氛围。五道将军庙中，出现众多鬼怪，包括大小耗鬼和五方鬼。一方面，庙中之鬼，对人类而言是异类，当然可怖。另一方面，五鬼戏钟馗，却又充满欢乐。五鬼化身小偷，偷去钟馗的"唐巾""襕衫"，却又充满了戏谑。衣衫不整的钟馗，形象可笑。此外，打鬼的过程，亦滑稽可笑。钟馗"做拔剑拦住众鬼科"，已令小鬼害怕、求饶："我们众鬼十分慌。"鬼魂出现的可怖与戏谑作弄之可笑，互相冲击而形成怪诞的气氛。

钟馗故事前文本，在打鬼部分，都十分可怖，《儿郎伟》唐代伯二五六九号敦煌驱傩文，钟馗捉了鬼子，便"塞却口，面上国"，又"放火烧"，用"刀子割"，主人公用刀、用火，对付鬼子（《敦煌愿文集》）。

---

① Wolfgang Kayser, *The Grotesque In Art and Literature*（New York：Columbia University Press, 1981），p.57.
② 不协调之论，参考 Wallace Gray, "The Uses of Incongruity", in *Educational Theatre Journal*, Vol. 15, No. 4 (Dec, 1963), p.347. 怪诞（grotesque）呈现的可怖及可笑，亦是种不协调。

《庆丰年五鬼闹钟馗》一剧，有别于"传统"钟馗打鬼的可怖，突出"闹"字，以五鬼"闹"钟馗，小鬼打闹的可怖又滑稽的怪诞，取代恐怖的斩鬼，以适合"庆丰年"岁首吉祥剧的节日气氛。钟馗面对鬼子，以人类的胆色，尚可战胜异类，反抗成功。极为讽刺的是，面对人间界的权奸杨国忠的欺凌，钟馗却完全没有反抗的余地。

（二）反高潮式的遗憾与补偿

《庆丰年五鬼闹钟馗》一剧，最是遗憾的，是钟馗终于得到正义的殿头官的帮忙，"奏知圣人，封他为天下头名状元"。与好消息发放的同一时间，传来钟馗"一气而亡"的坏消息（第三折）。这个"反高潮"，造成极为强烈的遗憾。好好一个高才之士，却被奸贪所害。钟馗在咏梅诗一折，已被不公平的欺凌，气得义愤填膺："兀的不气杀我也。"已是两次落第，又将面临第三次下第的钟馗："羞归乡里"，"心中怨气吐虹蜺"，"今朝空自回"，因而被活生生气死（第二折）。

钟馗被"气死"相对于前文本中，主角自杀而死的情节，却减少了血腥味。〔宋〕《事物纪原》和〔明〕《天中记》中，钟馗都是"触殿阶而死"的。《庆丰年五鬼闹钟馗》中，钟馗被"气死"，只由张伯循以报告形式道出："他回到店中，不知怎生一气而亡。"（第三折）主角被"气死"的情节，没有在剧场上演，"气死"与"触殿阶而死"相比，亦没有血腥气味，较为适合五谷丰登和太平吉祥的热闹气氛。①然而，高才的钟馗，被权贵播弄，"一气而亡"，未能高中，没能"禹门一跃拜丹墀"（第二折），以报效国家，便造成极为强烈的遗憾。

钟馗郁郁而死，死后才因高才被肯定及被封为判官，得以补偿（compensation）郁死之遗憾。朱光潜（1897—1986）说："凡是文艺都

---

① 刘锡诚：《钟馗传说的文人化趋向及现代流传》，《民间文学论坛》1998年1期，第26页。

是一种'弥补'，实际生活上有缺陷于是在想象中求弥补。"① 唐代下第士人，所得的"补偿"，多属遇仙得天寿类别。《柳毅》（出自《异闻记》，见《太平广记》卷四一九）和《裴航》（出自《传奇》见《太平广记》卷五十）中，柳毅和裴航，在下第旅行中，遇上龙女和云英，二人最后也享"龙寿"和得到长生。② 长生作为下第之"补偿"，这就是乐蘅军所言的"挫伤的欢愉之学"。③

钟馗亦为受挫败的士人，他得到的补偿，一来自人间界，另一来自他界（other world）：幽冥。来自人间界的补偿，乃对他作为状元之才的肯定。《庆丰年五鬼闹钟馗》中，"伯乐型"官员赏识钟馗的殿头官，不但"奏知圣人"封钟馗为"天下头鬼状元"，更将"勅赐之物"，即"靴笏襕袍"，用火焚化给已死的钟馗，以证"国家重用贤臣也"（第三折）。将"勅赐之物"焚化给钟馗，是个很重要的行动，用以证明钟馗乃上乘人才，以慰亡灵。"靴笏襕袍"，各具象征。"笏"，代表官员的身份。《说文解字》竹部载："笏"乃"公及士所折也"，笏度二尺六寸。④ "笏"是古代大臣上朝拿着的手板，用玉、象牙或竹片所制，上面可以记事；"笏"乃官员的象征。至于"靴"，《古今注》记载："文武百僚咸服之"，"便乘骑"。⑤ "靴"，以便官员策骑。"笏""靴"，加上朝服，这些代表官员身份的"勅赐之物"，对抱冤、被气死的钟馗而言，是十分重要的肯定；可说是对其死亡所作的"补偿"。

至于来自幽冥的肯定，则是死后成神，令钟馗的地位得以大大提升。《庆丰年五鬼闹钟馗》一剧，钟馗因为"平生直正，胆力刚强"，被封

---

① 朱光潜：《变态心理学派别》，安徽教育出版社，1997年，第51页。
② 人对仙境具有梦幻似的遂愿心理。见李丰楙：《探求不死》，久大文化，1987年，第108页。
③ 乐蘅军：《意志与命运——中国古典小说世界观综论》，大安出版社，1992年，第28—29页。
④ 《说文解字》竹部，"笏"字，详见许慎：《说文解字》，中华书局，1963年，第99页。
⑤ 崔豹著，黄中模校：《古今注》，上海中华书局，1936年，第11页。

"判官之职"以"管领天下邪魔鬼怪"(第三折)。《中国冥界诸神》一书载:主要判官有四位,掌刑簿判官、掌善簿判官、掌恶簿判官和掌生死簿判官。其中以掌生死簿判官为首席。①钟馗为判,成为鬼王管理众鬼,亦算是一展"用世"效力之志。此外,钟馗得殿头官答应建庙:"奏知圣人,与你立庙升堂,普天下人民,都来供养你。"(第三折)得到庙宇,不但得享血食供奉,保障死后的生活,更是钟馗的莫大荣耀。②钟馗死后的荣耀在"三阳宴"一幕,则被推至最高峰。"三阳宴"可说是钟馗的"成神式"。钟馗被确封为"天下都判官",属天福神旗下。众神中如天福神、地福神、三阳真君等,齐来恭贺钟馗成神(第四折)。钟馗的威福,至"三阳宴"而臻于极盛。钟馗被气死得冤屈,透过人间界敕赐"笏""靴",确认状元之才,以及在他界被封判官,统领天下之鬼,钟馗的才能在阴、阳之界,得以肯定,一一将下第之欠缺,补偿过来。

辟邪功能

钟馗在《庆丰年五鬼闹钟馗》中,由被欺凌的士人,死而变鬼,再由鬼成神:判官。钟馗的主要功能在于辟邪,辟除邪祟,清净妖氛,造福人间界,延续生前"用世"之志。辟邪就是通过忌避、祭祀、祈祷、祝颂等方式达到消灾避祸、驱魔逐邪、求吉祈福的效果。③《日知录》

---

① 马书田:《中国冥界诸神》,团结出版社,1997年,第164页。
② 祠庙对于神祇的作用,像房屋对于人类一样。见 Valerie Hansen, *Changing Gods in Medieval China 1127—1276* (Princeton, New Jersey: Princeton University Press, 1990), p.57. 有关神祇的祭祀,参见郑玄注,孔颖达疏:《礼记正义》,北京大学出版社,1999年,卷四十六《曲礼》,第1307页。
③ 郑晓江主编:《中国辟邪文化大观》,花城出版社,1995年,第1—2页。

载:"魏书:尧暄本名钟馗,字辟邪。"① 钟馗的名字,本有辟邪之意。他的画像更具备辟邪功能。② 唐玄宗朝大臣张说(667—730)《谢赐钟馗及历日表》载:皇上将钟馗画赐给朝廷官员,以悬挂在家中,以"屏祛群厉"。③《太上洞渊神咒经》斩鬼第七载:"孔子执刀,武王缚之,钟馗打杀,便付之辟邪。"钟馗不但负责打杀恶鬼,更具辟邪功能。钟馗的名字、画像、打鬼都具辟邪"效果"。

《庆丰年五鬼闹钟馗》一剧,钟馗的"作用",便是辟邪和祈福。钟馗在五鬼头上放爆仗,便有辟邪之意,用以驱除凶邪。放爆竹便是种反抗巫术(antipathy magic)。④ 反抗巫术乃指利用符或厌胜之物,对抗妖邪恶力。《风俗通义》卷八载虎为"阳物",亦是"百兽之长","系其爪"便可辟邪。⑤《续博物志》卷七载入山学道,"宜养白犬、白鸡",用以辟邪。⑥《汉书》《王莽传》载王莽以铜铸"威斗""若北斗"状,"以厌胜众兵"。⑦ 虎爪、白犬、白鸡、"威斗",都是用以辟邪之物。岁末放爆竹,辟邪意味更浓。《东京梦华录》载岁末除夕汴梁"就地放烟"。⑧《梦

---

① 顾炎武:《日知录》,台湾商务印书馆,1953年,卷三十二,《终葵》,第99—100页。古人固以钟馗为辟邪之物。又有淮南王佗子名钟馗,有杨钟葵、丘钟葵、李钟葵、慕容钟葵、乔钟葵。见《日知录》,第99—100页。

② 郑尊仁:《钟馗研究》,第151页。

③ 张说《谢赐钟馗及历日表》言钟馗有"屏祛群厉"之说。刘禹锡《为淮南杜相公谢赐钟馗历日表》亦有"驱除群厉"之句。张说及刘禹锡之载都指出钟馗有辟邪之效。张说及刘禹锡之文,见《钦定全唐文》,卷二百二十三,第2852页;卷六百二,第7725页。

④ 巫术中的反抗律,见 J. Gordon Melton ed.,*Encyclopedia of Occultism & Parapsychology* (Detroit:Gale Research, 1996), p.1273. 反抗巫术,以具魔力的对象,压制鬼邪。见 H. Cornelius Agrippa, *Three Books of Occult Philosophy*, translated by John French (London:Printed by R.W. for Gregory Moale, 1651, pp.33, 35.

⑤ 应劭:《风俗通义》卷八,刊于《百子全书》六,浙江人民出版社,1984年,第2页。

⑥ 李石:《续博物志》卷七,刊于《百子全书》七,第2页。

⑦ 班固著,颜师古注:《汉书》[缩印百衲本二十四史],商务印书局,1958年,卷九十九下,列传六十九下,《王莽传》,第2465页。

⑧ 孟元老:《东京梦华录》,中华书局,1985年,卷七,第140页。

梁录》十二月亦有相似之载:"街市中有市爆仗成架烟火之类。"①《荆楚岁时记》更明言爆竹与辟邪的关系:正月一日,"先于庭前爆竹,以辟山魈恶鬼",可见爆竹可以辟除鬼祟、妖邪。②

《庆丰年五鬼闹钟馗》中的钟馗,将戏弄他的五鬼,倒过来戏谑一番。第四折中,钟馗在五鬼头上,放"三个神爆仗"。"爆仗声高","五鬼唬倒"。钟馗"为难"五鬼,由"五鬼闹钟馗",变而为"钟馗闹五鬼"(钟馗与鬼,见附录)。③以五鬼头上的三个神爆仗,辟去邪祟:"将黎民灾祸消。"除了辟邪之外,钟馗更为新年带来祝福。三个神爆仗,每爆放一个,便代表一种祝福:第一个"保圣寿无疆",第二个爆仗响处"万民无难",第三个"保五谷收成"。百姓无灾,丰盛收获,代表平安、富足的祝祷。加上钟馗身穿"红襕""红发""红髯",全身红的打扮,更衬合新年的喜庆(《庆丰年五鬼闹钟馗》第三、四折穿关)。《庆丰年五鬼闹钟馗》钟馗以鬼王、判官身份,以爆竹辟邪,延续《太上洞渊神咒经》以来钟馗"辟邪"、驱逐妖祟的角色,此亦配给岁首吉祥剧的热闹气氛。《庆丰年五鬼闹钟馗》一剧,钟馗便负起辟邪、祈福的神职。

结　论

《庆丰年五鬼闹钟馗》中的钟馗,由怀才不遇,至遗憾及补偿,过程表列如下:

---

① 吴自牧:《梦粱录》,中华书局,1985年,卷六,第48页。
② 宗懔:《荆楚岁时记》,刊于《钦定四库全书》,上海古籍出版社,1987年,第五八九册,史部十一,地理类八,杂记之属,第14页。
③ 明代叶澄《钟馗夜巡》图,戴进《钟馗远游》图,刊于王阑西、王树村编著:《钟馗百图》,岭南美术出版社,1997年,第13—14页。

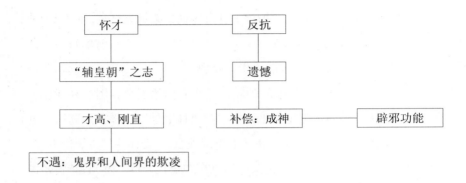

《庆丰年五鬼闹钟馗》中的钟馗，饱受科举的压力，第三度应试，仍遇上奸贪的杨国忠，令钟馗在不公义的情况下下第。钟馗作为下第士人的形象，有助引发士子集体认同感。钟馗信仰，在后世历久不衰，与钟馗的怀才不遇，引起民众的共鸣以广流播，不无关系。

（附记：本文承蒙香港岭南大学研究及高等学位委员会暨文科课程支持和拨款资助，谨此致谢。）

作者简介：刘燕萍，香港岭南大学中文系教授。

附　录

明代　叶澄《钟馗夜巡》　辑自《钟馗百图》第 13 页。

明代　戴进《钟馗远游》　辑自《钟馗百图》第 14 页。

蒙元杂剧与科举制度关系考述

张同胜

内容提要：蒙元杂剧兴盛于"蒙古时代"的亡金旧地。它的兴盛主要与金院本的发展、蒙古宫廷习向的影响、教坊司色艺俱佳优伶的辈出、大都市奢靡娱乐风气的盛行等有关，其衰败则与"北曲不惯南人听"、编纂诸公的离世等相关。蒙元任命官员实行根脚制度，因此科举制度随着金亡而废。元仁宗出于解决大根脚世家子弟的仕宦问题而恢复科考，但由于民族歧视、考生以世家子弟为主、数额过少以及科考内容仅限于经义等原因，当时并没有形成宋代举国读书应考的社会风尚。从而可知，蒙元时期科举考试的废停与恢复，固然对蒙元杂剧在思想内容和创作心态上有影响，但并不是它兴衰的决定性因素。

关键词：蒙元杂剧　兴衰　科举制度

引　言

人们通常认为，元杂剧之兴盛是因为蒙元时期废停了科举制度；而其衰落，则是由于元仁宗延祐二年（1315）又恢复了科举考试。这一看法流于表面和想当然，其实元杂剧与蒙元时期科举制度的关系远非如此简单。

我们先从历史上对元前戏曲娱乐与科举制度的关系作简略之一瞥。隋代，最早实行科举制度，但那时盛大的百戏表演"振古无比"（《隋书》中语）。唐初以隋炀帝为鉴，废止百戏；但寺院中的俗讲、公共场所的说唱其实是非常发达的。唐代科举考试制度化，以诗赋为主，但参加科考的主要是贵族门阀世家子弟。宋代科举考试可谓是举国事业，即使到了南宋末年，以江南一隅每次科考都录取"数百人"（赵孟頫如是说），然而，天水一朝勾栏瓦舍盛极一时，说唱杂耍到了登峰造极的程度。这与蒙元恢复科考从而北曲杂剧衰败的说法形成了鲜明的对比。诸如此类的事例表明，蒙元杂剧的兴衰与科举制度的废停和恢复之关系，绝非我们所想象的那样具有因果逻辑关系，因而有进一步深入探讨的必要性。

蒙元杂剧的实质

元杂剧，确切地说，应该被称作"蒙元杂剧"。这倒不是由于大元国与大蒙古国两个国号自1271年忽必烈建元至1388年脱古思帖木儿被也速迭儿杀死之间这两重体系一直并用，"国人"即蒙古人一直用大蒙古国，而汉人、南人尤其是其中的文人则用大元、"我元"或"我皇元"；而是由于它兴盛于蒙古灭金与大元至元年间，仅仅以"元"命名就会无视其辉煌的时代即"蒙古时代"（王国维语），这显然是不妥当的。

蔡美彪先生认为，元杂剧是"汉人的民间文化"。①这里的"汉人"有今日之汉民族统称与蒙元称呼亡金统治下的汉人即会说汉语的契丹、女直和奚等民族（不会说汉语且居住在西北地区的契丹、女直等民族被蒙元认定为色目人）两种理解，我认为后者可能更符合事实。因为蒙元时期南人固然也有演出或编创北曲杂剧的，但屈指可数，寥寥无几，没成气候；而元灭南宋之后，杭州、松江等地的北曲则大多由南迁的北人编剧、北人演出。

蒙元杂剧即北曲，而南曲与它属于不同的音乐体系。虞集《中原音韵序》云："凡所制作，皆足以名国家气化之盛，自北乐府出，一洗江南习俗之陋。"北乐府即北曲，它是北方民族的艺术结晶。据杨荫浏《中国音乐史》的统计，元代北曲曲牌335个，其中75%来自北方歌曲。王骥德《曲律》卷四云："元时北虏达达所用乐器，如筝、琵琶、胡琴、浑不似类，其所弹之曲，亦与汉人不同。"②从而表明南北所使用的乐器也有所区别。

北曲的风格与南戏也不相同。朱星《中国文学语言发展史略》说："曲词与诗词风格不同处可用三个字来说明，即杂、俗、露。"③徐渭《南词叙录》称北曲为"浅俗可嗤"。北曲的主要风格就是通俗（王国维认为是"自然"，而吴梅则认为是"真"等）。杂剧艺人在歌舞场之实践中打磨，北曲与现实生活密切相连，因而语言通俗而鲜活，与儒生之书本气、雅正调和风化体等格格不入。从现存元杂剧剧本文字来看，元杂剧当不是儒生所为，而是艺人或文人所为。毕竟，儒生的理学著述与文人的艺术创作完全是两种风格的文体。

---

① 蔡美彪：《辽金元史十五讲》，中华书局，2011年，第172页。
② 中国戏曲研究院编：《中国古典戏曲论著集成》（四），中国戏剧出版社，1959年，第158页。
③ 朱星：《中国文学语言发展史略》，新华出版社，1988年，第111页。

杨义先生认为，元代杂剧是合力的结果："一个是晋唐时期，西域的佛教戏曲的影响；二是后来游牧民族马背上的杀伐之声，很高昂的调子；还有北方的俚调，中原文化的词调的影响。"① 从而可知，这里提及的三个因素，皆与"北方"有关，而南风不与焉。

简而言之，蒙元杂剧在实质上是北方民族的说唱艺术，与宋杂剧、宋南戏等有着较大的差异，因而文学史或概论中所谓元杂剧源自"宋金杂剧"，失之于想当然。

蒙元杂剧的兴衰

（一）蒙元杂剧之兴

1. 蒙元杂剧是金院本之馀

中国古人云，小说是"史之馀"，词是"诗之馀"，曲是"词之馀"。按此逻辑，蒙元杂剧实乃金院本之馀也。金院本，即金国"行院之本也"，而所谓行院者，乃娼妓所居；因而院本即娼妓所演唱之本。②

虽然赵宋王朝也有杂剧，但蒙元杂剧主要是金院本的发展。祝允明《猥谈》云："生、净、旦、末等名，有谓反其事而称，又或托之唐庄宗，皆谬云也。此本金元阛阓谈咮，所谓'鹘伶声嗽'，今所谓市语也。"元人陶宗仪《南村辍耕录》云："唐有传奇，宋有戏曲、唱诨、词说，金有院本、杂剧、诸宫调，院本、杂剧其实一也，国朝院本杂剧始厘而二

---

① 安文军、杨义：《材料·视野·方法——杨义学术访谈录》，《西南民族大学学报》2007年第1期。

② 王国维：《宋元戏曲考》，中国戏剧出版社，1999年，第26页。

之。"① 从陶宗仪所言来看，南宋似乎没有杂剧，而元杂剧则直接来自金杂剧。其实，据宋人耐得翁《都城纪胜》可知，宋王朝亦有"杂剧"。② 但在"蒙古时代"（蒙古灭金到元灭南宋之间的 45 年间），蒙元杂剧则主要是前承"金院本"而来。例如，《古杭新刊的本关目风月紫云亭》，天一阁本的题目"韩秀才诗礼青云路"，正名"诸宫调风月紫云寺"。从正名可知，蒙元杂剧《紫云亭》来源于大金之诸宫调。再如"（王）实甫《丽春堂》杂剧，系谱金完颜某事。而剧末云：'早先声把烟尘扫荡。从今后四方八荒，万邦齐仰，贺当今皇上。'以颂祷（金）章宗作结。则此剧之作尚在金世"。③ 后人对于文本的一再改窜是中国文学史上经常出现的现象，按照王国维的考证，流传下来的 160 余本元杂剧中至少有 32 本源自于金院本。④

《金史·礼志》引《新定夏史仪注》记载了金国宫中宴乐的仪式："侯押宴等初盏毕，乐声尽，坐。至五盏后，食；六盏、七盏，杂剧；八盏，下，酒毕。……至九盏下，酒毕，教坊退。"南宋楼钥乾道六年（1170）出使金国的《北行日录》记载，燕都"乐人大率学本朝，惟杖鼓色皆幞头、红锦帕首、鹅黄衣、紫裳，装束甚异"，以此来说明金国乐人学南宋，这显然是卖弄之语，因为女真人乃游牧民族，本来就能歌善舞；但影响或许有之，民族之间的文化交流和影响是一直存在的。这则资料还具有史料的价值，即从中可知蒙元杂剧优伶之用红锦缠头，如《青衫泪》中的裴兴奴渴望"及时将缠头红锦，换一对插鬓荆钗"，原来是来自金杂剧，而不是宋杂剧。

金国的"幺末院本"是北曲杂剧的先声。⑤ 金代的《董西厢》被尊

---

① 陶宗仪：《南村辍耕录》（卷二十五），中华书局，1959 年，第 306 页。
② 耐得翁：《都城纪胜》，中国商业出版社，1982 年，第 9 页。
③ 吴梅：《顾曲尘谈》，《吴梅戏曲论文集》，中国戏剧出版社，1983 年，第 87 页。
④ 王国维：《宋元戏曲考》，中国戏剧出版社，1999 年，第 33 页。
⑤ 吕文丽：《诸宫调与中国戏曲形成》，中国艺术研究院博士学位论文，2004 年。

为"北曲之祖"。从而可知,蒙元杂剧实乃金院本(杂剧)和诸宫调之馀。

2. 蒙元杂剧创制于大金遗民之手

大元至正甲辰(1364)六月,朱经为夏庭芝《青楼集》作序云:"我皇元初并海宇,而金之遗民若杜散人、白兰谷、关己斋辈,皆不屑仕进……"这则史料的价值在于,它清楚地说明杜仁杰、白朴、关汉卿等剧作家,是大金国的遗民。也就是说,蒙元杂剧创制于大金遗民之手。

王国维先生认为,"元钟嗣成《录鬼簿》著录杂剧,以汉卿为首。明宁献王《太和正音谱》,以马致远为首,然于关汉卿下,云'初为杂剧之始',均以杂剧为汉卿所创也。"① 也就是说,蒙元杂剧始自关汉卿之创作,而关汉卿乃大金遗民。

3. 元杂剧为何兴起于山西平阳?

自佛教东传以来,晋地受西域佛曲的影响,说唱艺术极为兴盛。到了金代,山西地区已成为文化重镇,而平阳路在旧金领地中人口最为密集。如前所述,蒙元杂剧乃金"院本杂剧、诸宫调"之馀,而山西则是诸宫调的发源地。宋人王灼《碧鸡漫志》记载:山西"泽州(属平阳府)孔三传者,首创诸宫调古传"。蒙元时期,山西的泽州、潞州等属于平阳路。平阳路属于中书省,即腹里地区。平阳路是蒙元杂剧的发祥地之一,是蒙元杂剧乃至于"中国戏曲的摇篮"。②

1234年,蒙古灭金。之后,蒙古权贵对中原地区进行了三次大规模的分封民户。第一次是窝阔台丙申年(1236)分封,将"中原诸州民户分赐诸王、贵戚、斡鲁朵:拔都,平阳府;茶合带,太原府……"③ 拔

---

① 王国维:《宋元戏曲考》,中国戏剧出版社,1999年,第34页。
② 刘念兹:《戏曲文物丛考》,中国戏剧出版社,1986年,第48页。
③ 〔明〕宋濂等:《元史》(第1册),中华书局,1976年,第35页。

都即术赤之子,茶合带即察合台。第二次和第三次分封是壬子年(1252)、丁巳年(1257)蒙哥在汉地对诸王、贵戚和功臣的分封。其中拔都是钦察汗国之可汗,他们谙熟中亚、西亚、南亚等地的戏剧,这对于蒙元杂剧首先兴盛于平阳路地区有没有影响?我们知道,梵剧的历史非常久远,也极为成熟,而汉民族的戏剧却是在蒙元时期才蔚成大国,它们之间有没有内在的联系和影响呢?

蒙元杂剧兴起于蒙古时代之晋地。山西省临汾市魏村牛王庙,由于保存了元代的戏台而广为人知。当地的牛王庙中供奉着牛王,由马王和药王配祀。这座牛王庙,最早兴建于大元元统元年(1333)。"牛王广禅侯的崇祀起于何时?其祭祀范围到底有多大?就现有的元代碑刻资料来看,大概起于元代初期,且于元代迅速流布开来,流布地域主要集中在山西中部、南部和东南部。"① 古代中国虽然是一个农耕文明的国家,但是对于牛的崇拜除了这座牛王庙之外似乎并不多见。牛王庙出现在山西,而不是其他地区,这不是没有缘由的。众所周知,世界上最崇拜牛的民族是印度人,尤其是印度教信徒。蒙古大军西征,带回来的不只是驱口和玉帛,而且还有文化习俗。

在山西省阳城县城关镇山头村(原名常半村)有一座"水草庙",所供主神也是"广禅侯",据碑词"元太宗七年(1235),修广禅侯大殿"可知,广禅侯与牛、马、水草等密切相关,也即与蒙古族等游牧民族关系密切。从牛王庙建立于蒙元时期、山西当时是拔都和察合台等诸王和公主的封地、蒙古族崇拜马、印度人崇拜牛等因素综合起来看,牛王庙的建立,显然是受了西域文化的影响。由此而推论,可知印度的牛崇拜与梵剧极有可能随着蒙古大军的西征东归而传入或影响到中土。

除了西域的影响外,蒙元杂剧之所以兴起于晋地,与当地娱乐的传统也相关。在大金王朝时期乃至于之前,晋地歌舞民习就颇已成风。另

---

① 延保全:《广禅侯与元代山西之牛王崇拜》,《山西师范大学学报》2003 年第 4 期。

外,汉人世侯对杂剧的兴盛有没有影响呢?汉人世侯竞相投效、攀附蒙古宗亲,他们不仅"厚敛入谒"以"结主知"[①],而且千方百计地投其所好,其中恐怕就少不了进献优伶娼妓,从而在客观上促进了杂剧的发展。况且,他们自己或制作散曲、杂剧,或厚养文人艺人,从而直接地促进了杂剧、平话、杂技等娱乐业的繁荣。

4. 元杂剧繁荣于大金旧地

从创作家的地域来看,蒙元杂剧不唯创制于大金遗民之手,而且其繁荣也出自于大金遗民或其后裔之手。

从地域看,蒙元杂剧的编剧大家关汉卿的籍贯,有元大都(《录鬼簿》)、解州(在今山西运城)(《元史类编》卷三十六)、祁州(在今河北)(《祁州志》卷八)等不同说法。郑光祖,平阳襄陵(今山西襄汾县)人。马致远,大都人。白朴,隩州(今山西河曲人)。从地域来看,这四大家都是北方人,且以晋地为主。蒙元时期,杂剧的中心为平阳、真定、东平、大都、杭州,而杭州是元平南宋后才成为杂剧中心的,其他几处都在腹里地区,即大金旧地。

蒙元实行行省制度,除了腹里地区直辖中央中书省外,全国划为十一个行省,而腹里地区包括今河北、山西、山东和内蒙古,从蒙元杂剧兴盛之空间来看,蒙元杂剧尤其是蒙古时代杂剧主要活跃于这一带。而蒙元杂剧四大家的籍贯,即使包括有争议的地域,也都属于大金旧地。

从地域来看,蒙元杂剧兴盛之地就在腹里地区,而这些地区主要就是大金国旧土。只有在元灭南宋后,杭州、扬州才加入进杂剧中心地带来。

---

① 〔元〕姚燧:《袁公神道碑》,《牧庵集》卷17,四部丛刊本。

5. 蒙古、色目等说唱风习成就了北曲的大气候

南宋孟珙《蒙鞑备录》记载了蒙鞑"国王出师，亦从女乐随行。率十七八美女，极慧黠，多以十四弦等弹大官乐，四拍子为节，甚低，其舞甚异"，从中可以看出蒙古人的歌舞习俗，即使是国王出征打仗也有女乐偕行。而《马可波罗游记》中"大汗召见贵族的仪式以及和贵族们的大朝宴"记载："宴罢散席后，各种各样人物步入大殿，其中有一队喜剧演员和各种乐器的演奏者。还有一班翻跟斗和变戏法的人，在陛下面前殷勤献技，使所有列席旁观的人，皆大欢喜。"这一条史料更是极有说服力地表明了杂剧兴盛的根本保证，就是"宫廷习向"及其影响，以及蒙古、色目等民族对音乐、歌舞的爱好，成就了蒙元时期的一时之尚。孙楷第先生认为北曲乃"宫廷习向"，并由"宫廷习向"进而"影响于臣民"[①]，这确实是卓识和洞见。

少数民族，大都长于歌舞。蒙古人是游牧民族，闲暇之际以歌舞为娱乐，因而说唱艺术极为发达。蒙古入主中原后，亡金举国上下的歌舞风习，与蒙古族的说唱娱乐风俗完全相契合，于是"民风机巧，虽郊野山林之人亦知谈笑，亦解弄舞娱嬉，而况膏腴阅阀市井丰富之子弟？"[②]说唱的民习与金院本、诸宫调等相契合，是杂剧兴盛的前提条件。蒙古族与女直、汉民族等的民族文化融合，助推北曲杂剧实现了质的飞跃。

元大都娱乐业非常繁荣，编剧者中有许多少数民族作家，如女真族杂剧作家石君宝、李直夫、王景榆等，再如杨讷乃蒙古族人，王实甫有回族血统（详参孙楷第《元曲家考略·王实甫》），等等。贾仲明说："编传奇，一时气候云集。"王骥德《曲律》认为："胜国上下成风，皆以词为尚，于是业有专门"，"胜国诸贤，盖气数一时之盛"。元大都"歌棚舞榭，选九州之秋芬"（黄文仲《大都赋》中语）。燕国佳人顺时秀，

[①] 孙楷第：《也是园古今杂剧考》，上杂出版社，1953年。
[②] 〔元〕胡祗遹：《优伶赵文益诗序》，《紫山大全集》卷8，台湾商务印书馆1986年影印本。

是"贡入天家"的"仗中乐部五千人之一"①。歌舞娱乐是蒙古族特别是黄金家族、大根脚与色目人军事首领、豪富商人等的爱好,"上有所好,下必甚焉"。这些权贵宴饮之际或之后观看歌舞形成了一时的社会风气,从而导致北曲勃兴。

6. 演唱者与观赏者

蒙元时期,歌舞娱乐的演出者主要是教坊司和仙音院(后改为玉宸院)的乐户。蒙古骑兵攻城略地或屠城,并不杀死工匠和妓乐(《元史·木华黎传》云"除工匠优伶外,悉屠之"可例证之),而是将其劫掠到大本营。《元典章·刑部十九·禁散乐词传》有云:"顺天路东鹿县头店,见人家内自搬词传,动乐饮酒。……本司看辞,除系籍正色乐人外,其余农民、市户、良家子弟,若有不务本业、习学散乐、搬说词话人等,并行禁约。"从中可知,蒙元杂剧的演唱者主要是"系籍正色乐人",其他人被"禁约"。

据《马可波罗游记》,当时的大都"新都城和旧都近郊公开卖淫为生的娼妓达二万五千余人",而杭州妓女"在城市的每个角落,都有她们的寄迹和行踪"。《青楼集序》云:"内而京师,外而郡邑,皆有所谓构栏者,辟优萃而录乐,观者挥金与之。……我朝混一区宇,殆将百年,天下歌舞之妓,何啻亿万。"蒙元杂剧的兴盛,与当时优伶之多以及其本身的素质不无关系。《青楼集》就记载了当时117位色艺俱佳的名妓,这些女伶,大多"聪慧不凡,多才多艺,有较广泛、良好的文化艺术修养"②,如曹娥秀"色艺俱绝"、珠帘秀"悉造其妙"、周人爱"姿艺并佳"、王金带"色艺无双",等等。这样看来,蒙元杂剧似乎就是娼妓娱乐蒙古、色目和汉人权贵的产物?从金院本乃娼妓演唱所本来看,蒙元

---

① 夏庭芝著、孙崇涛、徐宏图等:《青楼集笺注》,中国戏曲出版社,1990年,第101页。
② 夏庭芝著、孙崇涛、徐宏图等:《青楼集笺注》,中国戏剧出版社,1990年,"前言"第11页。

杂剧为蒙元时期教坊司娼妓所演唱者不为没有道理也。

夏庭芝《青楼集》中将杂剧分为"驾头杂剧、闺怨杂剧、花旦杂剧、绿林杂剧、软末泥",其中妓女题材的杂剧占 20 种左右。《青楼集》中的名妓,大多有权贵作为捧角者且为所依傍,如鲜于伯机、史中丞、胡紫山宣慰、冯海粟待制、齐参议、张子友平章、东平严侯、李侯、英庙、周仲宏参议、贯只歌平章、金玉府总管张公、贵公子、爱林经历、江浙驸马丞相、石万户、省宪大官、涅古伯经历、华亭县长哈剌不花、达天山检校浙省、杰里哥儿金事、宪司老汉经历、沂州同知彭庭坚、山东金宪贾伯坚、丁指挥会、赣州监郡全普庵拨里、名公巨卿,等等。至元二年(1265)二月诏:"以蒙古人充各路达鲁花赤,汉人充总管,回回人充同知,永为定制。"① 从而可知,他们之中似乎没有南人,以蒙古族人、色目人为主,也有极少数的汉人。据记载,《钧天乐》曾使"座上贵人未有不色变者",从而可知观赏杂剧者为何人。简而言之,当时的观赏者主要是官府、权贵和富商。风气所及,低档的山棚戏台可能也不少。

7. 蒙元杂剧繁荣于"蒙古时代"

王国维《宋元戏曲史》将元杂剧划分为三个时期:一是"蒙古时代:此自元太宗取中原以后,至至元一统之初。《录鬼簿》卷上所录之作者五十七人,大都在此期中",这一段时间为蒙古灭金1234年至元灭南宋1279年这45年间。王国维认为这一段时期"作者为最盛,其著作存者亦多,元剧之杰作大抵出于此期中"。第二个时期为"一统时代",即1279至1340年。王国维认为,这一时期的作者以"南人"居多,"否则北人而侨寓南方者也"。第三时期为至正时代(1341—1370)。在王国维看来,第一时期是元杂剧的鼎盛时期,而"第二期,则除宫天挺、郑光祖、乔吉三家外,殆无足观……第三期则存者更罕……其去蒙古时代

---

① 〔明〕宋濂等:《元史》(第1册),中华书局,1976年,第106页。

之剧远矣"。① 宫天挺是大名开州人，郑光祖是平阳襄陵人，乔吉是太原人，这三个人都是"北人"，后来虽流寓常州或杭州，但将其视为"南人"似不妥（南人，在蒙古人眼里仅指江浙湘湖一带原南宋统治区的人，四川人都属于汉人而不是南人）。从这个角度来看，蒙元杂剧就是蒙古灭金与元灭南宋之间的时代产物。

据钟嗣成《录鬼簿》的记载，元代戏曲家蒙古创业时期56人、世祖以来30人、元末25人；以地域分，腹里55人（内大都19人），河南7人，江浙25人（内杭州16人）。② 从统计数字可以看出，蒙元杂剧兴盛于蒙古时代的腹里地区，后南移到杭州。

郑骞说过，"杂剧在元代只是流行社会民间的一种通俗文艺"。③ 从历史上来看，它兴盛的时间与空间都与金、蒙相关，而与南戏联系不大，因为当时"'南戏'也被当做'亡国之音'而遭受歧视"。④ 从以上大致的梳理来看，蒙元杂剧在蒙古时代的兴盛，与蒙古、色目等少数民族本来的说唱传统习俗、战争掠夺来的财富供其奢侈娱乐的生活、金国的院本演出等都有着密切的关系。

（二）蒙元杂剧之衰

1. 杂剧中心的南移

有人说，元成宗大德（1297—1307）前后，元杂剧创作和演出的中心逐渐由大都向杭州南移。这一说法是否符合历史的实际情况呢？1279年元灭南宋，为何此时蒙元杂剧的中心没有南移呢？其实，元灭南宋后，蒙元杂剧便随着北人之官宦、驻兵、商人等开始南移了。

---

① 王国维：《宋元戏曲考》，中国戏剧出版社，1999年，第35页。
② 郑天挺著、王晓欣、马晓林整理：《郑天挺元史讲义》，中华书局，2009年，第161页。
③ 郑骞：《臧懋循改订元杂剧评议》，《文史哲》1961年第2期。
④ 韩儒林主编：《元朝史》，人民出版社，2008年，第685页。

首先，从赏鉴者来看，当时在南方的北曲观赏者以北人为主。据元史学家萧启庆的考证，只要不嫌弃南方的边远和湿热，元平江南后北人想在那儿做官吏还是不难的。但由于民族习俗，蒙古人一般说来不愿意去南方为官，因而平南后汉人、色目人大量南下。元人许有壬云"昔江南平，中土人南走若水趋下"。① 蒙古、色目、汉人等大量官员接管江南政务，元人曾慨叹"江南官吏尽是北人"，结果导致了"南音减少北语多"（邓剡语）② 之局面。元平南宋后，北方的军旅、官宦和商贾等大量进入东南地区。他们闲暇之际需要娱乐，而品位区隔使其娱乐偏好更倾向于自己的审美习性，因而蒙元杂剧的演出者和创作者有一些便随之南下，于是中心就从北而南移了。正是北人之官宦、驻军和富商南下才促使蒙元杂剧的中心从北而南移，杭州、扬州、松江等地的北曲从而得以繁荣。

北曲南移后主要以杭州为中心。杭州，作为南宋之都城，娱乐业本来就很繁荣昌盛。蒙元时期，"杭州，行省诸司府库所在"。③ 本来就是"销金锅儿"的杭州，在元代居住着北人之官吏、军队、商人等，又是经济中心，因而其娱乐中心的地位不仅不会衰落，而且比起之前可能有过之而无不及。只不过北人的娱乐趣味倾向可能促使北曲在杭州兴盛，但它毕竟是无根之木，甚至是水土不服，从而决定了它只能是昙花一现。

其次，从当时东南蒙元杂剧的演出者以何人为主来看这个问题。富贵世家高会开宴，此乃优伶之舞台也。元平南宋，诸伶亦南下矣。土著优伶亦风起云涌。原因就在于这些官吏闲暇之时，置酒高会，而少不了优伶奉承。而其杂剧的演出，恐怕正是歌舞娱乐分内之事也。

据《青楼集》，诸多名姬女伶，"驰名淮浙""名动江浙""驰名江

---

① 〔元〕许有壬：《葛公墓碑》，《至正集》卷53。
② 〔元〕陶宗仪：《南村辍耕录》，中华书局，2008年，第56页。
③ 〔明〕陈邦瞻：《元史纪事本末》，中华书局，1975年，第11页。

湘""流落湘湖"等,从其中的地名来看,北曲杂剧的中心的确是南移至江南地区了。而技艺出众、名重一时的艺人如曹娥秀、武光头、刘色长等都不得不冲州撞府、浪迹江湖、"索赶科地沿村转疃走"(高安道《嗓演行院》),从而可得知其谋生之不易、北曲生存环境之恶劣也。

最后,从蒙元杂剧的创作者来透视其何以衰落的缘由。按照王国维的分期来看,元杂剧从大统时期就已开始衰落。而大统时期的元杂剧编演者依然主要是北人,从而表明蒙元杂剧的实质为"北曲";但这一时期的翘楚如宫天挺、郑光祖、乔吉等虽然长期侨居南方,但他们毕竟是北人。这些在南方的"诸公"一旦弃世,北曲的事业也随之萧寂。

而在北方,正如《中原音韵序》所说的"诸公已矣,后学莫及",指出了杂剧大家去世之后,后继乏人的现实。于是北杂剧便越来越衰落了。

2. "北曲不谐南耳"

徐渭《南词叙录》云:"北曲盖辽、金北鄙杂伐之音,壮伟狠戾,武夫马上之歌,流入中原,遂为民间之日用。"俗谓"北人不歌,南人不曲",良有以也。南戏在元末最终取代了北曲,原因主要在于到了元顺帝至正十一年,红巾军起义爆发后,寓居南方的北人官宦死的死,逃的逃,富商地主的财产大多又毁于兵燹,而南人又不喜欢"杂伐之音""马上之歌",或者用王世贞《曲藻》中的话来说就是"北曲不谐南耳",从而重创了作为北人娱乐形式的北曲的艺术生命。

吴小如先生认为,"元末明初,杂剧进入各藩王的府第,一批贵族统治者及其为他们豢养的封建文人几乎垄断了杂剧创作,使之完全变成宣传封建思想和娱乐统治阶级的工具。于是一度绚丽于元代剧坛的北杂剧也就日益衰落,为南戏所代替了。"[①]

---

① 吴小如:《中国戏曲发展讲话》,中国戏剧出版社,1981年,第201页。

由以上两个角度来看，元仁宗延祐（1314—1320）年间作为蒙元杂剧繁荣与衰落的分界线是否科学？其实，它既不科学又不符合历史的实际。而蒙元时代的科举考试，本是为解决军事精英子弟仕宦的出路问题而恢复的。

元代的科举制度

蒙古灭金，首次接触到了金国的科举文化。亡金儒生，又多次建议蒙古权贵实行科举制度。因而我们谈元代的科举制度，首先应看一看金王朝的科举制度。

《金史·选举志》记载："金设科皆因辽、宋制，有词赋、经义、策试、律科、经童之制。"[①] 具体来看，金太宗天会元年（1123），大金国始行科举，分词赋、经义两科，应试者主要为汉人文士。天会五年，在河北、河东宋国故地行科举，由于辽国、宋国所传经学内容不同，因而分别举行考试，史称"南北选"。金熙宗天眷元年（1138），"诏南北选各以经义、辞赋两科取士"[②]。海陵王天德三年（1151），"并南北选为一，罢经义、策试两科，专以词赋取士"[③]。另有律科，考试律令。武举考试骑射和兵书。女真进士科在金世宗大定十三年（1173）最终得以确立，考试内容是策、论、诗三场，策用女真大字，诗用女真小字。大金国女真科举考试科目有其本民族的特色，即进行骑射考试。金世宗以后，科举成为入仕的主要途径。

---

① 〔元〕脱脱等：《金史》卷五十一《选举志》，中华书局，1975 年，第 1130 页。
② 同上书，第 1134 页。
③ 同上书，第 1135 页。

但随着蒙古的入侵，国步艰难，金宣宗南渡，开始重用吏员，即史官所云"宣宗南渡，吏习日盛"。① 王国维先生说："盖自金末重吏，自椽史出身者，其任用反优于科目。至蒙古灭金（按：似应为宋），而科目之废，垂八十年，为自有科目来未有之事。"② 蒙元百年间重吏的做法，看来是承续了金国末年重吏的习俗。蒙元杂剧的作者，王国维先生认为除了李直夫外皆为"汉人"，且多为汉人中的椽史。

蒙元的科举制度，滥觞于元太宗十年（1328）的"戊戌选试"，但蒙古上层当时将儒生看作宗教人士，即儒生应举乃"考试三教"之一，与汰选僧、道一同进行，"中试儒生除议事官、同署地方政事的规定，也基本上没有实行"③。而"戊戌选试"实质上是蒙古权贵选拔能够为其收取税赋的吏员。耶律楚材建议"守成者必用儒臣"，元太宗"乃命宣德州宣课使刘中随郡考试，以经义、辞赋、论分为三科，儒人被俘为奴者，亦令就试，其主匿弗遣者死。得士凡四千三十人，免为奴者四之一"④。这些儒生并不是被委任为"官员"，而是利用其能写会算的能力来征收赋税，如当时设置十路课税所，以儒者主其事。他们名为儒者，实则做"吏员"也。

长期以来，正式的科举考试一直议而不决，直到元仁宗延祐二年（1315）才第一次开科。从此到元惠帝至正二十六年（1366）最末一次取士，其间尚有 6 年（1336—1342）停考，这样一来，科举考试实行共 45 年，共开科 16 次，取士共计 1135 人⑤（其他有 1303 人、1200 人、1139 人等说法），这其间至少有一半是蒙古人和色目人，因而半个世纪来汉人、南人总共不超过 600 人通过科考入仕。

---

① 〔元〕脱脱等：《金史》卷五十一《选举志》，中华书局，1975 年，第 1130 页。
② 王国维：《宋元戏曲考》，中国戏剧出版社，1999 年，第 36 页。
③ 韩儒林主编：《元朝史》，人民出版社，1986 年，第 341 页。
④ 〔明〕宋濂等：《元史》（第 11 册），中华书局，1976 年，第 3461 页。
⑤ 〔明〕王圻：《续文献通考》卷三十四《选举》，浙江古籍出版社，2000 年。

蒙元时期的科举考试，实行名额分配制度。以乡试来看，岭北行省蒙古人3名、色目人2名、汉人1名，辽阳蒙古人5名、色目人2名、汉人2名，征东行省蒙古人1名、色目人1名、汉人1名，云南行省蒙古人1名、色目人2名、汉人2名，甘肃行省蒙古人3名、色目人2名、汉人2名①。乡试指标大都不过5，会试、殿试的数目就更少了（"乡试""会试"之名都始见于金王朝）从这一角度来看，蒙元朝廷虽然恢复了科举制度，但其影响力究竟有多大值得探讨。

况且，民族歧视、贪墨腐败等还制约着人们对这一制度的信心。元朝政府规定，"蒙古、色目人，愿试汉人、南人科目，中选者加一等注授"②。元人刘岳申说："初，延祐科兴，西北之士学于江南者，皆由江南贡。天下西北为优，江西庐陵为盛。"③大元王朝即使是恢复了科考，但"当是时，江右之士试于有司者无虑三千余人，而为有司所取者，仅二十二，而止是求十一于千百也"。录取率之低且不说，先看看考生的数量。或许有人认为，"三千余人"不是一个小数目，可是据国外学者统计，偏安东南一隅的南宋时参加乡试者每科多达40万人④，这两个数字一相比较，情况就不言而喻了。不仅如此，南人即使是参加科考并高中，也难以被授予高官。这种状况一直到了至正十二年（1352），科举考试已经举行了十一科了，元廷才意识到"省院台不用南人，似有偏负"⑤的问题。

元廷科举考试规定，乡试必须在原籍且通过学校参加。如此一来，寓居江南的中原考生就必须跋涉千里，回到家乡参加考试。而殿试在京

---

① 〔明〕宋濂等：《元史》（第7册），中华书局，1976年，第2021页。
② 同上书，第2019页。
③ 〔元〕刘岳申：《申斋集》卷六《吉安路修学记》，汪如藻家藏本。
④ Patricia Ebery, "The Dynamics of Elite Domination In Sung China" [J]. *Harvard Journal of Asiatic Studies* 48 (1989): 493—519.
⑤ 〔明〕宋濂等：《元史》（第8册），中华书局，1976年，第2345页。

都举行，这对江南儒士也是一个困难。色目人余阙说过，"况南方之地远，士多不能自至于京师，其抱才蕴者，又往往不屑为吏，故其见用者尤寡也。及其久也，则南北之士亦自町畦以相訾，其若晋之与秦，不可与同中国，故夫南方之士微矣"①。

在京都谋生者，则必须有"恒产"才能参加科考。元廷规定："凡大都有恒产、住经年深者，听就试。"这一条规定对生活在大都底层的卑贱儒生来说简直就是堵塞了他们的仕进之途。

元史学家萧启庆《元代蒙古色目进士背景的分析》认为，蒙元时期科举考试所影响的是社会上的中上阶层，而中第者多有家世背景。父子登科、兄弟连科的家族不在少数，"自家族仕宦经历言之，多达八成的蒙古、色目进士出身于官宦家族，来自布衣之家者不过二成。可见科举制度的主要作用在于为官宦子弟增加一条入仕的途径"②。另外，从户计和任职来看，萧启庆《元代科举与精英流动：以元统元年进士为中心》认为，汉人进士出身背景以担任下级官吏或教职者为多，南人进士则以南宋官宦、科第之士为多。从户计来看，蒙古进士大都出身于军户，色目进士相对较少，而汉人进士则更少，南人进士以儒户为多③。

蒙元为何曾一度废止贡举法？首先，这是由蒙古的铨选制度所决定的。"元朝之法，取士用人，惟论根脚。"④这一制度可能受到了亡金"近侍局"之影响。除此之外，蒙元选官基本上是"与胥吏共天下"。元朝政府认为"吏之取效，捷于儒之致用"⑤。黄节山云："官吏特不喜儒，差

---

① 〔元〕余阙：《青阳集》卷四《杨君显民诗集序》，励守谦家藏本。
② 萧启庆：《元代蒙古色目进士背景的分析》，《汉学研究》第 18 卷第 1 期。
③ 萧启庆：《元代科举与菁英流动：以元统元年进士为中心》，见萧启庆：《元代的族群文化与科举》，台湾联经出版公司，2008 年，第 187—188 页。
④ 〔元〕权衡：《庚申外史》，商务印书馆，1922 年。
⑤ 〔元〕苏伯衡：《苏平仲集》卷六，中华书局，1985 年。

谣必首及之。"① 从而导致了蒙元时期"天下习儒者少"。元代"仕途自木华黎等四怯薛大根脚出身份任省台外,其余多是吏员,至于科目取士,止是万分之一耳,殆不过粉饰太平之具"②。

其次,蒙古统治者认为,辽国以佞佛亡国,而金国、宋国则皆以儒亡国,即儒教不仅无用,而且有害。元世祖忽必烈就曾问过张德辉"或云,辽以释废,金以儒亡,有诸?"③元灭南宋后,有儒生反思说:"以学术误天下者,皆科举程文之士,儒亦无辞以自解矣。"④执政以史为鉴,历朝历代皆然,蒙古也不例外,因而权贵上下皆以儒生浮华无所用,从而对科举制度具有很深的偏见。

最后,蒙元废止贡举法的另一个缘由则是科举制度所导致的"虚文"。制艺文章大多"高而不切",不能快捷有效地解决实际问题。蒙元朝廷崇尚实学,"自国家混一以来,凡言科举者,闻者莫不笑其迂阔,以为不急之务"⑤。元仁宗皇庆二年十月,中书省臣奏:"……自隋唐以来,取人专尚词赋,故士习浮华。今臣等所拟将律赋省题诗小义皆不用,专立德行明经科,以此取士,庶可得人。"于是,元仁宗在诏令中说:"……举人宜以德行为首,试艺则以经术为先,词章次之。浮华过实,朕所不取……"⑥而明太祖朱元璋,也曾因为制艺"虚文"而十年间(1373—1382)未实行科举考试。早在大明立国之前的1367年,朱元璋就发布吴王令,要求设文武科取士"俱求实效,不尚虚文"⑦;明初连续三年科考取士后,他颇为失望:"朕以实心求才,而天下以虚文应朕,

---

① 〔元〕陆文圭:《墙东类稿》,文渊阁四库全书本,台北商务印书馆,1983年。
② 〔明〕叶子奇:《草木子》,中华书局,1997年,第82页。
③ 〔明〕宋濂等:《元史·张德辉传》,中华书局,1976年,第3823页。
④ 〔宋〕谢枋得:《叠山集》卷6,《程汉翁诗序》,迪志文化公司,2003年。
⑤ 李修生主编:《全元文》(第11册),凤凰出版社,2004年,第267页。
⑥ 〔明〕宋濂等:《元史》(第7册),中华书局,1976年,第2018页。
⑦ 《明太祖实录》卷22,上海书店,1990年。

非朕责实求贤之意也。"① 于是在洪武六年至十五年间,又恢复了战时的荐举制。但实践证明,荐举制与科举制度两相比较,还是科举制度相对来说公平公正,即朱元璋所谓的"儒者知古今,识道理,非区区文法吏可比也"②,因而又恢复了科举考试。

元代科举制度的恢复,一方面帮大根脚世家子弟的出仕提供了新的路径,使得南宋科第簪缨世家子弟获得重返政坛的机会;另一方面也使得各民族生活在社会底层的子弟能够通过它进入官僚阶层,从而为统治阶级培养新的精英。③ 元代的科举制度虽然没有像宋王朝那样实现阶级之间的大流动,局限也很多,但它毕竟能够"减少门第、族群、地域的隔阂"(萧启庆语)。

蒙元杂剧与科举制度之关系

治曲大家王国维先生说:"余则谓元初之废科目,却为杂剧发达之因。盖自唐宋以来,士之竞于科目者,已非一朝一夕之事,一旦废之,彼其才无所用,而一于词曲发之。且金时科目之学,最为浅陋,此种人士,一旦失所业,固不能为学术上之事,而高文典册,非所素习也。适杂剧之新体出,遂多从事于此;而又有一二天才出期间,充其才力,而元剧之作,遂为千古独绝文字。"④

王国维的上述论证存在着诸多问题:一是科举并非废于"元初",大金国被大蒙古国所灭,贡举法便已废停,到忽必烈建元时已有 37 年

---

① 《明太祖实录》卷 79,上海书店,1990 年。
② 同上书,卷 64。
③ 萧启庆:《内北国而外中国:蒙元史研究》,中华书局,2007 年,第 212 页。
④ 王国维:《宋元戏曲史》,中国戏剧出版社,1999 年,第 67 页。

之久了；二是污蔑金代科举"最为浅陋"亦不符合历史实际，金国科举除了具有本民族骑射特色外，与大辽国、大宋国科考颇为类同，即"循辽旧""循宋旧"①；三是科举制度自隋代以来，对汉民族士子而言固然是"非一朝一夕"，但具体到金国还有所不同："金天会改元，始设科举"②；而女真进士科大定十三年才确立，距离金亡不过61年；四是蒙元杂剧乃金院本之发展，是艺人之贡献，并非儒生适逢"新体出，遂多从事于此"；等等。

　　蒙古灭金后，科举制度废止，亡金儒生真的是"与倡优偶而不辞"（关汉卿语），或登台演出，或入书会以编创，于是最终促成了北曲杂剧的兴盛吗？

　　大金国末年，蒙古军攻取黄河、长江流域，许多儒生丧生于兵乱之中。"女真入中州，是为金国凡百年。国朝发迹大漠，取之，士大夫死以十百数。自古国亡，慷慨杀身之士，未有若此其多者。"③还有许多儒生沦为驱口，"有亡金之士大夫混于杂役，堕于屠沽，去为黄冠"④（这里的黄冠即全真教道士，由于蒙古人免其差发赋税，因而入全真教者不在少数，元遗山《全集》卷三十五《清真观记》云"黄冠之人天下十分之二"），但令人奇怪的是并没有关于儒生去做书会才人的记载。

　　贡举法废之后，儒生何以谋生？《新元史·选举志》记载："至世祖以来科举议而未行，士之进身皆由贡举法废，士无入仕阶，或习刀笔以为吏胥，或执仆役以事官僚，或做技巧贩鬻以为工匠商贾。"⑤据考证，"元初江南儒士已降至社会底层"，为了生存，"做学官成了大多数儒士

---

① 〔元〕王恽：《玉堂嘉话》，中华书局，2011年，第129页。
② 同上。
③ 〔元〕虞集：《田氏先友翰墨序》，见《道园学古录》卷五，四部丛刊本。
④ 〔宋〕徐霆：《黑鞑事略》，转引自刘晓：《耶律楚材评传》，南京大学出版社，2007年，第13页。
⑤ 柯劭忞：《新元史》，开明书店，1935年，第206页。

最后的归宿"。① 明初方孝孺曾感慨："元之有天下，尚吏治而右文法。凡以吏仕者，捷出取大官，过儒生远甚，故儒多屈为吏。"② 至元十九年（1282），石国秀等人奏请将江南四道学田钱粮拘收，御史台指出："兵火之后，科举已废，民知为儒之不见用也，去儒而为吏、为商，甚至为盗，儒风十去六七矣。"③ 从主流来看，儒生或为胥吏、仆役、工匠商贾，或为学官，甚至为盗，但唯独没有提及去做书会才人。儒生和文人、艺人似乎不宜混为一谈。在汉文化传统中，儒生极其鄙视优伶，倡优与盗贼俱为其所不齿。当时，儒生"视天下无可为，思得毁裂冠冕，投窜山海，以高蹇自便"④。

当然，一般认为，从金代科举考试的内容来看，主要是"词赋"，而词赋进士试"诗、赋和策论"⑤，因而当金国被蒙古灭亡，大量儒生不能通过科举考试出仕之际，可以想见的是，不排除有儒生为了谋生从而混迹于勾栏瓦舍之中，或做书会才人，或直接上台演出，而他们的文辞修养一般说来比底层艺人的要高，因此从创作者这个角度提高了北曲的艺术水准。词科的设置始自唐代"博学宏词科"，宋代亦设"词科"与"博学宏词科"。"即使是在金章宗设宏词科时，也有着详细规定，考试项目也是诏、诰、章表、露布、檄书等，皆用四六文；诫、谕、箴、铭、序、记等，或依古今，或参用四六，与当时通俗文学之'曲'则是绝无干系的。"⑥

且不说公文、应用文与戏曲曲词在文体上的不同，就以儒生习"词

---

① 申万里：《元初江南儒士的处境及社会角色的转变》，《史学月刊》2003 年第 9 期。
② 〔明〕方孝孺：《逊志斋集》卷二十二《林君墓表》。
③ 《庙学典礼》，文渊阁四库全书本，台北商务印书馆，1983 年。
④ 〔元〕元好问：《孙伯英墓铭》，《遗山集》卷三十一，四部丛刊。
⑤ 〔元〕脱脱等：《金史·选举志一》，中华书局，1975 年，第 1134 页。
⑥ 庞飞：《元代"以曲取士"新解——兼谈元代科举制度与元代审美风尚》，《艺术百家》2006 年第 5 期。

赋"而其文辞比艺人水平高来看，这不过是一种假想或可能性，而这种可能性迄今并没有直接的证据可以证明之。而在当时，究竟有多少儒生投身到书会中去又是一个问题。相反，倒是有证据能够证明北曲杂剧之兴与儒生没有关系。金人刘祁《归潜志》记载："金朝取士，止以词赋为重，故世人往往不暇读书为他文。尝闻先进故老见子弟辈读苏、黄诗，辄怒斥，故学者（子）止工于律、赋，问之他文则懵然不知。"① 从而可知，此辈应举者当废停科考时，可能去书会做才人吗？即使去做才人，恐怕亦无作杂剧之才也！

据《青楼集》的记载，全子仁即"全普庵拨里"，"每日公余即与士夫酣饮赋诗"，其口占《清江引》曲，而刘婆惜应声续对，"全大称赏"②。全子仁据《录鬼簿续编》是"高昌家秃兀儿氏"，刘婆惜是当时"名姬""佳人"。从而可知，乐人名姬求谒侍奉官宦；而色目人所"赋诗"中的诗指的是曲词，它与宋亡后文人、儒生和士夫结诗社、诗歌唱和大不相同也。南宋亡国后，"江南士人中兴起一股学诗、写诗的风气，诗社活动兴盛，诗歌唱和频繁"。③ 而当时的亡金文人或儒生，似未有此种情形，他们去做书会才人了吗？

孙楷第《也是园古今杂剧考》认为"元剧之发达，完全由于书会之力"。④ 创作蒙元杂剧的固然是书会才人，当时著名的书会有玉京书会、元贞书会、武林书会和九山书会等；但将蒙元杂剧的发达"完全"归之于书会，则显然与事实不相符合。当时创作蒙元杂剧的并非仅限于书会才人，从《录鬼簿》看有诸多作者身为官吏，也进行杂剧的编创。

---

① 〔金〕刘祁：《归潜志》，中华书局，2007年，第80页。
② 〔元〕夏庭芝著，孙崇涛、徐宏图等笺注：《青楼集笺注》，中国戏剧出版社，1990年，第213页。
③ 余来明、王勤：《科举废而诗愈昌——科举废黜与元前期江南士人生存方式的转变》，《学术研究》2011年第12期。
④ 孙楷第：《也是园古今杂剧考》，上杂出版社，1953年。

据统计,"元代杂剧作家约有二百人左右(这是个病句,"约有"与"左右"存其一即可),剧目六百种左右"。① 一说杂剧剧目 530 多种②,剧作家 223 人(《录鬼簿》152 人,《录鬼簿续编》71 人)。金王朝自明昌三年(1192)之后每次会试录取人数"常不下八九百人"③,南宋每次参加科考则多达 40 万人,223 位戏曲家与之相比,实在是微不足道的。

而书会中的才人,据王国维先生的考证,"士大夫之作杂剧者,唯白兰谷耳。此外杂剧大家,如关、王、马、郑等,皆名位不著,在士人和倡优之间"。④ 故王国维先生认为,"盖元剧之作者,其人均非有名位学问也"。⑤ 叶德均先生也说过,"剧曲作者,多为书会中人,位于'娼夫'、'孤老'之间"。⑥ 从《录鬼簿》《录鬼簿续编》等来看,剧作家主要由民间艺人和文人所组成。这些文人,即使是贡举法实行的年代,他们也未必就能高中;而在娱乐业风行的时代,他们下海编纂杂剧,则是谋生的一条较好的路子。

从现存蒙元杂剧所具有的"拙劣""卑陋"和"矛盾"(王国维语)等特征来看,这些书会才人绝大多数恐怕水平高不到哪里去。白朴是"士大夫",也是蒙元杂剧四大家之一,其《吕蒙正风雪破窑记》且不说其中充斥着程式化的套数,就以十年间刘月娥既无田产家奴又被父母所驱逐、独自一人在破瓦窑里过活这一细节之不真实叙述以及"莱国公之职"说法之不通来看,即使是北曲大家尚且如此文理不通,遑论其他了。

简而言之,书会才人人数不多、地位卑贱、才学主要是曲艺艺术而不是理学学术等,即他们的作为本来就与科举考试所要求的才能泾渭分

---

① 韩儒林主编:《元朝史》,人民出版社,2008 年,第 681 页。
② 庄一拂:《古典戏曲存目汇考》,上海古籍出版社,1982 年。
③ 〔元〕王恽:《玉堂嘉话》,中华书局,2011 年,第 130 页。
④ 王国维:《录曲余谈》,《王国维戏曲论文集》,中国戏剧出版社,1984 年,第 225 页。
⑤ 王国维:《宋元戏曲考》,中国戏剧出版社,1999 年,第 85 页。
⑥ 叶德均:《戏曲小说丛考》(上册),中华书局,1979 年,第 325 页。

明，可谓是两个系统，从这个角度来看，停废贡举法与恢复科举考试，对这些人及其杂剧创作来说，影响虽然不能说没有一点，但绝对不是问题的关键。

蒙古时代科举考试废停对蒙元杂剧的兴起即使有一些影响，但其影响力究竟有多大还是一个问题。如前所述，元顺帝至元年间即伯颜执政时期科举考试停了六年、大明洪武年间停了十年，但对当时的杂剧之兴衰没有丝毫之影响，从而也旁证了蒙元杂剧兴废仅仅是贡举法停废或实行之结果的说法值得商榷。

金王朝科举考试初以词赋与经义兼考，自天德三年（1151）起，"专以词赋取士"。①宋王朝科考诗赋与经义之争颇为激烈，庆历改革之于科举，"变声律为议论，变墨义为大义"。②王安石主张废明经、诸科、罢诗赋、帖经和墨义，变法后就"以经义论策试进士"。后虽几经反复，但最终以经义取士成为主流。南宋时，以经义与诗赋两科取士。元仁宗恢复科考后，程钜夫建议："经学当主程颐、朱熹传注，文章宜革唐、宋宿弊。"③元代的儒生，以诗词为浮华之具，主要攻读程朱理学。其科考，也以经义为主。由此看来，儒生与演唱艺术如蒙元杂剧之关系恐怕不是我们所想象的那样密切吧？

蒙元恢复科举考试后，据元史专家萧启庆先生的考证可知，考生绝大多数是官宦世家子弟。他们在贡举法废止时恐怕一般既不会也不用到勾栏瓦舍中去讨生活吧，而当时的剧作家大多"门第卑微、职位不振"。这些文人，与儒户、儒生其实还是很不同的，他们在蒙元恢复科考后，一般也不会去参加科考的。他们即使去参加科考，以诗圣杜甫参加科考而不能高中来看，恐怕也未必能够中举。同样的道理，关汉卿、白朴等

---

① 〔元〕脱脱等：《金史》卷五十一《选举志》，中华书局，1975年，第1135页。
② 〔元〕马端临：《文献通考》卷31《选举四》，浙江古籍出版社，1988年，第299页。
③ 〔明〕宋濂等：《元史》（第13册），中华书局，1976年，第4017页。

北曲写得好，并不意味着经义或对策就能写得好，从而并不像有的学者所说，他们如果应举就能够中状元云云。如前所述，蒙元朝廷恢复科考，是为了解决大根脚子弟的仕宦问题的。民族歧视和录取额非常之少且不说，就以每年60、70或80多名（仅有一年满100名之定额）的进士名额来看，这根本就形成不了阶级流动的大气候，不能形成如赵宋王朝举国上下读书参加科考那样的社会风气，也没有形成明清时期科考作为文化符号那样的社会影响力。据清吴履震《五茸志逸随笔》卷七的记载，蒙元恢复科考后，当时"名士遗民，都无心于仕进"以致"终元之世，江南登进士者，止十九人而已"。既然如此，蒙元恢复科考对蒙元杂剧的衰落之影响究竟能有多大呢？

无可否认的是，蒙元时期废停科考与恢复科考，对蒙元杂剧当然有着重要的影响，譬如据不完全统计，现存162个元杂剧剧本中，有科举考试内容的就有31个，并且大多表现了剧作家对通过科举考试出仕的"艳羡心态"，以及创作者的感慨如"儒人不是人"（《荐福碑》）等。金国自天德三年后"专以词赋取士"，恐怕从导向上也有助于蒙元杂剧艺术水准的提高。但是，学人将蒙元杂剧的兴废完全归之于科考之废停与恢复，则显然失之于片面和肤廓。

作者简介：张同胜，兰州大学文学院副教授。

科举之于婚姻家庭关系的考察
——以元杂剧《墙头马上》《潇湘雨》和《渔樵记》为中心

[澳大利亚] 赵晓寰

内容提要：本文以元杂剧中《墙头马上》《潇湘雨》和《渔樵记》三部作品为例，考察传统社会中科举的社会化和制度化对夫妻婚姻关系和家庭生活的影响。这三部元杂剧均涉及科举和夫妻分离与破镜重圆，超出了单纯的爱情剧的范围。剧情都充满曲折、矛盾、冲突和转折，悲喜交织，婚姻家庭关系中的男女都经历了一个由结合到变故再到复合的过程。本文在审视科举前后的夫妻关系时，将重点关注女性对理想化婚姻家庭的追求和看法，以及在以基于科举和举荐的官场文化中男性对功名、婚恋和家庭之间关系的态度，以便探究传统中国社会的伦理价值观对妇女人生和心理的控制作用。这一研究借科举的视角与婚姻离合的相互作用，试图揭示元代社会变迁与民族文化交融对与家庭婚姻生活有关的主流价值和伦理的冲击，以及剧中所反映的社会问题。

关键词：《墙头马上》《潇湘雨》《渔樵记》 科举 婚姻家庭

引 言

婚姻家庭是人类永恒的主题,也是古今中外文学一个长盛不衰的主题。在元杂剧中,婚姻家庭戏占有显著的位置。在现存的一百五十余部元人杂剧中,以表现婚姻家庭生活为主要情节的作品几近四十种,这还不包括以神仙道化和忠臣烈士等为主要人物或主要情节但涉及婚姻家庭的作品。而在这类作品中,科举又常常是达致或打破婚姻恋爱关系中的平衡,构成戏剧冲突,从而推动剧情发展的一个重要的动因。科举的这一戏剧功能往往表现为一对有情人因科举而终成眷属,或是一对离散夫妻因科举而破镜重圆,抑或是一对儿女夫妻因科举而分离,最终在大团圆的结局安排下又重归于好。本文拟通过研究《裴少俊墙头马上》[①]《临江驿潇湘夜雨》[②]和《朱太守风雪渔樵记》[③](以上三剧分别简称为《墙头马上》《潇湘雨》和《渔樵记》)这三部元杂剧里的夫妻离合与科举考试的关联,来考察传统社会中科举的社会化和制度化对夫妻婚姻关系和家庭生活的影响。这三部元杂剧均涉及科举和夫妻分离与破镜重圆,超出了单纯的爱情剧的范围。剧情都充满曲折、矛盾、冲突和转折,悲喜交织,婚姻家庭关系中的男女都经历了一个由结合到变故再到复合的过程。本文在审视科举前后的夫妻关系时,将重点关注女性对理想化婚姻家庭的追求和看法,以及在以基于科举和举荐的官场文化中男性对功名、婚恋和家庭之间关系的态度,以便探究传统中国社会的伦理价值观对妇女人生和心理的控制作用。这一研究借科举的视角与婚姻离合的相互作用,试图揭示元代社会变迁与民族文化交融对与家庭婚姻生活有关的主流价值和伦理的冲击,以及剧中所反映的社会问题。

[①] 白仁甫:《裴少俊墙头马上》,见王季思主编:《全元戏曲》第 1 卷,人民文学出版社,1999 年,第 513—538 页。

[②] 杨显之:《临江驿潇湘夜雨》,见《全元戏曲》第 2 卷,第 377—406 页。

[③] 无名氏:《朱太守风雪渔樵记》,见《全元戏曲》第 6 卷,第 382—417 页。

科场、官场与士人

科举始于隋炀帝大业元年（605），发达于唐朝，至宋代臻于完善，形成制度化，并一直延续到清末（1905），持续长达1300多年。隋朝兴科举是为了改变六朝以来九品中正制官员铨选制度的种种弊端，通过考试，择优录取官员，为帝国官僚机构提供品学兼优的人才。科举作为士子求取功名的一个重要途径，其影响渗透到传统中国社会生活的方方面面，有关科举的逸事不仅为正统文人津津乐道而录入笔记史料，而且也大量为通俗文学作家所采用、改编入小说戏曲。科举这种广泛的社会影响力自然在元杂剧，特别是元杂剧婚姻家庭戏中得到反映。出生寒微的士子因科举成功而跃入龙门，进入上层社会，从而使得原来门户不当的男女婚姻合法化，获得家族和社会的承认。

科举制度在宋代达到非常繁荣的阶段，魏晋南北朝时期形成的严格的门阀政治和"崇尚阀阅"的社会心理，在唐代后特别是宋代已经大为改变。大批出身贫寒的儒士通过了科考，中了进士，而一举成名，平步青云。宋理宗宝祐四年（1256），登科录中进士601人中出生平民家庭者多达487人。[①] 正所谓"早为田舍郎，暮登天子堂"。宋代形成了典型的官僚政治和"崇尚官爵"的社会心理，这些新中的进士理所当然变成天子骄子，国家栋梁，成为权贵和富豪结交的宠儿。榜下争抢良婿风靡一时；达官显贵对新科进士竞相"以女妻之"，为达目的，施展浑身解数。据《宋史》记载，仁宗朝外戚张尧佐听闻皇祐元年（1049）新科状元冯京尚未婚娶，欲妻以女，威逼利诱无所不用其极。[②] 徽宗时还发

---

① 高益荣：《元杂剧的文化精神阐释》，中国社会科学出版社，2005年，第157—158页。
② 〔元〕脱脱等：《宋史》卷三一七《冯京传》，中华书局，1997年，第10338—10340页。

生过蔡京强逼十八岁进士及第的傅察（1089—1126）为婿的事。① 榜下择婿恰好反映了宋代社会普遍的"尚官"心理。

科考及第后随之而来的社会地位升迁，皇亲国戚、官僚权贵的威逼利诱，动摇了寒窗十年中同舟共济的夫妻家庭关系。早在隋朝就出现了成功士人抛弃发妻，将婚姻作为攀龙附凤、结交权贵、官场晋身的阶梯。《隋书·地理志》记载当时江南、闽北诸郡风俗时称："衣冠之人多有数妇……及举孝廉，更娶富者。前妻虽有积年之勤，子女盈室，犹见放逐，以避后人。"② 这种攀附权贵、官官相亲的风气也蔓延到元代。如至元七年（1270）尚书省的一份奏折中所述："随路迁转的任官员，多与部内权豪富强之家交结婚姻，继拜亲戚，通家来往，因此挟势欺压贫弱。"③

科举成功士人不贪富贵，不弃贫穷，坚持气节和操守者有之，如《渔樵记》中朱买臣应举得官，旋即返回故里，与山野乡亲重叙旧情，而且不念旧恶与发妻和好；科举成功的士人发迹后趋炎附势，丧节失志，忘恩负义者也有之，如《潇湘雨》中的崔通，投机钻营，为取得考官欢心，弃妻别娶考官之女，折磨迫害原配。科举制度一方面造就一大批出身寒微的官员，为帝国官僚系统提供源源不断的人才，扩大了统治阶级的社会基础；另一方面部分士人高中后见利忘义，易妻别娶，伤风败俗，其行为与儒家所倡导的伦理道德观念背道而驰，自然成为反映社会风气和市民道德观念的小说戏曲所鞭挞的对象。婚姻家庭关系的稳定与幸福关系到社会的和谐和国家的稳定，因此历朝历代统治者都不遗余力实施道德教化，制定婚姻家庭的法规条文。即使在元代，婚姻的缔结和离合都有明确的法律规定，只要男女双方手续礼节完备，他们的婚姻就应该受到法律保护，不能随意使婚姻破裂，更不能由官吏阶层自己来破坏。

---

① 《宋史》卷四四六《列传》第二百五《忠义一·傅察》，中华书局，1997年，第13165页。
② 〔唐〕魏征等：《隋书》卷三一《地理志下》，中华书局，1997年，第887页。
③ 陈高华等点校：《元典章》卷十八《户部四·官民婚》，中华书局，2011年，第2册，第639页。转引自史卫民：《元代社会生活史》，中国社会科学出版社，1996年，第61页。

元代长期重武轻文，实行种族歧视和民族压迫政策，元蒙统治者对诸如耶律楚材（1190—1244）和高克恭（1248—1310）这样的有识之士开科取士的呼吁消极应对，蒙古贵族和一些权臣为保有自己的政治特权，也对科举制的设立多方加以阻扰。元成宗元贞三年（1297）高克恭在一份奏章上提及："朝廷累放诏旨，议行贡举法，而权臣扳引朋类，沮格不行。"① 蒙古人南下灭宋（1279）到皇庆二年（1313）的三十四年间以及元惠宗元统三年（1335）到至元六年（1341）的六年间先后废止科举，这在中国科举考试史上停废次数最多、中断时间最长的一个时期，② 时断时续的科举前后实施不过五十余年，举行了十六次科举考试，共录得1133人，平均每届只有70人左右。即使在这有限的几次科考中，统治者还实施了严厉的民族歧视政策，将汉人和南人与蒙古人和色目人区别对待，增加针对前者的考试难度，而且严格限定及第名额，以至于每届汉人和南人进士及第人数总计区区不到50人，较之宋代每届进士及诸科及第往往少则三五百人，多则逾千人，显然是小巫见大巫。③ 元代通过科举选拔的官吏只占帝国文官总数的百分之二强，数量微乎其微，所以科举在元代社会政治生活中的地位和作用也就远不如其他朝代。元代儒生希冀通过科举入仕的希望渺茫，加之民族歧视政策，纵有满腹经纶也无用武之处，社会地位无法比肩前朝士子，有些甚至于沦落到与倡优和乞丐为伍的地步。文人自唐宋以来形成的风流倜傥的儒生形象和和社会优越感到了蒙古人统治的元代只存在于对历史的遥远追忆中，元代社会上流传着的"七匠、八娼、九儒、十丐"正是"士不如娼"这一社

---

① 柯劭忞：《新元史》卷一百八十八《高克恭传》，http：//book.edoors.com/chapter/9695/188（2013年8月11日登录）。

② 田建荣：《中国考试思想史》，商务印书馆，2004年，第168页。

③ Thomas H. C. Lee, "The Examinations under the Mongols and the Yuan Dynasty," in *Education in Traditional China, a History*（Leiden：Brill），pp. 154—158 at 157.

会现实的反映。①

士子书生社会地位一落千丈，也影响到他们传统的家庭地位。反映在夫妻婚姻关系上，妻子的地位不再是过去那样的被动，逆来顺受，听天由命，任凭男人摆布。《渔樵记》中朱买臣考中进身前，受到妻子的百般奚落、嘲弄，甚至谩骂殴打。描写中虽不无戏剧性的夸张，但却多少反映了元代寒士的社会和家庭地位。读书人在家庭和社会中遭受轻贱、鄙薄、奚落和嘲弄，皆因他们既不能凭借劳心获取功名利禄，又不能凭借劳力使得自己和家人衣食无虑。"学而优"却难得"仕"，这样的社会现实给元代文人造成一种异乎寻常的精神负担。科举无望，怀才不遇的文人便梦想遇上"伯乐"，得以举荐入仕，施展才华，改变穷困酸楚的命运。实际上，元代文人仕宦之路往往举荐和科举并行，尤其是在科举停废期间，举荐便成为仕进的唯一途径。据《续文献通考》记载："元时用人，多由荐举；后虽科举间行，而以征受官者，正未可一二数。"②科举和举荐，特别是后者，在改变文人命运上起着关键的作用，如我们在《渔樵记》中所看到的，买臣被迫休妻后，进京科试，一举中的，经大司徒严助举荐，除授会稽郡守，荣归故里，与妻修好，重结连理，合家团圆，于是皆大欢喜。

蒙古人入主中原后相当长的一段时期，缺乏制度建设和有效的监督，同时出于对汉人的防范和疑忌，又迟迟不愿改行汉法，以至于一些蒙古王公贵族无法无天，横征暴敛，搜刮民财，任人唯亲，卖官鬻爵，

---

① 田建荣：《中国考试思想史》，第175页。据清代史学家赵翼考证，"九儒十丐"之说出自元初南宋遗民谢枋得《送方伯载序》："今之俗人有十等：一官、二吏，先之者，贵之也；七匠、八娼、九儒、十丐，后之者，贱之也。"参见赵翼：《陔余丛考》卷四十二《九儒十丐》条，中华书局，2006年，第943页。

② 〔明〕王圻：《续文献通考》卷三七《选举四》考三一七二，转引自郭英德：《元杂剧与元代社会》，北京师范大学出版社，1996年，第116页。

形成恶劣的官场文化。① 仅以教官选取为例，据皇庆元年（1312）江西行省准中书省咨云："从近年以来，各处教官老成之士绝少，轻薄之人率多，盖由此辈巧钻权门，旁趋捷径，或挟多赀，或凭贵势，或假艺术小技以动人，或缘谄谀口而得誉。是以名德之士潜处山林，躁妄之徒恬居师席。"② 元代科举取士多取法宋金，但为数不多的几次科考却弊端丛生。首先，试官按种族不同分别命题，歧视汉人和南人；③ 其次，所设科目少，录取人数少，应试对象却较为广泛，因此录取的名额极为有限（南人的中选者更是少之又少，几乎可以忽略不计）。④ 最后，更糟糕的是，元代吏治败坏，学风不正，虽然元律明确规定了取士必须以德行为首，而试官须廉洁不可以容私作弊，⑤ 但科场上下泄密代笔，卖题鬻选，徇私舞弊，举不胜举，且愈演愈烈，至元末越发不可收拾，激起士人的怨愤。有别于唐宋科举中为党争而徇私，元代科举舞弊多是试官因贪财而枉法。"才德不如二百钱"，弥漫在科场上更多的是铜臭味。⑥ 对此，陶宗仪《南村辍耕录》卷二八"非程文"条和收入其中的"弹文"均有记载。⑦

较之文人笔记，元杂剧对科场和官场腐败的揭露和鞭挞更形象生动。《潇湘雨》通过试官赵钱和秀才崔通这两个人物展示了科举考试和

---

① 周良霄、顾菊英：《元史》，人民出版社，1993 年，第 328—337 和 346—349 页。
② 《元典章》卷九《吏部》之三《选取教官》，第 307 页。关于元朝初年南人书生的遭遇和教育机构的运作，详见 Yan-shuan Lao, "Southern Chinese Scholars and Education Institution in Early Yüan: Some Preliminary Remarks," in John D. Langlois, Jr. ed., *China under Mongol Rule* (Princeton, New Jersey: Princeton University Press, 1981), pp.107—134。
③ 《元典章》卷三十一《礼部》之四《科举调制》，第 1095—1097 页。
④ 李治安：《元代政治制度研究》，人民出版社，2004 年，第 609 页。
⑤ 关于元代科举特点及其弊端的简短总结，参见欧阳周：《中国元代教育史》，人民出版社，1994 年，第 110—119 页。
⑥ 同上书，第 115—118 页。
⑦ 〔元〕陶宗仪：《南村辍耕录》卷二八《非程文》，中华书局，2008 年，第 344—346 页。

官员铨选过程中的腐败和新进举子经不住功名利禄的诱惑而抛妻别娶这样的不仁不义之举。科举的长期废止，加之民族歧视、官场腐败、试场舞弊，使得众书生纵使有"济世之略，经纶天下之心"，却无施展才华，实现抱负的舞台。他们心灰意冷，只得退居乡野，躬耕田亩，肆力山林，如《渔樵记》中的朱买臣；或托庇福荫，相妻教子，怡然自乐，如《墙头马上》的裴少俊。

文人科举前后婚姻家庭之变故

在上述三部元杂剧中，文人的失意潦倒在《渔樵记》中描写得最为具体生动。在科举长期停废，进身无望的情况下，出生寒微的学子无法靠读书生存，不得不另谋生路，有的只好放下身段，入赘为上门女婿，靠打柴捕鱼为生，从事自己不擅长的体力劳动，有的甚至沦落到乞讨的田地。① 布衣秀才朱买臣因为家境贫寒而入赘到家境殷实的刘二公家，寄人篱下，即使遭到妻子和岳丈的奚落和怠慢，也只好唾面自干，委曲求全。

未发达时，买臣以"打柴为生，满腹才学，争奈'文齐福不齐'"，想到"如今四十九岁也，功名未遂"，不禁感叹"十载攻书，半生埋没。学干禄，误杀我者也之乎，打熬成这一付穷皮骨"；"老来不遇，枉了也文章满腹待何如！俺这等谦谦君子，须不比泛泛庸徒"。愤懑之情溢于言表。儒士的命运，与科举制度有着千丝万缕的密切联系。但元代统治者轻视科举，大多数读书人只能像剧中的朱买臣那样仰天长叹。朱的功名苦闷和感慨悲愤就是苦闷悲愤的元代文人的一个缩影。

---

① 王建科：《元明家庭家族叙事文学研究》，中国社会科学出版社，2004年，第119页。

元曲塑造的诸多书生形象中，朱买臣是最为安贫乐道，固穷守分的谦谦君子之一。其实，他白天在外"和那青松翠柏为交友，野草闲花作近邻"；晚间"一会（回）家时复挑灯来看古书"。他身"处江湖之远"却无时不"则忧其君"，日日"做那万言长策"，希望"皇天不负有心人"，其才华为伯乐识中，荐于天子。对"幼年颇习儒业"的朱买臣来说，他何尝不想峨冠博带，"一举成名天下知"？他退隐乡野，"苦志固穷，负薪自给"，可是在山林、河渠间苟且余生，实非其所愿。他"虽在道路，不废吟哦"，就是希冀将来有一天能够施展他的才华，实现他的抱负。可是现实环境却不容乐观，他将自己的志向隐藏在心底深处，除了两位结义兄弟外，连家里人也未透露半分。当年他的岳丈刘二公将买臣作为入赘女婿迎进家门，是看中他的才学，盼望买臣有朝一日上朝应举，进取功名。可是婚后二十余载，买臣却没有表现出丝毫科试应举的意向，年届五十却"偎妻靠妇，不肯进取功名，只管在山林中打柴为生，几时是那发迹的日子？"情急之下，刘二公便逼着他的女儿玉天仙演出了一出苦肉计。于是这位将仕进的希望寄托于举荐而非科举的穷书生在妻子玉天仙百般威逼、辱骂的情况下负气离家踏上科举之路。倘若知道妻子和岳父羞辱他，逼他休妻，目的是激将他义无反顾地进京应举，朱买臣断不会一纸休书，了断他跟玉天仙二十年的夫妻情分，在一个大雪纷飞的寒冷的冬日凄然离家赴京应举。若没有山林道上巧遇大司徒严助并得到他的竭力荐举，这位饱学之士可能会在耕读之余与三五知己的交往中消磨他的一生。

朱买臣性格上带有归园田居的陶渊明所具有的淡泊的隐士特征，这从他与两位义兄的交往上就可以看出来。他所结交并引为知己的义兄都是靠伐薪捕鱼为生的乡野之人，而非仕宦显贵。他对富贵贫贱有自己的守志之心，所以不会为了功名而离弃妻子，这也是最后他能与妻子和好的原因。他具有儒家正统士人"固穷守志"的品格，鄙视富贵但却愚顽之人，恪守贤愚不并居。他重情守义，诚如他临别向义兄所发的誓言那样:"知恩报恩,风流儒雅;知恩不报,非为人也。"他信守誓言,得官后旋即返归故里,看望亲朋故友。朱买臣发迹得官,途中偶遇货郎担张撒古,连忙滚鞍下马,躬身询问乡里乡亲,也体现了他富贵不忘旧、平易近人的品质。

《渔樵记》朱买臣夫妻离合本事见于《汉书》。[①]东汉以降至唐宋时期流传的关于朱买臣婚变故事多为"泼水难收"的结局,不同于元杂剧《渔樵记》破镜重圆的大团圆。[②]剧中朱的婚变异于一般的婚变,不是传统的男弃女,而是女弃男,颠覆了"夫为妻纲"的伦理纲常,推翻了历经千年将朱妻作为惩戒天下妇女的反面典型,夫妻和好的大团圆结局也打破了礼教正统观念。[③]

《墙头马上》中裴少俊的家庭地位和所处的社会环境迥异于朱买臣。少俊出身官宦人家,父亲裴行俭乃工部尚书,从小锦衣玉食,属于儒家传统的世家子弟。虽然"学成满腹文章七步才",少俊却于科举功名似乎兴趣了了。同样是官宦人家出身的李千金更是不在意少俊是否取得功名才谈婚论嫁,她所追求的是婚姻美满的家庭生活。年轻人对功名的淡泊不可避免地与家长望子成龙、荣宗耀祖的愿望产生冲突。如传统文学作品所描述的那样,家长对子女偷期密约、私订终身更是无法容忍,视之为伤风败俗,有辱门户之举,一旦发现,竭力将其拆散,而允许成就婚姻大事的唯一条件就是男子必须取得功名,所以杂剧中婚姻爱情戏的大团圆结局常常是男子状元及第后离散夫妻才破镜重圆,或有情人终成眷属。

---

① 〔东汉〕班固:《汉书》卷六十四上《朱买臣传》,中华书局《二十四史》,1997年,第2791页。
② 王建科:《元明家庭家族叙事文学研究》,第121—124页。关于《渔樵记》对于《汉书》所载朱买臣本事改写的叙事学分析,见氏著,第129—131页。
③ 鄢花志:《论渔樵记》,载《戏曲研究》1990年第34辑,第155页,转引自王建科:《元明家庭家族叙事文学研究》,第131页。

千金遇见少俊时已经十八岁了，双方的父母在他们年幼时便为他俩议结婚姻，但后来因为双方家长政见不合，儿女婚事就此挂起，不再提及。年岁日长，千金春心萌动却无所排遣，叹道："谁管我巾单枕独数更长？则这半床锦褥枉呼做鸳鸯被。流落的男游别郡，耽搁的女怨深闺。"一个是"好姐姐"，一个是"好秀才"。千金"深通文墨，志量过人，容颜出世"，而少俊本人也是"才貌两全，京师人每呼为少俊"。他见到千金不禁赞叹："有倾城之态，出世之才，可为囊匣宝玩。"他们一见钟情，"四目相觑，各有眷心"，于是递笺传诗，互表爱慕之情。千金题诗，大胆邀约："偶然间两目窥望，引逗的春心狂荡；今年里早赴佳期，成就了墙头马上。"少俊喜不自胜，爽然应约，自告为一介书生，如蒙不弃，杀身难报。千金只是要他莫负了花园今夜约，将来不要做个负心郎。当幽会被嬷嬷撞见时，千金大胆表白："我待舍残生还却鸳鸯债，也谋成不谋败。"她完全摒弃那种官宦人家女子不嫁穷酸白衣寒士的门第等级观念，也不在意他将来是否科举求官；她声称自己只是"浊骨凡胎"，只要是两心相悦，情投意合，"也强于带满头花，向午门左右把状元接"。李千金将爱情和婚姻幸福放在科举功名的前面，比起裴少俊，她在追求婚姻自主和家庭幸福方面表现得更加执着和自信。她顶着世俗的道德规范，抛开婚姻礼教的束缚，坚持自己的理想和追求。她与少俊一见钟情，密约偷期，私订终身，离家出走，无不体现了她那惊世骇俗的对恋爱自由，婚姻自主的执着追求。她的这种叛逆和执着的性格始终如一，不因环境的改变而改变。面对裴父的道德训诫，她慷慨陈词，据理力争，并援引司马相如和卓文君的故事，表示只要男女双方情投意合，即使先私合后婚娶，也无可厚非，表现出极大的道德勇气。

相比之下，少俊却屈从于家长的淫威，在关键时刻表现得懦弱无能。当裴父威胁要将他"送到官司，依律施法"时，他竟然置七年的夫妻情分于不顾，违心地说道："少俊是卿相之子，怎好为以妇人受官司凌辱？情愿写与休书便了。"少俊的这番表白伤透了千金的心，她绝望地离去，唯一舍弃不下的是一双可爱的儿女。若不是看在儿女的分上，纵然裴少俊状元及第，功成名就，她是无论如何也不会与之夫妻复合。她不贪富贵，不恋权势，不重科举功名，自始至终都表现出非凡的见识和勇气，保持着自尊和自信。

裴少俊性格上有其懦弱的一面，却非见风使舵，喜新厌旧之徒。他出身名门，自幼饱读诗书，才学过人，但他和《渔樵记》中的朱买臣一样，并不汲汲于科举功名。若不是家长的恐吓、威逼，很难想象少俊会离弃共同生活了七年之久的李千金，抛下一双可爱的儿女，去上朝应举；同样，若非妻子苦苦相逼，强索休书，朱买臣也不会负气离家，进京取应。在对待婚姻家庭上，少俊虽然说不上如千金那样重情守义，但绝非寡情薄意、忘恩负义。状元及第，除授洛阳县尹，少俊不待上任便屈尊纡贵，向李千金负荆请罪，求得宽恕，合家团圆。这同样让人想起《渔樵记》中的朱买臣。当年他被媳妇踢出家门，万般无奈之下，进京应举，果然金榜题名，拜官受爵，即返故里与乡亲叙旧，不念旧恶，与玉天仙冰释前嫌，重修夫妻关系。

对照之下，《潇湘雨》中崔通的负心与和无情就显得尤其令人痛恨和鄙视。《潇湘雨》是现存元杂剧中仅见的文人富贵易妻的婚变戏，这出戏也集中展现了官场的腐败和科举制度的弊端，淋漓尽致地揭露了弊端丛生的科举制度对人性和道德的摧残与扭曲。试官赵钱一上场即自曝"清耿耿不受民钱，干剥剥只要生钞"，还寡廉鲜耻地宣称他判断人才的标准"何必文章出人上，单要金银满秤盘"。在众多举子中，他一眼看中了崔通，于是对他进行所谓的复试。他只因崔通猜中了一个谜底为"一"的字谜并联上了一首拙劣的打油诗，就胡乱称赞他的文采，并猴急地询问崔通是否婚娶。当崔通谎称尚未婚配时，忙不迭地将女儿许配于他。为防生变，他嘱令他们当下就拜堂行礼，随即脱下全套行头好让崔通穿戴整齐，带上新婚妻子立即离京赴任，而自己"弄的来身儿上精赤条条的"，一头钻进"那堂子里把个澡洗"。通过赵钱这个人物，元代科举考官丑态百出的嘴脸惟妙惟肖地刻画出来。

被这样的考官选中的秀才崔通会是个什么样的"人才"呢？崔通一上场就自言道："黄灯青卷一腐儒，九经三史腹中居。他年金榜题名后；方信男儿要读书。"读书就是为了金榜题名，光耀门庭，一改腐儒穷酸的命运，婚姻也成为他进身发迹的阶梯之一。贪腐的试官正好遇到了功名心切的秀才，于是两厢一拍即合。崔通深谙官场中任人唯亲、官官相护的游戏规则，因此当试官问及是否婚娶时，便毫不犹豫地背弃对翠鸾的誓言，声言不曾娶妻，还私下辩称道："伯父家那个女子，又不是亲养的，知他哪里讨来的？我要他做甚么？能可瞒昧神祇，不可坐失机会。"实际上，他大可不必隐瞒已有妻室的事实，因为试官已经告诉他："若有婚，着他秦川做知县去。若无婚，我家中有一十八岁小姐与他为妻。"但崔通却有自己的算盘：娶了试官的女儿，就等于与官场联姻，确保仕途一帆风顺。设若崔通一开始便知道翠鸾生父的官职比试官要高很多，他万万不会负心背弃原配翠鸾。崔通为了发财做官才去参加科举考试，也是为了官运亨通才抛妻别娶。

崔通将功名利禄置于爱情婚姻之上，全然不顾当初自己第一眼看到翠鸾时就赞道："一个好女子也！"满心希望伯父为他成全这桩婚姻。崔通在新婚后临别时信誓旦旦地说："小生若负了你呵，天不盖，地不载，日月不照临。"时过境迁，他早将誓言抛于脑后。当结发妻子翠鸾千里迢迢找到他时，他竟丧心病狂地指使手下打得她遍体鳞伤。他还罗织罪名诬告她，将翠鸾脸上刺上"逃奴"二字来羞辱她。为置翠鸾于死地，崔通将她一个弱女子发配从军，即使试官女央求将翠鸾作为侍女留下也不为所动。他算计着翠鸾熬不过秋风阴雨，流放途中便会死于棒疮，这样便一劳永逸地除掉心头之患。较之不学无术、徇私舞弊的试官赵钱，状元及第的崔通心肠之歹毒，品质之败坏实乃有过之而无不及。如此见利忘义背信弃义的小人，又岂能指望他能勤政爱民、秉公执法，造福一方？崔通的及第得官不只是揭露了腐败的科举制度和官场文化，也是对腐败的科举制度所造成士子人性的扭曲和道德的沦丧的强力控诉。

嗣后剧情发生突变。翠鸾于押解流放中在临江驿与失散三年的父亲张天觉不期而遇。此时张天觉，升任提刑廉访使，敕赐先斩后奏势剑金牌，巡视天下，惩处滥官污吏。于是，翠鸾不费吹灰之力讨得公道，争回属于自己的名分，而试官女顷刻间便被剥去凤冠霞帔由夫人贬为婢女侍妾。翠鸾和试官女在家庭中妻妾地位的戏剧性转换并非是翠鸾奋争的结果，更不是崔通的良心发现，而是取决于她们各自父亲官位的高低。难怪试官女哭诉道："一般的父亲，一般的做官，偏她这等威势，俺父亲一些儿救我不得！"她们都是男性主导的等级制度和婚姻礼教的受害者，然而不幸的是，她们对此却毫无觉悟，更可悲的是她们心甘情愿地将自己置于从属于男人的地位。翠鸾起初想要父亲斩杀崔通以报其负心绝情之仇，可是最终还是决定"饶了他这性命"。表面上翠鸾做出这个决定是看在义父的情面上，实际上是为自己着想："这是孩儿终身之事。也曾想来，若杀了崔通，难道好教孩儿又招一个？"既然崔通不能杀，杀了自己就成了寡妇，翠鸾便将报复的对象转移到试官女身上，求告父亲"只是把他那妇人脸上，也刺'泼妇'两字，打做梅香，服侍我便了"。无奈人家父亲的官衔比自己的父亲高出一大截，试官女只得忍气吞声，应承道："梅香便做梅香。"但她又不愿眼看翠鸾"独占"了老公，于是便提出了一个阿Q式的条件，要做"也须是个通房"。

科举考场外婚姻家庭中的女人

三部杂剧里所塑造的女性人物在与男性互动中比以往任何时代都表现得更加积极、主动，甚至于凌驾于男性人物之上，这在一定程度上削弱甚至颠倒了男尊女卑的传统观念。元杂剧舞台上一时集中出现这样一批女性形象并不是偶然的。首先，蒙古族入主中原使儒家文化不再被尊奉为主导的国家意识形态，长期控制社会思想的婚姻礼教也随之失去了原有在伦理道德层面上所享受的至高无上的权威；其次，汉族文人地位从"唯有读书高"一落千丈到"九儒十丐"的地步，这种失落难免会使他们与世代以来备受男权压迫的女性有同病相怜之感，①因而有可能在其剧作中对女性人物的遭遇给予更多的同情和关注；最后，蒙古和色目人女性地位比汉民族高，作为游牧民族，她们性格上远较汉族妇女洒脱、奔放，不拘礼节；她们虽为少数，但作为统治族群，必然会给汉民族根深蒂固的"三从四德""夫唱妇随"观念带来一定的冲击，也会削弱程朱理学在婚姻家庭和男女关系上对女性的束缚，这使得长期处于压抑状态下的女性获得了较之前辈更多的社会发展空间。妇女可以离婚，改嫁，婚姻不一定非依"父母之命，媒妁之言"不可，婚后也不再那么无条件地服从丈夫。②凡此种种都为元杂剧作家创造一系列既有主体意识的觉醒，又具有张扬个性的女性形象提供了可能。

《墙头马上》中的李千金把两性的结合建立在她与裴少俊两人感情欢洽的基础上，而不去考虑科举功名、权势地位和家族名望。他们的结合包含了视婚姻为爱情之归宿这样一种现代情爱观，在那个为传宗接代而嫁娶的时代，无疑具有反叛意义。千金似乎为情而生，为情而活；为了爱，离经叛道，不惜抛弃荣华富贵。她以爱情为重，轻视科举功名，丝毫没有夫贵妻荣的意识。

与千金蔑视功名富贵门第的叛逆性格不同，《渔樵记》中的玉天仙给人的印象是尖酸刻薄，泼辣任性，绝非一个逆来顺受，温良恭谦的贤惠女子形象。她受父亲点拨，向自己的丈夫强索休书，居然只是为了刺

---

① 卢秀华：《元杂剧"女子形象鲜明"现象成因的原型阐释》，《常州大学学报》（社会科学版），2011年第1期，第80—83页。

② 位雪艳：《元代妇女贞节问题再探》，《河北师范大学学报》（哲学社会科学版），2007年第3期，第109—112页。

激他上京求取功名。这样的激将法实在是匪夷所思。如果她真的顾念二十年的夫妻情,她大可不必顾及父亲的愿望和要求;如果她真的爱朱买臣,她也可以选择不用那种百般羞辱的语言来得到休书。然而剧中,她对买臣动手打、张口骂,竭力贬损他的人格,无所不用其极,泼辣横蛮表露得淋漓尽致,其言语行为远远超出了传统伦理道德的界限,令人难以相信她如此对待自己的丈夫是出于善意,或完全是出于父亲的指使与逼迫。其实,在买臣刚入门做入赘女婿时,她就直白道:"这唤门的就是我那穷厮。我不听的他唤门,万事罢论,才听的他唤门,我这恼就不知从那里来。"随后开门不问理由,她动手就打。她对朱买臣充满了各种埋怨、不满和鄙视,谈不上起码的理解和尊重。她的言语行为早就触犯了"七出",如是犯在崔通所谓的"夫为妇之天"的人家里,就可能会因此而被公婆或丈夫主动休弃。面对这样的泼妇,朱买臣生气地说:"这妇人好生无礼,我是谁,你敢打我?"满腹经纶的买臣奈何她不得,只得忍气吞声,谁叫他一个穷酸入赘人家做上门女婿呢?玉天仙对买臣表现得傲慢、刁钻、蛮横而不讲道理,她的这种泼辣的个性可视为当时社会现实在夫妻家庭生活中的一个投影。

如果说《渔樵记》中的玉天仙被刻画成一个大胆妄为、不守妇道、性格张扬的女性形象,《潇湘雨》中的张翠鸾则在维护自己的权利,讨还公道时表现出不屈不挠、意志坚强的品格。她虽被负心郎抛弃,身心受到非人的折磨,但没有屈服于夫权和贪官的淫威。她不听天由命,而是努力抗争,身处绝境却不忘为自己力争微弱的生存空间。在泥泞的道路上艰难行进中,她一路哭诉自己的不幸,控诉崔通的背信弃义。差人虽然接到崔通在流放途中结果翠鸾性命的命令,但却因她一路的哭诉而迟迟没有下手。当他们辗转来到临江驿门外避雨时,她的哭诉引起驿站守护的注意,从而惊动了恰巧下榻于驿站身为天下提刑廉访使的张天觉。失散三年的父女意外相逢,一时悲喜交加。震怒之下,张天觉即命将负心郎捉拿归案,绳之以法。翠鸾亲自带人前往崔府,她命人剥去他的冠带，锁住崔通，"牵你像牵狗似的，凭你心能机变口能言"。当义父崔文远恳求宽恕侄儿崔通时，她怨愤难平："他是我今世仇家宿世里冤，恨不的生把头来献"，"我和他有甚恩情相顾恋？"的确，崔通的所作所为，天理不容，必须受到道德的谴责和法律的制裁。然而令人匪夷所思的是，翠鸾最终却轻易地原谅了崔通这个人面兽心的负心郎，她不仅求父亲保下了崔通的性命，恢复了他的官职，而且还与他复合，重做夫妻。末了，她唱道："你若肯不负文君头白篇，我情愿举案齐眉共百年。"她如此委曲求全，似乎是碍于义父的情面，但根子里是"一女不嫁二夫"和"从一而终"的传统观念在作祟。这使得她的抗争具有时代局限性，远不是现代意义上的争取男女平权。

这样的判断也适应于试官女这个人物。和翠鸾一样，试官女大胆泼辣，敢作敢为，充满了抗争的精神。即使在手握生杀大权的钦差大臣面前，她也毫无惧色，大声申辩自己是无辜的："你岂不晓得'妇人有事，罪坐夫男'？这都是崔通做出来的，干我甚事？"当后来降为婢女时，她抗议命运的不公，可最后还是不得不与命运妥协，做了个通房丫头。在与崔通的关系上，翠鸾与试官女互为对手，但她们都没有意识到自己是腐败的科举制度的受害者。她们最后都屈从于夫权，并在夫权下达致和解。这样的大团圆结局与其说是喜庆的，倒不如说是令人心酸的，只是剧中人没有觉悟到而已。

结　语

本文通过三部元杂剧考察科举之于婚姻家庭关系的影响，通过比较剧中书生和妇女对科举的态度和科举前后他们的婚姻家庭关系的变化，试图揭示科举制度下的社会文化生态。

科举是家庭关系的催化剂。从家庭夫妻关系稳定这个角度来看，科举的作用与其说是积极的，倒不如说是破坏性的。虽然三部杂剧男主人公都无一例外的金榜题名并且最后都终于大团圆，但无论是高中前还是高中后，夫妻关系都因科举而受到不同程度的损害。《渔樵记》中朱买臣因为科举而被逼与妻子离婚，离家出走。同样地，《墙头马上》中的裴少俊迫于父亲的胁迫，违心地抛妻别子上朝应举。科举之于家庭关系的破坏性作用最典型地表现在《潇湘雨》中崔通因科举发迹而抛妻别娶，还对千里迢迢寻夫的发妻犯下令人发指的罪行。

历史上，试官和朝廷要员常常诱逼新科状元为婿，或为义子、门生，以便结成官网，互相扶持，垄断政治和社会资源。新进士子也不得不加入这一统治阶层的精英网络，以求立身官场，仕途顺达。这样的一种官场文化在元杂剧中也得到一定的反映。他们中的一些人，如《潇湘雨》中的崔通，为了功名利禄，官运亨通，竟置伦理道德和法律于不顾，背信弃义，弃妻另娶，徇私舞弊，甚至于草菅人命。当然也有一些重情守志的学子，如《渔樵记》中的朱买臣和《墙头马上》中的裴少俊，他们高中得官后不忘本，不弃旧，与一心投机钻营，满脑子功名利禄的儒林败类崔通形成了鲜明的对比。

剧中的几位女性虽有不同程度上的抗争精神，她们却背负了比男子更沉重的精神枷锁，为破镜重圆忍辱负重，委曲求全，不惜牺牲自己的尊严。无论是刁钻泼辣的玉天仙，还是性格刚烈的张翠鸾，抑或是才气心性甚高的李千金，作为生活在男性主导社会中的女性，她们最终不得不将自己置于道德伦理和社会习俗对妇女的评判之下，难以彻底冲出礼教藩篱。于是，我们便看到玉天仙从一个不守妇道的悍妇一变而成为一个祈求丈夫宽宥的贤妻；张翠鸾遭受了丈夫百般凌辱，李千金为裴父后扫地出门，她们最后还得向世俗和礼教妥协，违心地接受大团圆的安排。

事实上，自隋唐科举制度建立以来，无论是热衷还是无意于丈夫求取功名，女性都不免承受着"状元郎—负心汉"担忧：一方面，盼望丈夫十年寒窗后功成名就,夫贵妻荣;另一方面,又担心丈夫发迹后富贵异妻,负心背义。在本文所讨论的三部杂剧中,玉天仙热衷于丈夫求取功名,用离婚激将法迫使朱买巨参加科举考试,可谓用心良苦,却险些覆水难收,悔恨终生;张翠鸾送别崔通时,忧虑的不是他是否能考中,而是考中后是否恪守自己的誓言;李千金虽则不屑于丈夫的功名仕途,她所追求的是两情相悦和举案齐眉,然而她和少俊美满的家庭却因少俊被逼离家参加科举而几乎毁于一旦。由此看来,科举之于婚姻家庭的稳定和夫妻关系的和谐,其消极作用更甚于其积极作用,甚至可能具有颠覆破坏性。若不是"在'有价值的东西'被毁灭之后,挂上一条欢乐的尾巴",[①]这几部戏喜庆的大团圆结局无论如何都是难以想象的。

作者简介:赵晓寰,澳大利亚悉尼大学教授。

---

① 关于中国古典悲剧"欢乐的尾巴"的成因和类型的详细讨论,参见邵曾祺:《试谈古典戏曲中的悲剧》,见上海文艺出版社编:《中国古典悲剧喜剧论集》,上海文艺出版社,1983年,第1—30页,特别是第3—19页。

科举生态与明清戏曲创作
——以李渔及其传奇《怜香伴》为例

江俊伟

内容提要：明清戏曲创作至少在以下两方面与科举生态存在关联：就生存样态来说，明清时期的戏曲作者在身份归属与社交脉络等层面受到来自科举背景的影响；就文本风貌来说，明清时期的戏曲作品对科举人物、事件等科场元素的展现，在深度与真切感等层面与前代作品不尽相同。以李渔及其传奇《怜香伴》为个案，或可对这一问题作较为直观的探讨。

关键词：科举生态　明清戏曲　李渔　生存样态　文本风貌

明清两朝，在科举盛行的时代大背景下，科举作为影响文学发展的整体文化生态已成为不可忽视的客观存在。对于明清时期的戏曲创作实践，自不可避免施以某种程度的影响。这一问题涉及面之广、情形之复杂，诚非寥寥数语足以概括。拙文拟以剧作家李渔及其传奇《怜香伴》为个案，选取作者之生存样态与作品之文本风貌这两个角度试述如下。失当之处，祈请方家谅解。

科举背景与明清戏曲作者之生存样态

活跃于明清时期的广大戏曲作者，其家庭出身之贵贱、身份地位之高下、物质生活之贫富，或许呈现出迥然相异的诸般情形。然而，在明清两朝科举兴盛的大背景下，这些戏曲作者的整体生存样态是否可能具有一定程度的共性呢？对此，或可从其总体社会身份与关系脉络这两个层面入手加以考察。

科场中人：明清戏曲作者的社会身份归属

明清两朝，既是中国科举史上的兴盛时期，也是中国传统戏曲史上的一个繁盛阶段。当时的不少读书人，皆曾涉足戏曲创作领域。这一庞大作者群的构成，既不乏由科举而至显宦的科场得意之人，也有大量屡试不第的科场失意之辈。然而，在相对较为悬殊的政治、经济身份之外，这批读书人大致拥有一个共同的社会身份，即生活在科举时代的科场中人。

大体说来，明清两代相对重要的戏曲作者，尤其是那些一流的戏曲作家，大多拥有进士、举人等科名。换句话说，当时有大批的科场得意者，活跃在戏曲创作的舞台之上。其中甚至不乏鼎甲名流的身影，仅以明代为例：杂剧《中山狼》作者康海，是弘治十五年（1502）壬戌科殿试状元；杂剧《洞天玄记》作者杨慎，是正德六年（1511）辛未科殿试状元；传奇《合钗记》（已佚）作者秦鸣雷，是嘉靖二十三年（1544）甲辰科殿试状元。传奇《郁纶袍》作者王衡，是万历二十九年（1601）辛丑科榜眼；传奇《三关记》作者施凤来，是万历三十五年（1607）丁未科榜眼。除此以外，至于明清戏曲作者中的进士、举人，更是不胜枚举，如：传奇《投笔记》作者邱浚，是景泰五年（1454）甲戌科二甲进士；传奇《宝剑记》作者李开先，是嘉靖八年（1529）己丑科二甲进士；杂剧《昭君出塞》作者陈与郊，是万历二年（1574）甲戌科三甲进士；传奇《红蕖记》作者沈璟，是万历二年（1574）甲戌科二甲进士；传奇《修文记》《彩毫记》和《昙花记》作者屠隆，是万历五年（1577）丁丑科三甲进士；传奇《牡丹亭》作者汤显祖，是万历十一年（1583）癸未科三甲进士；杂剧《易水离情》作者叶宪祖、传奇《绿牡丹》《疗妒羹》作者吴炳，皆是万历四十七年（1619）己未科三甲进士；传奇《燕子笺》作者阮大铖，是万历四十四年（1616）丙辰科进士。杂剧《梁状元不服老》《僧尼共犯》作者冯惟敏，是嘉靖十六年（1537）丁酉科山东举人；传奇《红拂记》作者张凤翼，是嘉靖四十三年（1564）甲子科江苏举人。

  以上诸人，不仅在戏曲创作领域取得了不俗成就，在科场上也曾拥有过骄人的战绩。在科举时代，他们是当之无愧的幸运儿。明清时期，在科举盛行的大时代背景之下，参加科举是读书人生命中的一件大事。当时的读书人，大多身处于一种功利化的科考氛围之下："自科举之法行，人期速效。十五而不应试，父兄以为不才；二十而不与胶庠，乡里得而贱之。读经未毕，辄孜孜焉于讲章时文。待其能文，则遂举群经而束之高阁，师不以是教，弟子不以是学。当是时不唯无湛深经术明达体用之儒，即求一二明训诂章句典章者，亦不可多得。"①尽管读书人本身与当时的整体社会氛围都对科举持有一种如此功利化的热情，但是由于科举考试的竞争十分激烈，大量读书人耗费数十载光阴，在科举考试的名利场上屡战屡败，屡败屡战。最终大多只能以生员的身份终老林下，备尝科举失意的惆怅与不甘。郭英德先生的《明清传奇综录》中，收录明清传奇作家326人，其中161人生平不详，在有相对详细生平可考的164人中，进士28人，举人12人，贡生、监生（包括捐监生）17人，诸生及为科举读书者18人，有累试不第经历者38人。也就是说，大约有113人经历过科举考试的历练。在科举考试的名利场上，有人成功，自然就会有人失败；有人得意，自然也会有人失意。本文所选取的这位个案人物——李渔（1611—1680），便是众多科场失意者中的一员。

李渔的家乡浙江金华，在明清两代是科举繁盛之地。恰如孙楷第先生在《李笠翁与十二楼》一文中所说："因为在那个时候，科举是士人唯一的出路。"②身处如此浓重科举背景之下的李渔，早年亦曾是科举考试的热情参与者。李渔出生于一个商人家庭，作为家中次子，早早就被送上了一条由科举出仕来改换门庭、兴家旺族的人生道路。他自幼接受了较为系统的科举教育，自称"予襁褓识字，总角成篇，于诗书六艺之文虽未精穷其义，然皆浅涉一过"。③二十五岁，应童子试于金华，即以五经见拔。当时的主试官、浙江提学副使许豸对李渔非常赏识，将其试卷印成专帙，每至一地，即广为宣传。据《龙门李氏宗谱》载，崇祯十年（1637），李渔由"宗师刘麟长考取入府庠"，即入金华府学，攻取举业，为参加乡试作准备。崇祯十二年（1639），二十九岁的李渔赴杭州

---

① 戴钧衡：《桐乡书院四议》，参见陈谷嘉、邓洪波主编：《中国书院史资料（下册）》，浙江教育出版社，1998年，第1953页。

② 孙楷第：《李笠翁与十二楼》，参见《孙楷第集》，中国社会科学出版社，2008年，第223页。

③ 李渔：《李渔全集》第三卷《闲情偶寄 词曲部 音律第三》，浙江古籍出版社，1991年，第26页。

应乡试不中,作七律《榜后柬同时下第者》云:"才亦犹人命不遭,词场还我旧诗毫。携琴野外投知己,走马街前让俊髦。酒少更宜赊痛饮,愤多姑缓读《离骚》。姓名千古刘蕡在,比拟登科似觉高。"① 崇祯十五年(1642),三十二岁的李渔参加乡试途中闻警折返,其《应试中途闻警归》诗又云:"正尔思家切,归期天作成。诗书逢丧乱,耕钓俟升平。帆破风无力,船空浪有声。中流徒击楫,何计可澄清?"② 李渔为何在壮年时期选择放弃当时读书人的所谓"正道"——科举?对于这一问题,历来诸家说法不一。但从目前所见部分李渔诗文的字里行间看来,至少他本人对于一生读书无成、没能"登科及第"这件事,始终耿耿于怀,引以为憾。其作于湖州时期的《赠徐周道文学》诗云:"一生咕哗未登科,撞碎烟楼奈子何……我若似君荣暮景,华胥梦里亦高歌。"③ 或许,终其一生,李渔始终不曾真正忘怀科举带给他的荣耀与伤痛。入清之后,李渔本人虽不再应举,却让膝下二子应童子试,甚至不惜为此移家杭州。其个人对于科举的情结,可见一斑。

从以上所述李渔的个人情形来看,即使是像他这样不曾"侥幸一第"者,自幼所接受的仍然是当时主流的系统科举教育,从少年时代开始所经历的也同样是数次科举考试的历练。诚如李渔晚年撰著的《耐歌词·自序》(作于1678年,时年六十八岁)所言,当时的士林风气可概括为:"三十年以前,读书力学之士,皆殚心制举业,作诗赋古文者,每州郡不过一二家,多则数人而止矣;余尽埋头八股,为干禄计。是当日之世界,帖括时文之世界也。"④ 一代读书人如此,一代士林风气如此。由此,我们或许可以这么说:无论成与败,得与失,明清两代的大多数

---

① 李渔:《榜后柬同时下第者》,参见《李渔全集》第二卷《笠翁一家言诗词集》,浙江古籍出版社,1991年,第149—150页。
② 李渔:《应试中途闻警归》,参见《李渔全集》第二卷《笠翁一家言诗词集》,第94页。
③ 李渔:《赠徐周道文学》,参见《李渔全集》第二卷《笠翁一家言诗词集》,第237页。
④ 李渔:《耐歌词·自序》,参见《李渔全集》第二卷《笠翁一家言诗词集》,第377页。

戏曲作者，俱可视为科场中人。而这种特定的社会身份，又会给他们的创作带来哪些可能的影响呢？以下，拟从科场交际这一明清戏曲作者中广泛存在的社会关系脉络出发，对此问题试作分析。

科场交际：明清戏曲作者的社会关系脉络

人是社会化的动物，科举中人也不能例外。在重视作者生活环境、作品创作年代以及文学发展之基本事实的前提下，关于科举考试中所建立起的各种社会关系脉络及其对应试者文学创作活动可能存在的影响，似乎理应得到相当程度的关注。结合本文的论述范围，我们拟提出如下命题：在这些科名程度各不相同的戏曲创作人群里，究竟存在着怎样的人际交往脉络？而这些与科举密切相关的社会关系网络对于戏曲作者的创作活动又存在着怎样的影响？下面，就结合李渔这一个案来谈一谈我们的浅见。

明清两代的戏曲创作，尽管在某种程度上有着案头化的趋向，但就其根本性质而言，戏曲仍是一种舞台艺术，是歌唱与其他多种艺术成分的有机综合。较之小说这类案头读物，戏曲创作与排演往往紧密结合。而戏曲的排演，需要一定程度的经济基础来支撑。从这一层面上讲，较之科场失意之辈，科场得意之人往往具有更优越的政治地位及经济条件去投身这项文艺事业。在科举时代，文人之间的交游主要是在"科举"或"宦游"这一平台展开。因此，科场得意往往也意味着一位科场中人整体社会阶层的提升、日常社交范围的扩大。古代读书人早年就学乡里，同乡同学，将来可能彼此照应，今后还有可能互相提携；成为生员之后，就学府州县学，社交领域进一步扩大；通过乡试、会试以后，相互之间又缔结所谓"同年"关系。这种同年关系的紧密程度，远非今世之普通同学关系可以比拟。一旦进士及第、出仕为官，其社交领域因公务来往、宦游交际而呈进一步扩大的趋势。读书人在长期的科举生涯中，彼此因为这样或那样的机缘而缔结下各种社交关系,而这种关系往往又可能衍生出更为复杂的经济关系。如张九一在宁夏巡抚任上,曾以三月俸馈赠王世贞。王氏《弇州续稿》卷七遂有诗《张助甫中丞自夏州遣信问存,侑以三月俸,曰为米汁费,报谢一章》。王世贞一生,数度接受友人经济援助,其《弇州续稿》卷十四中,《渔阳骞中丞(达)走使惠饷谢之》《李维桢使君自金华修讯且惠山资有赠》等篇,皆反映了这种情况。古人因科举得意而结识科场同年、官场贵人,而在经济上获得资助的事,并不罕见。

从以上论述可推知,一部分科举得意而宦途失意者,不仅有精力投身于戏曲创作,也可能有雄厚的经济基础提供支撑;而那些科举失意、沦落下尘之辈,即使有创作戏曲的念头,也很难具备排演的经济实力。至于本文所举的个案人物——李渔,则是此中的一个特例。他之所以能维系花费不菲的"家班",与其个人的交游情况有着相当的关系。而这种交游,又未尝没有一丝科举关系网络的背景。如李渔在《春及堂诗》跋中自述云:

> 侯官夫子(即许豸,为福建侯官人)为先朝名宦,向主两浙文衡,予出赴童子试,人有专经,且间有止作书艺而不及经题者,予独以五经见拔。吾夫子奖誉过情,取试卷灾梨,另有一帙,每按一部,辄以示人曰:"吾于婺州得一五经童子,讵非仅事!"予之得播虚名,由昔徂今,为王公大人所拂拭者,人谓自嘲风啸月之曲艺始,不知实自采芹入泮之初,受知于登高一人之说项始。①

在李渔看来,其广布天下的声名,并非自创作戏曲始,而是肇始于当年科举考试中那位主试官许豸的"说项"之功。此后,李渔的才子声

---

① 李渔:《〈春及堂诗〉跋》,参见《李渔全集》第一卷《笠翁一家言文集》,第134—135页。

名在科举得意者、达官显宦的圈子里渐渐开始流传。由此，他也逐渐开始拥有游走于这个在政治、经济、文化等诸多领域占有大量资源之圈子的舆论资本。据单锦珩考证：李渔交游八百余人，"官员与布衣约各占一半。官员现任居多，退职者仅占什一。尊至尚书、大学士，卑至县吏衙役……从人数看，以郎官、御史、道员、府吏居多。布衣中多隐士、幕客，主体为未得功名之诸生，其间不乏各类文艺人才，尚有史家、考古家、藏书家等等。官员中亦多上述人才"。[①] 在李渔的交际圈子中，科场中人占到了大多数，比如文名显赫的"江左三大家"：曾在李渔晚年穷困潦倒之际多加资助的龚鼎孳，是明崇祯七年进士；曾为《李笠翁传奇》作序的钱谦益，是明万历三十八年进士；曾盛情款待李渔，并写诗称其"十郎才调岁蹉跎"的吴伟业，是明崇祯四年进士。李渔以其经由科举考试逐渐建立起的才名，在当时的上流士大夫之门拥有了"打抽丰"的文化资本。李渔与这些达官贵人交游，或与之谈说文艺风雅之事，或为其设计庭园楼台之构，常常因之获得较为丰厚的馈赠。甚至其家班的两大台柱——乔、王二姬，也来自于这种馈赠：家班中的乔姬，是平阳知府程质夫为其购置的；而王姬，亦是由一位"贵人"相赠。也就是说，这种科举背景下的交流或者人际关系脉络，为李渔的戏曲创作活动提供了某种程度的支持或便利。

科场元素与明清戏曲的文本风貌

与明清两代的其他许多文学样式类似，当时的戏曲作品中也不乏对科举考试及其相关之人、事等科场元素的展现。这种展现在真实度上自

[①] 单锦珩：《李渔交游考》，参见《李渔全集》第十九卷，浙江古籍出版社，1991年，第133页。

然不能与史书记载等"实录"性资料等量齐观，至多只能算作对当时科举社会现实的某种"折光"式的观照。而在这种观照之下，我们或可对明清两代的科举有一些较为直观或更为亲切的接触。在本文所选取的作家个案——李渔的传奇作品中，并无严格意义上的科举题材作品。然而，在其作品的某些情节单元里，时时散见着种种关于科举的人物或事件。而李渔对于这些人物或事件的描摹，则显示出明清戏曲文本在科场元素的展现方面所具有的一些新特点、新风貌。以下，仍以李渔传奇作品《怜香伴》为例，选取其中与科举相关的几个人物形象、事件略加阐释。

科场众生相：形形色色的小人物

在李渔的传奇作品中，读书人形象是较为常见的主角或配角，相应的，诸如"洞房花烛夜，金榜题名时""朝为田舍郎，暮登天子堂"这类科举际遇也往往成为构成其传奇作品情节单元的一个要素。本文以《怜香伴》传奇为个案，所欲探究的焦点，并非戏曲作品中这类动不动就让剧中人物状元及第、奉旨完婚的文本套路，也非剧中那些幸运异常、"大登科后小登科"的科场得意者形象；而是将目光投注于李渔戏曲文本中的一类特殊配角：科场小人物。对于生活在科举时代，且科名失意的剧作家李渔来说，这些人物或许更加熟悉，更为亲切可感。

首先，我们想谈谈"生员"这类人物。生员，居于科名金字塔的底部，与童生一起构成了科场人口的坚实基座。生员这一科名身份，实际上具有两面性：一方面，在人口基数上，他们与"童生"共同构成了明代读书人的主体；另一方面，许多在官场、文坛显达一时的读书人，皆曾是生员群体中的一员。生员的构成较为复杂，明末清初的学者朱之瑜曾指出："秀才今谓之生员，即所谓诸生，即所谓茂才，即所谓博士弟子员，异名而同实也。其中有廪膳，有增广生，有附学生，有青衣，有社生，五者得科举。此外更有乡贤守祠、工、辽、寄学等生，不与科举之数。"① 作为科名阶层中最低的一级,相对于平民而言,生员仍旧享有许多特权。如吕坤所言:"国家恩典,惟养士为最隆。一入庠序,便自清高;乡邻敬重,不敢欺凌;官府优崇,不肯辱贱;差徭概州县包当,词讼各衙门存体;岁考搭棚、饼果、花红、纸笔,何者非民脂民膏;科年酒席、彩乐、夫马、盘缠,一切皆荣名荣利。"②

大体说来,明清两代生员的命运起伏,始终存在着上、中、下三个走向。其一,所谓上等的走向,指的是由生员而为举人,甚至最后由举人应进士第,乃至最终金榜题名,身入仕途。明清两代地方府、州、县学招收生员,其主要目的是"储才以应科举"。当时的科举制度规定,只有学校出身的生员才具备参加乡试的资格。生员资格的获得,须经县、府、院三级考试;这一资格的维持,又须定期经受"岁考"和"科考"的考察。其二,所谓中等的走向,指的是读书人长时间或者说终生居于"生员"这一科名阶层。从主观愿望上讲,生员只是一种暂时的身份。读书人获取它,只是为了进一步中举人、考进士。诚然,确有一部分生员最终如愿中举、及第,但由于乡试中举率较低,大部分人可能十数年乃至数十年不中,只得一直保持生员身份。其三,所谓下等的走向,指的是一部分生员最终放弃了科举之业,或是行医,或是从商,或是作幕宾,等等。"根据明代的制度,生员固然具有进入仕宦阶级的可能性,然明代历史的客观事实却一再证明,绝大部分生员根本无缘进入仕宦阶级,终生只是保持一个'知识所有者'的身份,亦即'士',或明代典籍所谓的'衣巾终身'。"③ 而在这些终身保持"知识所有者"身份的生员中,确有一部分人,因为这样那样的原因,绝意科举上进。传奇《怜香伴》的作者李渔本人,也是此中一例。长期混迹于生员群体之中的李

---

① 朱之瑜:《朱舜水集》卷十《答安东守约问八条》,中华书局,1981年,第372—373页。
② 吕坤:《实政录》卷一《贡士出身》,《四库全书存目丛书》影印明万历二十六年赵文炳刻本,子部第164册,第339页。
③ 陈宝良:《明代儒学生员与地方社会·导论》,中国社会科学出版社,2005年,第55页。

渔，在传奇《怜香伴》中，也着力刻画了生员周公梦——这一配角或者说反面角色的丰满形象。此人一出场，便直言道：

> 书生原是秀才名，十个经书九个生。一纸考文才到学，满城都是子曰声。我周公梦自从纳了这个秀才，亏我那孝顺的父母相继呜呼，申了两次丁艰的文书，躲了两番磨人的岁考。终日眠花醉柳，喝六呼幺，何等快乐。如今遇着个作孽的宗师，忽然要来岁考。想我老周科还科得，岁却岁不得。本待要寻条门路，保全三等，怎奈宗师利害，不许投书。如今没奈何，只得把四书白文略理一理。（摊书看介）一行才勉强，双眼已朦胧。只恐周公梦，又要梦周公。①

所谓"终日眠花醉柳，喝六呼幺"云云，并非李渔信口虚造。实际上，鉴于由童生而至生员易，由生员而至举子难的残酷现实，明清两代确有一部分生员并不真正热衷对于儒家经典的认真研习。一方面，他们终日游逛，以声色取乐。尤其是明代中叶以后，生员多不在官方学校肄业，而是到处游逛。当时的生员阶层中，广泛流行着唱曲、赌博、狎妓等活动。所以才会有如下这类生动的描述："提学来，十字街头无秀才。提学去，满城群彦皆沉醉。青楼花英，东坡巾，红灯夜照，《西厢记》，长短句。"②"论文章在舞台，赴考试在花街，束脩钱统馒似使将来，把《西厢记》注解。演乐厅捏下个酸丁怪，教学堂赊下些勤儿债，看书帏苦下个女裙叉，是一个风流秀才。"③另一方面，他们中的一些人又"喜事害人"，惹是生非。费密在其总结的明季"五蠹"里，将之称为"学

---

① 李渔：《怜香伴》，参见《李渔全集》第四卷《笠翁传奇十种（上册）》，第26—27页。
② 苏祐：《逌旃璅言》卷上，《四库全书存目丛书》影印明嘉靖刻本子部第103册，第18页。
③ 朱有燉：《醉乡词二十篇·风流秀才》，参见谢伯阳主编：《全明散曲》，齐鲁书社，1994年，第336页。

蠹"①。顾炎武更将生员与乡宦、胥吏并列为"病民"的三种力量：②

> 国家之所以设生员者何哉？盖以收天下之才俊子弟，养之于庠序之中，使之成德达材，明先王之道，通当世之务，出为公卿大夫，与天子分猷共治者也。今则不然，合天下之生员，县以三百计，不下五十万人，而所以教之者，仅场屋之文。然求其成文者，数十人不得一，通经知古今，可为天子用者，数千人不得一也。而嚚讼逋顽，以病有司者，比比而是。
> ……
> 今天下之出入公门以挠官府之政者，生员也；倚势以武断于乡里者，生员也；与胥史为缘，甚有身自为胥史者，生员也；官府一拂其意，则群起而哄者，生员也；把持官府之阴事，而与之为市者，生员也。

传奇《怜香伴》中，这位声称"秀才不结官，黄齑分外酸"③的生员周公梦，上蹿下跳、诬蔑陷害男主人公范介夫，导致其蒙冤被革去秀才"衣巾"的剧情，亦侧面印证了顾炎武的看法。

其次，我们再来看看官方科举教育从业人员的主力军——教官。明清两代的教官之职分，按府、州、县区别如下：一府之教官，曰府教授；一州之教官，曰州学政；一县之教官，曰县教谕。"生员受业，固然受到时代风气的影响，然其学规之宽严，教法之得失，士习之好坏，亦与地方学官本身的修养颇有关系。"④如明人吴鼎所言："萃天下已试之材，

---

① 费密：《荒书》，浙江古籍出版社，1983年，第153—154页。
② 顾炎武：《亭林文集》卷一《生员论》，参见《顾亭林诗文集》，中华书局，1983年，第22—23页。
③ 李渔：《怜香伴》，参见《李渔全集》第四卷《笠翁传奇十种（上册）》第42页。
④ 陈宝良：《明代儒学生员与地方社会》，第109页。

布列百执事，共成国家之盛治者，宰相之任也。蓄天下未用之材，淬砺以须，隐然为国家之利器者，典学之官也。学官虽卑，其责任至于宰衡等。"① 明代儒学教官，本应成为社会典范之表率、教育教化之楷模、学术传述之关键。然而，由于教官本人身兼儒学生员的教化者与考核人之双重身份，因此很难从根源上杜绝教官失职的种种弊端。而教官的生存环境及其可能滋生的种种弊端，《怜香伴》传奇中也有所涉及。剧中，教官汪仲襄第一次出场时，有这样一段"自报家门"：

> 下官江都教谕汪仲襄是也。登科偏早，发甲偏迟；暂就广文同，仍图进取。同年九十七人，中的中了，选的选了，呜呼的呜呼了，刚刚留得我与曹个臣一双做［傲］种。明年又是会场，中不中，这遭结果，只是我们老孝廉会试，项下披了件雪蓑衣，背上加了个肉包裹，一路同行同寓，被这些新中的恶少批点不过。我如今立誓不与后辈同行。前日有书去约曹年兄一齐北上，怎的还不见到来？②

待到其"年兄"曹个臣到来，急着约他一同北上赴试之时，他又答道："小弟有几两薄俸，只因图些微利，都放在秀才头上，要待冬季廪银出来，方才扣除得清，老年兄屈等一等。"③ 并说："老年兄若来，小弟还有一事相烦，前日举过大会，考了秀才，连日有些俗冗，卷子不曾看得，借重年兄的法眼何如？"④ 一位屡试不第的老举人，一位将俸禄

---

① 吴鼎：《过庭私录》卷二《赠仁和陈学谕迁金华府教授序》，《四库全书存目丛书》影印明嘉靖四十一年吴遵晦刻本（台南庄严文化事业有限公司，1997年），集部第75册，第238页。
② 李渔：《怜香伴》，参见《李渔全集》第四卷《笠翁传奇十种（上册）》，第13页。
③ 同上书，第14页。
④ 同上书，第14—15页。

用来放债给秀才们、忙起来连卷子也不想批阅的老教官——李渔不过是信手涂抹，于闲闲数笔之间，就勾勒出这样一个活灵活现的科场小人物形象。在这位汪仲襄先生的眼里，治下之生员是用来敲诈钱财的对象，"科考""岁考"等更是用来勒索生员们的利器。

在《怜香伴》第八出"贿荐"中，他曾说："一般世事两般情，家喜天阴客喜晴。同是三年逢岁考，学官偏喜秀才惊。下官汪仲襄，正要进京会试，不想宗师岁考牌到。我想教官望岁，与农夫望岁一般，怎肯丢了这看得见的好稻，去耕那未必熟的荒田！且等收了新生的束脩，连夜赶去未迟。如今下马期促，不免教书办、门子分付一番。"① 他是怎么嘱咐的呢？原来，竟是对手下的书办、门子说道："自我老爷到任以来，这些秀才大半不来相见。如今学院按临，谅他没有奇门遁法，你们去逐个唤来见我"；"沿街相等，见生员一拖合行。算束脩加利三年，送贽仪极少三星"。② 文中所谓"岁考"，即"一岁一考也"。《明史·选举志》云："提学官在任三岁，两试诸生。先以六等试诸生优劣，谓之岁考。"③ 其目的是为了考试廪、增、附生文字之优劣，以验其进步，定其黜升。另据《明史·选举志》载，督学岁考诸生，定为六等："一等前列者，视廪膳生有缺，依次充补，其次补增广生。一二等皆给赏，三等如常，四等挞责，五等则廪、增递降一等，附生降为青衣，六等黜革。"④ "岁考"既毕，继取一二等为科举生员，俾应乡试，谓之"科考"。通俗说来，科考是从生员中选拔可以参加乡试的生员。不管是岁考也好，还是科考也罢，都是科举教育及考试中相当重要的环节。然而在如此严肃的考试中，关于如何给治下生员开优行、劣行的问题，汪仲襄与手下的办事吏员之间却发生了如下对话：

---

① 李渔：《怜香伴》，参见《李渔全集》第四卷《笠翁传奇十种（上册）》，第 25 页。
② 同上书，第 26 页。
③ 张廷玉等：《明史》卷六十九《选举志》，中华书局，1974 年，第 1687 页。
④ 同上书，第 1687 页。

（丑、末）禀问老爷：优行、劣行，可曾定下那几个？

　　（副净）优行比劣行不同，开了优行的，就考了六等，也还复得前程，富家子弟，自来夤缘；那劣行只有一个也罢了。我闻得有个周公梦，酗酒呼卢，宿娼包讼，件件都备。况我到任至今不来一见，就把他开去罢了。

　　（末、丑）老爷只晓得开优行的旧规，还不知开劣行的新窍。须把那富家子弟，逐个敲磨过去，先要开这几个；待他修削了，又要开那几个，老爷会试的盘费，就出在这里面了。

　　（副净大笑介）你们倒是两个理财裕国的忠臣，就依卿所奏。①

　　果然，原定应被开为"劣行"的生员周公梦，马上献上了贿赂银两。收了钱的汪仲襄随即改变了主意，不但不将其开为劣行，还对这位生员另眼相看，并对自己的同年曹个臣介绍他"不仅才高，且优于素行"。并悄悄对他说："周兄，我一封便向宗师荐。"②诚如戏文中所说的那样，所谓"细丝元宝大半锭，优行生员第一名"。③"那些教官有甚么公道，有钱的便是优，无钱的便是劣。"④

　　一部《怜香伴》传奇，于寥寥数笔之间，生员之无行舞弊，教官之贪婪渎职，跃然纸上。尽管李渔在其《曲部誓词》中曾说，自己创作戏曲意在"砚田糊口"，"既非发愤而著书"，又非"托微言以讽世"。然而，作为科场中人的一分子，身处科举生态背景之下的作家李渔，还是于有意无意的笔墨之间刻画下这些他并不陌生的科场小角色，"陋劣幸进而英雄失志"的科场现状也清晰可见。

---

① 李渔：《怜香伴》，参见《李渔全集》第四卷《笠翁传奇十种（上册）》，第 26 页。
② 同上书，第 30 页。
③ 同上书，第 29 页。
④ 同上书，第 62 页。

科场哈哈镜：光怪陆离的舞弊案

与生员之无行、教官之渎职紧密相关的，还有科场之上的种种怪现状。千奇百怪的科场舞弊案，便是其中之一。自有科举以来，便有科场作弊之法，其方式方法历来无奇不有。不仅正史屡有载述，就连野史杂传、民间传说中也对此津津乐道。如唐代诗人温庭筠能在考场之中，于众目睽睽之下，替数人答卷之事，几乎成了文坛佳话，历代传扬。而李渔在传奇《怜香伴》中，也对科场舞弊之现状作了或许夸张但不无现实基础的描摹。《怜香伴》中的配角——生员周公梦，依靠贿赂公吏"把别人绝好文字割来"，凑在他的卷面上，侥幸得中举人。这恰是科场舞弊常用的"割卷"之法。对此，他不以为耻，反自鸣得意道：

> 笑区区生来命好，不读书居然中了……不须刺股更悬梁，别有求名觅利方，转劣为优人莫测，偷天换日鬼难防。割来卷面无痕迹，费去钱财有限量。我替别人当举子，别人替我做文章。①

到了会试时，周公梦明知无法再用故伎搪塞，便欲采用另一种常见的科场舞弊方法——"怀挟"。而且，其怀挟之策，未免不雅：

> 我如今用个怀挟的法子，抄了几百篇拟题文字，又录了一卷二三场，任他出去出来，不过是这几个题目，料想没有五书六经，凭他拟长拟短，不过是这几篇后场，料想不考诗词歌赋。只有一件，俗语说得了，家家卖酸酒，不犯是高手，全要做得干净。我如今将文字卷做个爆竹的模样，等待临场时节，

---

① 李渔：《怜香伴》，参见《李渔全集》第四卷《笠翁传奇十种（上册）》，第87页。

塞在粪门之中，就是神仙也搜检不出。岂不妙哉。①

然而，"奉旨监场"的京畿御史声明要"外杜举子之夤缘，内绝帘官之线索。正是国家隆重之典，仕路清浊之源"。②对赴考举子严加搜检，遂有了以下这段令人忍俊不禁的闹剧：

（众呐喊，搜至臀后惊介）"怎么，这个相公是有尾巴的？"
（净）"那是个脱肛痔漏，疼得紧，动不得的。"
（众搜出文介）"原来是卷文字。"
（喊介）"搜检有弊。"③

舞弊不成的周公梦，还不由发出诚心诚意的哀叹："费尽多少心机，抄得百篇制义。外将油纸包封，塞在粪门以内。只因呐喊声喧，吓出一枚小屁。这卷孽文章原要作怪成精，怎再经得因风带势。起初还不过露出一寸梅桩，我硬夹着不容他走漏春风消息。遇着那些搜检的冤家，被他连根拔出了月中丹桂。"④李渔的传奇作品，多是寓庄于谐之作。虽然他本人一再声称"惟我填词不卖愁，一夫不笑是吾忧"。⑤但在这种种看似荒诞滑稽的调笑之语中，未尝不蕴含着相对严肃的主题，未尝不伴生着对生活的冷静思考。例如，上文所举周公梦舞弊所用这一"奇法"，从目前笔者所见资料来看，似非李渔单纯为了诙谐取笑而凭空作想。在明人冯梦龙的《古今谭概》中，记录了一桩十分相似的舞弊案：

---

① 李渔：《怜香伴》，参见《李渔全集》第四卷《笠翁传奇十种（上册）》，第87页。
② 同上书，第89页。
③ 同上书，第90页。
④ 同上书，第91页。
⑤ 同上书，第203页。

> 宋承平时，科举之制大弊，假手者用薄纸书所为文揉成团，名曰"纸球"，公然货卖。（原注：民卖犹胜官卖。）今怀挟蝇头本，其遗制也。万历辛卯，南场搜出某监生怀挟，乃用油纸卷紧，束以细线，藏粪门中。搜者牵线头出，某推前一生所弃掷。前一生辩云："即我所掷，岂其不上不下刚中粪门，彼亦何为高耸其臀，以待掷耶？"监试者大笑。①

书中所谓"万历辛卯"，当指明神宗万历十九年辛卯（1591）应天乡试。这件事究竟是确有其事，还是一时读书人之中传讲的轶闻笑谈，笔者未敢妄言。然而不论怎样，这至少从一个侧面反映出，在当时关于这样一类科举怪事奇谈的传闻，在广大科场中人的圈子里是较为广泛流传着的。

与此同时，我们还注意到：《怜香伴》中对于这类科场作弊怪事的描述，与前代戏剧文本是不尽相同的。大体说来，元代倡优艺人、书会才人所作之戏文中若涉及科举场景及人物，其中不少充斥着平民百姓对于科举世界"想当然"的揣测与描摹。其对科举场景的展现，对试官与生员形象的描写，时时流露出天真而幼稚的文化底蕴。而这一点，固然与剧作本身的诙谐、讽刺之风韵有关，与普通受众的审美需求相关；但是，亦未尝不是元代科举不兴的历史背景使然，也可能是书会才人与科举制度间的隔膜或谓疏离之必然。例如元杂剧《临江驿潇湘秋夜雨》中，试官接受了崔秀才贿赂，欲取其为头名状元，遂于前夜复试崔秀才。试官开口问秀才的，竟然是一句"你认不认识字"，得到肯定的答复后，双方联诗口试的对白如下：

（试官云）东头下笔西头落，是什么字？

---

① 冯梦龙：《古今谭概·杂志部第三十六·科举弊》，中华书局，2007年，第488页。

（崔秀才云）是个一字。

（试）好！不枉中了头名状元，识这等难字。

……

（试）一个大青碗，盛的饭又满。

（崔）相公吃一顿，清晨饱到晚。

（试）好秀才！好秀才！看了他这等文章，还做我的师傅哩。①

　　如果我们将上述场景与李渔《怜香伴》中所录的科考画面两相对照，何者于疏离之间伴有更多的市井趣味，何者于真切之中透出点滴的亲身况味，似乎是一目了然的事情。而像李渔《怜香伴》这样对于科举场景予以如此生动、真切之描述的现象，在明清戏曲作品之中并非孤证。若悉心考察，或可别有心得。

　　以上所述，明清戏曲在展现科场元素时所体现出的这些文本风貌，是与本文前述戏曲作者群体的生存样态密切相关的。以李渔这一独特的文人个案来说，他的前半生也曾热衷于科举之业，并一度战绩不俗、颇有声名；即使是绝意科举之后，他所游走的那个文化圈子，仍旧是以大量科举得意者与失意者为主而组成的科场交际网。对科举拥有如此真切感受，与科场中人拥有如此紧密联系的他，笔下所展现的科举世界与"倡优艺人""书会才人"所创造的那种很大程度上基于想象的科举场面，自然在深度、广度与真切感上是会有所不同的。

　　行文至此，我们还要特别说明的一点是：在以戏曲、小说等作品为个案讨论科举社会或者科场生态时，往往会遇到一个技术层面的问题：作为文学作品的戏曲或者小说，其文本本身关于科举的描写、文本中人物关于科举的评价，凡此种种，究竟在多大程度上接近抑或疏离历史的

---

① 杨显之：《临江驿潇湘秋夜雨》，参见王思任主编：《全元戏曲》第2卷，人民文学出版社，1990年，第386页。

真实一面呢？对此，笔者所持的观点是，文学作品中所展现的科举场景及人物样态，自然不可与史书所谓"实录"等量齐观，但至少我们可以将其作为反映当时科举实况的一抹"折光"。从这个层面上来讲，拥有剧作家与科场中人双重身份的李渔，其剧作所涉及的种种科举元素、所反映的种种科场观念，自然是其本人科举经历与科举观念的某种"折射"，但也在一定程度上反映了当时的整体科举文化生态。有鉴于此，取科举与文学交叉的角度对其加以观照，或许能为我们正视并探究这类文学现象提供一点助益。

作者简介：江俊伟，武汉大学文学院博士生。

传统科举思想在俗文学中的神化体现
——以常熟宝卷为例

邹养鹤

内容提要：科举制度在中国实行了整整一千三百年，随着科举制度的历代传承，"出人头地、光宗耀祖"逐步成为民间百姓的科举思想和科举信仰，并且被神化。本文以常熟宝卷《总管宝卷》《五仙宝卷》《小王宝卷》为例，叙述传统科举思想在俗文学中被神化的具体体现。

关键词：科举制度　民间信仰　常熟宝卷

科举制度在中国实行了整整一千三百年，对隋唐以后中国的社会结构、政治制度、教育、人文思想，产生了深远的影响。科举原来目的是为政府从民间提拔人才，打破贵族世袭的现象，以整顿吏制。相对于世袭、举荐等选材制度，科举考试无疑是一种公平、公开及公正的方法，改善了用人制度。最初东亚日本、韩国、越南均有效法中国举行科举，越南科举的废除还要在中国之后。16 至 17 世纪，欧洲传教士在中国看见科举取士制度，在他们的游记中把它介绍到欧洲。18 世纪启蒙运动中，不少英国和法国思想家都推崇中国这种公平和公正的制度。英国在 19 世纪中至末期建立的公务员叙用方法，规定政府文官通过定期的公开考试招取，渐渐形成后来为欧美各国仿效的文官制度。英国文官制所取的考试原则与方式与中国科举十分相似，很大程度是吸纳了科举的优点。故此有人称科举是中国文明的第五大发明。

从宋代开始，科举便做到了不论出身、贫富皆可参加。这样不但大为扩宽了政府选拔人才的基础，还让处于社会中下阶层的知识分子，有机会透过科考向社会上层流动。这种政策对维持整体社会的稳定起了相当大的作用。明清两朝的进士之中，接近一半是祖上没有读书，或有读书但未作官的"寒门"出身。但只要他们能"一登龙门"，便自然能"身价十倍"。历年来千万莘莘学子，俯首甘为孺子牛，目的都亦不过希望能一举成名，光宗耀祖。因此，在民间"出人头地、光宗耀祖"也就成了传统的科举思想，从而又演化成为一种民间信仰。

民间信仰指那些在民间广泛存在的，属于非官方的、非组织的，具有自发性的一种情感寄托、崇拜以及伴随着精神信仰而发生的行为和行动。即"民众中自发产生的一套神灵崇拜观念、行为习惯和相应的仪式制度"。一般是指乡土社会中植根于传统文化，经过历史历练并延续至今的有关"神明、鬼魂、祖先、圣贤及天象"的信仰和崇拜。民间科举思想经过历代的民间历练和神化，慢慢成了百姓对"文曲星"的崇拜，考取功名者，就是"文曲星"下凡。清代吴敬梓在《儒林外史》第三回第 19 页中对胡屠户有这样的描写:"虽然是我女婿,如今却做了老爷,就是天上的星宿。天上的星宿是打不得的!我听得斋公们说:打了天上的星宿,阎王就要拿去打一百铁棍,发在十八层地狱,永不得翻身。我却是不敢做这样的事!""果然天上'文曲星'是打不得的,而今菩萨计较起来了。"作者把民间对科举思想的神化崇拜渲染得淋漓尽致。

以常熟地方宝卷为例。常熟已有5000多年文明史,邑内有崧泽、良渚等文化遗址多处。3000多年前的商末,古公亶父(周太王)次子仲雍让国南下建勾吴,定居常熟。自西晋太康四年(283)建城以来,古城已有1700多年历史,至唐代,已成为商业发达、街市繁荣的江南名城。常熟自古以来人文荟萃,素有"文化之邦"美称,尤以私家藏书之名享誉海内外。常熟藏书甲天下,名不虚传。常熟藏书远有端绪,代不乏人。中国私家藏书始于孔子,常熟先贤言偃为孔子弟子,又是中国南方最早的藏书家和文化传播者。据文献记载,常熟历史上自元代至民国,共有130多家藏书楼,藏书家300多位,自北宋郑时至明代前期常熟有许多在全国有影响的藏书家,至明代后期常熟成为中国私家藏书中心地,呈现出一批代表一个时代的藏书家和藏书楼,赵氏脉望馆、钱氏绛云楼、毛氏汲古阁、钱氏也是园、张氏爱日精庐、陈氏稽瑞楼、瞿氏铁琴铜剑楼、翁氏藏书均为中国最有影响的藏书家和藏书楼。常熟藏书家兼著述、考订、校雠、编纂、出版,在学术文化各个领域多有建树。《重修常昭合志》载清以前1861人的4191种著作,著述家多是藏书家。东南开道脉,今古挹文澜。常熟藏书家传承传统文化的精神孕育着一代代读书人,读书种子不绝,历代涌现出了状元8名、进士483名、举人和秀才6200余名。常熟藏书、读书历史风尚的成因也是和民间传统科举思想分不开的,清乾隆元年状元金德瑛在咏常熟白茆红豆山庄的《补溪草堂诗》中载"子孙承家励名行,读书声响环溪浜"。因此,在常熟的地方宝卷里有许多关于读书成就、考取功名、报效国家、造福百姓的故事。但故事的内容往往都被神化了,寄托着民间的信仰和良好愿望。

一、《总管宝卷》。常熟《总管宝卷》主要讲述宋朝太平年间，浙江省瞿州府常山县芝罗镇有一员外叫金善良，妻子张氏，夫妻俩同年，都已有四十，家中殷实富有。金善良本为当朝御使，只因体弱告老还乡，并且，夫妻俩无儿无女，甚是心愁。然而，夫妻俩好救济贫民、焚香礼佛、广修积德，终因感动玉皇大帝，赐于张氏怀孕生有一子，取名叫金元。金元天生聪明好学，长大后四书五经、琴棋书画、十八般武艺，样样精通，文武双全。金元十八岁时，高中一品状元，衣锦还乡，招当地徐百万女儿玉莲结婚成亲。结婚不几日久，大宋边防发乱，皇帝急招金元出征边防平乱，金元大胜而归，皇帝大悦，即封金元为"边防总督大人"。金元返乡探亲，正逢父母双亲仙逝，只好在家料理后事。不久，金元夫妻也双双白日升天，皇帝得知即降旨，在他故乡建造一座总管庙，让万民百姓永久朝拜。摘录金元进京赶考，得中一品状元内容如下：

且说金元自从出门辞别父母，在路行程十分艰苦，行了一月余另，尚未到京。有一日，行到常峰有一镇，名称票蓟镇，镇上来往人很多，在人群中见一中年妇女号淘痛哭，哭得实在凄惨，金元看看走上前去问她，你位大嫂为何这样痛苦，身上衣衫（赖）【烂】污，为何在此啼哭，家住何处，姓甚名，谁有何冤屈。乃女人说，公子你乃里知道，我家住宅区在山蓟县南门外浦家村，我家姓浦，丈夫名叫如恩，敝人曹氏，家中只生一女，名叫品莲，因奴丈夫被人陷害，进入监狱，说他杀人灭尸，几次受刑，口供不承认，将他解押外地。所以奴奴（尽）【寻】夫到此，尚无着落，现在路隔千里来得回，不得身无丝毫，怎能回家，奴奴真苦命，只好自（尽）【寻】短（剑）【见】。金元听了说，大嫂你这样想法千万使不得的，你要回想到家中还有小女，丈夫虽然押在外地，总有一天回家，嫂嫂你要听我道便了。

嫂嫂不必苦悲伤，丈夫一定有地方，总有一日回家转，夫妻双双住一房，你想这条尽头路，能舍家中小儿郎，（尽）【寻】其短（剑）【见】啥好处，寿缘未满见阎王，你还赶快回家转，缺少盘费我承当，给你白银二十两，速即回家望儿郎，想你家中无照顾，谅必女儿无靠防，曹氏听了公子话，双抛眼泪落胸膛。

金元这样对嫂嫂十分着急，即将包裹里取出白银二十两赠给嫂嫂，乃曹氏不敢接取，金元说："嫂嫂你拿吧"，曹氏将手揩干眼泪，接了花银便问："公子你姓啥？名谁？家住何处？是要说我知道。"金元道"嫂嫂你快走了吧"，曹氏说："公子你勿讲我听，我不受，认死不回"，乃金元想，我若不讲要害她几条性命，就（但）【待】我讲吧，"嫂嫂你听我道也"：

家住浙江常山县，芝罗镇上我家门。百家姓上本姓金，善良就是我父亲。小弟名字叫金元，因求功名往帝京。路过此地招商住，见你嫂嫂受苦辛。见你嫂嫂号啕哭，有何冤屈说我听。赶快还是回家庭，丈夫冤枉要摸清。曹氏起身双手拜，希你得中状元身。奴奴若有翻身日，永远不忘公子恩。自此两人分离别，金元仍旧往帝京。金元往京不必说，再表曹氏回家庭。一路行程无担阁【耽搁】，不分日夜赶路程。路上行程来得快，数月之间到本城。穿过县城往南走，不觉来到自家门。品莲见娘回家转，满脸添花喜十分。

却说曹氏晓行夜宿已到家中不表，再说如恩被人陷害已经二年有余，押解外地县，衙门再三严刑拷打，始终没有口供招认，所以县官看他确实冤枉，便将如恩的冤屈一案送到府里，乃府台大人仔细观看，虽说如恩杀人灭尸，但无凶证，这样看来一定冤枉，现在还是把如恩放回家乡，即交衙役三班将如恩放回，给他白银十两，乃如恩在这时候如龙得水，口谢大人，即刻动身，恰巧曹氏同日回家便了。

曹氏看见丈夫身，抱头大哭苦十分。出外抓你半年另，巧遇金元好良心。赠我花银二十两，劝我回家赶路行。

且说如恩听得曹氏目瞪口呆，夫妻二人大哭一场，曹氏说："丈夫你自从押解到外地不久，我就离了女儿，（尽）【寻】你好久，没有（尽）【寻】到你丈夫，身边银钱用尽，正是回不得家乡，见不得爹娘，路隔千里，别无办法，只好想自寻而死，大哭一场。幸亏一位公子，叫金元上京赶考，见我痛苦，他问我根由细底，我乃已直照讲他听，言语再三劝我不必尽死，他说："你丈夫既是冤枉，总有回家之日，二来家中还有女儿，怎能舍得她，又说你既无盘费，我给你白银二十两，你还是回去，我要他名字，住在什么地方？他坚决不讲，后来我说你不留名字，我这银子不受你了，后来他讲出来，他家住在江苏省瞿州府常山县芝罗镇，姓金，父亲叫善良，他单名叫金元，留名后他就与我分别，未知他能否考上"。如恩听了，这人间下世上少有，目前有恩难报此人，但一定要报的。曹氏说，丈夫不如将他的名字写一个长生位供在堂前，日日焚香点烛，求他早日得中功名。丈夫听了十分称赞，正定便了。①

如恩夫妻思来报，长生位供在堂中。愿求金元身健康，一年四季免灾星。保佑年年无灾悔，子孙兴旺寿长延。愿得功名早成就，龙袍冠带早回转。不宣夫妻心发愿，金元皇宫受状元。

---

① "正定"，常熟方言，就这样定了的意思。

再说金元从曹氏分别以后，一路平安到京。日后进宫见过万岁，主考大人接章，金元便把文章呈上，主考观看十分称赞，世上有这样天才，而且武艺精通。后来又叫他演武所上比武，金元果然武艺精通，演武所再拿一把大刀，出场练武。合朝官员前来观看，他的刀法世间无比。大家都称他神仙刀法，无有一个不称赞，武练已毕，有殿上主考同衙役商议，使他一品状元，即便换服谢过皇恩。日后，留他在朝保皇。金元说："万岁，臣欲奏万岁，臣探望父母"，皇上准奏，金元谢恩，辞皇回乡探望父母便了。

金元辞朝转家门，敕差张赵就动身。楝大官船叫一双，号炮三声起锚行。金锣开道船头放，拖艄旗上写分明。新科状元金元名，皇上准旨探父母亲。一路行程来得快，本省就在面前存。一径来到常山县，知县得信出来迎。各府百姓前来接，大家迎接新大人。金元衙门同步进，摆茶吃酒闹盈盈。酒筵席散众官退，要紧探望父母亲。张龙赵虎向前走，敲锣放炮起锚行。解缆开船来得快，自己门口到来临。善良见儿状元取，父母看见喜欢心。连忙备办大筵席，邀请诸亲请乡邻。邀请县里众官职，尽来庆贺饮杯酒。众官吃得迷迷笑，猜拳吃酒比输赢。

金元一路赴京城赶考，千辛万苦，不但路途遥远，而且还一路做好事，帮助别人，这也是民间传统科举思想中"德"的修行，只有德才兼备而中举的人，才能真正做到"光宗耀祖"，从而得到广大百姓的敬仰，同时被神化。

二、《五仙宝卷》。常熟《五仙宝卷》讲述的是宋朝太宗年间，常熟白茆镇坞坵村有个郭员外晚年喜得五子，文武双全。后来番邦侵略中原，太宗皇帝特招仙福、仙禄、仙寿、仙星、仙祥五兄弟为"战番大元帅"。五仙兄弟神通无比，杀退番兵，并牺牲战场，为表对五兄弟的尽忠报国，太宗皇帝追封五仙兄弟为"五虎神将"，并在常熟白茆镇坞坵造了五仙圣庙，万代接受百姓的香烟朝拜。节选如下：

且说赵氏大娘，三更得梦，梦入仙桃，混身舒适，不觉有孕在身。光阴似箭，日月如梭，已经十月满足，正逢甲子年四月十四日，卯时生下一子，取名为天福。来年乙丑年四月十四日，卯时又生一子，取名为天禄。又过一年，丙寅年四月十四日，卯时再生一子，取名为天寿。再过一年，丁卯年四月十四日，卯时再生一子，取名为天星。又逢一年，戊壬年四月十四日，卯时又生一子，取名为天祥也。南无本尊五仙佛菩萨。

郭家求子不退心，夫人梦入仙桃身有孕。十月满足身份娩，员外得子喜欢心。连年又生四个子，五子登科后来兴。谢天谢地谢神明，又谢菩萨报恩情。仙福仙禄并仙寿，仙星仙祥五兄弟。连生五子世间少，个个孝顺敬大人。兄弟五位小后生，相貌堂堂有精神。五位聪明多伶俐，文武双全件件能。不说郭家家中事，再说番邦乱皇城。

且说番邦侵略中原，番主到达中原，便施野狼兽性手段，残酷大扫荡，杀人放火，奸淫妇女，抢劫物资，无恶不作。太宗皇帝召集文武百官，议事商量，要征番平息。皇帝连问几声，乃位领兵出征，谁知鸦雀无声，无有能人。只因太平年间，兵不操、军不练，千日养兵，一时无用，饭桶！饭桶！皇帝挂出皇榜，招聘能人，官封极品。皇榜贴到琴川知府衙门，乃知郭家五仙兄弟得知，国家有难，匹夫有责，大哥带领四弟进城揭榜。五仙辞别双亲,赴赶京城,见过万岁,太宗皇帝见上五仙兄弟,身材魁梧,力有千斤,红光奕奕,杀气腾腾,有百夫之勇,赐酒三杯,暂封战番大元帅也。南无本尊五仙佛菩萨。

番邦狼主恶杀星,杀人放火奸女人。中原糟蹋勿像样,万民受苦受灾殃。兵荒马乱无对策,百姓碌乱乱人心。幸亏白茆五兄弟,五仙揭榜战番兵。五仙个个奴生嗔,保国卫家有责任。百夫之勇五仙人,杀得番兵乱纷纷。魔贼番兵地上滚,贼兵贼将去逃生。

且说番邦侵占中原,在我中原地处,横行霸道,残酷扫荡,边防危急,百姓遭殃。幸亏郭家五位兄弟,冲锋陷阵,奋勇杀敌,杀退番兵,不做亡国之奴。但是,番贼狗急跳墙,临死咬一口,在逃亡之中,大放乱箭。但是,五位勇将,出其不意,一时手中不测,来不及防卫,被乱箭伤身也。南无本尊五仙佛菩萨。

番邦恶奴恶十分,放出乱箭密层层。手中无策难挡搭,乱箭射死在战场。也有军兵身遭殃,可惜五仙命归阴。御林军兵心大怒,杀得番兵乱纷纷。番兵逃命回本城,另有将官收残场。胜利回归到京城,太宗皇帝喜十分。君皇得知五仙身受害,君皇哀哀泪纷纷。郭家二老年高大,痛哭流泪失三魂。

且说郭家五位兄弟,打退番兵,平息乱政,可惜年轻五仙五虎大将,乱箭身亡,太宗皇帝痛哭一番,随即下令,派员接郭家老夫妻俩人到京养老,又派大臣买棺成殓,开丧祭奠。个个戴孝焚香化帛,和尚道士开宣七七四十九天梁皇忏,追忆五仙。太宗皇帝敕封为五仙五虎神将也。南无本尊五仙佛菩萨。

宋朝皇帝爱万民，尽忠报国五仙人。宋封五仙五虎将，全国百姓尽安宁。退兵征番庆功绩，年丰国泰民富强。五仙兄弟阴魂显，登在空中受皇恩。

且说郭老夫妇在京受禄，但年迈岁月，气气闷闷，一命归阴。太宗对老夫妻俩人当做先世一般看重，了理后事，打好坟地，又封为神父神母也。

《五仙宝卷》讲述的故事更具特殊色彩，虽然没有讲述仙福、仙禄、仙寿、仙星、仙祥五兄弟怎样通过殿试应考，而是经由皇帝特招的"战番大元帅"。这样就使得主人公更奇特、更神勇，但也不失传统科举中的"特招"原则，只要有真才实学就会得到重用，就能"出人头地、光宗耀祖、施展才华、报国尽忠"，这也是广大百姓的美好愿望和一种生活信仰。

三、《小王宝卷》。常熟《小王宝卷》主要讲述宋朝太宗年间，江苏省姑苏琴川县（常熟）西门外大头角村刘老头晚年得子，取名刘圣。刘圣聪明伶俐，十二岁就考得功名，并被太宗皇帝敕封为"千圣小王刘圣正神"。于是刘圣为官清廉，造福百姓，后刘圣升天，皇帝令钦差在当地造起了小王庙，使百姓焚香敬恭，永久纪念。节选如下：

却说刘百万夫妻俩人祝告已毕，一路回家之后，当夜赵氏夫人睡到三更时候，梦见一位白发公公送子，不觉醒来说与刘百万知道，然后夫人身怀有孕。光阴似箭，日月如梭，不觉十月满足，其中三月廿四日早晨，东方日出卯时生下一个男孩童，那刘老头心中十分大喜，快乐非凡。到了三朝，大办筵席，特请诸亲百眷朋友等，前来吃酒也。

刘老头夫妻喜欢心，三朝办酒请诸亲。厅堂摆出筵和席，贺喜吃酒闹盈盈。何头角上刘百万，养着儿子福气人。

那亲亲眷眷朋友等，吃到三杯时候，那夫人抱出小儿到厅上，大家看到这个小儿十分标致，颜容气概，提取大名叫刘圣，乃取已毕，诸亲百眷，咯咯酒，筵席散，回家而去也。

百万夫人留几人，亲眷朋友取奶名。巧取奶名刘圣身，酒筵度散转家门。不说亲眷转回程，再说刘圣小官人。一周二岁娘怀抱，三周四岁离娘身。五头六岁平平过，七岁上学读书文。聪明伶俐无可比，敢比先生胜三分。今后刚刚交十二，四书五经读完成。恰巧皇上皇榜挂，马上赶考上京城。

却说皇帝大开考场，挂出皇榜，那刘圣小儿今年一十二岁，辞别爹娘上京赶考，所以刘百万夫妻俩人便差书童二个，一个叫王右，一个叫王左，同伴刘圣一同上京去了。那刘圣和书童二个辞别双亲，出门上路行程，父母相送便了。

刘圣上京赶功名，二个儿童后头行。路上行程一个月，两脚酸痛苦难行。京城在于东京地，三人一路向前奔。前无饭店后无村，肚中饥饿叫连声。路上担阁【耽搁】无数日，京城就在面前存。到了京城来休息，招商饭店住字身。

那刘圣投歇招商饭店，那晓得饭店隔壁是东台御史衙门，他叫张御史，听得孩童之声，四书五经十分成熟，马上召上皇宫之内，再说太宗皇帝治世安帮，风调雨顺，国泰民安，日夜来朝，挂出皇榜，召上许许多多的投考之人，并无一个合格，拍案高声，十分大怒道，四书不合格，吩咐全部退殿，单提刘圣上殿，考读四书全部，卷卷熟练，两边文武官员齐喝赞道，这个年轻的好孩儿，个个称赞。乃太宗皇帝敕封千圣小王刘圣正神，二个书童封东平王、孚应王，分左右保护千圣小王，御赐官印、官职。皇帝　令文武官员，点起京兵，护送家乡回了。

《小王宝卷》讲述的是神童科举故事，刘圣聪明伶俐，十二岁就考得功名，并被太宗皇帝敕封为"千圣小王刘圣正神"。

以上宝卷，都是讲述宋朝时期的科举传说故事，但却各具特色。《总管宝卷》讲述的是莘莘学子，进京殿试，一路艰辛曲折，最终考得功名；《五仙宝卷》讲述的是在国家危难的情况下，仙福、仙禄、仙寿、仙星、仙祥五兄弟由于武艺高强，被皇帝特招的科举故事；《小王宝卷》讲述的则是神童科举故事。三部宝卷的主人公，尽是父母行善敬佛感动上天而赐于年迈无嗣之夫妻出生的，并且都是聪明伶俐、文武双全，最后科举成名、光宗耀祖、报效国家，最后被皇帝敕封造庙，从而被神化，接受当地百姓永久焚香朝拜、世代敬仰。从这三部常熟地方宝卷的内容中可以看出，这些故事中的主人公被神化后，就在民间俗文学中大放异彩，并在民间信仰活动中不断被应用，特别是在常熟地区的民间"保家宣卷仪式"活动中，这三本地方宝卷都是必宣的内容。

作者简介：邹养鹤，江苏省常熟市古里镇文化站站长。

论对联技巧在其他文体中的孕育成熟过程

罗积勇

内容提要：规则重字对、假平行对、隔句对和一边自对是对联常用技巧。规则重字对起源于先秦诸子和屈骚，后世绵延，发展到一边可重多字。假平行对起源于晋代，唐宋时形式愈发丰富。隔句对中的扇对，在魏晋南北朝发展成熟，唐宋时发展并盛行散行长隔句对。以上这些发展均被明清八股继承，超长并且两边字数相等的股对已十分接近对联中的长联。而在宋代才出现的一边自对在八股文中也得到全面发展。各种文体特别是其中的科举文体中孕育的这些对偶技巧馈及对联，促进了它的发展。

关键词：对联　规则重字对　假平行对　隔句对　一边自对　科举文体

【基金项目】
本文为武汉大学自主科研项目《宋代律赋骈俪特征与对偶技巧研究》（2012YB008）的研究成果。

对联与诗、赋和骈文有关系，许多论著都提到，但一般只是泛泛地举些例子，未进一步深入探究。本文拟具讨论对联的某些技巧是如何在其他文体中孕育、发展、成熟的，算是对上述问题的深化。这里所谓"其他文体"主要指历史上十分讲究对偶的文体，如诗（特别是格律诗）、赋（特别是骈赋和律赋）、骈文、判、八股文等。要指出的是，这其中的格律诗包括试律诗，而试律诗与律赋、八股文均属科举文体，判则是唐代铨试所考文体。

经过多年的文献研读，我们发现，对联中常用的"规则重字对""假平行对""隔句对"和"一边自对"实际上在先前的其他文体中已经孕育，并呈现出逐步发展、完善的过程。

先秦汉魏两晋南北朝

规则重字对

所谓规则重字对，是指出句在某些节奏点上重复出现同一字，而对句也在相同的节奏点上重复出现另一个字，并且这种重复出现并不导致意思的重复，即字重意不重。这种规则重字法是后世对联的常用手法，据我们观察，它在先秦已经出现，如：

① 善者吾善之，不善者吾亦善之，德善；信者吾信之，不信者吾亦信之，德信。（《老子》第四十九章）

② 老吾老以及人之老，幼吾幼以及人之幼。（《孟子·梁惠王上》）

③ 悲莫悲兮生别离，乐莫乐兮新相知。（《九歌·少司命》）。

例①出句在第一、四、七、十一、十四字的位置上重复出现"善",第二个和第四个"善"是以之为善的意思,与第一个善、第三个善及第五个善意思都不同。而对句重复出现的"信"也是同样的情况。例②出句三次出现"老",其中第一个"老"是意动用法,与其他"老"不同,对句也在相同的节奏点上三次出现"幼",其中第一个"幼"也是意动用法,与其他"幼"不同。例③"悲莫悲兮生别离,乐莫乐兮新相知"即"悲莫悲于生别离,乐莫乐于新相知"的意思。这种字重而意思不重的对偶句,给人以多重的美感,十分有趣。

在汉魏两晋南北朝时期的骈文和赋中,得到了继承和发展。

见诸骈文的,如西晋·潘岳《杨仲武诔》:"克岐克嶷,知章知微。"又如:

④ 况视听之外,若存若亡;心行之表,不生不灭者哉!(南朝齐·王巾《头陀寺碑文》)

⑤ 一暑一寒,有明有晦。神道无迹,天工罕代。(南朝梁·陆倕《新刻漏铭》)

例④"若存若亡"与"不生不灭"对偶工整,且均为佛家语。例⑤出句重"一",对句在相同位置重复"有","一"与"有"词性不一样,但在这种特殊的对偶形式中词性可以从宽。

规则重字对见于赋者,我们找到一例:

⑥ 且其为器也,包乾之奥,括坤之区。惟神是宅,亦祇是庐。何奇不有?何怪不储?……弘往纳来,以宗以都;品物类生,何有何无!(木华《海赋》)

以"何有何无"对"以宗以都",节奏相同,词性相近,但是结构不同，可以看作宽对，更重要的是，它是一个规则重字对，规则重字对在其他方面可从宽。

此期的规则重字对，还可以举出更多的例子，如班固《答宾戏》："一阴一阳，天地之方；乃文乃质，王道之纲。"左思《咏史》："贵者虽自贵，视之若埃尘。贱者虽自贱，重之若千钧。"陆机《豪士赋序》："夫我之自我，智士犹婴其累；物之相物，昆虫皆有此情。"

假平行对

对偶的上下两句结构一般是相同的，但也有结构不相同的。因为对偶主要是要求两句中相同位置上的词性相同，而并不要求两句的句法结构一定要相同。这种上下两句字面对仗而句法结构不同的情况，北大教授蒋绍愚先生在其《唐诗语言研究》中称之为"假平行对"。这种"假平行对"体现了对偶运用的灵活性、开放性，在后世对联中也得到广泛运用，而它实际上在此期文体中已有萌芽。如：

① 皓天舒白日，灵景耀神州。（左思《咏史》其五）

例①"皓天"是状语，"灵景"是主语。

隔句对

隔句对在先秦即有：

① 臣闻贤明之君，功立而不废，故著于春秋；蚤知之士，名成而不毁，故称于后世。（《战国策·燕策二》）

② 施薪若一，火就燥也；平地若一，水就湿也。（《荀子·劝学》）

③ 权,然后知轻重;度,然后知长短。(《孟子·梁惠王上》)

例①以推因式的句子两相对偶。例②以转折复句两相对偶。例③以紧缩句两相对偶。

隔句对如果以两句对两句,且这些句子有规整的节奏,一般称之为"扇对"。在先秦散文中,真正的扇对十分罕见,《左传·隐公元年》"大隧之中,其乐也融融"与"大隧之外,其乐也泄泄",合起看是个扇对。

先秦诗歌中隔句对较多,区别于后世诗歌。一是因为《诗经》句短,平常说话中两句能说清楚的,在《诗经》往往分成四句说;二是因为楚辞本身就是一种类似散文诗的文体,它能在一定程度上容纳散文中的组句模式。

④ 凤凰鸣矣,于彼高冈;梧桐生矣,于彼朝阳。(《诗经·大雅·卷阿》)

⑤ 南有乔木,不可休息;汉有游女,不可求思。(《诗经·周南·汉广》)

⑥ 令薛荔以为理兮,惮举趾而缘木;因芙蓉而为媒兮,惮褰裳而濡足。(《九章·思美人》)

例④乃因《诗经》四字一句、无法在一句内说完而造成的隔句对。例⑤是以平行句法表示的比喻,喻体占两句,本体也占两句,恰好构成对偶。例⑥中,薛荔生于树上,欲请其为媒("理"指媒人),但又不想攀树,则此事不果。下面对句可依此类推。这个对偶将诗人顾虑重重、临事犹豫的心理状态很好地表现出来了。

先秦诗中的扇对偶有,《诗经·小雅·采薇》"昔我往矣,杨柳依依;今我来思,雨雪霏霏"可算作扇对。

魏晋南北朝是隔句对大发展的阶段。

从晋代开始,文章开始骈化,齐梁深入骈化,梁陈全面骈化,并在句法形式上相对固化。在这个过程中,由"四四""六六"各自为对,又渐渐形成了最典型的一些扇对形式。

一般为"四六"对,如陆机《与赵王伦荐戴渊疏》:"安穷乐志,无风尘之慕;砥节立行,有井渫之洁。"徐陵《玉台新咏序》:"虽非图画,入甘泉而不分;言异神仙,戏阳台而无别。"赋中的例子,如吴均《吴都赋》:"亭梧百尺,皆历地而生枝;阶筠万丈,或至杪而无叶。"

也有"六四"对,如庾信《谢明皇帝赐丝布等启》:"蓬莱谢恩之雀,白玉四环;汉水报德之蛇,明珠一寸。"南朝陈·江总《为陈六宫谢表》:"借班姬之扇,未掩惊羞;假蔡琰之文,宁披悚戴。"

"四六"对、"六四"对与"四四"对、"六六"对交替使用、配合而用,是此期骈文的基本面貌。这种成熟的扇对,为后世对联提供了一个基本模板。

而这时,散行的长隔句也已出现,前期散文中的例子如三国魏·李康《运命论》:"以游于群雄,其言也,如以水投石,莫之受也;及其遭汉祖,其言也,如以石投水,莫之逆也。"这是讲君臣相遇的,将未遇与既遇的情形加以比较。梁代散文完全骈化。骈文中有时出现很长的隔句对,如:

⑦ 夫食稻粱,进刍豢,衣狐貉,袭冰纨,观窈眇之奇鸹,听云和之琴瑟,此生人之所急,非有求而为也;修道德,习仁义,敦孝悌,立忠贞,渐礼乐之腴润,蹈先王之盛则,此君子之所急,非有求而为也。(南朝梁·刘峻《辨命论》)

这是比较君子的当务之急与一般谋生之人之所急的不同。

而散行的长隔句对在赋中也不乏其例,如马融《长笛赋》:"故聆曲引者,观法于节奏,察变于句投,以知礼制之不可踰越焉;听箎弄者,遥思于古昔,虞志于怛惕,以知长戚之不能闲居焉。"此以长隔句对描述听乐思德的情形。又如陆机《文赋》:"浮天渊以安流,濯下泉而潜浸。于是沈辞怫悦,若游鱼衔钩而出重渊之深;浮藻联翩,若翰鸟缨缴而坠曾云之峻。"此处描述的是文人才思喷涌的情形,句不长则不足以尽其态。再如左思《三都赋·吴都赋》:"玩其碛砾,而不窥玉渊者,未知骊龙之所蟠也;习其敝邑,而不睹上邦者,未知英雄之所躔也。"

一般人以为,散行的长隔句对是唐代才大量产生的,而事实不是这样。

隋唐两宋

规则重字对

唐朝官场文体多用骈体,有做官资格的士子参加关试时,照例考"判",这种"判"也是骈体。判题是给出一个棘手的疑难案例,要考生根据唐律和儒家经义做出判决。这种判决用骈体写,已是一个奇迹,而更为奇特的是,我们发现其中还用到规则重字对这种颇具装饰性的对偶。如《文苑英华》所收《投诸棘寄判》,题目是:"得国子监称诸胄子不亲师教,将棘寄之,省让其侵冒刑章,置之于理,监固论不已。"考生所作判中有:

① 况乎服勤多阙,仰止徒虚,温故知新未之已也,进德修业此其谓何?是朽木之难雕,非榎楚之能及。造士选士,匪曰伊人;左乡右乡,攸称往诰。

胄子是古代帝王或贵族的后代。

宋代的骈文多称"四六文",在其中也多有规则重字对,我们发现南宋杨万里偏爱这种对偶方式,如其《周丞相迁入府第启》:"两两上能,有严有翼;潭潭新府,是断是迁。"其《谢除宝谟直学士表》:"曰都曰俞,禹无间矣;有典有则,宋其兴乎。"其《谢致仕转通议大夫除宝文阁待制表》:"一命再命三命,身及子以俱荣;大书特书屡书,言如纶而下饰。"

唐宋的律赋是一种科举考试文体,特别讲究技巧,其中也多有规则重字对。在白居易《性相近习相远赋》中,至少有两例,第一例:"且夫德莫德于老氏,乃曰道是从矣;圣莫圣于宣尼,亦曰非生知之。"第二例:"故得之则至性大同,若水济水也;失之则众心不等,犹面如面焉。"无独有偶,宋代的王曾也喜用这种对偶,如在其《有物混成赋》中也出现两例,第一例:"不缩不盈,赋象宁穷于广狭;匪雕匪斫,流形罔滞于盈虚。"第二例:"明君体之而成化,则所谓无为而为;君子执之而立身,亦同乎不器之器。"

更值得注意的是,这时的规则重字对出现了一种特殊格式,例如:

② 遂使霞窗触处,不吟纨扇之诗;乐府无人,更重箜篌之引。斯则琴赋与笛赋奚过,才子获才人咏歌。(黄滔《汉宫人诵洞箫赋》)

规则重字对,习见的是对句重字的位置与出句完全相同,但在这里,出句二、五重字,对句却是一、四重字。不过,出句的一、二字是一个含"赋"的词语,四、五字为含"赋"的另一词语;相应的,对句的一、二字为一含"才"的词语,四、五字为含"才"的另一词语。由此看来,对句重字所在的词语与出句重字的词语仍然是对应的,因此,这应是规则重字对的一种特殊格式。同类的例子如:

③ 无反无侧，神之听之。（宋·王曾《有物混成赋》）

④ 峭壁参云，孕清景而无冬无夏；寒潭澈底，浸明月而千年万年。（宋·张伯玉《钓台赋》）

例③"无反无侧""神之听之"均为常用的告诫语。例④情况同。

规则重字对在唐宋诗中也多有其例，特别是到南宋有明显增多的趋势。

唐代试律诗中我们寻到一例，唐·乐伸《闰月定四时》："羲氏兼和氏，行之又则之。"

宋代的王十朋，特喜在诗中用此对偶方式，共寻得其三例，其《二月朔日同嘉叟蕴之访景卢别墅用〈郡圃植花〉韵即席唱和》："名园种果仍修果，妙手栽花似判花。"同题又一首："参天先种柳州柳，照眼兼看花县花。"其《景卢赠人面竹杖》："竹能有面如人面，人亦虚心似竹心。"王十朋是朱熹的学生，荣登科第，在当时小有名气，而他在对联方面也卓有建树，所以，他的诗中多用规则重字对，是诗、联互相影响的绝好证明。

宋人普遍喜欢规则重字对，如文天祥《过零丁洋》有："惶恐滩头说惶恐，零丁洋里叹零丁。"文天祥此例重了两字，即重了一个双音词，也是很独特的。

假平行对

唐宋假平行对非常普遍，在格律诗、骈文、各类赋中均有。原因是唐宋文人既追求对偶，又不想以辞害意，于是他们最大限度运用了句子成分易位的办法。

"判"是骈文，其中有不少例子，如《习星历判》，这道判题目是要求对民间习星历并以之为人预测者被官府治罪而其人不服的情况作判，其判说到星历由来已久时，曰："既河长而山久，亦自古而迄今。"两句结构不一样。再如《免罪不谢判》，案由是："得乙有罪，丁救以免，乙不谢，或责之，乙云：'不为己。'"白居易就此事所作判中有："论恩则丘山不胜，在道而江湖可忘。"前一句是说：论恩情，丘山都比不过。恩比山高。后一句是说，就道义而言，救人非图报，故施恩者、受惠者可相忘于江湖。"江湖"相当于补语，这一句与上一句结构明显不同。将"可忘于江湖"变为"江湖可忘"，就属句子成分易位。

中唐宰相陆贽改良公文文体，创造了不刻意用典、平实流畅的诏令奏议样式，而其中亦不乏假平行对，如其所草《奉天改元大赦制》："暴命峻于诛求，疲甿空于杼轴。"宋代公文中亦有用之。

假平行对见诸诗赋者，例子很多，我们对之加以归纳，分出小类：

第一类，状中结构与主谓结构相对。

诗如杨炯《从军行》："牙璋辞凤阙，铁骑绕龙城。"王勃《送杜少府之任蜀川》："城阙辅三秦，风烟望五津。"在唐代试律诗中也多有其例。刘公兴《望凌烟阁》："丹楹崇壮丽，素壁绘勋贤"。第一句，名词"丹楹"是主语，第二句名词"素壁"则是状语。同样的例子如陶拱《秋日悬清光》："烟霞轮乍透，葵藿影初生"。第一句是说：在烟霞之中，一轮太阳时隐时现。"烟霞"作状语。

律赋中的例子，如宋·张伯玉《钓台赋》："尽日而风波莫问，满山之松桂相依。"前一句"尽日"是状语，"风波莫问"是"莫问风波"的倒装。

第二类，谓语内部结构不同的句子相对。

诗如李白《江上吟》："屈平词赋悬日月，楚王台榭空山丘。"上句是比喻，其谓语意为"犹如悬日月"。下句有省略，补全即是，楚王台榭没了，空余山丘。又如杜甫《晚出左掖》："楼雪融城湿，宫云去殿低。""融城湿"是融于城上而城湿的意思，而"去殿低"是离殿很低的意思。再如秦系《山中奉寄钱起员外》："稚子唯能觅梨粟，逸妻相共老烟霞。""老烟霞"是老于烟霞的意思。而白居易《与梦得沽酒闲饮》"共把十千沽一斗，相看七十欠三年"，两句看起来均有数字，但结构差别更大。宋诗中也多假平行对，如苏轼《正月二十日与潘郭二生出郊寻春》："江城白酒三杯酽，野老苍颜一笑温。"上句"三杯"指向"白酒"，下句"一笑"不指向"苍颜"，而是"在野老苍颜上展现一笑、使人感觉温和"的意思。

诗中的假平行对，有时是由于炼句（即调整词序以适应对偶或使之更富表现力）造成的，如郑思肖《二砺》："秋送新鸿哀破国，昼行饥虎啮空林。"第二句正常的表达是"饥虎昼行啮空林"。

律赋中的例子，如宋·田锡《群玉峰赋》："虎踞龙盘，耸圭璋而疏朗；霜华雪彩，皆琬琰之融明。"宋·王禹偁《天道如张弓赋》："吾尝观善射之人，……左马右人，落彀中而不失；十发九中，视掌上而弥亲。"其中"十发九中"与"左马右人"结构不同，但节奏相同。

第三，复句与单句对偶。

主要见于诗，是因为诗句字数有定而导致的。如李白《谒老君庙》："流沙丹灶灭，关路紫烟长。"第一句是因果复句。又如元稹《重夸州宅旦暮景色》："人声晓动千门辟，湖色宵涵万象虚。"上句为紧缩句，由两个主谓结构组成，下句为单句，谓语是个递进结构。再如许浑《村舍》："菜妻早报蒸藜熟，童子遥迎种豆归。"上句为"主述宾"，下句为紧缩句，意谓：童子遥迎，村翁种豆而归。

隔句对

隔句对中的扇对在魏晋南北朝已发展成熟，唐宋的发展主要是优化，这个时期的有些对子几乎可以直接抽出来当对联用，如王勃《滕王阁序》："物华天宝，龙光射牛斗之墟；人杰地灵，徐孺下陈蕃之榻""老当益壮，宁移白首之心；穷且益坚，不坠青云之志"。除了"仄起平收"

这一条不合外,其他都符合联律了。

但隔句对在此期的最明显的进展,还是散行长隔句对的发展和成熟。

唐初诸家的文章,多致力于此,如张说《赠太尉裴公道神碑》:"星辰悬象,所以殷时布气,然而行不言之道者,天也;文武用才,所以勤官定国,然而致无为之理者,帝也。"宋代的表奏之文,更是精于此道,如欧阳修《颍州谢上表》:"自蒙不次之恩,亦冀非常之效。然而进未有纤毫之益,已不容于怨仇;退未知补报之方,遽先罹于衰病。"

中晚唐人和宋人作赋,即使是短隔句对,也往往融散入骈,如李绅《寒松赋》:"擢影后凋,一千年而作盖;流形入梦,十八载而为公。"此用三字词语入对。宋人则更甚之,如范仲淹《临川羡鱼赋》:"器则可为,讵见力不足者;鱼或空羡,又岂得而食诸!"有意将《论语》《孟子》中的句子化入。《论语》:"今女画!吾未见力不足者。"《孟子》:"信如君不君,臣不臣,虽有食,吾恶得而食诸!"

中晚唐人的长散句对,自然更多,下面列举一些例子:

① 原夫性相近者,岂不以有教无类,其归于一揆;习相远者,岂不以殊途异致,乃差于千里。(白居易《性相近习相远赋》)

② 文景之欲,处身以约,播其德芽,迄武乃获;桓灵之欲,纵心于昏,蒸其妖焰,逮献而焚。(刘禹锡《山阳城赋》)

例①纯为散文句法。例②为清一色的四字句,可能尚存求典雅之意。

宋代律赋,在仁宗朝以后,其句式已突破魏晋六朝的常式,产生了诸如二五、二六、二九、三三、三五、三三六、三七、三三七、四四六、五二、五五、五六、六四、六五、七四、七六、八四、八六、九九等句式。如刘敞《三命不逾父兄赋》连用二六、二九对偶句式："于外，故右贤而贵爵；于内，故尚亲而立爱。贵爵，然后知王官之不可乱；立爱，然后见人道之不可废。"实际上，宋代律赋的散行隔句对，单边的句数及其句子的长短变换形式是难以穷尽的，如欧阳修的《进拟御试应天以实不以文赋》中，便有38字的长联："阳能和阴则雨降，若岁大旱，则阳不和阴而可推；阴不侵阳则地静，若地频动，则阴干于阳而可知。"

唐宋产生的一些长隔句对有不少是以对比为基础的，简直可以看作后世的股对，如白居易《动静交相养赋》："且躁者本于静也，斯则躁为民，静为君，以民养君，教化之根，则动养静之道斯存；且有者生于无也，斯则无为母，有为子，以母养子，生成之理，则静养动之义明矣。"同赋："所以动之为用，在气为春，在鸟为飞，在舟为檝，在弩为机，不有动也，静将畴依；所以静之为用，在虫为蛰，在水为止，在门为键，在轮为柅，不有静也，动奚资始。"此例中，上、下两边的相同位置出现了排比的情况，而将排比句拿来对偶，是后世长联常用手法。

一边自对

一边自对，即指在隔句对的一边中，有一些小句与另一边的对应的那些小句虽然字数相等，但结构却不同，不构成对偶，反倒是每边的这两个或两个以上的小句自己构成对偶、连对或排比。有人以为这种一边自对是对联的独创，其实不然，它在宋代律赋中已经萌芽了。

① 可移于邦，求诸己，盖衰多益寡者焉，唯举下抑高而已。夫如是，则张其弓，挟其矢，体由基之所长；天道远，人道迩，非禅灶之能量。（宋·王禹偁《天道如张弓赋》）

对句的"天道远""人道迩"均为主谓结构，而出句"张其弓""挟其矢"则为动宾结构，下联并不与上联相对。但上联"张其弓""挟其矢"自对，下联"天道远""人道迩"亦自对，这就是一边自对，它在宋代已出现了。

还出现了规则重字对和一边自对的结合，如宋代楼钥《高祖好谋能听赋》："为真王，为假王，悟陈平踢足之语；趣刻印，趣销印，用张良借著之筹。"

明清八股

规则重字对

明清的八股文在其股对中也继承了规则重字对，如：

① 闾阎之内，乃积乃仓，而所谓仰事俯育者无忧矣；

田野之间，如茨如梁，而所谓养生送死者无憾矣。（明·王鏊《百姓足君孰与不足》起二股）

② 变固道之垂也，而孰非乾坤之所趋哉？以是化也，裁是变也，宁无可行之端乎？圣人推是变而行之，或趋吉，或避凶，则时止时行无滞迹焉，通之谓也；

通固道之运也，而孰非乾坤之所流哉？以是变也，推是通也，宁不措之于民乎？圣人举此法而措之，以通志，以成务，则作内作外有成效焉，事业之谓也。（明·王世贞《形而上者谓之道》后二大股）

例①"乃积乃仓"重"乃",下股与之对应的"如茨如梁"重"如"。例②的上联中重复"或",重复"时",而下联的对应位置分别重"以"、重"作"。

假平行对

明清的八股文也有假平行对,如:

① 凡好谄者见其常然,则不以为感,而恒于其不意,即以此揣鬼之情,古典之所不载。一旦而胪于俎豆,岂以将明信哉?

凡挚谄者修其例程,则不以为敬,而恒于其非道,即以此窥鬼之微,淫祀之所宜禁。一旦而畛之祝词,岂以尽仁孝哉? (明·赵南星《非其鬼而祭之谄也》中二股)

"古典之所不载"意谓上述做法是古代典籍所未记载的,而"淫祀之所宜禁"意思是:上述做法属于淫祀,是应该被禁止的。这层意思通常的说法是"在所宜禁之淫祀中",只是为了对偶,便将表层结构调成了与"古典之所不载"差不多的样子。又如:

② 吾之与彼,既已异趣,则一言一动,皆其所为相迕者也……

彼之于吾,且亦殊性,则为应为酬,皆有所难测者也……
(清·刘子壮《君子敬而无失》中二股)

"为应为酬"与"一言一动"结构不一样,是假平行对,同时,又是规则重字对。

隔句对

八股中的各组相对之文字（特别是只有前后两股的制艺或八股皆全的中间两组），是直接由唐宋以来的散行长隔句对发展而来的，唯一与之不同的是，各组上下两股虽要求意思相对、句数相等，但却并不一定要字数相等。如顾宪成《惟仁者为能以小事大》的前后两股：

① 大奚以交于小也？其道则仁者得之。仁者曰，吾与小国邻而忿焉与小国较，将以树威结怨则可矣，若欲昭德而怀贰，则计之左者也。是故其事之也，以为宁使天下议我以怯，而有不恭之加，毋宁使天下议我以暴，而有不靖之患也。古之行此道者，吾得二人焉：汤也事葛矣，文王也事昆夷矣。彼诚仁者也，所以忘其势而不忍较也。不然以四海徯苏之后，而下于一蕞尔之邦，则近乎耻也。以三分有二之主，而下于一蛮夷之长，则近乎辱也。耻不可即，辱不可居，汤文曷为而为之哉？

小奚以交于大也？其道则智者得之。智者曰，吾与大国邻而狡焉与大国竞，将以挑衅速祸则可矣，若欲保社而息民，则计之左者也。是故其事之也，以为与其犯彼之怒，而为箪食壶浆之迎，不若徇彼之欲，而为牺牲玉帛之献也。古之行此道者，吾得二人焉：太王也事獯鬻矣，句践也事吴矣。彼诚智者也，所以顺其势而不敢竞也。不然赂以皮币，赂以犬马，天下之厚利也。身请为臣，妻请为妾，天下之恶名也。利不可弃，恶不可取，太王句践曷为而为之哉？

后股的两处文字分别与前股中的两处文字对应，但字数并不相等。这类情形常见。

但也有上下两股既语意相对、句数相同，又字数相等的例子。而这种字数相等的股对即可以看作散行长隔句对。

这种散行隔句对有较长的，如：

② 夫力之足不足也，以用而见也，未有以用之，胡为而遽罪乎力？

仁之成不成也，以力而决也，未有以力之，胡为而绝望于仁？（汤显祖《我未见好仁者》束二股）

也有很长的，如：

③ 无所慕则志弗逮，而教难施。狂者趣量高远，意之所许，将等古人而直上之，所少者，特其实行之不掩耳，即若人而裁抑之，行以副志，而笃实日新，其于道也几矣，吾如何而勿思哉？

无所耻则守无恒，而行弗笃。狷者操履孤介，节之所励，其视不善若将浼焉，所病者，特其智识之未融耳，即若人而激励之，学以广才，而精进不已，其造道也易矣，吾安能以无意耶？（明·王慎中《不得中行而与之》）

有的字数全相等的隔句对带有很强的描绘性，如：

④ 方杖者之献酬，为欢而未出也，惟见其与之伛偻也，与之左右也，为酒无算，盖不敢乘之以跛倚之私，而孑然而先矣；

及长者之宴卒，成礼而既出也，惟见其与之盘辟也，与之携持也，举足不忘，亦不敢任之以流湎之情，而跙然而后矣。（明·茅坤《乡人饮酒》中二股）

上下联字数相等的"股对",除了上下两股还有相同字眼外,已十分接近后世的长联,它对长联的产生和发展起到了很大的促进作用。

一边自对

一边自对虽在宋赋中已经出现,但还不普遍,它之蔚然成气候,与八股文的盛行大有关系。我们通过分析清代方苞所编纂的《四书文》中的例子可以证明。

八股文的股对有字数不等的,也有字数相等的。在字数不等的股对中,经常有字数不等的一边自对现象,如:

① 盖勋业之在天壤,未有可独立而就,天与人归,即帝王尚烦其拟议,故谟必吁而后定命,犹必远而后辰告,岂其抗衡中外而可以遂其侥幸之图?

天理之在人心,不可以一日而欺,理短辞窘,虽英雄无所用其智力,彼作誓而尚有叛,作诰而尚有疑,况乎决裂典则而漫以行其矫诬之意?(明·金声《言不顺》后二股)

这种一边自对现象虽与对联不同,但它为产生字数相等的一边自对创造了条件。事实上,在字数不等的股对中,也能找到不少字数相等的一边自对,如清代刘子壮《君子敬而无失》的中二股,其上股94字,下股95字,字数不等。但是上股中有"无敢失色,无敢失辞"两小句自成对偶,下股中对应的"以礼礼人,以礼礼身"也自成对偶,这两边的对应小句字数是相等的。清代这种例子不是个别的,再如严虞惇《生财有大道》的中二股,其上股78字,下股77字,字数不等。但是上股中的"求珠于渊,取璧于山"自对,下股对应的"关市有征,国服有息"也自对;又上股中的"不通难得之货,不作无益之器"自对,下股与之对应的"不损下以益上,不夺彼以与此"也属自对。对这些例子,如果只看局部,就与对联中的一边自对无别,而如果综观整个股对,则尚有区别。

不过,我们分析那些二股字数相等的股对,则在其中也能找到不少的字数相等的一边自对的例子,如:

② 大道而精言之,则与性命相孚。以不贪为富,以不蓄为宝,清心寡欲,既已清生财之原而由是,措之则正,施之则行,百官万民,群拱手以观圣天子之发育。道之所为,无欲而通也;

大道而广言之,则与天地相参。裁成其有余,辅相其不足,仰观俯察,既已博生财之途而自是,天不爱道,地不爱宝,人官物曲,咸奋发以赴圣天子之精神。道之所为,大亨而正也。(清·严虞惇《生财有大道》后二股)

同类的例子还有清代俞长城《以善养人》的中二股,上下股均为80字,上下股中对应各小句字数也分别相等。其上股中有"利则相周,害则相恤",两小句自对,下股对应位置则是"功在天地,名在河山",两小句亦自对,属一边自对。这样的含有一边自对的股对,除了格律尚未讲究、上下两边对应位置还有些相同的虚字这两点之外,与对联中的长联就没有区别了。

更为奇特的是,一边自对的变式"一边自排"在八股文中也能找到例子,如:

③ 于财之未生者而生之,生于天,生于地,生于人,而实生于君。周礼周官,具见圣人之学问。

于财之既生者而益生之,益而生,畜而生,节而生,即

涣而益生。官山府海，祇为霸国之权谋。（清·严虞惇《生财有大道》束二股）

这样，一边自对的各种形式，在八股文中已基本孕育成熟了。

对联是一种独立文体，这是毫无疑义的。但这种文体之所以能独立，原因之一是此前的相关文体已为它作了准备，特别是在对偶技巧方面的准备。我们研究这个被以往研究对联的学者有所忽略的问题，主要是为了追根溯源，并不是要否定对联文体独立后在技巧上的进一步发展。在我们上述研究中不难看到，历代科举文体特别是明清的八股文在促进对联的发展上功不可没。

作者简介：罗积勇，武汉大学文学院教授。

中国当代鬼灵传说的真实性特质研究

陈冠豪

内容提要：有鉴于当前学界对鬼灵传说研究的不足，笔者于此篇论文中，先对"中国当代鬼灵传说"进行定义，接着将"传统鬼灵传说"和"当代鬼灵传说"进行简单的论述，并探讨二者在"背景讯息"叙事传统上的可选择性，由此再进一步提出鬼灵传说具有真实性是因为有三大条件。而为了突显鬼灵传说的特质和结构，笔者又对"鬼灵传说"和"风物传说"二者进行比较论述。

关键词：鬼灵传说　当代传说　风物传说　真实性　背景讯息

前　言

　　一般认为，传说大多有奇异性情节，故具备一定程度的幻想性；同时传说的情节因配合特定的叙事主体，时常和实际的人时地物结合，所以也赋予传说历史性的特质；再加上传说有时也具有解释地方风物的功能，且人们总当做真事来传播，传说也就给人一种真实性的感受。因此，"幻想性""历史性"和"真实性"可以说是传说的三大特质，而"幻想性"所提供的娱乐作用，和历史性所提供的解释作用，也成为传说的两大功能。

　　这些定义，都是针对"传统传说"所做的整理归纳，进入当代社会后，随着生活模式的改变，传说的讲述习惯和传播方式有了更多元的发展，旧有的理论是否适用于当代传说是我们不能回避的问题，因此笔者认为有必要对国内当代的传说再进行研究分析。同时西方民俗学的观点，如"都市传说"的理论也开始影响国内学界对"传说"的观点，由于都市传说本身定义有其针对性，故笔者更乐意使用当代传说的称呼，并因为都市传说本身涉及的领域较广，且未有确切的划分，所以笔者更愿意以当代传说的某一类型为对象来进行讨论。

　　首先，何谓传统传说与当代传说的区别？在笔者《中国当代恐怖传说之"解释"结构探讨》一文中，曾论述：由于国外学者是以"工业化"（18世纪中叶始于英国，19世纪传入北美）为分水岭，来区别传统与当代民间传说的差异，但对国内的传说发展背景而言，无法以国外"工业化"的时间段为定义"当代"的标准。因此笔者将国内改革开放、经济起飞，社会发展迈入"现代化"阶段，也就是1980年之后的民间传说定义为"当代传说"。[①] 换言之，在笔者的定义中，1980年以

---

① 陈冠豪：《中国当代恐怖传说之"解释"结构探讨》，《民族文学研究》2011年05期。

前皆为传统传说,真正与世界接轨、正式进入科技化、出现更多传播方式的 1980 年之后则为当代传说。并且在笔者划分的当代传说中,不仅指称 1980 年以后新出现的传说,更包括既承袭传统同时也随时代变异的传说,因为这代表该传说即使题材是早期的,但在许多层面仍能契合当代人们的精神面貌,才有再次传播的机会,所以这类当代传说也具有研究价值。同时笔者在"当代传说"中,特别关心海峡两岸和香港以灵异对象和事件为叙事主题,并以惊悚恐怖为叙事效果和目的的传说,且需具备完整的情节结构并强调真实性,因此其他相近形式或主题的口头叙事并不在笔者的研究范围之内,如以神灵为主题的传说,或是以鬼灵为主题的谣言。在上述的论文中笔者曾将此类传说定义为"当代恐怖传说",但考虑到近年来,国内以"犯罪""谋杀"等类似西方"都市传说"的传说类型有逐渐增加的趋势,而这类传说也会给听众带来恐怖惊悚的娱乐效果,为了让笔者的研究对象能够更加明确精准,笔者将原先"当代恐怖传说"的名称,更改为"当代鬼灵传说",且笔者于此篇论文中对当代传说的观点都将只针对"当代鬼灵传说"此一话题而论。

古今鬼灵传说背景讯息的可缺失性

虽然笔者以时间作为区分传统和当代的分水岭,但鬼灵传说的本质是否有改变?以笔者关心的"当代鬼灵传说"为例,如在《客厅这么多人》① 一篇中就说:主角搬了新家,一晚母亲回家,提了许多东西站在门口,看到两个孩子坐在沙发上,母亲喊他们来帮忙,他们却一动也不动,母亲便生气骂人,孩子才无奈地说:客厅这么多人,我们怎么过得

---

① 2007 年 3 月于台北,大学同学讲述。

去？而回到传统鬼灵传说中，如《太平广记》卷三百二十收的《赵吉》[①]中，说主角郏县故尉赵吉，看到一名远方人经过自己家门前，突然有怪异的行为，远方人行十余步，忽作謇，主角问了远方人，才知道原来远方人见到鬼：前有一謇鬼，故效以戏耳。我们可以发现，这两篇鬼灵传说的情节，主角都需要透过他者告知，才知道当下自己身边有鬼，其叙事模式、讲述效果都是相同的，其文化承袭的痕迹相当明显。所以我们可以知道传统鬼灵传说和当代鬼灵传说在情节内容、功能目的上都有沿袭之处；而显而易见的，不论古今，鬼灵传说都不刻意强调叙事中的人时地物等"背景讯息"，但"真实性"却仍能透过其他方式来发挥作用，如笔者曾在上述论文中提出的"不合理事件"与"解释"[②]叙事结构，于后文的论述中将会再提及。

值得注意的是，在传统鬼灵传说中虽然大多会提及主角的名称，但并非都会交代明确的时代背景，且显然的，这些出现的人名和地点对情节发展并没有任何实际影响。如上述的《赵吉》[③]中，虽有提到主角的名称和地点，不过没有交代时间，其他传统鬼灵传说如《任胄》[④]中，仅交代主角名称以及所处时代为"东魏"，并没有提及地点；《庾谨》[⑤]中，则是只提到主角名称以及所处地点"新野"，并没有提及时间；而在清代《聊斋志异》所收的《鬼津》[⑥]中，不仅没有提到地点，甚至连主角名称和时间也都是简单的"李某"和"昼"而已。事实上，在笔者所搜集到的传统鬼灵传说中，文中所提及的时间和地点大多只是一个大范围的概念，较像装饰性的叙述，实际对情节的推动意义和地方风物的指向性

---

① 〔宋〕李昉等编：《太平广记》，上海古籍出版社，1990年。
② 陈冠豪：《中国当代恐怖传说之"解释"结构探讨》，《民族文学研究》2011年05期。
③ 〔宋〕李昉等编：《太平广记》，上海古籍出版社，1990年。
④ 同上书。
⑤ 同上书。
⑥ 〔清〕蒲松龄：《聊斋志异》，齐鲁书社，2000年，第1404页。

都起不到太大的作用；笔者认为这些人时地物的名称对传说真实性的营造，虽会有一些帮助，但因为在鬼灵传说的叙事传统中并没有形成一种固定且必要的常态，所以对真实感的塑造也就不是必然性而是选择性的存在。

关于传说如何营造真实感，学界有几种看法包括"实存说""相信说"以及邹明华提出的"专名说"。[①] 笔者认为，撇开主观判断的"相信说"，其余不论是依托实际存在的"实存说"，或是借由专名来强化听众心理作用的"专名说"，其实都不脱借"背景讯息"的陈述来营造真实感。虽然这三种论点，运用在部分传说中可以有效地说明某些现象，但在传统鬼灵传说中则未必可行，而在当代鬼灵传说中的情形也同样不太乐观。笔者并非否认"实存说"和"专名说"在传说中存在或发挥作用的有效性，而是说这两项条件不是当代鬼灵传说营造真实性的必要条件。因为在当代鬼灵传说里，讲述者通常更强调的是"事"本身，而非"人、时、地、物"等可变性细节。如在《山沟里的孩子》[②] 传说中就说：一家人去扫墓，父母在清理墓地时，一时不察，结果孩子不见了。于是找警察帮忙。后来在山沟中找到孩子，孩子表示刚才和一群小朋友玩得很开心，但是父母的叫唤声却让他们不见了。此时警察才想起半年前一辆娃娃车于此山沟翻覆，全车罹难。我们可以看到在这篇当代传说中，主角的姓名、墓园的地点、扫墓的时间讲述者都没有清楚交代，而只是笼统的一句带过，因为这些细节在不同的讲述者或时空背景下都会产生变异，唯有"事后知道撞鬼"的基本情节始终不变。

所以不论是"实存说"或"专名说"都无法准确说明当代鬼灵传说为何能予人真实感，因为鬼灵传说是可以没有出现任何专名或是实存的寄托，或是那个专名也只是一个模棱两可的概念，如主角是"讲述者朋

---

① 邹明华：《专名与传说的真实性问题》，《中国社会科学院院报》2004 年 10 月 19 日。
② 参见张守礼：《坟场鬼话》，台中晨星出版社，1994 年，第 78—82 页。

友的朋友",或事发地点是在"学校宿舍",而事发时间是在"傍晚或深夜",讲述者可以不说主角的姓名,不交代学校的名称,甚至连时间都可以一句话带过,但听众却依旧会对这些传说信以为真。如当代鬼灵传说《退伍老兵》①中说:老师的母亲于除夕骑自行车去市场买菜,路上看到某位老兵也骑着自行车迎面而来,便热忱地向他打招呼,但是老兵却面无表情,毫无反应。事后她从老兵的邻居口中得知,其实在除夕之前,老兵就已经逝世。这篇传说里除了明确说道主角是老师的母亲,时间勉强说了是在除夕左右,其他如地点之类的讯息一律都没交代,但这却不影响其作为传说的真实感。笔者认为,这是因为讲述者在叙事结构上引导听众相信,传说是真实发生的。

学界普遍认为传说具有真实感,是因为相对明确的背景讯息在发挥作用,但其实背景讯息的有无和口头文学是否具真实感并无绝对关系。笔者于此并无意否定背景讯息在口头文学叙事上的功能,只想指出传说具有真实感,是众所周知的,但一篇传说能达到此效果,背后原因很多且复杂,不单只是背景讯息一个条件,就能解释所有传说具真实性的现象。

当代鬼灵传说具有真实性的三个条件

从上文的论述中,我们可以知道鬼灵传说对背景讯息的使用是有选择性的,但从叙事结构、情节内容上来看,鬼灵传说和所有的传说相同,都具有真实性的特质。而鬼灵传说是如何在缺失背景讯息,且又具备奇异性情节的情况下,还能营造出强烈的真实性?笔者认为有三点原因:

---

① 2007年6月于台北,大学老师讲述。

一、人们对鬼灵本身的认知态度；二、现代生活的一致化；三、叙事结构的巧妙安排。其中第一点是先天条件，第二、三点则是后天因素。

人们对鬼灵传说的相信态度，笔者认为并不是基于人时地物等背景讯息的明确性，而是先建立在对鬼魂此特殊对象的态度上。在传统文化中，鬼灵传说的叙事对象是超越一切感官认知的幽魂，其本身难以捉摸的特性，从古至今，巫术、宗教乃至于科学，都无法证伪，使人们对于鬼灵，总是抱持着一种半信半疑的共同心理。就因为这种态度和观念，让人们在谈到鬼灵时，潜意识中就会产生惧怕和敬畏的情绪。且因为处于无法判别真相的未知情况，这便使我们在讲述和面对鬼灵传说时的心理预期，都是建立在一种模糊暧昧的认知概念上，所以在本能反应、保守意识和自我保护的前提下，人们多会不自觉地选择"主观相信"鬼灵传说的真实性。因为皆有可能性，所以具有真实性，而鬼灵这种无法明确掌握的特性，也容易让人感到无所适从的恐惧。所以我们可以说人们对鬼灵传说的恐惧是出于对未知事物的不安全感，这种情绪是非常真实的，而当这种情绪发挥作用时，人们很自然就会将鬼灵传说信以为真了。

人们将鬼灵传说信以为真的态度，虽然是一种主观真实，但这种真实感的基础，其实在聆听传说前，就已经在我们心中有了文化的认知成规，所以在聆听鬼灵传说后所产生的恐惧感和真实感，是传说的叙事结构和主体对象共同启动了我们对鬼灵的本能反应和情绪。反观人物传说，因为多以历史名人为主角，其真实性建立在明确的人物上，我们反而很容易以常识来判断该传说在情节上的真假，进而影响我们在人物传说的整体呈现上，对其真实性效果的判断。但鬼灵传说却因为叙事主体的无法捉摸，让传说的真假判别不断处在拉扯和游移的状态，而这个时候，除了叙事结构和人们对于鬼灵在文化默认下主观真实的心态在发挥作用以营造真实感外，传说内容所描述的生活化特质也会产生推波助澜的功效。

在当代社会的现代化发展下，人们的生活形态已有了较大程度的转变,并有趋向模式化的现象,一般民众的生活经验和习惯都有较高的一致性,这打破了地域、城乡,甚至是国界的差异,使得鬼灵传说仅需以简单又符合生活现况的背景讯息作为衬托,就容易营造出真实性的氛围,比方《消失的乘车客》此一主题的鬼灵传说在全国各地,甚至是全世界都获得了广泛流传和接受,就是因为它以现代社会中每个人都肯定有的开车载人或被载的生活经验为背景,所以很容易引起真实性的联想。鬼灵传说能以有效且以不着痕迹的方式,将当代社会的环境、习惯、观念、现况融入情节或背景叙事中,使传说整体能贴近人们生活,彷彿传说中的一切人、事、物都和我们息息相关,故鬼灵传说就更加容易让人们感到真实。

综上所述,人们在面对鬼灵传说时,受到文化传统与心理预设的认知上默认机制的影响,会不自觉地引导自己将鬼灵判断为主观真实;加之讲述者对情节结构灵活地调度应用,更在一定程度上引导听众相信传说的真实性;而同时鬼灵传说又能借着日常化的叙事背景来烘托人们共同的生活经验,使鬼灵传说能透过平凡来达到顺理成章的真实。由于鬼灵传说的真实性营造依赖此三大条件,所以笔者认为鬼灵传说的确可以不出现背景讯息,因为相对其他传说而言,这并非鬼灵传说营造真实性的主要条件,所以缺失与否并不会影响其真实性。

当代鬼灵传说和风物传说的特质比较

透过上文对古今鬼灵传说的一些比较论述,可以知道鬼灵传说对背景讯息的设定是有选择弹性的,也明白鬼灵传说具有真实性是有三个原因在发挥作用。那当代其他传说和鬼灵传说在叙事上有何异同之处?为了突显鬼灵传说在营造真实性上的独特之处,笔者以国内当代流传的

"风物传说"为比较对象来进行论述。

在风物传说《香炉峰由来》[①]中说到,手艺超人的马木匠被皇帝强行抓去香山修建庙宇,在山上思念母亲时,无意间发现一只金香炉。马木匠后来因为要解救被恶狼攻击的同事,不幸罹难。其他木匠遂将马木匠和金香炉一起埋在山上。人们便叫这座山为香炉山,久而久之,便被叫成香山了。显然的,一般风物传说会围绕一个"地标"来发展故事情节,所有情节皆是以此为基础衍生的,因此风物传说的地方性讯息往往会相对明确。但时间性讯息则不同,以笔者搜集到的"风物传说"为例,其中有少数几篇的时间设定是"很久很久以前"或是"不确定",而其他也都是只有一个大时代的笼统概念,如明代初年,清朝末年等,显然讲述者并没有刻意追求明确的时间感。"风物传说"在时代背景上多强调"事发久远",试图以其久远的历史感来证明其合理性与可靠性,且即使是以古代社会为背景,也不会影响其在当代流传的情况,这和"鬼灵传说"往往强调事件就发生在"最近",以贴近现实的时空感来营造真实性的方式不同,但这两种手法皆是为了让传说取信于人,透过两类传说的比较,体现出不同主题类型的传说在实践真实性上的确有使用方法的差异。而值得注意的是,因为风物传说惯常将时间背景推得较久远,所以反而在其他情节设定上,会更努力去营造现实感,如附会历史名人或事件等;而往往把时间背景拉得很近的鬼灵传说,则较少追求人时地物的确切性或可靠性,更以情节的生活化来制造真实感,这两类传说在背景讯息的设定上呈现反差的情况。另外"风物传说"有时也会有奇异性情节,这是和鬼灵传说的相似之处。

笔者留意到"风物传说"的情节结构是:(引子)→曲折→化解→成立。其中开头的"引子"是可有可无的,但在其他传说类型则不会

---

① 户力平编:《非物质文化遗产丛书——香山传说》,北京美术摄影出版社,2012年,第16—18页。

出现。比如在风物传说《杏花山故事》①中，开头就会说：香山叫杏花山，是谁在香山种了那么多杏花呢？但在另一篇风物传说《乾隆赐名回音壁》②中，开头就直接进入情节主题，而没有先介绍该传说的地标"回音壁"。并且我们可以发现"风物传说"的叙事结构和"鬼灵传说"也有显著不同，"风物传说"的四个结构顺序是固定的，呈直线发展的，而"鬼灵传说"则有灵活调整的可能性。如在当代鬼灵传说《窗户外的人》③中描述：主角住在饭店的十五楼，房间内床头的墙上挂着一面镜子，同时整张床铺正对着一大片落地窗。主角进入房间后，将行李放在床上，面对床头，站在床尾整理行李，无意间抬头看到前方的镜子反射出后方的窗户，刚好看到有一个人从窗户外走过去。在这篇传说中，"解释"是主角所入住饭店的楼层和格局，而"不合理事件"则是窗户外经过的人影，而讲述的顺序是先出现"解释"再出现"不合理事件"。而在另一篇鬼灵传说《戏水的人影》④中则是描述：主角住在南非的一栋别墅中，某天深夜听到一楼庭院的游泳池传出戏水声，主角下楼视察，透过落地窗看见有一名人影出现在庭院中。主角非常惊吓，转身欲报警，瞬间回头再确认时，人影却已消失无踪。事后主角调阅监视器，发现当时庭院的出入口并无人进出。在这篇传说里，"解释"是监视器的画面，"不合理事件"是消失的人影，而其讲述顺序则是先出现"不合理事件"后才出现"解释"。

由此可知，在"鬼灵传说"中，讲述者透过对情节的灵活安排，一方面既能突显出鬼灵实际出现或暗示出现时的认知冲突感，另一方面也能明确地说明主角在"解释"结构出现之前或之后的遭遇是撞鬼。换言

---

① 户力平编：《非物质文化遗产丛书——香山传说》，第19—21页。
② 李俊玲编：《非物质文化遗产丛书——天坛传说》，北京美术摄影出版社，2012年，第35—37页。
③ 2003年11月于台北，高中同学讲述。
④ 2011年6月28日于长江三峡，硕士同学讲述。

之,叙述主角撞鬼经历是"鬼灵传说"的基本主干,且凡在契合此主干的前提上,"鬼灵传说"的情节顺序是可以随机调整的。而在"风物传说"中,讲述者是以突显、介绍地方风物为主要目的,并在以此为主干的基础上,向听众说明此风物成立的来龙去脉。在叙事结构上,"风物传说"较"鬼灵传说"单一,情节往往会朝固定的模式发展。不过也因为"风物传说"更常和实际的地方、时代和历史名人结合,在营造真实性的惯用手法上,也和"鬼灵传说"有所不同。像是在风物传说《金刚宝座塔镇"委鬼"》①中就是以明代魏忠贤在香山碧云寺盖陵寝为主题,并以熹宗、崇祯、康熙和乾隆等历史人物为配角。整篇传说虽然时代背景仍趋于笼统,但是人物和地点却非常清晰,其真实感也就无需再依靠其他方式来烘托。反观上文提及的鬼灵传说《窗户外的人》和《戏水的人影》,人物、时间和地点多是不确定的模糊状态,但是在叙事结构、心理认知等三大条件的影响下,仍能让听众信以为真。

除此之外,"鬼灵传说"中处理的是"个人问题",情节格局和叙述视角多集中于个别人物在相对较短的时间之内遭遇到离奇事件,最后明白真相,以及该人物在整个情节起伏中心理转折的过程。在当代鬼灵传说《门缝下的眼珠》②中就描述:大学男生晚上一个人待在宿舍时,突然听见有敲门声,他问:是谁?但没人回应,只是不停地敲门。男生觉得很奇怪,便趴在地板上往门缝外看,结果他在门缝里看到一只眼睛也在盯着他看,他立刻把门打开,但门外却什么人都没有。由此我们可以发现"鬼灵传说"是借着让听众能贴近传说人物生活的零距离感,来营造感同身受的真实性联想,以此来弥补此类传说在背景讯息上的不足,这也正是鬼灵传说的真实性条件之一:现代生活的一致性在发挥作用。而"风物传说"有时则会将格局与眼光放得更为开阔,其人物所处的场景

---

① 户力平编:《非物质文化遗产丛书——香山传说》,第53—56页。
② 2013年4月6日于北京,硕士同学讲述。

往往较"鬼灵传说"的规模更大，同时其人物需面对的事件也会更严肃和实际化。比如在《香山碉楼何人修》①传说中即是以乾隆平定金川乱事为背景，《正阳门的"门"字没有钩儿》②传说则是以明弘治六年蝗虫肆虐为背景。并且在"风物传说"中对情节有推进作用的出场人物，往往较"鬼灵传说"为多，像是在《光绪题金匾》③传说中，除了慈禧和光绪两位主角外，工部大臣和老木匠王永福都在光绪题字这件事中起了推波助澜的作用；而在《天坛天心石的来历》④传说中，朱厚熜、严嵩、官差和老石匠四位出场人物都为天坛圜丘的建造起了不同的影响。但在"鬼灵传说"中，常常只需主角和鬼影两个出场人物，就足以构成完整的情节结构，由此可见，在"风物传说"人物彼此间的言行举止对情节的影响更为有效及深远。

  经过对两类当代传说简单的比较论述后，笔者认为"鬼灵传说"是个人对冷漠社会、未知事物、复杂的人际关系的不安恐惧的表现和隐喻。"风物传说"是对公众事物的解释与说明，当中往往有较多劝人向善向上的寓意。笔者在前文曾论述古今鬼灵传说未必须具备明确的背景讯息，也能营造真实性；而当代流传的风物传说，在先天情节的条件决定下，往往具备相对清晰的背景讯息，却丝毫不影响两类传说在真实性营造上的殊途同归。

---

① 户力平编：《非物质文化遗产丛书——香山传说》，第 67—69 页。
② 杨建业编：《非物质文化遗产丛书——前门传说》，北京美术摄影出版社，2012 年，第 37 页。
③ 崔墨卿、甄玉金编：《非物质文化遗产丛书——颐和园传说》，北京美术摄影出版社，2012 年，第 112—114 页。
④ 李俊玲编：《非物质文化遗产丛书——天坛传说》，第 42—45 页。

结　语

　　经过对"传统鬼灵传说"和"当代鬼灵传说"的梳理后，首先笔者发现在"古今鬼灵传说"中，对"背景讯息"有选择的弹性，并且也印证了有无背景讯息的叙事对鬼灵传说的真实性确实不会产生影响。关于鬼灵传说缺失背景讯息却又能营造真实性的情况，笔者认为有三大条件：一、人们对鬼灵本身的认知态度；二、现代生活的一致化；三、叙事结构的巧妙安排。因为具有这三个条件，所以鬼灵传说即使在缺失背景讯息的情况下，仍能维持传说该具备的真实性特质。而透过对"鬼灵传说"和"风物传说"的比较，笔者发现在情节结构、叙事角度上，二者都有显著的差异。并且也留意到背景讯息在允许的条件下，也都有缺失的情况，但却不影响这两类传说对于真实性的营造。因此可以初步得出当代鬼灵传说和风物传说的真实性特质，并非传统认知上的绝对依赖于人物、时间、地点等背景讯息的明确性上，笔者更愿意相信这是在有选择性的前提下，灵活搭配情节结构和叙事手法所营造出的效果。换言之，在民间传说中，并不是背景讯息越翔实，就越能使人信以为真，反而讯息越少，越能反映出讲述者的叙事技巧。我们可以说在时间的打磨下，民间传说传承了最精练的口头文化。

　　作者简介：陈冠豪，北京大学中文系博士研究生。

电视传媒与相声的当代命运

鲍国华

内容提要：相声艺术近年来面临发展的瓶颈，部分相声从业者、理论家和观众将原因归结为电视传媒的不良影响和对传统相声的背离，并强调两者之间的因果关系。事实上，电视传媒并不是造成相声衰落的主要因素，相声的现状源于其自身发展的困境。对于相声危机产生原因的考察，不能简单地归结于相声从业者以外的因素，否则对于相声摆脱危机、走向繁荣并无益处。

关键词：相声　电视传媒　兴衰　传统　危机

近年来，相声艺术的境遇颇为尴尬：一方面，相声演出市场日渐繁荣，以北京的德云社、周末相声俱乐部、嘻哈包袱铺、鸣友社和天津的众友、哈哈笑、九河、名流、天广乐等相声团体为代表的茶馆相声、剧场相声吸引了大量的观众，影响力持续上升；另一方面，部分相声从业者、理论家和观众却对相声的发展前景忧心忡忡，认为在繁荣的背后，相声艺术正在走向衰落，面临着巨大的生存危机。同时，相声界对于相声演出形式的争议也一直持续。以"80后"为主体的演员推出"酷口相声""先锋相声"，在获得年轻观众群体认可，并拥有自己演出市场的同时，却被部分业内人士指斥为"背离传统"；相声"边界"无限扩张、相声过度"戏剧化""小品化"、相声流于"脱口秀"被视为其衰落的重要标志。① 研究者对于个中原因的分析主要集中于两点：一是电视传媒的不良影响，二是对传统相声的背离，而且两者之间构成明显的因果关系，即电视艺术与相声艺术的先天矛盾导致相声逐渐背离传统以说为主的表演方式，逐渐演化为喜剧小品，而电视作为一种大众媒介，其强大的社会效应要求节目内容必须遵守宣传政策和文艺政策，从而使相声转向歌颂，伤害了其讽刺的本质，"给相声艺术的发展带来的却几乎是毁灭性的影响"。② 电视传媒因此被视为导致相声衰落的"罪恶元凶"。但在笔

---

① 冯巩及其弟子贾玲、李鸣宇等在这方面的"探索"最为引人注目，引起的争议也最多。冯巩先后20余次参加中央电视台春节联欢晚会，由最初分别与刘伟、牛群搭档，演出对口相声，到逐渐加入郭冬临、牛莉、阎学晶、王宝强、金玉婷等戏剧影视及小品演员和周涛、朱军等主持人，作品逐渐趋于小品化，节目类型也表述为"化装相声""情景相声"或"相声剧"。贾玲与白凯南搭档两次登上"春晚"舞台，在服饰和表演方式上都与传统相声有很大区别。李鸣宇参加第六届CCTV相声大赛的作品《成功自有道》场上场下都引起极大争议，被指责为背离传统、流于"脱口秀"。

② 靳继华、郑伟：《电视时代相声的出路》，载《赤峰学院学报》（汉文哲学社会科学版）2012年第7期。这一观点颇具代表性，持相近立场的还有陈建华：《当代相声艺术兴衰之因初探——以侯派相声为例》，载《华南理工大学学报》（社会科学版）2012年第4期。

者看来，上述论断虽然具有一定的合理性，但未免过甚其词，对相声衰落原因的分析未能切中肯綮。有趣的是，在为相声寻求出路时，多数研究者都开出了"回归传统"这一药方——回归传统相声、复兴传统文化，但就笔者目力所及，却没有人提出让相声"告别电视"。笔者以为，对于相声危机产生原因的考察，不可轻下结论，尤其不能简单地归结于相声从业者以外的因素，否则对于相声摆脱危机、走向繁荣并无益处。

一

相声艺术创立至今已有150年的历史。① 作为曲艺（旧称"什样杂耍"，建国后始有"曲艺"之称）形式的一种，最初主要流行于京津一带。即使有相声艺人赴沈阳、济南、郑州、南京、西安等地演出，也是和大鼓、单弦、评书、快书等其他曲种同台，既不能在曲艺行业独占鳌头，也不像研究者所称影响遍及全国。② 相声诞生于北京，艺人表演时

---

① 相声史研究者认为，清同治元年（1862）咸丰皇帝去世，规定全国百姓戴孝，一百天不准演戏、动乐。戏曲艺人朱绍文为养家糊口，流落天桥一带，靠说笑话、唱小曲讨钱维持生活，从此逐渐确立了相声的表演方式，是为相声艺术之肇始。王决、汪景寿、藤田香：《中国相声史》，北京燕山出版社，1995年，第70—73页。但常见的相声师承关系表，却以张三禄为相声艺术的开山祖师。王决、汪景寿、藤田香：《中国相声史》，第336页；殷文硕、王决：《相声行内轶闻》，黄河文艺出版社，1988年，第164页。
② 高玉琮《传统相声的回归与相声艺术发展》一文指出："相声艺术自诞生之日起，在一个相当长的历史时期内为广大观众所喜闻乐见。"载《文艺研究》2003年第2期。此说尚属客观。但前述陈建华《当代相声艺术兴衰之因初探——以侯派相声为例》一文则认为："相声艺术在清末和民国时期发展成熟，相声八德、张寿臣、侯宝林、马三立、常派相声等名家辈出、星光灿烂，使相声在全国范围内产生重大影响，几乎无人不知相声。"此说则不太准确，对相声影响力的判断未免有些一厢情愿。相声在新中国成立后才真正得到普及，产生全国性的影响。事实上，在建国前的茶馆和剧场演（转下页）

主要使用北京方言（即便使用"倒口"，也多限于河北、山东一带的方言），这在中国北方，主要是京津一带尚能流行，但对于南方观众而言则未必能接受。即使是相声史上享有盛誉的"万人迷"李德钖，1913年曾赴上海演出，但由于方言限制，南方人听了笑不起来，成绩不很理想。直到1916年，相声艺人吉坪三到上海等地演出，因为他会讲宁波、苏州方言，才受到欢迎。① 上海一带有自己独特的地方喜剧艺术形式，如滑稽等，相声并不占优势地位。

纵观百余年的相声史，对于相声影响力的扩大，现代传媒功不可没。现存最早的相声唱片，由李德钖及其搭档张德泉于1908年灌制。而在建国前的相声艺人中，常宝堃（艺名"小蘑菇"）灌制的唱片数量最多。作为20世纪40年代最受欢迎的相声艺人，常宝堃的成就主要源于他过人的天赋和对艺术的勤奋钻研②，但也和唱片、电台等现代传媒的传播推动密不可分。③ 新中国成立后，中国广播文艺工作团说唱团建立，相声借助广播走进千家万户。据侯宝林回忆，1955年春节到反右斗争前夕，广播说唱团排演的节目最多，因为广播需要大量节目，越多越好。④ 加之"相声演员到军队、矿山、工厂、农村深入生活和慰问演出，相声从城市到了农村，从内地到了边疆，从工厂车间到了解放军部队，逐渐发

出中，相声艺人最多只能取得"压轴"（也称"倒二"）的地位，"大轴"（也称"攒底"）通常由大鼓艺人担任。侯宝林率先打破了这一行规，使相声赢得了"攒底"的地位，但收入仍不能和大鼓艺人持平。可见相声在曲艺中的实际地位。

① 殷文硕、王决：《相声行内轶闻》，第55页。
② 汪景寿、藤田香：《相声艺术论》，北京大学出版社，1992年，第134页。
③ 常宝堃之子、相声名家常贵田将大量灌制唱片和赴电台演出视为常宝堃成名的重要因素之一。见中央电视台《重访》栏目"五一"特别节目《时代笑声》中常贵田接受的访谈，2007年5月。
④ 侯鑫主编：《一户侯说——侯宝林自传和逸事》，五洲传播出版社，2007年，第152—153页。

展为全国性曲种"。① 与此同时,相声也开始走上荧屏和银幕。20世纪50年代末,中央电视台(当时称"北京电视台")设有文艺节目,经常播放相声;60年代初曾在电视上举办过两次"笑的晚会",都以相声为主体。② 1956年,中央新闻纪录电影制片厂拍摄了纪录电影《春节大联欢》。参加者的有科学家、文学家、表演艺术家、劳动模范、战斗英雄以及工商界人士,包括钱学森、华罗庚、郭琳爽、戴芳澜、赵忠尧、郭沫若、老舍、巴金、周立波、杜鹏程、陈其通、孙谦、袁雪芬、梅兰芳、周信芳、新凤霞、侯宝林、郭兰英、张瑞芳、赵丹、白杨、荣毅仁、乐松生等。侯宝林、郭启儒表演了相声《夜行记》片段。值得关注的是,《夜行记》的表演采用了相声与电影相结合的方式,设计了侯宝林赶场这一戏剧化的情节,安排他在街上排队等公交车和在车上遭遇拥挤等情节(均在摄影棚内拍摄),与《夜行记》的内容相契合。赶到演出现场后则通过魔术《大变活人》将侯宝林"变"上舞台,之后再与郭启儒按照常规表演方式说相声。与其他演员通过主持人(当时称为"报幕员")介绍再登场不同,侯宝林可谓在"台上台下"都拥有戏份,出尽了风头。在这部展现新中国成立六年来各条战线所取得的伟大成就的纪录电影中,相声极其难得地占据了一席之地(也是联欢会中唯一一个具有讽刺性的节目,虽然《夜行记》的主旨是宣传精神文明),并作为曲艺行业的唯一代表,与文学、戏曲、电影等文艺形式同列。这对相声的地位是极大的肯定,使之居于新中国主流文艺的行列之中,得到了新的国家意识形态的接纳与认可,在当时也足以使刚刚度过生存危机的相声演员们扬眉吐气了。③

---

① 王决、汪景寿、藤田香:《中国相声史》,第237页。
② 同上书,第273页。
③ 侯宝林也是新中国成立后最早走上银幕的相声演员,1952年参演故事片《方珍珠》和纪录片《杜鲁门的画像》,1955年在喜剧片《游园惊梦》中担任主演。侯鑫主编:《一户侯说——侯宝林自传和逸事》,第145—147页。

相声的又一次繁荣是在"文革"结束后。一方面，相声给十年动乱期间备受压抑的人们重新带来久违的笑声，相声演员创作出一批揭露"四人帮"的应时之作，如《舞台风雷》《如此照相》《白骨精现形记》《帽子工厂》《假大空》等，以讽刺手段针砭旧弊，以笑声告别过往，符合时代的主旋律和人民的心声，使相声又一次深入人心。另一方面，影视传媒也极大地推动了相声的传播，使其影响力远超50年代。1979年，中央新闻纪录电影制片厂拍摄了纪录电影《笑》。不同于《春节大联欢》，这部影片全部由相声组成，收录了当时最知名的相声演员的15段作品，差不多是对主流相声队伍的全面检阅。在拍摄过程中，相声演员也努力适应影视传媒的表现方式，如马季在《新桃花源记》中索性穿上古装扮演陶渊明，这在以往的相声表演中是极为罕见的。随着电影的放映，进一步扩大了相声的影响力和演员的知名度。由于当时电视机尚未普及，相声一旦走上银幕，其效果不言而喻。1983年，中央电视台创办了首届《春节联欢晚会》，相声更是占据主导地位。四位主持人中就有两位相声演员：马季和姜昆。相声作品也是晚会中最受欢迎的节目，并从此成为"春晚"不可或缺的艺术形式。尽管这一时期最走红的相声演员，其艺术水平未必能超越前辈，通过电视演出，其艺术水平也未必能够获得提高，但知名度的扩大却是不争的事实。更重要的是，借助电视传媒，相声在全国范围的影响力达到了空前的高度，相声（在其影响力层面）实现了前所未有的"繁荣"，至今未获超越（事实上也无法超越）。正如有研究者指出："相声走上电视，观众队伍得以空前拓展。旧时代'撂地'作艺，观众数以十计；后来进入茶馆，观众数以百计；及至进入剧场，观众数以千计；一旦走上电视，特别是一年一度的春节联欢晚会，观众当以亿计。这种变化迅速地扩大了相声的影响。"[①] 可见，相声影响力的每一次扩大，都伴随着演出场所和传播媒介的转换，其中电视的作

---

① 王决、汪景寿、藤田香：《中国相声史》，第274页。

用最为突出。相声由一个地方曲种,提升成为全国性、全民性的艺术形式,实有赖于现代传媒,尤其是影视传媒的推动,以及影视传媒背后的国家意识形态的强大推手。

二

以上对相声曾经的"繁荣"局面的描述,颇有些"白头宫女在,闲坐说玄宗"的意味,因为相声的现状确实给人一种辉煌不再的衰落感。事实上,这一"衰落"包含两重内涵。其一是指相声影响力的下降,这是不争的事实。如前文所述,20世纪70年代末80年代初,相声适时抓住"文革"的结束和电视传媒的崛起这一历史契机,其覆盖面之广、影响力之大可谓空前(也可能是绝后)。官方对批判"四人帮"及种种丑恶现象的倡导,使相声的讽刺手段获得了巨大的施展空间。而人们遭受十年的压抑和痛苦,也把听相声作为释放情绪的重要渠道。在当时最受欢迎的相声作品中,除了一些切中人心的语句能够赢得观众会心的笑声和掌声外,一些在今天看来并不十分出色的段落,往往也能产生出人意料的演出效果,这是时代情绪的反映。相声在当时无从、也无须遵从市场规律,人心即是市场。而"春晚"的出现,在最初几年里的确给人耳目一新之感,充分满足了观众在节日期间休闲娱乐的生活需要和审美追求。相声作为一种官方和大众都认可并接受的娱乐形式,也利用"春晚"平台进一步扩大了影响。相声和"春晚"在早期都得到观众的盛赞,实现了双赢,除自身的艺术魅力外,也和初现荧屏的新鲜感密切相关。但随着观众走出历史阴霾的乍喜之情和对电视传媒的新鲜感逐渐消退,相声影响力的下降也成为必然。平心而论,在影响力层面,相声在今天才处于发展的常态。20世纪50年代由官方拉动、20世纪70年代末80

年代初由官方、观众和媒体三方共同促成的"繁荣"局面都是特定历史时期的产物,难以再现,对其式微也不必过分忧虑,因为这一"衰落"只是电视相声的衰落,相声在民间仍有其生命力。可见,对相声影响力日渐衰落的担忧,某种程度上源于在相声的一段"繁荣"时期过后,历史与现实的巨大反差给从业者带来的难以排遣的寂寞之感。

"衰落"的另一重内涵则是指相声从业者艺术水平的普遍下降,主要是对"传统相声"的隔膜甚至背弃,从而导致相声自身艺术品质的不断失落和生命力的日渐萎缩。这确实为相声的发展前景蒙上了一层阴影。许多研究者将这一"衰落"的成因归结于电视传媒,对电视与相声艺术之间"不可调和"的矛盾做出分析,甚至认为恰恰是电视传媒导致相声背离传统。[①] 相声艺术在当下面临衰落是不争的事实,但归因于电视,未免找对了病症,却开错了药方。相声艺术与电视传媒的确存在若干矛盾之处,但是否会造成相声的衰落,尚需辨析。这里针对研究者的一些代表性观点,逐一解析,以为"电视毁灭相声"之说证伪。

第一,电视的媒介属性与相声的艺术属性之间的矛盾。电视与相声分属视觉和听觉艺术,相声上电视后,其艺术属性不可避免地会受到损害。

相声艺术以说唱为主,属于听觉艺术,但又不单纯是听觉艺术,演员同样注重表情和动作的表现。一段优秀的相声既可以听,也可以看,而且"看"会产生比"听"更为丰富的艺术感受。《戏剧杂谈》《关公战秦琼》这样以"柳活"为主的作品,观众除了听演员惟妙惟肖的学唱外,也会关注身段和表情。而《黄鹤楼》《汾河湾》这类"腿子活",分别以带白帽子和白围巾(以手绢代替)作为重要"笑点",这类道具是不能

---

① 除前引靳继华、郑伟和陈建华的论文外,王决、汪景寿、藤田香合著《中国相声史》也列专节论述了电视对相声的不利影响,但立论更讲究分寸,没有把这一问题绝对化,虽出版较早,却更有参考价值。见该书第 274—275 页。

"听"而只能"看"的。即使是《珍珠翡翠白玉汤》这类全凭说工的单口相声，表情和动作仍起到至关重要的作用。例如作品结尾处，文武百官在朱元璋的威逼下纷纷喝下"珍珠翡翠白玉汤"，但含在嘴里不肯咽下。朱元璋问滋味如何，百官口不能言，只能各伸双指以示赞誉。表演者刘宝瑞在讲到这一情节时，录音中可以听到观众的热烈掌声，听者却不明就里。但比照刘宝瑞的一张演出剧照，双挑大指，双目圆睁，双腮隆起似含食物于其中。这一"使相"十分精彩，赢得观众的掌声可谓实至名归。而单纯地听，无论如何感受不到这样的艺术魅力。

相声艺术在其百余年的发展过程中不断面临表演场地的转换，从撂地到茶馆、从剧场到电视，每一次转换都促使相声进行自我调整，从而使相声的表现方式获得了极大的弹性，能够适应不同媒介的限制和要求，保持自身的艺术品质，甚至借此获得发展。应该承认，相声艺术与电视传媒之间确实存在矛盾，但有些矛盾可以通过相声自身的弹性加以适应，对于那些可能损害相声艺术品质的矛盾，则应坚持不妥协。事实上，相声与电视之间并不存在不可调和的矛盾。

第二，电视作为大众传媒的意识形态属性对相声构成限制，使相声题材被局限在歌颂和娱乐上，难以发挥讽刺的优势，从而失去生命力。

这一情况近年来确实存在，而且日益严重。但"春晚"创办30多年来，还是奉献出大量优秀的相声作品，为观众所牢记者主要也是一些讽刺相声，如《虎口遐想》《电梯奇遇》《巧立名目》等。相声近年来呈衰落之势，优秀作品难得一见，在"春晚"中的地位也逐渐下降。但这未必是电视自身造成的。电视传媒固然有其意识形态属性，也节制了相声的讽刺锋芒。然而电视是仅仅是意识形态的执行者，而不是创制者。近年来"春晚"留给相声的空间日渐狭窄，制约了相声的发展，但这一制约不是电视自身的艺术属性造成的。不独相声，"春晚"中其他语言类的节目，如小品等也面临难以为继的衰落局面。曾被视为唯一看点的赵本山小品，娱乐性也不断下降。可见，是"春晚"的衰落带动了节目的整体衰落，不独相声为然。而导演痕迹过重，权力过大，这成为最直接的限制性因素。早期的"春晚"采取大联欢的方式，演出形式比较自由，并不事先人为规定主题和方向，使演员有相对充足的时间和广阔的空间锤炼节目，奉献精品。近年来的"春晚"则往往将节目纳入一个大主题或框架之内，演员的自由度减小，这对于相声这类注重现场效果和演员应变能力的艺术门类限制更多。同时，"春晚"越发呈现出技术重于艺术的倾向，表现为舞美水平持续提高，艺术含量却日渐贫乏，逐渐走进了一个技术至上的误区。相声对于物质技术的要求不高，演员却能够凭借天赋和勤奋，把技术升华为艺术。而"春晚"单纯强调舞美，依赖机器作业，则把艺术降格为技术，造成艺术的技术化，也因此折损了相声等艺术门类的魅力。

然而，上述问题的起因却并非电视传媒本身，而是电视传媒的从业者走进了误区造成的。相声与电视早期和谐共存、互相促进的景况表明，电视传媒自身并没有、也不可能造成对相声的致命损害，甚至终结其生命力。

相对于"传统相声"而言，今天的相声艺术确实面临衰落的困境，电视传媒可能加速了相声衰落的步伐，但所能起到的也仅仅是催化作用。相声艺术走向衰落既有其自身原因，也建立在传统艺术整体式微的大背景之下。任何艺术都可能经历产生—发展—兴盛—衰落—消亡的过程。在明代盛极一时的"百戏之母"——昆曲，近代以来也多次遭遇生存危机。更有许多艺术形式早已衰亡，今天只能在博物馆中觅得踪迹。而大鼓、单弦、时调、快板这些和相声一同列入曲艺范畴的艺术形式，如今的遭遇更是难以言说。与它们相比，相声的境况已属幸运。

作者简介：鲍国华，天津师范大学文学院副教授。

从"说话"到"说书"
——从说唱伎艺名称的改变看明代通俗小说出版的影响

黄 卉

内容提要："说话""说书"都是中国古代说唱伎艺的名称。自隋唐至宋元,"说话"是说唱伎艺的习语,最为常见;明代以后,"说书"被更广泛使用和接受。从"说话"到"说书",说唱伎艺名称的变化,充分体现了明代通俗小说出版的影响。

关键词：说话 说书 明代通俗小说 出版 影响

明代"说书"伎艺是与唐宋元时期的说书一脉相承的,但唐宋元时期称这种伎艺为"说话"。"说话"是唐宋人的习语,是宋代民间艺人讲说故事的特殊名称,相当于明代乃至后世的"说书"。从"说话"到"说书",应该说是说书技艺发展史上的一个重要转折,而这一转折的发生在明代,是在印刷业高度发达、通俗小说长足发展这样的条件下完成的。这一转折也使得明代通俗小说在借阅与传抄、出版传播之外,又借助说唱艺术向更大的范围流传。当然,我们不能说说唱中与通俗小说题材相同的作品都是小说传播,说唱艺术有自己的题材源流。我们可以举出很多由"说话"口传故事和话本直接演化为小说的例子,也可以举出文人将"说话"材料整理加工成小说的例子。但值得注意的是,明代通俗小说出版传播的繁荣反过来又影响说唱艺术,许多小说被改编成说书书目,小说的创作技巧也被说书艺人所借鉴。

陈乃乾在《三国志平话》跋中说:"吾国宋元之际,市井间每有演说话者,演说古今惊听之事。杂以诨语,以博笑噱;托之因果,以寓劝惩,大抵与今之说书者相似。惟昔人以话为主,今人以书为主。今之说书人弹唱《玉蜻蜓》、《珍珠塔》等,皆以前人已撰成之小说为依据,而穿插演述之。昔之说话人则各运匠心,随时生发,惟各守其家数师承而已。书贾或取说话人所说者,刻成书本,是为某种平话。"[①] 从"说话"到"说书"的转折,也正是由于"昔人以话为主,今人以书为主"。"话"是各运匠心的创造,是各守家数的师承;"书"则是演述前人已撰成之小说。

---

① 转引自陈汝衡:《说书史话》,作家出版社,1958年,第51页。

作为伎艺的"说话"

"说书"二字最早见于记载的,要推《墨子·耕柱》篇:"能谈辨者谈辨,能说书者说书。"(这里并非指讲唱故事,不能作为说书的源流看)今天通行语"说书",在古代叫做"说话",宋代的说书艺人,便称为"说话人"。但是"说话"一语,早在隋唐时代已为民众所习用。①"说话"是唐宋人的习语,也是宋代民间艺人讲说故事的特殊名称,相当于后世的"说书"。②"说话"意为讲故事,在我国有着源远流长的传统,但作为一种技艺,却是到了隋唐时代发展才成熟的。③

隋唐之前,演说故事史籍只是笼统地称为俳优谐笑,"说"与"话"尚未连缀成词。隋唐之后,说话的伎艺才从俳优小说中独立出来,见之于史籍。

"话",有一种意义就是故事,从隋唐一直到宋元明清乃至现代都保持此意。《太平广记》卷二四八引隋侯白《启颜录》有:"侯白在散官……,才出省门,即逢素子玄感,乃云:'侯秀才可以玄感说一个好话。'"④唐郭湜《高力士外传》:"太上皇移仗西内安置。每日上皇与高公亲看扫除庭院,芟薙草木。或讲论经议,转变说话,虽不近文律,终冀悦圣情。"

唐元稹《酬翰林白学士代书一百韵》诗也有"翰墨题名尽,光阴听话移。"并注曰:"乐天每与余游从,无不书名屋壁。又尝于新昌宅说《一枝花话》,自寅至巳犹未毕词也。"⑤

---

① 陈汝衡:《说书史话》,收入《陈汝衡曲艺文选》,中国曲艺出版社,1985年。
② 胡士莹:《话本小说概论》,中华书局,1982年。
③ 中国艺术研究院曲艺研究所:《说唱艺术简史》,文化艺术出版社,1988年。
④ 〔宋〕李昉:《太平广记》卷二四八,中华书局,1961年。
⑤ 〔唐〕元稹:《酬翰林白学士代书一百韵》,《全唐诗》第六函第九册,上海古籍出版社据清康熙扬州诗局本剪贴缩印。

唐朝时的说话趋于职业化、专门化，并以城市市民为演说对象。段成式《酉阳杂俎续集》四《贬误》云："予太和末因弟生日观杂戏，有市人小说，呼'扁鹊'作'褊鹊'字，上声。予令仁道升字正之。市人言：'二十年前尝于上都斋会设此，有一秀才甚赏某呼"扁"字与"褊"同声，云世人皆误。'"

唐代的说话名目，由于缺乏记载，我们仅知有"一枝花话"和讲说扁鹊故事的一点情况。敦煌藏经洞变文的发现，给我们提供了宝贵的研究唐代说话的实证材料。其中《庐山远公话》《韩擒虎话本》《唐太宗入冥记》《叶净能诗》《秋胡变文》《苏武与李陵执别词》等，都是唐代的小说话本。

到了宋代，"说话"用为伎艺的名称，孟元老的《东京梦华录》(1147)、灌圃耐得翁的《都城纪胜》(1235)、西湖老人的《西湖老人繁胜录》(1235 年左右)、吴自牧的《梦粱录》(1275 年左右)、周密的《武林旧事》(1280 年以后)中多有记载。诸书所录，瓦舍中的说唱伎艺有小说、讲史、说经、说诨话、说诨经、说药等。胡士莹先生则概括"说话"的含义有四：一、讲伎艺性的故事；二、讲故事的伎艺；三、伎艺性的故事；四、故事（此系讹用）①。

宋代说唱伎艺以"说话"为最盛行。说话是当时民间艺人讲故事的专称，类于今天的说书。宋人江少虞《事实类苑》中记载党进事："（党进）过市，见缚栏为戏者，驻马问，汝所诵何言？优者曰：说韩信。进大怒曰：汝对我说韩信，见韩信当即说我，此三头两面之人。即令杖之。"苏轼《东坡志林》载："涂巷中小儿薄劣，其家所厌苦，辄与钱，令聚坐听说古话。至说三国事，闻刘玄德败，颦蹙有出涕者；闻曹操败，即喜唱快。"

在宋代，"话"的内容来源有几个：一是"京师老郎流传"，即师徒

---

① 胡士莹：《话本小说概论》，中华书局，1982 年，第 159 页。

间口传心授,或艺人间互相学习的:"这话本是京师老郎流传"①,"原系京师老郎流传,至今编入野史"②;二是书会才人编写:"才人把笔,编成一本风流话本"③;三是艺人根据史书等资料结合民间传说敷演。因此,艺人除了说唱伎艺的娴熟外,还要多闻博览。"夫小说者,虽为末学,尤务多闻。非庸常浅识之流,有博览该通之理。幼习《太平广记》,长攻历代书史。烟粉传奇,素蕴胸次之间;风月须知,只在唇吻之上。《夷坚志》无有不览,《琇莹集》所载皆通,动哨中哨,莫非《东山笑林》;引倬底倬,须还《绿窗新话》。"④

所以,宋元时期"说话"是讲说故事,纵然故事的来源来自口传、自编、旧籍,和明代以后的"说书"是有区别的。而宋元资料中,尚没有将说唱艺术叫做"说书"、将说唱艺人叫做"说书人"的文字记载。虽然像西湖老人《西湖老人繁胜录》"瓦市"条:"惟北瓦大,有勾栏一十三座。常是两座勾栏,专说史书,乔万卷、许贡士、张解元"⑤,也有"说史书"字样,却只是点明所说内容,而并非伎艺名称。

金元时期的说话伎艺是在两宋的基础上发展起来的。现存的元代讲史话本《全相平话五种》,即《新刊全相平话武王伐纣书》《新刊全相平话乐毅图齐七国春秋后集》《新刊全相平话秦并六国秦始皇传》《新刊全相平话吕后斩韩信前汉书续集》《新刊全相平话三国志》都是以"平话"称。

---

① 〔明〕冯梦龙:《古今小说·史弘肇龙虎君臣会》,见《古本小说集成》影印明金陵兼善堂刻本,上海古籍出版社。
② 〔明〕冯梦龙:《醒世恒言·勘皮靴单证二郎神》,《古本小说集成》影印明金陵兼善堂刻本,上海古籍出版社。
③ 〔明〕冯梦龙:《警世通言·白娘子永镇雷峰塔》,《古本小说集成》影印明金陵兼善堂刻本,上海古籍出版社。
④ 〔宋〕罗烨:《醉翁谈录·小说开辟》,古典文学出版社,1957年。
⑤ 〔宋〕西湖老人:《西湖老人繁胜录》"瓦市"条,《东京梦华录》(外四种)本,上海古典文学出版社,1956年,第123页。

从"说话"到"说书"

明代资料中,"说书"和"平话""评话""词话"等名称交错出现。

(一)"平话"

(1) 徐复祚《花当阁丛谈》卷五"书乙未事"条记载王世贞家有厮养名胡忠者,善说平话。

(2) 沈德符《万历野获编》记载明代宫廷说唱伎艺时,说郭勋自撰《英烈传》,称其始祖郭英战功,"令内官之职平话者,日唱演于上前"。

(3) 钱曾《读书敏求记》记载郑和下西洋的故事流传很广,"内府之戏剧,看场之平话,子虚亡是,皆俗语流为丹青耳。"

(4) 俞樾《九九消夏录》记载万历年间李化龙讨叛事,"其后一二武弁,造作平话,以播事全归化龙一人之功"。

(5) 田汝成《西湖游览志余》:"杭州男女瞽者,多学琵琶,唱古今小说、平话。"

(二)"评话"

(1)《说岳全传》中"大相国寺闲听评话"一节载,牛皋跟了两个人进大相国寺听说平话。文中或称艺人说"评话",或称艺人为"那说书的"。

(2) 都穆《都公谭纂》:"真六者,京师人,瞽目,善说评话……"

(三)"词话"

(1) 徐渭《吕布宅诗序》:"始村瞎子习极俚小说,本《三国志》,

与今《水浒传》一辙,为弹唱词话耳。"

(2)钱希言《戏瑕》卷一载:"词话每本头上有请客一段,权做过德胜利市回头,此正是宋人借此行彼,无中生有妙处。"

(四)"说书"

(1)张岱《陶庵梦忆》记载柳敬亭到南京说书,名重一时:"一日说书一回,定价一两,十日前先送书帕下定,常不得空。"

(2)黄宗羲《柳敬亭传》载柳敬亭到左良玉军中做幕客,左良玉"使参机密,军中亦不敢以说书目敬亭"。

(3)无名氏《如梦录》载汴梁风情,有"相国寺每日寺中有说书、算卦、相面,百艺逞能,亦有卖吃食等项"。

(4)绿天馆主人《古今小说叙》的记载:"按南宋供奉局有说话人,如今说书之流,其文必通俗,其作者莫可考。"

很难考究清楚"说书"作为一种说唱伎艺名称出现的确切时间,但从绿天馆主人《古今小说叙》的记载:"按南宋供奉局有说话人,如今说书之流,其文必通俗,其作者莫可考"[①]中不但能看出,"说书"在当时已成为说唱伎艺的名称,"书"更是点明了讲说内容对小说书籍的依托。自明代始,虽然众多说唱形式中还有冠以"话"的,如"词话""评话",但从说唱艺术总体来说,从"说话"到"说书"的转折已经完成。

从宋元的说唱伎艺"说话",到明代的说唱伎艺"说书",大致可以勾勒出明代通俗小说对当时讲唱艺术的影响。"说话"的"话"可以来源于口传心授、艺人(或书会才人)编写,也可以将旧籍结合传说生发开来;"说书"的"书"则体现出说唱艺人更多地借鉴或改编通俗小说。在宋元时期,小说书籍的刻印,尚受到小说的发展、印刷的

[①] 〔明〕绿天馆主人:《古今小说叙》,《古本小说集成》本,上海古籍出版社影印明天许斋刻本。

水平以及人们的小说观念的限制。到了明代中后期,社会经济的发展、印刷业的兴盛以及通俗小说日益受到民众的欢迎,使得说唱艺人们借鉴通俗小说的内容和表现技巧,完成由"说话"到"说书"的转折。从"说话"到"说书",是说唱艺人适应市场需要的选择。这一步的迈出,意义重大,不仅丰富了说书的题材和表演技巧,也使得说唱这一民间艺术直接或间接地得到了文人文学水平与审美趣味的滋养,使它在葆有民间艺术的朴实、生动、鲜活的同时,也兼容了文人情趣和人生思考,这也是说唱伎艺的听众不仅仅有文化水平不很高的农工商贾,还有不少文人雅士的缘由。

明代通俗小说出版对说唱的影响

不少明代通俗小说的情节取材于明代以前的戏曲和说唱文学,而在通俗小说成书并广泛流传之后,通俗小说又影响了之后的戏曲和说唱文学。

与唐宋时期相比较,明代的娱乐文化有了许多新的变化。首先是娱乐场所的多样化。在唐宋时期,一般城镇的娱乐场所是勾栏瓦舍,乡村的娱乐场所是神庙广场。而到了明代,城镇中的娱乐场所由单一变为多样,举凡豪宅厅堂、富室名园、江湖船舫、秦楼楚馆等,都成了艺人说书、演员演戏的场所。尤其当时在江南一带,文人士大夫居家无乐事,搜买儿童,教习讴歌,已是风尚。其次是娱乐时间的频繁化。在唐宋时期,无论在城镇还是在乡村,娱乐时间是相对固定的,一般都在岁时节令、喜庆婚丧、祭神祀日。而到了明代,娱乐时间却相当灵活,极为频繁。最后是娱乐需要的普泛化。在唐宋时期,娱乐需要基本上还是富人的奢侈品和穷人的调味品。而到了明代,娱乐需要几乎成为社会上各色人等的生活必需品，成为大众文化的重要构成因素。

在明代，随着通俗小说出版的繁盛，小说故事也极为流传。但阅读小说，读者要粗通文墨。而对于不识字的人来说，只能以"闻"代"见"。顾炎武《日知录》卷十三"重厚"条注引"钱氏曰"："古有儒、释、道三教，自明以来，又多一教，曰小说。小说演义之书，士大夫农工商贾无不习闻之，以至儿童妇女不识字者亦皆闻而如见之，是其教较之儒释道而更广也。"① 承担演说小说的人即是说书艺人，因此说书也就成为明代通俗小说传播的重要渠道。

说书艺人是以演说小说为谋生手段，他们有的活跃在市井：世之瞽者，或男或女，有学弹琵琶，演说古今小说，以觅衣食，北方最多，京师特盛，南京、杭州亦有之；有的出入豪门大宅，官宦府邸，如明末著名说书艺人柳敬亭，"南京柳麻子，黧黑，满面疱瘤，悠悠忽忽，土木形骸。善说书，一日说书一回，定价一两，十日前先送书帕下定，常不得空。"② 钱曾注钱谦益诗《左宁南画像歌为柳敬亭作》也记载柳敬亭的说书活动："宁南既老而被病，惟块然一榻。柳生敬亭者，善谈笑，军中呼为柳麻子，摇头掉舌，诙谐杂出。每夕张灯高坐，谈说隋、唐间遗事。宁南亲信之，出入卧内，未尝顷刻离也。"③ 有的官宦人家蓄养有说书艺，徐复祚《花当阁丛谈》云："元美家有厮养名胡忠者，善说平话。元美酒酣，辄命说解客颐。忠每说明皇、宋太祖、我朝武宗，辄自称朕，称寡人，称人曰卿等，以为常，然直戏耳。"而每逢岁时节令，在公众云集的场所，说书更是不可缺少的。张岱《陶庵梦忆》就曾记扬州城清明节时露天书场的盛况："是日，四方流寓及徽商西贾、曲中名妓，一

---

① 〔明〕顾炎武：《日知录》卷十三"重厚"条，〔清〕黄汝成集释之《日知录集释》本（上），花山文艺出版社，1990年，第606页。
② 〔明〕张岱：《陶庵梦忆》，西湖书社，1982年。
③ 〔清〕钱谦益：《左宁南画像歌为柳敬亭作》钱曾注，见《有学集》卷六，《钱牧斋全集》本，上海古籍出版社，2003年，第278页。

切好事之徒，无不咸集。……瞽者说书：立者林林，蹲者蛰蛰。"① 可见当时说书受欢迎的程度。

三国故事在唐宋时期就已有流传，这从唐宋文人的诗歌、笔记中都能找到资料。② 宋代说话艺术中，有"说三分"这一支，并且有专门从事此支的艺人霍四究。元代的三国戏、元明之间的三国戏有几十种，元代平话中的《三国之平话》都给罗贯中的《三国演义》以丰富的素材。而《三国演义》的成书、出版、广泛流传又对明清三国故事说唱、三国戏的创作产生了极大影响。明代说书人演说三国故事的内容详不可考。明代杂剧中的二十六种三国戏、明代传奇中的二十九种三国戏，剧情故事多数与《三国演义》的情节有关，或是直接取材于小说，或者是与小说共同据前代史书传说故事改编。而比较元明两代的三国戏，可以看出那些情节不为《三国演义》所载的戏多已佚失，现存传本多为取材于或者情节相似于小说的戏，由此可见《三国演义》的影响。以三国故事中讨伐董卓的"虎牢关"战争为例。在元代三国戏中，虎牢关战役十八路诸侯纷纷败在吕布的戟下，是刘、关、张三兄弟齐心合力战胜了吕布。这是《三战吕布》，也就是《三国演义》里的"虎牢关三英战吕布"。但是，这场战役尚未结束，甚至可以说高潮还没有到来。与这出戏相衔接，元明间无名氏还有一出《张翼德单战吕布》。说的是在庆功宴上，身为监军的孙坚不服气，与张飞发生争执，最后两人"赌头争印"。说定第二天由张飞单独与吕布再战，若张飞取胜，孙坚的监军印归张飞；若张飞败于吕布，则刘、关、张的头颅归孙坚。结果是张飞比吕布略胜一筹，赢得了监军印。这出戏是元代戏曲、平话中，以张飞为三国故事主要角色的反映。也就是在这出戏中，确立了张飞作为汉末第一英雄的地位。在这出戏中，后来开创了江东大业的孙坚，是个平庸而又心胸狭窄的小

---

① 〔明〕张岱：《陶庵梦忆》卷四，西湖书社，1982年。
② 〔唐〕李商隐：《娇儿诗》有"或谑张飞胡，或笑邓艾吃"诗句。

人。罗贯中的《三国演义》选取了三英战吕布的故事,却没有选取张飞单战吕布的情节,其中原由大概既有维护孙坚作为江东事业奠基人的形象方面的考虑,也是着力塑造刘、关、张整体形象的需要。从元代三国戏、《三国之平话》到《三国演义》,张飞所占的篇幅大大缩减了。而没有被罗贯中选取的张飞单战吕布的情节,在明代乃至清代以后的戏曲、说唱文学中也就没了踪影。由此可以看出通俗小说《三国演义》的出版在当时乃至后世的巨大影响力。

其他通俗小说《水浒传》《西游记》《金瓶梅》《封神演义》、"三言""二拍"等也同样对明代乃至以后的戏曲、说唱文学产生了影响。再以水浒故事的流传为例。水浒故事叙述的是以发生在北宋的一次武装事件。宋江一伙的造反举事,《宋史·徽宗本纪》《宋史·侯蒙传》《宋史·张叔夜传》都有记载。除《宋史》外,其他文献对宋江等人的事迹也有所记,如方勺《泊宅篇》、李埴《皇宋十朝纲要》、杨仲良《续资治通鉴长编纪事本末》、徐梦莘《三朝北盟会编》引秦湛《中兴姓氏奸邪录》和《林泉野记》、周密的《癸辛杂识》等。另外,元代无名氏《宣和遗事》等宋元文献中也有记载。[①] 南宋罗烨《醉翁谈录》记载宋代小说名目"公案"类有《石头孙立》,"朴刀"类有《青面兽》,"杆棒"类有《花和尚》《武行者》。元代水浒杂剧现存有高文秀《双献功》,李文蔚《燕青博鱼》,康进之《黑旋风负荆》等十种以及存有曲目的几十种。

施耐庵编撰《水浒传》自嘉靖年间起出版后,刊本众多。而据《徐文长佚稿》卷四《吕布宅诗序》载:"始村内瞎子习极俚小说,本《三国志》,与今《水浒传》一辙,为弹唱词话耳"[②] 以及钱希言《戏瑕》卷一:"词话每本头上有请客一段,权做过德(得)胜利市头回,此政是

[①] 参见朱一玄、刘毓忱编:《水浒传资料汇编·本事编》,《中国古典小说名著资料丛刊》第二册,南开大学出版社,2002年。
[②] 〔明〕《徐渭集》卷四《吕布宅诗序》,中华书局,1983年。

宋人借此形彼，无中生有妙处。游情泛韵，脍炙人口，非深于词家者，不足与道也。微独杂说为然，即《水浒传》一部逐回有之，全学《史记》体。文待诏诸公，暇日喜听人说宋江，先讲'摊头'半日，功父犹及与闻"，似乎还有与《水浒传》小说不尽相同的词话本。柳敬亭说书所说的"景阳冈武松打虎"，据张岱的记载"白文与本传大异"①。但到了明中叶以后，随着《水浒传》的广泛流传，水浒故事已基本定型。明末袁宏道的《听朱生说〈水浒传〉诗》："少年工谐谑，颇溺《滑稽传》。后来读《水浒》，文学益奇变。六经非至文，马迁失组练。一雨快西风，听君酣舌战。"②而李辰山《南吴旧话录》卷二十一"莫后光"条载莫后光说书情形："莫后光三伏时每寓萧寺，说《西游》、《水浒》，听者尝数百人，虽炎蒸烁石，而人人忘倦，绝无挥汉者。后光尝语人云：'今村塾师冷面对儿童，焉能使渠神往，记诵如流水？须用我法，庶几坐消修脯。'"③

无论是朱生还是莫后光所说的水浒故事，既称《水浒》，其本自《水浒传》毋庸置疑。至于清人刘銮《五石瓠》所在"水浒小说之为祸"条说："张献忠之狡也，日使人说《三国》、《水浒》诸书，凡埋伏攻击咸效之。其老本营管队杨兴吾尝语孔尚大如此"，④则更见出《水浒传》的影响。

作者简介：黄卉，北京大学中文系副教授。

---

① 〔明〕张岱：《陶庵梦忆》卷五云："余听其说'景阳冈武松打虎'，白文与本传大异，其描写刻画，微入毫发，然又找截干净，并不唠叨哼哎。"
② 〔明〕袁宏道：《袁宏道集》卷二十七"听朱生道水浒传"，上海古籍出版社，1981年。
③ 胡士莹：《话本小说概论》，中华书局，1980年，第375页。
④ 〔清〕刘銮：《五石瓠》，转引自朱一玄、刘毓忱编：《水浒传资料汇编·本事编》，《中国古典小说名著资料丛刊》第二册，南开大学出版社，2002年，第452页。

"俗文学与当代传播"学术研讨会综述

白岚玲　张　宁

2012年10月26日至28日，中国俗文学学会2012年年会暨"俗文学与当代传播"学术研讨会在北京召开。来自全国各地的学会理事、会员近100人参加了这次盛会。本次会议由中国传媒大学文学院承办。

在开幕式上，陈连山副会长就2011—2012年中国俗文学学会的工作向大会进行了汇报，重点总结了学会一年来在制度建设、完善体制、发展会员、组织学术活动等方面所做的工作及取得的成绩。开幕式上的另一项重要内容是公布首届"中国俗文学郑振铎学术奖"的评选结果并为获奖学者颁奖。车锡伦先生的《中国宝卷研究》、陈翔华先生的《三国志演义纵论》等七部具有广泛学术影响的重要著作获得该奖项。中国俗文学学会会长、北京大学中文系陈平原教授表示，借助此次评奖活动，学会希望建立学术理念与学术标准，让俗文学研究成为一门兼及历史感、民间性与现实关怀的沉甸甸的学问。郑振铎先生之孙郑源先生亲临会场，并作为颁奖嘉宾为获得一等奖的学者颁奖，表达了对中国俗文学学会设立这一国家级学术奖项的大力支持。

本次会议以"俗文学与当代传播"为主题。近年来，多媒体的全面渗透，新媒体的层出不穷，全媒体时代的悄然到来，使得文学艺术生产、传播、接受都逐渐发生了深刻变迁。当代传播途径的多样化既为俗文学的发展带来了冲击，更为俗文学的传承提供了更多的机遇。因此，研究俗文学与当代传播的关系，剖析当代传播中俗文学的新变，探讨俗文学未来的发展与传播方向，均具有重要的当下意义。正如研讨会开幕式上中国传媒大学廖祥忠副校长在致辞中所说的那样：俗文学的生产、传播、接受的方式及特点，无不与现代传播媒介密切相关。借助于大众传播手段，俗文学为自身的发展、繁荣找到了全新的机遇、多元的路径，同时也面临着多种挑战。系统探讨俗文学与当代传播之间的深度关系，既是俗文学研究实现自我超越的理性诉求，更是时代的进步发展为我们提出的当下性、前沿性课题。

在本次学术研讨会上，来自全国各地的理事与会员提交了40余篇论文，并进行了热烈的讨论。由于参会人员众多，论文内容丰富，学会秘书处设计了同场A、B组讨论的形式，给与会学者提供更多的交流机会，这种形式受到了与会代表的欢迎。围绕"俗文学与当代传播"的主题，与会代表对当今社会口头、影视、网络等多种传媒手段中传播的俗文学现象进行了深入探讨，显示了俗文学研究者密切关注现实社会的姿态。大会论文不仅对于以当代传播为背景的俗文学作品本体进行了深度研究，更对俗文学的生产、传播、接受与当代传播之间的互动关系进行了个案研究及规律探索。会议论文主要涉及以下方面：

俗文学与当代传播关系的探索

围绕俗文学与当代传播这一主题进行的讨论，大致可分为两个方面。

（一）从宏观上梳理俗文学与当代传播之关系

将俗文学与当代传播联系起来共同研究，需要从宏观上对二者之间的关系进行全局性把握。杨扬先生在《值得关注的几个交叉点——再谈俗文学与传播学的联手研究》一文中，提出群体累计和个体创造互动互融、世代传承与随世低昂的兼相呈现、俗文学形态在大众传播中功能定位与审美关系的研究是俗文学与传播学联手研究中亟须注意的几个问题，为俗文学与当代传播的交叉研究提供了思路、指出了方向。作者指出，由于大众传播的促进，原有的俗文学作品、事象和活动已经逐步发生着变化，以适应新的受传群体的需要和社会发展环境的需要。论及俗文学与传播学的联手研究，作者认为应对大众传播者、创作者、策划者、演出者到受传者多个环节做多角度的研究，特别是审美特征延续和变化上做仔细的比较研究。

苏州大学凤凰传媒学院徐国源的《从本土文化中发掘传播理论资源》一文，指出在跨越民族界限、防止在文化孤立的状况中寻找普遍意义的同时，亦应从"调查""案例"开始，积极从本土文化中发掘传播理论和知识。中国的传播学者不该忽视甚至"悬置"本民族的文化遗产，以及悠久的"传"的艺术传统，而只顾对本国传播学"妄自菲薄"。为此，文章建议中国的传播学者认真研究本国的传播史，以及中国本土的传播媒介、传播方式、传播艺术和现实中的各种传播现象，并从中总结出具有本国特色的传播理论。在方法上要注重各种文化现象的考察与实地调查，并从传播专业角度做出合乎实际的解释。

南京信息工程大学语言文化学院王东的《传媒方式变迁与俗文学的发展》一文指出俗文学的发展变化是与传媒方式密切相关的一个历史过程，详细探讨了文字传媒时期、印刷传媒时期、大众传媒时期、电子网络传媒时期四个不同阶段之内俗文学传播与变化的特点。文章重点对第四个时期俗文学的发展特点进行了分析，指出这一时期俗文学退隐在影像艺术背后，俗文学的"精神"却在影响文艺及其当代传播中获得了延伸，接受俗文学及其精神影响的受众非常广。此时俗文学呈现为多元状态，发展出影视剧脚本、各种文体形式的网络文学、短信文学等新型俗文学样式。此时俗文学的内涵是"本能+现代传播+商业功利"，与文字传媒时期的经典俗文学的"本色+口耳相传+非功利"形成对比。俗文学客观上占据了主导地位，纯粹的精英文学写作反而成了一种边缘。基于这一认识，作者认为从当代传播观念入手，当代的俗文学研究重心不是坚守某种俗文学样式，而是考察各种俗文学在当代传媒情势中的变化，及其对当代日常生活的影响。

王学斌的《互联网俗文学时代的到来》一文结合自己2002年和2006年两次建立"河西宝卷网"经历，指出技术壁垒高、版权保护困难、经营人才缺乏、价值取向偏颇是基于互联网的俗文学实践面临的四大困境。与此同时，他提出数字媒介的技术力量已经使俗文学的创作方式、表达方式、传播和接受方式都发生了诸多变化，俗文学的价值取向和社会影响力也随之产生位移，因此传统俗文学的观念形态也必须在思维方式、概念范畴、理论构架等方面有所创新。另外，由于互联网俗文学表现了社会底层群体的生活状态，又使互联网俗文学整体上处于一个艺术水平比较低下的状态，因此作者主张互联网俗文学必须在艺术素养上下工夫，以提升艺术质量。作者还呼吁"学术共同体"互助，共同创建一个较为专业、权威、知名的俗文学网站，以适应"互联网俗文学时代"的需求。

郑州师范学院文学院古明惠、朱艳玲的《动漫为民间文化构建新的传播空间》一文认为，作为现代媒介的动漫对民间文化的传播提供了创新精神和智力支持，为民间文化的经典化保存、可视化传播、全龄化接受、符号化阐释和全球化传扬构建起新的传播空间。动漫受众全龄化是一个国家动漫业真正成熟的标志。正视动漫等新的媒介传播方式，不仅有助于使民间文化传播系统恢复平衡，而且可以开拓符合时代潮流的传播途径和新的生存环境。当前在文化全球化的进程中，国产动漫应自觉地实现传统文化现代化的转换，扬弃不适合文化全球化的消极落后的部分，以全球化的眼光看待民间文化的发展。作者特别强调，我国需要传扬的民间文化是建立在世界共识基础上的文化，并非只强调本民族文化的"文化孤立主义"。国产动漫应当求同存异，不仅重视民间文化资源，而且注重发掘民间文化中体现人类整体性格和本质的共性。

（二）结合个案研究探究当代传播中的俗文学发展特点

通过个案研究探求俗文学在当代传播中体现的特点、出现的问题，是此次研究会上的一个亮点，多位与会代表对新传播形式下的俗文学做出分析展望。南开大学汉语言文化学院鲍震培《新媒介文化背景下的粉丝文学》在社会调查基础上详细梳理了国内外粉丝文化的发展和研究现状，重点论述了媒介社区对粉丝文化的影响、粉丝与新娱乐精神、粉丝文学的形式特点。该文并通过对高校大学生粉丝文化的调查分析，说明了当前粉丝文化现状和存在的误区。指出粉丝文学和粉丝艺术作为通俗文化，和大众传播关系密切，被新媒介催生，在新媒介背景下传播、发展、繁荣，它有通俗性、娱乐性、群众性的一脉相承的内涵，但在制作与生成方式上与过去的"平民化""通俗化"有巨大的差异。粉丝文化使得娱乐性甚至享乐性成为第一功能，新一代粉丝作为主动狂欢者通过媒介参与明星制造成为消费潮流的主宰。

中国社会科学院文学研究所施爱东的《盗肾传说、割肾谣言与守阈叙事》一文以网络盛传的"盗肾"事件为考察对象,将割肾传闻区分为都市传说(盗肾传说)和恐慌谣言(割肾谣言)。文章以开阔的理论视野钩索考察了古今中外的类似现象,通过对"盗肾"事件来源的详尽追溯和传播过程的精细梳理,说明都市传说具有自然传播规律和稳定的爆发周期,恐慌谣言则具有非周期性特点,二者之间存在着互生互动关系。割肾传闻之所以能够在这个时代流行,是因为它直接或间接地迎合了这个时代流行的社会、文化心态或价值观念,反映了这个时代的希望或恐惧。

天津师范大学文学院鲍国华的《电视传媒与相声兴衰之辨》一文对相声艺术近年来面临的瓶颈问题进行了分析,认为造成相声衰落的主要因素并非电视传媒的影响,不能将相声危机简单地归结于相声从业者以外的因素;相声发展要摆脱危机走向繁荣,需正视其自身发展的困境并做出实质性的调整。

陈有升的《简论俗文学涉及性文化内容在当代传播上的缺失》一文通过对具体事例的分析,指出俗文学涉性场景在中国当代传播中的空白与缺陷,认为用妇女解放的观点研究俗文学里涉性场景的内容是当前俗文学研究应坚守的阵地。

宝鸡文理学院中文系孙新峰的《"贾体字"文化品牌传播的思考》一文通过对时下已经发育成熟的文化品牌"贾体字"传播推介过程中出现的传播介质未形成合力、品牌专利持有人因素影响品牌传播效应、市场潜力巨大而管理混乱等问题的剖析,提出文化品牌传播推广的新思路。

中国传媒大学文学院杨秋红的《传统戏曲当代传播中的价值观问题》一文,针对当代青年对待传统戏曲价值观这一问题上存在的漠视、误读、盲目否定、茫然无从等消极态度,提出应重视新推剧目选编的价值观要素、重视对传统剧目的现代价值解读、加强对戏曲优秀价值观的传播,从而将戏曲艺术传承和中国文化传承联系在一起。浙江省作家协会文学评论委员会副主任王学海《活体传承的坚韧守美者——以〈徐为剧作选〉为例》，通过对《徐为剧作选》的分析，提出应以更广阔的视野去审视思考中国戏曲的走向，探索坚守与创作相结合的戏曲创作研究之路。

马汉民的《从历次吴歌传播中看当代新趋向》一文，结合自身多年的吴歌实践工作，对五四运动之后吴歌的发展与传播过程进行了详细梳理，提出应继续挖掘文化遗存，抢救吴歌音乐资源。论文指出只有通过传播，才能挽救濒危的吴歌；只有通过传播，才能扩大吴歌的歌手队伍。苏州博物馆沈建东的《长篇叙事吴歌演唱人传承个性的试解析》一文对苏州芦墟"山歌女王"陆阿妹的成长及其生活环境、个性、经历进行了周详的调查分析，特别是对其山歌观和传承情境的情感与伦理心理进行了重点分析。在此基础上，提出山歌是歌手的性情、兴趣、审美观念的表达，民间歌谣应从不同角度进行多样化解读。论文通过陆阿妹的个案研究，分析了吴歌演唱者的身份地位、个人经历、生活环境等与演唱文本之间的关系以及吴歌的传统形式与流传社群之间的关系，填补了这一领域的研究空白。苏州博物馆宁方勇的《吴歌在博物馆中的传播》一文，结合其工作实际及理论思考，说明通过博物馆工作对吴歌进行保护推广的必要性、可行性和存在的问题。文章指出，博物馆运用自身的传播条件、方式和渠道，对吴歌进行传播，特别是利用多媒体等高新技术手段在博物馆展览，这虽出于不得已，但毕竟是一种现实的选择，可有效加强吴歌传播的面和度。邹养鹤的《白茆山歌在民俗信仰中的传承质态》一文通过对白茆山歌在当地民俗信仰仪式中具体表现的分析，说明民间信仰仪式是当今白茆山歌传承、保护、发展的摇篮，保护民间信仰文化对白茆山歌等民歌鲜活自然的传承发展具有重要意义。

有关俗文学本体的研究

这类讨论大致可以分为三方面：有关小说、说话类俗文学形式的研究探讨，有关戏曲、说唱艺术类俗文学形式的研究探讨，以及对其他形式俗文学的探讨。

（一）有关小说、话本类俗文学作品的探讨

陈翔华先生《余象斗及其批评三国志传述略》，对明代余象斗所刊《批评三国志传》进行了系统的分析，在钩沉考索了《批评三国志传》基本情况、余象斗生平概况、明余象斗之前所刻诸版《三国演义》全像本情况以及《批评三国志传》与明嘉靖元年序刊本版本异同的基础上，富有说服力地指出了余象斗《批评三国志传》的价值意义及在探究罗贯中原著本来面目方面的重要作用。该文资料颇为翔实，论证亦极细致充分。文章指出，明万历二十年余象斗所刊《新刻按鉴全像批评三国志传》，是《三国志演义》刊行史上第一部公开标榜"批评"的版本，它与今见所谓刊刻最早的嘉元序刊本不仅在分卷、段目、图像之有无等方面迥然有别，而且在情节与细节文字描写上也颇多异同。作者认为余象斗自称此书"谨依古板"并非虚言，该版本当保存了比嘉元序刊本早的"旧本"文字，更接近于罗贯中原著的本来面目。

刘俊骧先生《从〈伍豪之剑〉到〈国学修身诗话〉》，介绍了其创作《伍豪之剑》的来龙去脉，阐释了《国学修身静功诗话》中"国学""修身""静功""诗话"的含义及作品的基本组成部分，并于会上亲自演示其独创的鲲鹏太极。

北京大学中文系陈冠豪的《真假之间——中国当代传说的正名》一文，通过比较"传统传说"与"当代传说"的异同、分析丢失"历史性"

叙事传统后仍维持"真实性"的"当代传说"特质等论述，将目前学界较为混乱的"传说""谣言""流言"等口头叙事类型按其结构特性分为"传说"与"非传说"两大类，为国内当代传说的研究提供了新的研究视角。

北京大学中文系黄卉的《从"说话"到"说书"》一文梳理了"说话"的发展历程、从"说话"到"说书"名称变化的过程，说明这一说唱伎艺名称的变化充分体现出明代通俗小说传播对说唱的深度影响。

河南科技大学人文学院贾海建的《神怪小说中精怪居山现象析论》一文，对神怪小说中精怪居山现象进行了研究，并将此种现象产生的原因归结为前人对山岳的崇拜、山间野兽与精怪的关系、山岳环境与精怪特性的契合以及道教的影响四个方面。上海大学文学院黄景春、师静涵的《柳毅：从小说人物到民间神灵》，论述了《柳毅传》的故事来源，分析了柳毅和龙女形象特点，梳理了柳毅故事在后世的改编情况，在此基础上指出柳毅信仰主要分布在泾河流域、洞庭湖、太湖、山东潍坊等地，正是柳毅故事的影响推动了柳毅的神化。中央民族大学中文系傅承洲的《冯梦龙的笑话搜集、整理和评点》一文对明代冯梦龙编辑的两种笑话集《古今谭概》和《笑府》进行了细致深入的研究，分析了冯梦龙对笑话特点与功能的系统认识。

（二）有关戏曲、演唱艺术类俗文学作品的探讨

中国人民大学文学院郑志良的《晚明著名串客彭天锡考》一文对彭天锡其人、家世和交游作了详细考辨，并指出后世讳言彭天锡与他在南明时期投靠阮大铖有关。

池州学院中文系汪胜水在《安徽傩戏儒学精神研究》一文中，指出池州傩戏兼具道教、佛教与儒学之精神，并将其最重要的儒学精神归结为重视族类亲情的组织形式、重视忠孝悌义的儒学教化功能两大方面。

此外，中国人民大学张竹鑫等向大会提交了调研报告，对贵州德江傩堂戏的生存、发展及传承状况作了较为详细的阐述。

大连大学语言文学研究所王立、陈康泓的《自叹：子弟书的题材兼审美表现的文学史溯源》，对清代子弟书中以自叹为题材的作品进行了较为详细的梳理，并进一步探讨了自叹题材的表现、成因，论述了这一题材与中原汉文学中的"叹老嗟卑"的差异。天津师范大学文学院盛志梅的《试论清代子弟书的传播特色及其俗化过程》一文指出子弟书的传播途径主要有传抄、版本传播和市场演出，其由"清音子弟"向"生意子弟"的转变，正是从文学到曲艺的俗化过程。

延安大学文学院孙鸿亮的《明清北方宝卷与民间说唱文学关系研究》一文对甘肃河西宝卷与陕北说书的关系进行了探讨，指出陕北说书的演唱形态、信仰仪式以及传统书目均明显受到了甘肃河西宝卷的影响。尚丽新的《销释孟姜忠烈贞节贤良宝卷源出考》一文以山西永济道情艺人演唱的《白马宝卷》为研究对象，详细探讨了其对宝卷艺术的吸收借鉴，以此强调宝卷在山西民间文艺中所发挥的特殊作用，该文资料翔实，论述亦较为充分。

山西大学文学院李雪梅、李豫的《新近发现明初刻本〈包公出身除妖传〉说唱词话考论》通过对新近从上海地区搜集到的纸捻装木刻本《包公出身除妖传》的版本行款、正文形式与明成化说唱词话之比较，认为其为早于明成化说唱词话的属于明初说唱词话的同类刻本孤本。这一发现虽尚非定论，却为明代说唱词话史、中国说唱史的研究提供了新的启示，值得重视。内蒙古察右前旗陈雪冰的《鼓词研究中的基本问题述要》一文就鼓词研究中的"鼓词""鼓词文学"等基础概念、研究鼓词的基础问题及重要性进行了梳理，亦为未来的鼓词研究提供了参照。

山西大学文学院董在琴《堪与传统大戏相抗衡的民间小戏》对山西太谷所盛行的"太谷秧歌"作了详细的介绍，使与会者对此剧种有了新的认识。姜德华《绚丽多彩的风俗画卷》着眼于民间传承文化中大量的习俗惯制，从民俗学角度探讨陕西曲子与社会民俗的关系，认为曲子对陕西地区经济民俗、社会民俗、信仰民俗及艺术民俗皆有不同程度的反映，为陕西曲子的研究做出了新的尝试。

（三）关于其他形式俗文学的研讨

除了传统的小说、戏曲之外，与会者亦对一些新兴或较为特殊的俗文学形式进行了探讨。福建师范大学文学院刘海燕《论〈赵氏孤儿〉和〈关云长〉对忠义思想的解构》一文，通过探讨《赵氏孤儿》和《关云长》两部电影中对忠义思想的艺术处理，分析其淡化国家意识和道德责任、消解忠义思想价值判断的内因，提出对当代电影的历史书写的反思。

潘家农的《诗钟探源》一文对诗钟这种特殊的文学形式的起源、现有研究中较有争议的问题以及创作原则进行了较为详细的考证说明，为诗钟的起源提供了新的见解。赵永生的《排他与含蓄是分咏体诗钟的两大特点》一文结合具体的诗钟作品对分咏体诗钟的文学特点进行了分析，说明其两大特点是排他与含蓄，为创作分咏体诗钟提供了可资借鉴的原则。

池州学院中文系谢家顺的《审美、叙事、感事》以张恨水小说中对联为研究对象，指出对联是张恨水小说的有机组成部分，在小说中具有审美功能和叙事、感事功能，这一功能亦可看作张恨水小说对中国传统章回小说的继承与创新。

韩春鸣的《小议京城"聚元号"弓箭铺》介绍了具有三百多年历史的老字号弓箭铺"聚元号"的历史变迁，其弓箭与普通民间弓箭的差别、"聚元号"掌柜的考订以及其扬名原因，探讨了保护民间非物质文化遗产的重要性，说明了其传播途径在保护民俗艺术方面的重要作用。

综上所述，本次会议论文聚焦于俗文学的生产与当代传播之间的深度关联，既有对研究领域和理论方法的总结与反思，也有针对具体作品和事象的深入分析。两天的会议研讨提出了很多具有研究价值的问题，对俗文学未来的保护、发展、传播具有重要意义。本次会议的研讨成果，对于厘清俗文学与当代传播之间的关系，对于探究新媒体、多媒体、全媒体时代俗文学传播的新路径、新特点、新规律，对于提升创意产业的文化自觉及文化内涵，必将产生积极的示范效应和持续的辐射作用。